KB165601

아, 베이징

묘보설림
007

아, 베이징

쉬쩌천 소설집

양성희 옮김

글항아리

차례

아, 베이징

1

지난 일기를 들춰보니, 베이징 대학 잉제英杰 교류센터에서 볜훙치를 처음 만난 날이 3월 26일이다. 날짜를 확인한 후에야 일기를 들춰볼 필요가 없었음을 깨달았다. 3월 26일은 1989년 산하이관山海關 철로에 누워 자살한 하이쯔•의 제삿날, 즉 특별한 기념일이다. 나는 시 낭송회에서 볜훙치를 만났다. 이날 잉제 교류센터 회의장에 시를 보고, 듣고, 말하려는 사람이 가득 모여 낭송회 분위기를 뜨겁게 달궜다. 나는 시를 '보러' 갔다. 정확히 말하자면 시인을 보고 싶었다. 늘 시인들이 어떻게 생겼는지 가까이에서 자세히 보고 싶었다. 나는 시를 써본 적도 없고 시를 잘 알지도 못한다. 그저 순수한 호기심일 뿐이다.

열렬한 환호 속에 낭송회가 시작됐다. 치마를 곱게 차려입은 진행자가 시 낭송회의 주요 활동을 열정적으로 소개한 후 첫 번째 낭송 시인

• 海子, 1964~1989, 중국 현대 시인.

이 무대에 올라왔다. 계속해서 두 번째, 세 번째, 네 번째 시인이 등장했다. 풍문으로만 들었던 시인들이 내 눈앞을 지나 화려한 무대로 올라가는 모습을 직접 지켜봤다. 키가 큰 사람, 작은 사람, 뚱뚱한 사람, 비쩍 마르고 가냘픈 사람, 긴 머리카락을 늘어뜨린 사람, 머리를 빡빡 밀어버린 사람, 앳돼 보이는 사람, 온 얼굴에 수염이 덥수룩한 사람, 여자처럼 한들거리는 남자, 백정처럼 거칠고 우락부락해 보이는 사람 등 겉모습이 아주 다양했다. 시인들은 주마등이 돌아가듯 차례차례 오른쪽 무대 계단으로 올라가 시 낭송을 마친 후 왼쪽 무대 계단으로 내려왔다. 목소리도 제각각이었다. 시를 안 쓰고 아나운서를 해도 될 만큼 표준어 발음이 정확한 사람, 두 글자 단어도 한 글자씩 더듬거리는 사람이 있는가 하면 지역 관용구를 명쾌하게 인용하는 사람도 있었다. 주로 쓰촨四川과 후난湖南 사람인데 하나같이 딱 들어맞는 훌륭한 표현이다. 간혹 들리는 상하이, 광저우 말은 전혀 알아들을 수가 없어서 넋 놓고 듣다보면 꼭 노래하는 것 같았다.

무슨 뜻인지 이해하기 힘든 시도 있었지만 나는 매번 시 낭송이 끝날 때마다 누구보다 열심히, 낭송자보다 열심히 박수를 쳤다. 한 여중생은 진행자가 다음에 낭송할 시인을 소개하기 전에 틈새를 파고들듯 무대 위로 뛰어올라와 낭송을 하고 싶다고 외쳤다. 이 여중생은 평소 시를 통해 친구를 사귈 기회가 많지 않아 택시비 30위안을 들여 먼 길을 왔다고 무대에 뛰어오른 이유를 설명했다. 그리고 개인적인 이야기를 이어갔다. 집을 나서자마자 유치원생으로 보이는 자기보다 훨씬 어린 남자애와 마주쳤는데 계속 자기를 따라와 겁이 났다. 가라고 해도 말을 듣지 않고 계속 따라왔다. 여중생은 저도 모르게 납치, 강도, 살인, 성추행 같은 단어들이 떠올라 가슴이 철렁 내려앉았다.

이때 남자애가 그녀 앞으로 달려드는가 싶더니 화단 벽돌 기둥에 묶어놓은 삽살개를 와락 끌어안았다. 여중생은 여기까지 말하고 낭송이 끝났다며 '고맙습니다'라고 인사했다.

'이게 끝이야?'

낭송이 끝났다는 말은 시가 끝났다는 뜻이다. 하지만 나는 언제 시 낭송이 시작됐는지 알 수 없었다. 본격적인 낭송에 앞서 시를 소개하는 것인 줄 알았는데, 낭송이 끝났다니. 나는 깊은 자괴감에 빠졌다. 역시 난 시를 쓸 재목이 아니었다. 이때부터 여중생과 같은 방법으로 시를 읊는 시인이 많아졌다. 남녀 시인들이 무대에 올라가 주저리주저리 떠든 후 '낭송이 끝났습니다' 하고 무대를 내려갔다. 이 여중생의 등장은 낭송회 분위기를 절정으로 끌어올렸다. 이후 회의장 곳곳에서 용감한 시인들이 뛰쳐나와 명단에 이름을 올린 시인들을 제치고 무대로 올라갔다. 벤홍치도 그중 한 명이었다.

처음에는 그에게 별 관심이 없었다. 솔직히 조금 밉상이었다. 그는 내 뒤에 앉아 있었는데 이 시는 진부하다느니, 저 시는 힘이 부족하다느니 끊임없이 구시렁거렸다. 힐끗 돌아보니 멀끔하게 생긴 훤칠한 젊은이였다. 짧은 머리에 헐렁한 빨간색 스웨터를 걸쳤고 입을 잠시도 쉬지 않았다. 나는 구구절절 옳은 말이라도 이렇게 사사건건 참견하고 투덜거리는 사람을 아주 싫어했다. 그래서 참다못해 결국 고개를 돌리며 한마디 했다.

"다른 사람이 하는 말 좀 제대로 들읍시다."

"계속 듣고 있어요. 저 사람들이 말하는 거 진짜 별로예요. 분명히 그쪽도 느꼈을 텐데, 너무 밋밋하잖아요. 어떻게 시를 저렇게 쓰지?"

나는 헛기침을 하며 무시하기로 했다. 그런데 그가 내 무릎 위에 놓인 홍보용 티셔츠에 관심을 보였다. 이 티셔츠는 친구 신문사에 놀러 갔는데, 사장이 '많을수록 좋지, 누가 입어도 상관없으니까'라며 억지로 쥐여준 것이다. 날 인간 광고판으로 만들려는 의도인 걸 알았지만 날이 너무 추워 한 장 챙겨뒀다. 볜훙치가 갑자기 내 어깨를 툭 쳤다.

"그 문화 티셔츠• 좀 빌려주세요."

나는 길게 말을 섞고 싶지 않아 생각할 것도 없이 바로 던져줬다. 그는 킥킥 웃더니 내게 펜이 있느냐고 물었다. 가능한 한 굵은 네임펜이었으면 좋겠다고 했다. 정말 짜증나는 인간이라고 속으로 욕을 하며 수성펜을 던져줬다. 그 후 세 명이 낭송을 마치자 그는 티셔츠를 걸쳐 입고 성큼성큼 빠르게 사람들 사이를 지나갔다. 진행자가 크게 당황한 표정을 짓는 순간 그는 이미 무대에 올라 수많은 시선과 조명을 한 몸에 받고 있었다. 빨간색 스웨터 위에 걸쳐 입은 문명 티셔츠는 잘 펼쳐져 앞면에 굵고 크게 쓴 두 영어 단어가 확실히 보였다. 'NO WAR.' 내 수성펜 잉크를 다 써버린 것이 확실하다.

"저는 볜훙치입니다. 확실히 아마추어 시인이죠."

아무래도 살짝 긴장한 것 같았다.

"시를 쓸 때는 변방 요새를 뜻하는 '볜싸이'를 필명으로 사용합니다. 아직 정식으로 발표한 시는 한 편도 없습니다. 사실 이렇게 많은 시인 앞에 서는 건 처음이라 조금 긴장됩니다. 아, 저는 볜싸이입니다. 저는 펜을 드는 순간 시인이 되지만, 아직은 혼자만의 생각이죠. 그러나 펜을 내려놓으면 위조 증명서 장사꾼입니다. 베이징 대학 정문 앞에서 '증명서 필요해요?'라며 말을 거는 그런 부류죠. 여기, 혹시 위

• 문화 심리를 반영한 글자나 도안 등을 그려넣은 티셔츠.

조 증명서가 필요한 분이 계시면 저를 찾아오세요. 시인은 특별히 20퍼센트 할인해드리겠습니다."

이 말에 사람들이 폭소를 터트렸다. 진행자는 그가 뭘 하려는지 몰라 무대 밖으로 쫓아낼지 말지 고민했다. 그사이 그가 다시 말을 이어갔다.

"지금부터 저는 시인으로서 말합니다. 저는 최근 미국이 이라크를 상대로 일으킨 전쟁을 매우 증오합니다. 전쟁은 인류의 적입니다! NO WAR! NO WAR! 지금까지 이도 저도 아닌 밋밋한 시를 너무 많이 들었습니다. 저는 지금 여러분에게 30분 전에 지은 시 한 편을 들려드리려 합니다. 아주 자극적이고 직설적이고 시원하게 외칠 수 있는 시입니다. 제목은 '이라크 영토에서 미국 탱크를 몰아내자!'"

시인 벤싸이가 열정과 투지를 불태우며 새로 지은 시를 낭송했다. 나는 그 무쇠처럼 단단하고 뜨거운 시구를 다 기억하지 못하지만 대략 인류는 전쟁을 하지 말아야 하고 이라크 영토에서 미국 탱크를 몰아내야 한다는 내용이었다. 이 시는 대부분 이해했다. 영 마음에 안 드는 구석도 있었지만 전체적으로 보면 꽤 그럴듯했다. 특히 호기롭고 감정이 실린 목소리 덕분에 선동 효과가 배가됐다. 그가 낭송을 마치고 무대에서 내려올 때까지 회의장을 가득 메운 박수 소리가 멈추지 않았다. 그가 돌아설 때 티셔츠 뒤에 빨간 잉크로 찍은 큼직한 신문사 홍보 문구가 보였다. 며칠 전 미국이 이라크 전쟁을 시작한 후 수많은 언론 매체가 연일 무고하게 희생된 이라크 민간인 사망자 수를 보도하던 때였다. 벤훙치의 시가 많은 이의 공감을 불러일으키면서 무대에서 내려온 그는 흡사 이라크 전쟁의 시련을 이겨내고 돌아온 전쟁 영웅 같았다. 나 역시 그를 다시 보게 됐다.

"형씨, 어땠어요?"

그는 자리에 돌아온 뒤에도 자신이 직접 개조해 만든 반전反戰 티셔츠를 계속 걸친 채 내게 물었다.

"제대로였죠?"

웃으며 돌아보니 그는 원하던 사탕을 손에 넣은 아이처럼 순수하게 만족감을 드러냈다. 그에게 살짝 호감이 생겼다.

"아주 좋았어요. 전쟁이 일어나면 당연히 이런 시가 나와야죠."

그 후로 여러 시인이 연이어 반전시를 읊어대면서 반전시의 물결에 밀려난 낭송회는 점점 존재감이 사라졌다.

그는 낭송회가 끝난 후 내게 서문 앞 작은 식당에서 술을 한잔 사겠다고 했다. 내가 티셔츠를 돌려받지 않았고 돈도 받지 않으려 했기 때문이다.

"그러니까 꼭 가야 해요."

우리는 잉제 교류센터 입구 앞 그늘진 보도에 서 있었고 관중은 하나둘 흩어지는 중이었다.

"위조 증명서 브로커가 아니라 시인으로서 초대하는 겁니다."

이렇게까지 말하니 응하지 않을 수 없었다. 우리는 아직 쌀쌀한 3월 말 베이징 대학 교정을 가로질러 서문 앞 위안중위안元中元이라는 작은 식당으로 갔다. 그는 이곳에서 자주 식사를 해결한다고 했다. 하이뎬海淀 주변을 어슬렁거리다 지치면 여기 와서 요리 두 개에 맥주 두 병을 마시며 기분을 달랬다. 홀로 외지에서 이런 일 하며 사는 것이 정말 힘들단다. 볜훙치는 확실히 식당 주인과 친해 보였고 덕분에 음식도 빨리 나왔다.

"그쪽은 무슨 일 해요? 학생?"

"백수요."

"정말? 말도 안 돼. 백수면 베이징에서 두 달도 못 버틸 텐데?"

"가끔 소설이나 시시한 글들을 쓰죠."

"그럼 그렇지. 그러고 보니 우린 동료네요. 자, 이 잔은 원샷입니다."

그는 술을 마시면서 내가 자기를 분명히 봤을 것이라고 우겼다. 하이뎬 부근을 어슬렁거리면서 생판 모르는 사람에게 말을 걸어 위조 증명서를 판 지 2년이 지났고, 나도 베이징 대학 근처에 살고 있으니 우연히 마주쳤을 것이라고. 하지만 아무리 생각해도 그와 비슷한 사람을 마주친 기억이 없다. 나는 위조 증명서 따위는 생각해본 적도 없었다. 물론 그럴듯한 스펙이나 자격증이 있으면 좋겠지만, 지금 당장은 아무 짝에도 쓸모없는 것들이다.

"장사는 잘돼요?"

"그게, 뭐랄까…… 하나 건지기만 하면 300에서 500위안은 문제없고 운이 좋아 얼치기 하나 잡으면 800에서 1000위안도 거뜬하죠. 물론 그런 손님을 찾기 힘들다는 게 가장 큰 문제지만. 간혹 일주일 내내 허탕을 치기도 해요."

"듣자니 그런 일은 단속이 심하다던데? 안 무서워요?"

"무섭다고 별수 있나요? 먹고살아야 하는데. 난 여기가 좋아요. 베이징, 이 좆같은 이름이 듣기만 해도 좋아요."

볜훙치가 꿀꺽꿀꺽 술잔을 비웠다.

"걸리면 기껏해야 한바탕 두들겨 맞고 벌금 좀 내는 게 다예요. 대부분 금방 나와요. 물론 2, 3년 징역 사는 사람도 있는데, 그럼 망하는 거죠. 난 그냥 삐끼라 소개비나 받고 전문가한테 일감을 넘기면 그만이에요. 내 몸에 증거가 될 만한 물건이 없으니 그나마 덜 위험하죠. 에잇, 이런 얘기해서 뭐 하겠어요? 우리 시 얘기, 문학 얘기나 하죠. 소설 쓴 지는 몇 년이나 됐어요?"

"몇 년이라…… 6, 7년쯤? 그게, 스물넷 전에 쓴 건 소설이라고 할 수 없으니 제대로 모양 갖춰 쓰기 시작한 건 몇 년 안 됐어요. 소설이 어떤 건지 이제 조금 알겠는데, 쓰는 속도가 너무 느려서 발표하는 게 얼마 없다보니 원고료로 책 사보기도 힘들어요. 어쩔 수 없이 신문이나 잡지에 달달한 이야기를 써야 하죠. 뭐, 그냥 이렇게 살아요."

볜훙치가 킥킥 웃으며 맞장구쳤다.

"다 똑같죠. 그냥 이렇게 사는 거죠. 베이징, 좋아해요?"

"좋죠. 하지만 내 자신이 개미처럼 느껴져요. 다른 천만 마리 개미와 똑같죠. 개미가 많아도 너무 많아서 길을 찾기 힘들 만큼 붐비지만, 아무리 힘들어도 계속 찾아야죠. 아니면 뭘 하겠어요?"

"자, 술이나 마셔요. 시인과 소설가를 위해 건배!"

볜훙치가 높이 잔을 들며 건배를 외치고 맥주 두 병을 더 주문했다. 테이블 위에 늘어선 빈 맥주병이 이미 여덟 병이었다. 모두 옌징燕京 맥주다.

"안 되겠어요, 너무 많이 마셨어요. 그래도 마셔야죠? 마셔요!"

확실히 많이 마셨다. 그래도 난 괜찮았다. 난 술이 약한 편이라 부어라 마셔라 하는 스타일이 아니다. 하지만 볜훙치는 스스로 주량이 아주 세다고 생각하는지 엄청 많이 마셨다. 우리는 식당 문을 닫을 때까지 마셨다. 주인이 그만 일어나라고 했을 때 볜훙치는 이미 테이블 위에 뻗어 있었다. 나는 그의 뺨을 때리며 정신 차리라고 외쳤지만 그는 웅, 웅 콧소리만 낼 뿐 눈도 뜨지 못했다. 이 작자와 술을 마시는 게 아니었는데.

따분한 얘기만 하다 끝난 무의미한 술자리였다. 벤훙치를 부축해 식당을 나오면서 더 깊이 후회했다. 눈을 감은 채 내 몸에 기댄 그는 황소처럼 무거웠다. 그 와중에 'NO WAR' 티셔츠를 꽉 움켜쥐고 있었다. 문득 그가 재미있는 녀석이란 생각이 들었다. 증명서를 위조하는 사기꾼이 시를 쓴다. 힘차고 당당하게 전쟁을 비판하고, 자신이 불법을 저지르는 사기꾼이란 사실도 숨기지 않는다. 정말 재미있는 녀석이다. 어디에 사느냐고 물어볼 상황이 아니라 어쩔 수 없이 내가 사는 곳으로 데려갔다.

나는 대학 동기 멍이밍과 베이징 대학 청쩌위안承澤園에 있는 방 3개짜리 낡은 아파트에 세 들어 산다. 원래 같이 살던 동창이 한 명 더 있었는데, 대학원을 준비하다가 2년 연속 시험에 떨어지자 좌절한 나머지 고향으로 돌아갔다. 그 친구가 떠난 후 빈방은 멍이밍의 창고가 됐다. 그는 아내와 함께 살기 때문에 이것저것 잡다한 살림살이가 많아 방 하나로는 부족했다. 평소 대학에서 걸어갈 때는 웨이슈위안蔚秀園을 통과해 완촨허萬泉河를 건너면 바로 청쩌위안의 아파트에 도착했다. 하지만 지금은 쓰러진 황소처럼 거대한 벤훙치를 데리고 도저히 걸을 수 없어 어쩔 수 없이 택시를 타고 청쩌위안으로 향했다.

죽을힘을 다해 벤훙치를 3층까지 끌어올렸다. 멍이밍 부부는 자고 있었다. 조용히 문을 열고 그를 내 침대에 눕히고 나니 이미 새벽 1시였다. 한바탕 욕을 퍼부었지만 그는 세상모르고 곯아떨어졌다. 그가 내 침대를 차지해버렸으니 난 제대로 자긴 글렀다. 그가 지독한 발 냄새를 풍기며 내 이불 속으로 쏙 들어가버리는 것을 보고 있으니 속이 쓰려 미칠 것 같았다.

욕실에서 발을 씻고 있는데 뻰홍치의 휴대전화 벨 소리가 울렸다. 징글벨 멜로디였다. 그는 으음, 반응을 보이는가 싶더니 돌아누워 다시 잠들어버렸다. 대신 휴대전화 화면을 확인해보니 '마누라'라는 글자가 보였다. 그의 아내인 것 같아 일단 내가 대신 받았다.

"자기, 어디야?"

상대방 여자가 버럭 소리를 질러 깜짝 놀랐다. 조금 사나운 것도 같고, 아무튼 듣기 좋은 목소리는 절대 아니었다.

"뻰홍치 씨 부인이에요? 남편 분이 술이 많이 취해 제 방에서 잠들었어요. 아마도 집에 못 들어갈 것 같습니다."

"부, 부인, 맞아요. 그런데 누구세요? 그 사람 괜찮나요?"

"괜찮습니다. 그냥 술을 많이 마신 것뿐이에요. 저는 친구예요."

"네. 폐를 끼쳐 죄송해요. 그 사람 깨거든 전화해달라고 전해주세요."

2

"내가 왜 여기에 있죠?"

이튿날 아침, 뻰홍치가 일어나자 내뱉은 첫마디였다. 나는 이 말을 듣자마자 화가 울컥 치밀었다. 제기랄, 난 소파에 웅크리고 자면서 편히 재워줬는데, 왜 억울한 표정이야? 그가 내 옆에 웅크려 앉자 지독한 입 냄새가 풍겨왔다. 나는 코앞에서 손을 흔들며 대꾸했다.

"당신, 양심도 없어? 거실에 약하게라도 난방이 들어왔으니 망정이지, 안 그랬으면 냉동인간이 될 뻔했다고!"

"아이고, 형님, 죄송해요. 어제 너무 많이 마셔서……"

그는 나를 보며 다시 뭔가 얘기하려다 의식적으로 손을 들어 입을 가렸다.

"베푸신 김에 좀더 베푸시죠. 혹시 남는 칫솔 없어요? 더럽지만 않으면 쓰던 것도 괜찮아요."

나는 담요를 휘감고 일어나 서랍에서 몇 번 사용했던 칫솔을 찾아 주고 크게 하품을 하며 침대에 누웠다. 지난밤 소파에서 웅크려 자느라 너무 힘들었다. 몸이 몇 겹으로 접힌 느낌이었다. 거실은 확실히 추웠다. 새벽 4시쯤 추워서 잠이 깬 나는 옷상자에서 오리털 패딩을 꺼내 껴입었다. 벤훙치는 욕실에서 씻고 나온 후 정신이 좀 든 것 같았다.

"여기, 집 좋은데요? 이름이 뭐예요?"

"아파트 이름이요? 줘안左岸."

"센강 리브고슈?"•

그가 쿡쿡 웃으며 여유롭게 담뱃불을 붙였다.

"요즘엔 고상한 척하는 사람이 너무 많다니까. 아무 데나 줘안을 갖다 붙이네. 그나저나 이렇게 잘사시는 줄 몰랐어요."

"찢어지게 가난한 사람한테 무슨 소리예요? 여기가 완촨허 왼쪽 언덕이니까 줘안인 거죠."

"내 말은, 그러니까, 이 집에 문제가 좀 있는 거 같은데…… 방금 욕실에서 어떤 여자가 나오던데요?"

벤훙치가 음흉한 표정을 지었다.

• 중국어 줘안, 프랑스어 리브고슈는 강의 왼쪽 지역을 뜻함.

"혹시 뭔가 재미있는 이야기가 더 있나요?"

"헛소리 말아요. 그게 어디 내 건가? 친구 마누라요. 이 집에 같이 세 들어 살아요."

"방이 3개던데, 다 찼나요?"

"안 차도 살아야죠. 비면 비는 대로."

"빈방 있으면 나한테 빌려주는 게 어때요? 그러잖아도 방이 필요한데, 제일 작은 거라도 상관없어요. 값은 제대로 쳐드릴게요."

"그건, 이밍과 상의해봐야 해요."

아무래도 잠을 자긴 그른 것 같아 아예 일어나 앉았다.

"참, 그쪽 와이프가 한밤중에 전화해 어디냐고 묻던데, 어디 살아요?"

"내 와이프요?"

그가 깜짝 놀라며 휴대전화를 들어 확인했다.

"이 여자가 미쳤나!"

그는 바로 전화를 걸었다. 하지만 통화가 연결되자마자 휴대전화 배터리가 나가면서 끊어져버렸다. 내 휴대전화를 빌려줬지만 '됐어요. 안 걸어도 돼요'라며 받지 않았다. 그러고는 새로 담뱃불을 붙이고 한참 연기를 내뿜다가 말했다.

"그 여자는 마누라가 아니에요. 내 마누라는 시골, 고향 마을에 있어요."

벤훙치의 표정이 차갑게 굳었다. 너무 심각해 보여서 무슨 일인지 차마 물어볼 수가 없었다. 조금 전 그의 표현대로 뭔가 재미있는 이야기가 있는 것 같았다.

그는 담배를 다 피우고 가보겠다며 일어섰다. 이때는 다시 쿨하고 쾌활해졌다.

"여기 쥐안도 좋네요. 완촨허 쥐안, 원래 물가가 살기 좋죠."

나는 아파트 아래까지 그를 배웅했다. 그는 아파트 앞 속 빈 늙은 버드나무를 툭툭 치며 우리 집에서 같이 살고 싶다면서 멍이밍과 꼭 상의해보라고 또 한 번 부탁했다. 자기가 위조 증명서 장사꾼이긴 하지만 절대 나쁜 사람은 아니라고 강조하며 농담조로 '난 시인이잖아요'라고 말했다.

볜훙치가 돌아간 후, 나는 이 일을 까맣게 잊었다. 이튿날 저녁 컴퓨터 앞에서 키보드를 두드리다 그의 전화를 받았다. 그의 말투는 진지하고 정중했다. 매일 집에 돌아갈 때가 되면 왠지 머리가 아프다며 지금 사는 집에서 도저히 못 살겠다고 했다. 특히 갱년기가 시작된 집주인 아줌마가 너무 꼴 보기 싫다고 했다. 빠르면 빠를수록 좋다며, 당장 멍이밍과 상의해보라고 나를 채근했다. 나는 떠밀리듯 이밍의 방문을 두드렸다. 이밍의 아내, 정확히 말해 아직 여자친구인 사슈가 들어오라고 외쳤다. 그녀는 이불을 뒤집어쓰고 앉아 과쯔•를 까먹으며 텔레비전을 보고 있었다. 이밍은 옆방에서 교수안을 준비 중이라고 했다. 이밍은 법대 대학원생인데 여자친구와 먹고살기 위해 틈틈이 사립 고등학교에서 강의를 했다. 나는 이 일이 사슈와 먼저 상의할 일이라고 생각해 그녀에게 볜훙치의 의사를 전달했다.

"어제 아침에 본 그 사람 말이죠?"

"맞아요. 위조 증명서 장사꾼인데 사람은 아주 괜찮아요."

"위조 증명서?"

• 수박씨, 해바라기씨, 호박씨 등에 소금이나 향료를 넣어 볶은 간식거리.

사슈가 마뜩잖은 반응을 보였다.

"이밍이 법률을 공부하는 사람인데, 아무 문제 없을 거라고 장담할 수 있어요?"

"그게, 이걸 어떻게 설명하나…… 사람은 확실히 좋은 사람인데…… 아, 종종 시를 써요."

"시인이라고요?"

사슈의 미간이 살짝 풀어졌다. 그녀는 벽을 두드리며 이밍을 불렀다. 이밍이 방에 들어와 안경알을 닦으며 무슨 일인지 물었다. 내가 다시 간단히 상황을 설명했다. 이밍이 안경을 다시 쓰면서 대답했다.

"내 생각엔 없던 일로 하는 게 좋겠어. 위조 증명서 장사꾼이라니, 아무래도 난 안 내켜."

"그래, 알았어. 그럼 거절할게."

내 방에 돌아와 바로 볜훙치에게 전화를 걸어 막 통화 연결이 됐을 때, 사슈가 거실에서 날 불렀다. 전화 저쪽에서 볜훙치가 어떻게 됐느냐고 묻는데, 일단 기다려보라고, 잠시 후에 다시 전화하겠다고만 말했다. 거실로 나가니 이밍이 사슈가 동의했으니 빈방을 세 주자고 했다.

"그런데 네 의견은?"

"사슈 말대로 하자고. 당연히 마누라 말을 잘 들어야지."

"쳇! 착한 척은! 난 좀 아껴보자는 거지. 지금 월세가 너무 비싸잖아요. 둘이 부담하는 것보다 셋이 부담하면 좀 나으니까. 서로서로 돈 아끼면 좋잖아요."

"이밍, 네 와이프 배려심 깊은 것 좀 배워라. 나 같은 베이징 떠돌이한테 이렇게 좋은 집은 확실히 사치긴 해."

두 사람의 동의하에 이 일은 이렇게 결정됐다. 보아하니 이밍도 그 방을 세 주고 싶었던 것 같다. 지금 사슈가 일 없이 놀고 있어서 베이징 대학에서 나오는 쥐꼬리만 한 보조금과 이밍이 벌어오는 강의료만으로 모든 비용을 충당해야 했다. 혼자 벌어 둘이 먹고살려니 당연히 힘들 터였다. 내가 소식을 전하자 벤훙치는 전략적 이동을 하게 됐다며 매우 기뻐했다. 나는 나중에야 그가 말한 전략적 이동이 무엇인지 알게 됐다. 일단 이어지는 이야기부터 해보자.

벤훙치는 이튿날 바로 차를 불러 짐을 실어왔다. 짐은 많지 않았다. 이부자리와 기본적인 생활도구 외에 책이 아주 많았다. 소설, 시집 등 문학 관련 책이 대부분이고 중학 교육에 대한 책이 몇 권 보였다. 이밍과 사슈는 그 책들을 보고 조금 안심하는 것 같았다.

벤훙치는 저보다 머리 하나만큼 작은 젊은이와 함께 왔다. 샤오탕이라는 친구는 많지 않은 베이징 친구 중 하나인데 공적으로나 사적으로 호형호제하는 사이라고 했다. 그리고 아가씨도 한 명 있었다. 얼굴은 예쁘장한데 머릿결이 좀 푸석해 보였다. 나중에 자세히 보니 푸석한 것이 아니라 염색을 하다가 잘못해서 얼룩덜룩해진 것이었다. 벤훙치가 정식으로 소개하기 전이지만 나는 그녀가 입을 여는 순간 누군지 알 것 같았다. 그날 밤 한밤중에 전화를 걸어 어디냐고 소리쳤던 그 여자, 아마도 벤훙치의 베이징 여자친구겠지. 그녀는 천단이라며 자신을 소개했다. 천단은 이삿짐을 옮기는 내내 안주인 역할에 완벽하게 몰입했다. 침대와 책상을 어디에 놓을지, 책은 어떻게 쌓아둘지, 각종 생활도구를 어떻게 배치할지 일일이 참견했다. 벤훙치, 샤오탕, 이밍과 나는 오후 3시부터 6시까지 뭉그적거리며 그녀의 지시에 따라 이삿짐을 옮겼다. 원래 빈방에 있던 이밍의 책걸상과 책장 중

일부는 이밍의 방으로 옮기고, 나머지는 거실에 뒀다. 사슈가 어차피 거실 공간이 남으니 그냥 거실에 두자고 했다.

이사가 끝난 후 벤홍치가 우리에게 밥을 사겠다고 해서 청쩌위안 근처에 있는 쓰촨 식당에 갔다. 같이 이삿짐도 옮겼건만 이밍 커플과 벤홍치는 여전히 서먹했다. 이밍 커플은 메뉴를 고르는 것도 굉장히 조심스러워했다. 사슈가 어색하게 웃으며 메뉴판을 밀어냈다. 주는 대로 먹겠다는 뜻이리라. 벤홍치는 진심으로 우리 세 사람에게 고맙다고 했다. 이삿짐 나르는 것을 도와줘서가 아니라 자신을 받아줬기 때문이라며 허심탄회하게 속마음을 털어놨다.

"위조 증명서 만드는 일을 얼마나 나쁘게 인식하는지 잘 압니다. 특히 여기 하이덴 지역은 경찰과 마주치기만 해도 잡혀가요. 그래서 누군가 나를 향해 걸어오는 것 같으면 일부러 길을 돌아가야 해요. 뭐, 어쩔 수 있나요? 다 먹고살려고 하는 거니까, 하하하…… 물론 나쁜 짓인 줄 압니다. 이런 나를 받아줘서 정말 고마워요. 오늘부터는 이곳 쥐안에서 시인으로서 살아가겠습니다. 절대로 여러분께 폐 끼치지 않겠습니다. 걱정하지 마세요."

나는 이 말이 진심인 것 같기도 하고 거짓인 것 같기도 했다. 표정은 농담 같은데 말투는 진지했다. 이 말이 효과가 있었는지 이밍이 이렇게 대답했다.

"시인의 말씀이 너무 멀게 느껴지네요. 이제 한집에 살게 됐으니 남처럼 대하지 마세요. 다들 비슷한 처지인데 폐 끼치고 말고 할 게 뭐 있습니까? 사슈, 어서 골라봐."

벤홍치가 손뼉을 치며 좋아했다.

"오, 정말 반가운 말입니다."

"그럼, 수이주위水煮魚요."

40위안짜리 수이주위는 평소에 맛보기 힘든 음식이다. 나와 이밍의 수입으로는 사나흘에 한 번도 사치였다. 우리끼리 와서 수이주위를 시켰다면 더 이상 다른 음식은 주문할 수 없다. 세 사람이 머리를 맞대고 한바탕 젓가락질을 하고 나면 콩나물 줄기 하나 남아나질 않았다.

"좋습니다! 저도 좋아하거든요. 화자오花椒랑 고추랑 향신료가 듬뿍 들어간 수이주위!"

천단이 맞장구를 쳤다.

"훙치는 매운 음식을 좋아해요. 매운 걸 3일만 안 먹으면 막 불안해진대요. 고향에 갈 때마다 수이주위가 생각난다는데 일단 한번 생각나면 도저히 못 참아서 바로 베이징으로 돌아오죠. 안 그래, 훙치?"

그녀는 도발적인 눈빛으로 볜훙치를 돌아봤다. 그는 그녀의 허리를 끌어안으며 기분 좋게 웃었다.

"맞아. 난 수이주위 없이 못 살고, 베이징을 떠나서는 못 살아. 3일만 못 보면 마음이 너무 허전해. 수이주위는 천단의 솜씨가 최고지. 그래서 내가 못 떠나잖아."

이 애정 표현에 기분이 좋아진 천단은 소녀처럼 얼굴이 빨개지면서 행복한 표정을 지었다. 식사를 하는 동안 수이주위에 대한 얘기가 끊이지 않았다. 볜훙치는 청두成都에 갔을 때 수이주위를 먹어봤는데 아주 맛이 좋았단다. 하지만 왠지 모르게 자꾸 베이징 수이주위가 생각났단다. 샤오탕이 불쑥 끼어들어 '베이징 수이주위가 아니라 다른 게 생각난 거 아니야?'라며 놀리자 천단이 볜훙치를 사이에 두고 샤오탕에게 주먹을 날렸다. 그는 말없이 웃기만 했다.

얼마 뒤 벤훙치가 크게 한 건 했다며 또 한 번 밥을 샀다. 그때 그는 천단 때문이 아니라고 뒤늦게 대답했다. 확실한 이유는 지금도 모르지만 그냥 베이징이 좋단다. 그는 종종 베이징 육교에 올라가 영원히 멈추지 않을 것 같은 차량 행렬을 내려다본다고 했다. 그 광경이 너무 좋고 볼 때마다 창작 욕구가 솟아났다. 한 번도 시를 완성하지 못했지만 첫 구절은 언제나 같았다. 남들이 들으면 닭살 돋는다고 짜증낼 그 단어, 그 외침은 바로 '아, 베이징!'이다.

그래, 베이징! 우리도 모두 좋아한다. 이곳에 있으면 묘하게 희망이 싹트고 실제로 크고 작은 성과를 이루기도 했다. 나와 이밍은 대학을 졸업한 지 벌써 5년이 됐다. 우리는 한동안 서로 다른 도시에서 방황하다가 약속한 것처럼 동시에 돌아왔다. 대학생일 때는 베이징이 얼마나 좋은지 느끼지 못했는데 몇 년이 지나니 달리 보였다. 사람들은 베이징이 기회가 넘치는 도시라고 말한다. 허리를 굽혀 줍기만 하면 뭐든 가질 수 있다고. 그래서 다들 일을 하려면 일단 베이징에 가야 한다고 말한다. 다른 사람들도 다 성공하는데 우리라고 못 할 이유가 없다고 생각하며 하루하루 살아가는 중이다.

저녁 식사 후 샤오탕은 먼저 돌아갔고 천단은 벤훙치와 우리 집까지 왔다. 다들 그 이유를 알고 있기 때문에 두 사람이 문을 닫고 들어간 후 아무도 방해하지 않았다. 나는 차를 끓이고 담뱃불을 붙인 후 컴퓨터 앞에 멍하니 앉아 있었다. 이 장편소설을 시작한 지 벌써 한 달이 넘었다. 용돈벌이를 위한 글쓰기 외에는 모든 시간과 노력을 이 소설에 쏟아부었다. 그런데 어느 지점에서 막혀버렸다. 중요한 전환점인데 뭔가 부족했다. 세 번을 다시 썼지만 여전히 부족했다. 위기감이 느껴지면서 갑자기 내가 정말 늙었나 싶었다. 나이를 많이 먹었다는 뜻이 아니라 내 삶이 늙어버린 것 같았다. 내 삶의 호흡이 멈춰버린 느낌, 속수무책인 현실 속에서 모든 의욕이 사라진 체념 상태, 난 그렇게 늙어버렸다. 심지어 어느 순간에는 볜훙치처럼 살아도 좋겠다 싶었다. 온종일 거리를 헤매며 미심쩍은 눈동자를 찾다가 발견 즉시 다가가 대화를 시도하겠지. 그리고 말 몇 마디면 성공에 목마른 이방인이 그의 주머니에 돈을 채워줄 것이다. 볜훙치의 돈벌이는 우연히 시작했겠지만 실로 대단해서 이미 필연이 된 것 같았다. 담배 한 개비를 다 피우도록 마음이 진정되지 않았다.

11시가 다 됐다. 나는 여전히 담배를 피우고 차를 마시며 멍하니 앉아 있었다. 밖에서 문 여닫는 소리가 여러 번 들렸다. 이밍과 여자친구가 욕실을 드나드는 듯했다. 오늘 밤은 여기에서 일을 접어야겠다고 생각했다. 지금까지 아무것도 못 썼지만, 더 이상 쓸 수도 없으리라. 그래서 서랍에서 꺼낸 불법복제 CD를 컴퓨터에 밀어넣었다. 이때 노크 소리가 들렸다. 볜훙치가 나른한 모습으로 끓인 물이 있냐고 물었다.

"병째 가져가요. 둘이 마시기에 충분할 거예요."

"천단은 갔어요."

"싸웠어요?"

"아니요, 너무 늦게 들어가면 어머니한테 혼난다고."

그는 뜨거운 물을 반만 따르고 내가 마시던 식은 차를 섞어 꿀꺽꿀꺽 단숨에 마셔버렸다.

"재미없어. 정말 지겨워. 그냥 목말라 죽을 지경이에요."

"이 사람이! 할 짓 다 해놓고 이제 와서 재미없어?"

"정말 재미없어요. 다리는 두 개인데 거시기는 하나라고요."

"잘 안 돼서 그래요? 시 낭송하던 기세로 밀어붙여요!"

"그거랑 달라요. 시 낭송은 머리를 쓰지만 이 일은 머리를 쓸 일이 전혀 없어요."

"보아하니 힘이 딸리나보네. 높으신 분이나 돈 많은 양반들 봐요. 다들 두셋씩 두고 돌아가며 잘 놀잖아요."

"그 사람들은 그 사람들이고. 이제 우린 친구니까 사실대로 얘기할게요. 오늘 아침에 마누라 전화를 받았는데 돌아오래요. 내가 베이징에 있는 게 싫다는데, 아마도 뭔가 눈치를 챈 모양이에요. 그리고 방금 전에 천단이 빨리 이혼하고 같이 살자고 징징거리고 갔어요. 젠장, 어쩌란 말이야? 내 몸은 하나인데, 둘로 나눌 수도 없잖아."

그가 내게 어쩌면 좋으냐고 묻는데, 어이가 없었다. 농담해? 내가 그걸 알면 지금 이렇게 혼자 살겠어?

"그쪽은 소설을 쓰니까 어떻게 말을 지어내야 사람들을 속일 수 있는지 잘 알잖아요."

이 말을 들으니 좀 슬펐다. 잘 지어내야 남을 속일 수 있고 잘못 지어내면 자신밖에 속이지 못한다. 이제 보니 그동안 팔리지 않았던 내 소설들은 그저 나 자신을 속이는 수준이었던가보다. 더 당황스러운 일은 내가 나 자신을 고상하다고 여기며 내 작품의 가능성에 대해 무한한 자신감을 가지고 있었다는 사실이다. 제기랄, 정말 좆같군.

3

벤훙치는 지난 세기부터 2001년까지 쑤베이蘇北의 작은 마을 중학교에서 3학년 국어를 가르치는 선생님이었다. 그는 그 중학교에서 나름 유명한 실력 있는 국어 선생님이었다. 잘생긴 데다 강의도 훌륭해서 남녀노소 모두에게 인기가 좋았다. 아내는 같은 마을 초등학교 미술 선생님으로 하루 종일 그림을 그렸다. 낮에는 칠판 위에 아이들을 위한 예쁜 그림을 그리고 저녁에 집에 돌아오면 이불 속에 누워 남편의 배 위에 두 사람의 아름다운 미래를 그렸다.

아내는 늘 감사하고 만족할 줄 아는 좋은 여자였고, 벤훙치는 이 점이 아주 마음에 들었다. 그녀와 같이 사는 남자는 화낼 일이 없었다. 문제는 벤훙치가 그런 사람이 아니라는 것이다. 그는 하루하루 뭔가 잘못돼간다는 생각이 들었다. 일단 시가 안 써졌고 갑자기 지방 교사 월급이 절반 가까이 줄어 56퍼센트만 지급됐다. 듣자니 쑤베이 지방 자치정부 재정에 문제가 생겨 재정 부족으로 교사 월급을 삭감할 수밖에 없단다. 이 작은 지방 마을에서 얻을 수 있던 작은 성취감마저 사라지자 조금이라도 똑똑하다 싶은 사람은 모두 떠나버렸다. 벤훙치 또래나 그보다 젊은 사람들은 남녀 할 것 없이 모두 마을을 떠나 드넓은 바깥세상에 뛰어들었다.

벤훙치는 이 작은 마을에 남아 있으면 미래가 없다고 생각했다. 다른 사람들이 갈 수 있다면 자신도 갈 수 있다고 생각했다. 그는 사직서를 던지고 시집 한 권과 중학교 국어 교재를 가지고 베이징에 왔다. 사실 교재를 가져올 생각은 없었는데 언젠가 돌아올 테니 본업을 잊지 말라며 아내가 억지로 가져가게 했다. 처음에 그가 떠난다고 했을 때 아내는 결사 반대였다. 아직 신혼의 단꿈이 가시지 않은 결혼 2년 차에 떨어져 있고 싶지 않았다. 더구나 그 먼 베이징으로 간다니 도저히 견딜 수 없었다. 하지만 볜훙치는 결국 떠났다. 그는 아무 준비 없이 베이징에 입성했다.

볜훙치는 이렇게 난생처음 베이징 땅을 밟았다. 해질 무렵, 버스가 베이징에 들어서자 그는 가슴이 벅차올라 눈물을 흘렸다. 이때는 새 천년의 첫 번째 해, 세 번째 달이었다. 이 무렵 베이징은 최악의 황사로 뒤덮였다. 창밖으로 손을 내밀자 까끌까끌하고 건조한 공기가 느껴졌다. 옆에 앉은 할아버지가 왜 우느냐고 묻자 그는 눈에 모래가 들어갔다며 얼른 눈물을 닦고 이렇게 말했다.

"보세요, 얼굴이 온통 모래투성이에요. 여긴 베이징이니까요."

황사에 휩싸인 베이징은 상상했던 것만큼 기품 있고 화려하지는 않았지만, 볜훙치는 이곳이 아주 마음에 들었다. 그는 황사를 핑계로 터미널에 도착할 때까지 눈물을 흘렸다. 터미널 밖으로 나와 힘차게 길을 걷다가 여행 가방을 내려놓고 아내에게 문자를 보냈다. 그의 문자는 다분히 시적이었다.

'여보, 난 지금 차가운 시멘트 위에 서서 어둠에 휩싸인 뜨거운 베이징을 바라보고 있어.'

연이어 문자를 하나 더 보냈다.

'여보, 사랑해. 그리고 베이징도 사랑해.'

볜훙치는 이렇게 이유 없이 베이징을 좋아하게 됐다. 그는 그 뜨거웠던 밤이 사실 황사에 휩싸인 베이징의 여느 3월 밤처럼 아주 추웠다는 사실을 한참 후에야 깨달았다. 하지만 그날은 뜨거운 열기를 느끼며 밤새도록 점퍼 지퍼도 올리지 않았다. 그는 옷깃을 풀어헤친 채

큰길을 걸었다. 원래 베이징에 일하러 와 있는 먼 친척에게 신세를 지려고 했는데 연락이 되지 않았다. 네 번이나 전화를 했지만 받지 않아 깔끔하게 포기했다. 밤거리를 걷는 것도 나쁘지 않았다. 그러나 한밤중이 되자 대로를 가득 메웠던 차와 사람이 거의 사라져 적막하고 쓸쓸했다. 그래도 기분은 좋았다. 온몸에서 시인의 감성이 넘쳐흘러 가로등에 비친 그림자마저 시인의 그림자처럼 느껴졌다. 걷다가, 걷다가 톈안먼 앞에 도착해 거대한 마오 주석의 초상화를 보는 순간 또다시 눈물을 흘렸다. 어려서 즐겨 부르던 '사랑하는 베이징 톈안먼' 노래가 생각났다. 지금, 그 톈안먼이 바로 눈앞에 있으니 마치 꿈을 꾸는 듯했다. 그는 진수이차오金水橋• 난간에 기대어 제 눈물이 다리 아래로 떨어져 아름다운 물결이 잔잔히 퍼져나가는 것을 바라봤다.

'베이징, 제기랄! 왜 이렇게 좋은 거야?'

나는 언젠가 곰곰이 생각해봤다. 뻰훙치의 열정은 도대체 어디서 오는 것일까? 처음 베이징에 왔을 때 난 왜 그런 아름다움을 느끼지 못했을까? 내가 생각해낸 이유는 단 하나, 뻰훙치는 밤에 도착했고 나는 낮에 도착했기 때문이다. 네온사인에 둘러싸인 베이징의 밤은 확실히 아름답다. 어디를 가도 화려하고 웅장하다. 먼지를 뒤집어쓴 도로와 건물, 그 외에 아름답지 않은 것들은 모두 어둠에 가려진다. 온 세상이 오색찬란한 빛으로 둘러싸여 모든 것이 화려하게 빛났다.

내가 처음 베이징에 도착해 기차에서 내렸을 때는 이른 새벽이라 공기가 맑고 시야도 좋았다. 순간 가슴이 답답하고 우울했다. 베이징

• 톈안먼에서 광장으로 연결되는 5개의 대리석 다리.

이 이렇게 낡은 도시였던가? 텔레비전에서 보던 것하고 너무 다르잖아? 버스를 타고 하이덴에 도착했을 때는 정말이지 울고 싶었다. 그때 하이덴은 황량 그 자체였다. 내가 살던 작은 도시 외곽 지역과 다를 게 없었다. 나는 대학생활 4년 동안 밖에 나가고 싶지 않아 거의 학교 안에서만 지냈다. 이런 선입견은 요즘에 와서야 조금씩 바뀌는 중이다. 지금 하이덴은 몰라보게 달라졌다. 도처에 번쩍이는 대형 유리와 스테인리스 반사광 때문에 깊고 깊은 환상의 세계에 빠진 것 같았다.

벤훙치는 여전히 자신의 관점을 고수했다. 처음에 정말 많이 고생했지만 그래도 마음속으로 소리 높여 베이징을 찬양했다. 이튿날 겨우 친척과 연락이 되어, 큰 가방을 끌고 그가 사는 작은 방에 비집고 들어갔다. 생각과 달리 친척의 상황은 아주 힘들어 보였다. 고향에서 순진하게 상상했던 모습과 크게 달랐다. 베이징에만 오면 개도 사람이 되는 줄 알았는데 직접 와보니 개는 그저 개일 뿐이었다. 친척이 국수를 삶아줬는데 작은 식탁 위에 찐빵 서너 개와 장아찌뿐이었다. 친척은 순식간에 국수 반 솥을 비운 후 외투를 걸치고 나갔다. 집을 나서기 전 그에게 일단 푹 자고 기운을 차린 후에 일을 찾아보라고 했다. 그는 친척이 낡은 삼륜차를 타고 사라지는 것을 봤다. 두 사람은 함께 바거우춘巴溝村에 있는 작은 집에 세 들어 살았다.

벤치훙은 기운을 차린 후 혼자 일을 찾으러 나갔다. 그는 자신이 뭘 할 수 있을지 감이 안 잡혔지만 뭐든 자신 있었다. 기자나 편집 같은 일은 충분히 할 수 있겠지. 길에서 신문이란 신문을 죄다 사 모은 후, 한 번도 눈여겨 본 적 없는 작은 틈새 광고까지 샅샅이 살폈다. 고심 끝에 일자리를 골라 정중하게 전화를 걸었다. 어떤 날은 선불카드를 두 장이나 썼지만, 일자리를 찾을 수 없었다. 얼마 뒤 주머니에 집에 돌아갈 차비만 남았을 때에야 친척의 충고가 떠올랐다. 무슨 일이든 배만 채우고 살 수 있으면 좋은 일이니 이것저것 고르지 마라. 하지만 그는 그 충고를 받아들일 수 없었다. 어쨌든 중학교 선생님이었고 시를 썼던 사람이다. 그런데 왜 전화를 하는 곳마다 주거와 생활 형편을 물어보는 것일까? 그게 일하는 거랑 무슨 상관이야?

그는 다음날에도 같은 일을 찾았다. 자신은 친척과 달랐다. 친척은 무식쟁이라 힘쓰는 일로 먹고사는 게 당연하지만, 자신은 다르다고 생각했다. 어떻든 지식인이 아닌가? 그는 이날부터 머리를 쓰기 시작했다. 휴대전화 대신 공중전화를 이용해 돈을 아꼈다. 그러나 이날의 운도 그 전과 다르지 않았다. 그날 저녁 그는 워털루에서 귀환하는 나폴레옹처럼 어깨를 축 늘어뜨린 채 바거우춘 집으로 돌아왔다. 친척은 일찍부터 누워 있었다. 오늘 경찰에게 한참을 쫓기느라 너무 힘들었다고 했다. 삼륜차에 번호판이 없기 때문이었다. 친척은 그에게 아무것도 묻지 않았지만 이미 얼굴에 다 씌어 있었다. '물어 뭘 해?' 라는 표정이다. 그는 너무 슬펐다. 친척을 침대에서 끌어내려 맥주 다섯 병을 병나발 불었다.

벤훙치는 며칠 동안 하이뎬 부근을 돌아다니며 버스 정류장에 붙어 있는 전단지까지 놓치지 않고 여기저기 연락해봤지만 모두 허사였다. 온 세상이 그를 등진 것처럼 도저히 방법을 찾을 수 없었다. 그는 여전히 자신의 미래에 대해 추호도 의심하지 않았다. 천만 명이 넘는 사람이 다 살아남았는데 나라고 왜 살아남지 못하겠어? 내가 왜 안 돼? 그는 찾고, 찾고, 또 찾았다. 또 이틀이 지났지만 다 헛수고였다. 일자리가 하나도 없는 것이 아니라 그가 원하는 그럴듯하고 힘들지 않은 일이 없었다. 그는 수요일과 토요일에 열리는 중관춘中關村 인

재고용시장에도 가봤다. 오후 내내 줄을 선 후에야 겨우 차례가 되어 신분증을 내밀었다. 유리창 너머 여직원이 물었다.

"증명서는?"

"이미 줬잖아요."

여직원은 남편과 싸우고 나왔는지 매우 짜증난 상태였다.

"어떤 증명서가 필요한지도 모르면서 무슨 일을 찾겠다고! 다음!"

뭐라 말하기도 전에 신분증이 날아왔다. 그는 한동안 멍해 있다가 옆 사람에게 물었다.

"저 여자가 무슨 증명서를 달라는 겁니까?"

"임시 거주증이요."

"그게 뭔데요?"

"형씨, 그것도 없어요? 조심하쇼. 경찰한테 잡히지 말고."

젊은이가 안후이安徽 억양이 섞인 표준어로 말했다.

"다음!"

창구 여직원이 짜증스럽게 유리창을 두드렸다. 그는 자리를 비켜줬다. 오후 내내 줄을 서서 얻은 거라고는 이 몇 마디 호통뿐이었다.

하루하루 시간이 빠르게 지나가고 가진 돈도 거의 다 써버렸다. 무엇보다 집에 할 말이 없다는 것이 가장 큰 문제였다. 아내가 매일 전화를 걸어와 걱정스러운 말투로 성과가 있느냐고 물었다. 그는 아내의 전화 요금도 아까워 미칠 지경이었다. 볜훙치가 그때 그 정신적인 충격을 어떻게 극복했는지는 모르겠으나, 결국 그는 친척과 함께 삼륜차를 타고 나섰다. 바거우춘 현지 주민에게 번호판 없는 삼륜차를 빌려 기회를 엿보다 중관춘에서 컴퓨터 운반 일을 시작했다. 볜훙치는 이 이야기를 할 때 슬픈 기색이 전혀 없었다. 삼륜차를 운전하는 일이 아주 만족스러웠다고 했다. 영화 「할 말 있으면 해봐」에 나오는 주인공이라도 된 것처럼 온종일 삼륜차를 타고 열심히 돌아다녔다.

"일단 자신을 낮추면 다 괜찮아요. 매춘부가 처음 몸을 팔 때는 두 번째를 걱정하지만, 세 번째부터는 매춘이 별건가 싶고 쾌감을 느끼게 되죠."

그 무렵 그는 강의를 들으러 자주 베이징 대학에 왔었단다. 사나흘에 한 번쯤 강의실에 들어가 학계의 유명 명사들을 직접 보곤 했다. 같이 살면서 이런저런 얘기를 나눠보니 그는 베이징 대학 교수들, 특히 중문과 교수는 나보다 더 많이 알았다.

볜훙치는 삼륜차를 운전하는 동안 아내에게 무슨 일을 하는지 말하지 않았다. 친척도 마찬가지였다. 두 사람은 그냥 일을 한다고, 좋지도 나쁘지도 않은 일이라고만 말했다. 특히 아내에게는 절대 말할 수 없었다. 정말 운이 나쁠 때는 일주일에 네 번이나 경찰에게 쫓겼다. 다행히 잡히지는 않았다. 그는 자신이 삼륜차 운전에 천부적인 소질이 있는 줄 미처 몰랐다. 언제 어디서든 차량과 인파를 뚫고 누구보다 빨리 달렸다. 새로운 직업이 신선한 자극이 되어, 이때까지만 해도 시를 쓸 수 있었다. 시인임을 숨기고 살아온 지난날 중 이때가 창작의 절정기였다고 했다. 삼륜차에 앉기만 해도 시상이 마구 떠올랐다. 그는 진심으로 베이징이 좋았다. 이것 봐, 베이징에서는 삼륜차를 몰아도 시상이 넘쳐흐르잖아.

얼마 뒤 변화가 생겼다. 같이 살던 친척이 집안에 문제가 생겨 급히 고향으로 돌아가게 됐다. 친척은 떠나기 전 가져갈 수 있는 물건을 모조리 챙겼다. 더 이상 베이징에서 살 생각이 없었다. 아무리 베이징이라도 삼륜차 운전은 당당하게 말할 수 있는 일이 아니니 차라리 고향에서 제대로 된 일을 하겠다고. 끝내 베이징에서 제자리를 찾지 못하고 떠나는 것이 아쉽긴 했지만 뒤돌아보지 않기로 했다. 그는 떠나기 직전에야 벤훙치에게 진심을 털어놓았다. 베이징에 사는 몇 년 동안 한순간도 현실에 수긍하지 않았다고. 늘 좀더 나아지길 바라고, 실망하고, 또 바랐다. 그는 무거운 마음으로 이제야 현실을 받아들인다고 말했다. 그는 벤훙치에게 방과 직접 조립한 낡은 삼륜차를 넘겼다. 그는 벤훙치에게 삼륜차를 너무 오래 타지 말라면서 자신은 베이징을 떠나는 그날까지 삼륜차를 탔다.

그 후 벤훙치는 홀로 고군분투했다. 삼륜차를 타고 집에 돌아와 혼자 술을 마셨다. 왼손에 한 잔, 오른손에 한 잔을 들고 잔을 부딪치며 스스로 안부를 묻고 스스로 행운을 기원했다. 그런데 얼마 못 가 문제가 터졌다. 삼륜차를 타고 런민 대학 서문 앞을 지나다 순간 실수로 신호 위반을 해서 경찰에게 잡혔다. 가까이 다가온 경찰은 번호판 없는 불법 삼륜차임을 발견하고 바로 압수해 고가 아래 창고에 처넣었다. 창고 안은 이미 수많은 불법 삼륜차로 가득했다. 그는 얼마간 돈을 주고라도 삼륜차를 되찾으려 했는데 경찰은 절대 안 된다고 하다가 아무렇지 않은 표정으로 새 삼륜차를 사고도 남을 어마어마한 액수를 불렀다. 그는 이를 갈며 분개할 뿐 달리 방법이 없었다.

벤훙치는 이 상황이 너무 난감하고 힘들었다. 그러다 문득 두려움이 밀려왔다. 의지할 것이 사라져버렸을 때의 불안과 공포. 그는 줄곧 베이징에서 의지할 것 하나 없는 완벽한 혼자라고 생각했다. 그런데 이제야 자신이 무언가에 의지하고 있었음을 깨달았다. 바로 그 낡은 삼륜차. 이 삼륜차는 그와 베이징을 이어주는 유일한 매개였다. 삼륜차를 잃어버린 순간 발 디딜 곳 없이 땅을 밟지 못하고 하늘에 붕 뜬 기분이었다. 자신과 베이징을 이어주는 유일한 관계 증명이 사라지자 그는 처음으로 이 도시가 자신을 거부하고 있음을 깨달았다. 그는 베이징과 전혀 관계없는 낯선 이방인일 뿐이었다. 그 경찰 말고는 그가 삼륜차를 잃어버린 사실을 아는 사람은 아무도 없었다. 어쩌면 그 경찰도 돌아서는 순간 이 사실을 잊었을지 모른다. 그는 고가 기둥 옆에 애처롭게 쪼그려 앉아 이런저런 생각에 잠겼다. 지금 죽어버려도 아무도 모르겠지. 무슨 수로 알겠어? 볜훙치 따위가 뭐 대단하다고? 자신이 한없이 보잘것없이 느껴졌다. 그동안 얼마나 열심히 노력했는데, 낡은 삼륜차 하나 때문에 쑤베이 시골 마을로 돌아가야 한단 말인가?

볜훙치는 몇날 며칠 삼륜차를 되찾을 생각만 했다. 아침밥을 먹고 집을 나선 그는 차비를 아끼려고 평소처럼 런민 대학 서문까지 걸어갔다. 그는 베이징에 와서 자신이 변했음을 느꼈다. 특히 돈을 쓸 때 시시콜콜 따지고 좀스러워졌다. 외출할 때 차를 탈지 말지, 버스를 탈지 택시를 탈지 깊이 고민했다. 고향에서는 특별히 돈에 얽매인 적이 없었다. 돈이 많아서가 아니라 소도시 생활비는 수입을 초과하지 않기 때문이다. 그러나 베이징에서는 그럴 수 없었다. 언제 갑자기 돈 쓸 일이 생길지, 얼마가 필요할지 전혀 예측할 수 없기 때문에 집을 나서기 전에 늘 잊지 않고 지갑을 확인했다.

그는 고가 아래에 도착해 신호등 아래에서 열심히 수신호를 보내는 경찰을 차갑게 노려봤다. 며칠 전 자신을 좌절하게 만든 경찰은 아니지만, 지금 그 경찰이 창고 열쇠를 가지고 있기 때문이다. 말이 창고지 사실 철조망을 둘러친 공터였다. 철조망이 꽤 높아 삼륜차를 꺼내려면 반드시 철문을 통과해야 한다. 그는 경찰이 철문을 열어놓고 그 사실을 잊어버리길 간절히 바랐다. 그러면 몰래 들어가 삼륜차를 끌고 나올 수 있을 테니. 그는 이렇게 마음을 정하고 기다렸다. 그가 원하는 것은 자신의 낡은 삼륜차뿐이다. 창고 안에 새 삼륜차도 많았지만 다른 사람 것은 전혀 관심 없었다.

기다림은 정말 힘들었다. 좀처럼 기회가 보이지 않았다. 철문은 거의 열리지 않았고, 경찰은 코빼기도 보이지 않았다. 아주 가끔 문이 열렸지만 경찰이 바로 문 앞을 지키거나 수시로 주위를 둘러보며 철저히 경계했다. 정말 미칠 지경이었다. 그는 몇날 며칠을 기다리고 또 기다렸다. 그때는 뭔가에 홀린 것처럼 삼륜차를 되찾아야겠다는 생각뿐이었다. 어느 날, 드디어 기회가 왔다. 경찰이 다른 삼륜차를 단속하는 틈을 타 몰래 창고에 숨어들었다. 산처럼 쌓여 있는 삼륜차 더미 속에서 드디어 본인 삼륜차를 찾아 막 끌고 나오려는 순간, 경찰의 고함소리가 들렸다.

"이봐! 거기 너! 뭐 하는 거야?"

그는 뻗었던 손을 황급히 거두고 뭔가 찾는 척하며 창고 안으로 뛰어 들어온 경찰을 보며 변명했다.

"제 라이터를 찾고 있어요."

"라이터를 왜 여기서 찾아?"

"걸으면서 위로 던져 받기를 하다가 잘못해서 이 안으로 떨어졌어요."

"나가, 나가, 어서 나가. 마트에 가면 많으니까 거기 가서 찾아!"

벤훙치는 그때 그 경찰과 한판 붙고 싶은 충동을 느꼈다고 했다. 모든 경찰이 죽도록 미웠다. 당연히 아무 일도 없었다. 일이 있었다면 지금까지 이렇게 멀쩡하지 않았겠지. 그는 주먹을 꽉 쥐었지만 다시 힘을 풀었다. 상대가 경찰인 만큼 두려웠다. 더 이상 희망이 없었지만 차마 고가 밑을 떠나지 못했다. 결국 그는 삼륜차를 되찾지 못했고 이곳에서 현재 몸담고 있는 위조 증명서 세계를 만났다.

벤훙치는 그날도 변함없이 고가 밑에 쪼그려 앉아 눈앞을 스쳐가는 차량과 인파 행렬을 하릴없이 바라보고 있었다. 어느 순간 자신이 여기에 와 있는 이유도 잊은 채 깜빡 졸았다. 이때 앳된 남자가 죽을 힘을 다해 달려왔고 20여 미터 뒤에 경찰이 뒤쫓아오며 멈추라고 소리쳤다. 당황한 표정이 역력한 남자는 지푸라기라도 잡고 싶은 심정으로 벤훙치를 발견하고 그의 뒤에 숨을까 생각했다. 벤훙치는 그가 지나가도록 길을 비켜준 후 길을 가로지르는 척 자연스럽게 막아 달려오던 경찰과 부딪쳤다. 경찰이 비틀거리며 겨우 중심을 잡았지만 모자가 떨어져 멀리 굴러갔다. 경찰이 욕설을 내뱉으며 모자를 주웠을 때 남자의 자취는 흔적도 없이 사라졌다. 벤훙치가 치른 대가는 경찰에게 미안하다고 세 번 말한 것이 전부였다. 다음 날 남자는 고가 아래로 벤훙치를 찾아와 고맙다고 인사했다.

"고맙긴 뭘."

어차피 피차 모르는 사이고 애초에 그를 도우려던 것이 아니었다. 그저 경찰이 미워서 한 행동이었다.

"어쨌든 절 도와주신 건 분명하잖아요. 밥 한 끼 사고 싶은데 괜찮겠죠?"

벤훙치는 딱히 거절하지 않았다. 제대로 된 식사를 한 지가 언제인지 기억도 안 났다. 벌써 여러 날 고가 아래에 쪼그려 앉아 있느라 돈 한 푼 벌지 못해 방세도 내기 힘든 상황이었다. 두 사람은 식사를 하면서 온갖 얘기를 다 했다. 벤훙치가 낡은 삼륜차 얘기까지 거리낌 없이 전부 털어놓자 젊은 남자도 사정을 솔직히 말했다. 위조 증명서 만드는 일을 하는데 시작한 지 얼마 되지 않아 일이 서투른 탓에 하마터면 큰일날 뻔했다고. 그렇지만 이 일이 큰돈을 벌 수 있는 지름길이라며 적극 추천했다.

"말을 잘해서 손님을 꼬드기면 돈을 버는 일이에요."

벤훙치의 생각은 달랐다. 이 일이 명백한 불법임을 알기에 단칼에 거절했다. 남자는 더 이상 권하지 않고 명함을 주며 생각 있으면 언제든 연락하라고, 같이 일하는 친구를 소개해주겠다고 했다.

"물론, 돈이 없어 힘들 때 연락 주셔도 돼요. 많지는 않아도 당장 급한 일을 해결할 정도는 될 겁니다."

첫 만남은 이렇게 마무리됐다. 두 사람은 거나하게 술을 마시며 서로 좋은 친구가 될 것 같다고 생각했다. 그날 이후 벤훙치는 한동안 남자를 잊고 지냈는데 집주인이 계속 방세를 재촉하자 자연스럽게 그를 떠올렸다. 열심히 새 일자리를 찾는 중이었지만, 뜻대로 되지 않았다. 명함을 만지작거리다 밑져야 본전이라는 생각으로 전화를 걸었다. 남자는 지금 베이징 대학 웨이슈위안에 있다며 이쪽으로 와서 같이 점심을 먹자고 말했다. 그가 도착했을 때 남자는 멀끔한 양복 차림의 남자와 진지하게 협상 중이었다. 협상의 핵심은 800위안이냐 500위안이냐였다. 남자는 800위안을 원했고 양복은 500위안을 주장했다. 남자가 벤훙치를 발견하고 불쑥 말을 건넸다.

"베이징 대학 증명서 만들기가 얼마나 힘든데, 이게 800위안 값어치가 안 된단 말이요?"

"당연히 가치가 있지. 다른 대학으로 800을 요구했으면 말도 안 되겠지만. 800 이하면 그만둬!"

이 말에 양복이 한풀 꺾여 잠시 망설이다가 결국 800위안을 내놓았다. 양복 남자가 자리를 떠난 후 젊은 남자가 먼저 말했다.

"볜 형 덕분에, 그 한마디에 300위안을 더 벌었어요. 형이 이 일을 하면 틀림없이 크게 성공할 거예요."

"하긴 뭘 해? 난 못 해. 불법이잖아."

"왜 못 해요? 방금 아주 멋지게 한 건 했잖아요!"

"그게 일이라고?"

"바로 그렇게 하는 거예요. 이게 불법 같아요? 어디가 불법이죠? 그냥 큰소리 몇 번 친 것뿐이에요. 허풍이 불법은 아니잖아요."

볜훙치는 놀라움을 금치 못했다. 정말 상상도 못 한 일이었다. 이런 게 사업이라니! 듣고 보니 왠지 불법이 아닌 것 같았다. 볜훙치는 나중에 우리와 밥을 먹을 때 샤오탕의 어깨를 두드리며 호탕하게 웃었다.

"제기랄, 이 녀석 꼬임에 넘어가서 한배를 타게 됐죠."

그 젊은이가 바로 샤오탕이었다. 그때까지만 해도 앳된 젊은이였는데 2, 3년 사이 잘 먹고 몸집이 불어 어린 티를 전혀 찾아볼 수 없었다. 그때부터 두 사람은 함께 어울리기 시작했다. 위조 증명서 장사는 그날 양복 남자를 상대했을 때처럼 쉽고 간단한 것만은 아니었다. 그러나 몇 가지 요령을 터득하고 나니 생각처럼 그렇게 끔찍한 일도 아니었다. 그는 어느 정도 적응한 후 절대 핵심적인 일에 손대지 않고 입만 놀려 돈을 벌겠다는 원칙을 세웠다.

볜훙치는 금방 형편이 좋아져 바거우에서 시위안西苑으로 이사했다. 시위안의 어느 집 방 한 칸을 빌렸고 그곳에서 천단을 만났다. 집주인 딸인 천단과 사귄 것은 반년쯤 후였다.

4

나는 위조 증명서 장사꾼과 살면서 이상한 느낌이 전혀 없었다. 이밍과 사슈도 그랬을 것이다. 처음에 조금 석연치 않았지만 어느 정도 시간이 지나면서 모든 우려가 사라졌다. 우리는 단지 한 지붕 아래 함께 살 뿐이었다. 다들 각자 일에 바빴다. 이밍은 대학원 공부와 강의 아르바이트를 하느라, 나는 취재하느라 여기저기 돌아다녀야 했고, 벤훙치는 밖에서 돈 많은 사람을 꼬드겨 위조 증명서를 파느라 바빴다. 한가한 사람은 사슈뿐이었다. 그녀는 가끔 단기 아르바이트를 했지만 대부분 집에서 요리를 하고 텔레비전을 보며 시간을 보냈다. 우리가 함께 보내는 것은 주로 저녁 시간이었다. 가끔 서로 방을 오가며 이런 저런 얘기를 나누거나 일주일에 한두 번 다 함께 외식을 하곤 했다. 대부분 벤훙치가 밥을 샀는데 그나마 자기가 쉽게 돈을 벌기 때문이라고 했다.

그는 확실히 쉽게 돈을 벌었다. 그는 자주 내 방에 건너와 소설의 소재로 이용하라며 낮에 있었던 재미있는 일들을 얘기해줬다. 반년 전쯤 한 후난 관리에게 바가지를 씌운 이야기. 그날 그는 하이뎬 부근에서 열심히 돌아다녔지만 해질 무렵까지 한 건도 올리지 못하고 나무에 기대 담배만 피워댔다. 그때 고급 승용차 한 대가 나타나자 직감적으로 일거리라는 생각이 들었다. 역시나, 담뱃불을 끄는 순간 차문이 열리고 검은 안경을 쓴 남자가 내렸다. 그는 누가 봐도 운전기사였다. 차 안에 앉아 있는 고급 양복과 넥타이 차림의 40대 남자는 관심 없는 척 다른 곳을 보고 있었다. 운전기사가 가까이 다가와 한마디 툭 던졌다.

"증명서 있습니까?"

그는 선글라스를 낀 채 주위를 휙 둘러본 후 저쪽으로 가서 말하자고 했다. 볜훙치는 그를 따라 다른 나무 아래로 갔다. 그는 바로 선글라스를 벗고 석사 졸업증, 구체적으로 베이징 대학 MBA 학위증이 필요하다고 했다.

"문제없어요. 2000위안이요."

"너무 비싸네. 다 알아봤는데 보통 800위안 정도잖아요."

"잘 모르시는 모양인데 베이징 대학 MBA 학위증은 원본을 구하기가 아주 힘들어요. 원본 구하려면 여기저기 돈을 써야 하는데, 2000위안도 부족할지 몰라요. 그리고 베이징 대학 경영대학원 학비가 얼마나 비싼 줄 알아요? 이 정도란 말입니다."

볜훙치가 아무렇게나 손가락을 세워 흔들었다. 사실 '이 정도'가 어느 정도인지 그 자신도 몰랐다. 두 사람이 목소리를 낮춰 한참 실랑이를 벌이는데 승용차 클랙슨이 울렸다. 운전기사가 꽁무니 빠지게 달려가 허리를 굽히고 차 안에 앉은 주인과 얘기를 나눴다. 잠시 후 돌아온 운전기사는 '그렇게 합시다. 2000위안으로'라며 계약금 1000위안과 차 안에 앉은 남자의 사진 두 장을 내놓았다. 그리고 최종 물건을 받을 시간을 정한 후 재빨리 승용차로 돌아갔다.

재미있는 이야기는 그다음이다. 볜훙치가 샤오탕을 찾아가 제작 전문가에게 맡겨달라고 사진을 건넸다. 그런데 샤오탕이 사진을 보자마자 킥킥거렸다. 점잖은 사진의 주인공이 2년 전에도 샤오탕에게 위조 증명서를 만들어갔는데 그때는 학사 졸업증이었단다. 그때 샤오탕은 베이징에 온 지 얼마 되지 않아 사촌형과 같이 일할 때였는데, 사촌형이 크게 속여먹었다.

"그 사람 창사長沙시 무슨 국장일 텐데 더 크게 바가지 씌워도 돼요."

다시 계획을 세운 벤홍치는 물건을 전달하는 날, 크게 허풍을 떨며 상대를 조바심 나게 만들었다.

"아무래도 2000위안으로 안 되겠어요. 원본 구하는 데만 1500이 들었어요. 여기에 재료비랑 인건비가 또 들어가서 오히려 손해 보게 생겼어요. 값을 더 쳐주셔야겠어요. 3000위안."

그는 운전기사에게 완성된 위조 증명서를 보여주며 3000위안을 요구했다.

"싫으면 관두세요."

상대는 완성된 물건이 눈앞에 있으니 도저히 거부할 수 없었다.

"그럼 도대체 얼마를 번 거야?"

"2700위안."

"젠장, 그 큰돈을 그렇게 쉽게? 오늘은?"

"뭐, 그럭저럭 1000이요."

"벤 형, 그렇게 많이 벌었으면 한턱 내야 하지 않아?"

"좋아요. 갑시다, 수이주위 먹으러!"

우리는 바로 식당으로 향했다. 이후로도 내가 부추겨 이렇게 외식을 하러 가곤 했다. 이밍과 사슈도 불렀다. 가는 길에 사슈가 천단도 부르면 어떻겠냐고 말을 꺼냈다.

"불러요, 불러요. 어차피 집에서 할 일도 없을 텐데."

천단에게 전화를 하니 친구와 쇼핑 중인데 늦게 끝날 것 같다며 내일 저녁 때 오겠다고 했다. 벤홍치가 전화를 끊고 이렇게 말했다.

"차라리 잘됐어요. 여자들이 좀 짜증날 때가 있잖아요. 쓸데없는 잔소리나 늘어놓고."

나는 이 말이 무슨 뜻인지 알았다. 천단은 그를 볼 때마다 빨리 이혼하라고 재촉했을 것이다.

이역만리 전쟁은 현재진행형이었다. 미국 탱크가 이라크 남부로 진격했다. 우리는 식당에서 밥을 먹으며 텔레비전으로 그 모습을 지켜봤다. CCTV4 프로그램에 군사 전문가들이 나와 화면을 보며 향후 전쟁 상황을 분석 예측했다. 전문가들의 분석이 꽤 그럴듯하고 재미있는 데다 수이주위의 맛도 좋으니 테이블 분위기가 아주 좋았다. 잠시 후 화면이 빠르게 바뀌면서 폭격으로 파괴된 건물 잔해와 이라크인 사망자 수가 나타났다. 꽤나 충격적이라 모두 젓가락질을 멈췄다. 볜훙치가 먼저 입을 열었다.

"이라크인 한 명 죽는 건 프랑스인 한 명 죽는 거랑 똑같아요. 덴마크인 한 명, 중국인 한 명, 러시아인 한 명, 아르헨티나인 한 명, 콜롬비아인 한 명, 모리셔스인 한 명과 다르지 않아요. 물론 미국인 한 명과도 같아요. 제기랄, 미국 놈들은 도대체 무슨 권리로 사람을 파리 잡듯 잡아 죽이는 거야?"

그는 쉽게 흥분하는 사람이라 마구 욕설을 내뱉으며 젓가락을 집어던졌다. 식당 주인이 얼른 텔레비전을 꺼버렸다. 우리도, 식당 주인도 텔레비전을 끄면 볜훙치의 흥분이 사라진다는 것을 잘 알았다. 이밍이 적당히 화제를 돌렸다.

"볜 형, 다른 얘기나 해요."

"무슨?"

이번에는 사슈가 장단을 맞췄다.

"혹시 고향에서도 이랬어요?"

"뭐가요?"

"흥분하는 거."

"아니요."

벤훙치가 수이주위에서 콩나물을 골라내며 대답했다.

"흥분할 일이 없었죠. 지금 생각해보면 우리 고향은 세상 밖에 있는 것 같아요. 그곳에선 아무것도 몰랐고 아무것에도 관심이 없으니 뭘 보고 흥분하겠어요? 아예 관심이 없는 건 아니지만 나랑 아주 먼, 내 인생과 전혀 상관없는 일이라고 생각했죠. 완전히 다른 세계였던 거죠."

"지금은요?"

"갑자기 세상에 가까워졌어요. 억지로 끼워맞추려는 게 아니라 베이징에 온 후로 진짜 세상의 큰 틀에 뛰어든 느낌이에요. 이렇게 말하면 너무 잘난 척하는 것 같으려나? 뭐, 상관없어요. 여러분이 그렇게 생각한다면 그런 거죠. 하지만 난 내가 이 세상의 한 부분을 차지하고 있다고 확신해요. 다른 사람들 눈에는 안 보이겠지만, 내 눈에는 내가 차지한 부분이 분명히 보이거든요. 처음에는 나도 아무것도 안 보였어요. 눈을 가린 채 하염없이 연자방아를 돌리는 나귀처럼 살았으니까요."

이번에는 내가 말했다.

"그것도 나쁘지 않은데. 난 흐리고 비 오는 날이면 기분이 많이 가라앉아서 그냥 좋은 여자와 결혼해서 아이 낳고 그럭저럭 살고 싶어요. 작은 집에서 평화롭고 화목하게 처자식과 알콩달콩 살면 연자방아 돌리는 나귀처럼 매일 같은 삶이라도 좋을 것 같아요."

"젠장, 작가가 생각하는 게 그게 다예요? 그건 아니죠. 사실 사는 게 처량한 건 누구나 다 마찬가지예요. 먼저 자기 자신을 설득하는 게 중요해요. 무엇이 가장 중요한지 알아야죠."

이밍과 나는 무슨 말인지 전혀 이해할 수 없었다.

"그게 무슨 뜻이에요?"

"예를 들면."

벤훙치는 방금 전 격분했던 모습을 거두고 당당하고 자신감 넘치는 표정으로 소매를 걷어올렸다.

"내 경우를 말해볼게요. 오늘 아침에 위조 증명서를 만들려는 여자애 둘을 만났어요. 자기네는 한국인인데 베이징 대학 석사 졸업증서가 필요하다더군요. 그래서 1000위안을 뜯어냈죠."

"위조 증명서를 만드는 일에도 직업윤리가 중요하다고 하지 않았어요?"

"그 여자애들이 날 이렇게 만들었어요. 나한테 말할 때는 더듬더듬 어색한 표준어를 사용했는데 둘이 상의 좀 해야겠다며 뒤돌아서더니 어땠는지 알아요? 아주 유창한 산둥 말을 쓰더군요. 순간 확 열이 받아서, 홧김에 호출기 번호만 줬어요."

"그리고요?"

"계약금 받고 호출기를 버렸죠. 몇 푼 안 하니까. 양심 없어 보여요? 난 그렇게 생각 안 해요. 난 돈을 벌기 위해 열심히 내 일을 하는 거니까. 난 오히려 그 여자애들처럼 나쁜 짓인 줄 알면서 고고한 척하는 사람들이 더 싫어요. 그래서 난 전혀 부끄럽지 않아요."

"그렇게 자기 합리화를 하는군요?"

"이걸로 부족한가?"

벤훙치가 킥킥 웃으며 우리에게 술을 권했다.

"난 하고 싶은 걸 하기 위해 돈을 벌고 싶은 거예요. 참, 이 얘기는 소설에 쓰면 안 돼요. 그 여자들이 보면 날 죽이려고 들 테니."

우리는 이 말에 놀라움을 금치 못했다. 그는 늘 우리가 상상도 못 한 일을 생각했다. 솔직히 볜훙치가 한집에 같이 살기 시작해 갑자기 떠난 그날까지, 나는 그가 어떤 사람인지 확실히 알지 못했다. 하지만 이 또한 무슨 상관이랴. 이밍은 다들 우연히 만난 사람들이니 탈 없이 잘 지내면 그만이지 더 알 필요가 있느냐고 했다. 맞는 말이다. 자세히 알아봤자 뭐가 달라지나? 우리는 마주치면 그냥 같이 밥 먹고 이야기하며 가볍게 즐겼다. 나머지 삶은 결국 각자의 몫이니까.

일반적인 관점에서 볼 때 나와 볜훙치의 관계는 아주 좋은 편이었다. 하지만 나는 그에게 일에 대한 것은 거의 묻지 않았다. 그 일에는 분명 건드리면 안 될 부분이 있을 테니. 그런데 그는 평소 자기 일을 아무렇지 않게 떠들어댔다. 나는 들어도 별 의미를 두지 않고 그냥 웃어넘겼다. 그는 가끔 나와 이밍에게 도움을 청하곤 했다. 예를 들어 번역이나 서류 대필이 필요할 때 우리를 찾아왔다. 내가 아는 영어라고는 알파벳 26개뿐이라 번역 일은 이밍에게 맡겼다. 이밍은 영어 공부를 열심히 해둔 덕분에 지금까지 기본이 탄탄했고 최근 박사시험을 준비하느라 더 열심히 공부하고 있어 몇 문장 번역하는 것은 일도 아니었다. 대신 나는 필체가 좋은 편이라 만년필로 서류를 옮겨 쓰는 일을 도와줬다. 내가 대필하는 서류는 주로 세 가지였다. 첫 번째는 졸업평가서. 나는 졸업평가서에 서명을 하면서 마치 학과 주임이 된 듯한 쾌감을 느꼈다. 서명이 끝난 후에는 이름조차 생각나지 않았지만. 두 번째는 지도교수 평가서인데 볜훙치가 요구한 대로 좋은 말만 썼다. 마지막 서류는 서명만 하면 됐다. 어느 기관 부서장의 필체를 흉

내 내기 위해 30분 정도 연습한 뒤, 부서장 이름을 휘갈겨 썼다. 써놓고도 이름이 뭔지 알 수 없었지만, 어떻든 필체는 거의 똑같았다.

이렇게 도와주고 나면 그는 또 우리에게 수이주위를 샀다. 그는 식사를 하면서 우리랑 같이 살아서 정말 좋다고 했다. 우리가 있으니 밖에서 다른 사람에게 부탁할 필요가 없었다. 그 전에는 번역이 필요할 때 간쑤甘肅에 사는 한 영어 교사에게 부탁하느라 장거리 우편으로 서류를 주고받아야 했다. 베이징에서는 믿을 만한 사람을 찾기 어렵기 때문에 어쩔 수 없었다. 그는 농담으로 나와 이밍도 공범이라고 말했고, 우리는 그냥 웃어넘겼다. 같이 지내는 시간이 길어질수록 이 일이 불법이란 사실에 점점 무뎌졌다. 번역이나 서명을 할 때 머릿속에 위조 증명서를 만든다는 개념 자체가 없고 그저 같이 사는 친구를 도울 뿐이라고 생각했다.

수이주위를 먹고 집에 와서 차를 마시고 있을 때 천단이 왔다. 나는 빨리 방으로 들어가라며 벤훙치의 등을 떠밀었다. 이밍과 사슈는 조용히 야릇한 미소를 지었다. 두 사람은 내가 벤훙치를 떠민 이유를 누구보다 잘 알 것이다. 잠시 후 욕실에서 물소리가 들렸다. 나는 짓궂은 말투로 이밍에게 물었다.

"두 사람이 뭘 하고 있을까?"

"또 헛소리 지껄이네. 네 차례가 되면 넌 훨씬 더 요란할걸."

"사슈, 이 자식 헛소리하는 거 들었지? 빨리 데리고 들어가서 손 좀 봐줘요. 소리는 너무 크게 내지 말고."

언제나처럼 얼굴이 빨갛게 달아오른 사슈가 몇 마디 툴툴거리며 이밍을 끌고 들어갔다. 이밍은 기꺼이 끌려갔다. 두 사람은 이미 마음이 동한 상태였다.

나는 등나무 의자에 기대 차를 마시며 무료한 시간을 보냈다. 컴퓨터 속 음악이 떠올랐지만 그 갖가지 악기 소리는 내게서 너무 먼 것처럼 느껴졌다. 남들의 평범한 행복도 나와는 거리가 멀었다. 슬슬 여자친구를 찾을 때가 된 모양이다. 하지만 늘 아직 아니라는 생각이 들었다. 제대로 된 기반이 없어 항상 허공에 둥둥 떠 있는 것 같았다. 어디론가 끊임없이 흘러가는 느낌이다. 영원히 뿌리를 내릴 수 없을 것만 같아 사랑이나 결혼은 꿈도 꿀 수 없다. 내 상황은 대략 이러했다. 이 불안감은 쉽게 가라앉지 않았다. 특히 컴퓨터를 켜고 내가 쓴 글들을 보고 있자니 그 존재 의미를 의심하지 않을 수 없었다. 너무 슬프고 괴로웠다. 술을 한 잔 마셨더니 취기가 올라 살짝 어지러웠다. 몽롱한 상태로 의자에 누워 깜빡 잠이 들었다. 잠시 후 벤훙치와 천단이 싸우는 소리에 퍼뜩 잠에서 깼다. 두 사람은 또 이혼을 하니 마니 싸우기 시작했다. 천단의 목소리가 점점 커졌다.

"지금 내 꼴이 이게 뭐야? 며칠에 한 번 와서 잠깐 있다가 깜깜한 한밤중에 집에 돌아가야 해. 난 왜 내 남자랑 같이 살 수 없는 거야? 난 왜 마음 편히 내 가정을 꾸릴 수 없는 거야?"

"좀 기다려줄 수 없겠어? 이혼을 하려면 고향에 돌아가야 하잖아. 지금 여기서 뭘 어떻게 해?"

"그럼, 지금 바로 가. 이혼 못 하면 돌아오지 마!"

"지금 12시가 넘었어. 어떻게 가라는 거야?"

"좋아, 네가 안 가면 내가 가!"

천단은 크게 고함을 지르며 울먹이다가 벌컥 문을 열었다.

"난 이제 가야 해. 봐봐, 지금 내가 뭐 같아? 난 부르면 오고 가라면 가는 창녀가 아니야!"

그녀는 거실을 지나 현관문을 쾅 닫고 나갔다. 벤훙치가 슬리퍼를 신고 거실을 왔다 갔다 하더니 내 방문을 두드렸다.

"담배 하나 줘요. 내 걸 다 피워서요."

"왜 안 따라 나가요?"

말해놓고 보니 할 말이 아닌 듯했다. 그냥 아무것도 못 들은 척했어야 하는데. 그가 창가로 걸어가 아래를 내려다보고 담배에 불을 붙였다.

"이미 택시를 잡았어요. 출발했네요. 하여간, 여자들이란…… 그 난리를 피우더니, 다 퍼붓고 아무렇지 않게 가버리지. 그럴 줄 알았어."

나는 음악 소리를 조금 줄였다. 그는 담배를 다 피우고 재떨이에 비벼 끄며 말했다.

"이 담배, 중난하이네, 중난하이야……"

그리고 잠깐 입을 다물었다가 내게 물었다.

"형, 내가 어떻게 해야겠어요?"

"뭘?"

"뭐겠어요? 여자 말이죠."

"어느 쪽이 더 좋아요?"

그는 또 담뱃불을 붙였다.

"모르겠어요. 고향에서는 아내가 세상에서 제일 좋은 여자였죠. 그런데 베이징에 와보니 천단과 지내는 것도 너무 좋아요."

"이런 말이 있죠. 진지하게 잘 생각해봐요. 만약 이 여자가 날 떠난다고 생각했을 때 마음이 찢어질 것처럼 아픈 쪽이 정말 사랑하는 사람이에요."

"이미 생각해봤죠. 아내예요. 그런데 베이징과 고향을 여자에 비유하면, 베이징을 떠나는 게 훨씬 괴롭고 슬퍼요."

"그렇게 베이징에 살고 싶어요?"

"베이징이 나한테 더 잘 맞는 거 같아요. 내가 할 수 있는 일이 있으니까."

"그럼 마누라를 데려오면 되겠네."

"마누라는 싫대요. 그 사람은 베이징을 위험하다고 생각하는 거 같아요. 그 작은 마을에서 조용히 아이들을 가르치고 싶어해요. 지금도 훌륭한 초등학교 선생님이죠."

나도 담뱃불을 붙였다.

"그럼 어쩌려고요?"

"나도 몰라요. 정말 미치겠어요. 위조 증명서 만드는 것도 이렇게 복잡하지 않은데. 젠장, 세상에는 절대 건드리면 안 되는 여자가 있어요. 잘못 건드리면 평생 괴로워져요."

"그러게 누가 발가벗고 벌집을 건드리래요?"

"그러게요. 젠장, 누가 나한테 그랬을까요?"

5

시위안은 나도 여러 번 가본 곳이다. 베이징 대학 서문에서 버스를 타면 대부분 시위안을 경유한다. 청쩌위안에서 갈 때는 정문에서 왼쪽으로 돌아가면 충분히 걸어갈 수 있는 거리다. 어느 날 같이 이허위안頤和園 가는 길에 볜훙치가 시위안 정류장 근처에 보이는 작은 골목을 가리키며 저기가 천단네 집이라고 했다. 회색 건물 뒤편에 작은 쓰허위안四合院이 보였다. 천단의 할아버지 때부터 살던 집이라 심하게 낡았지만 값은 꽤 나가는 모양이었다. 아마 더 오르길 기다리는 것 같았다.

볜훙치가 천단의 집에 방을 얻은 건 정말 우연이었다. 바거우 집주인은 그가 가장 힘든 시기에 피가 마르도록 방세를 재촉했다. 그래서 더 이상 바거우에 살고 싶지 않았다. 샤오탕과 함께 처음으로 큰 건에 성공하던 날, 밀린 방세를 다 내고 이튿날 바로 이사하기로 했다. 당시 샤오탕이 시위안에 살았는데 그쪽에 빈방이 많아 가격이 적당하다고 했다. 두 사람은 온종일 시위안을 돌아다니다가 해질 무렵 천단네 집에 들어갔다. 천단 어머니는 전에 살던 세입자가 나간 지 얼마 안 됐는데 아직 세를 놓고 싶지 않다고 했다. 방세도 얼마 안 되는데 늘 불안하니 왠지 손해인 것 같다고. 방세가 만족스럽다면 모를까. 천단의 어머니와 아버지는 귀엣말을 주고받은 뒤 월세 600위안으로 가격을 정했다.

"매달 500위안으로 하지요."

볜훙치와 샤오탕도 더 이상 돌아다니고 싶지 않았다.

"600이라니까. 욕실까지 딸려 있잖아요."

"500이요. 욕실이 있으니까 500 드리겠다는 겁니다. 아니면 400이죠."

네 사람이 100위안에 목숨 걸고 의견을 고집하는 사이, 천단이 친구를 데리고 들어왔다. 볜훙치는 천단을 처음 봤을 때 별 느낌이 없었단다. 그냥 유행에 민감한 베이징 여자였다. 못생긴 것도, 아주 예쁜 것도 아니지만 앳되고 쾌활한 아가씨였다. 그때 천단의 친구가 작게 속삭였다.

"어머, 저 사람들 너희 친척이야? 너무 멋있다."

천단은 원래 마당을 지나 곧장 제 방으로 들어갈 생각이었는데, 이 말을 듣고 걸음을 멈췄다. 그녀는 잠시 볜훙치의 맞은편에 서서 논쟁의 이유를 파악한 후 부모에게 한마디 툭 던졌다.

"그냥 500으로 해요. 어차피 비워두면 뭐해요?"

"단단, 이 돈 받으면 다 네 거야. 적게 받으면 네 돈이 적어지는 거야."

"그래봤자 100위안이잖아요. 100위안 더 받아서 부자 될 것도 아니고."

볜훙치와 샤오탕은 이 분위기를 타고 500위안을 고집했다. 천단의 부모는 더 이상 할 말이 없어 500에 동의했다. 나중에 천단에게 들으니 방세를 그녀의 혼수 자금으로 모은다고 했다. 그는 천단의 집으로 이사한 후 초반에는 아주 얌전히 지냈다. 허튼 생각은 전혀 하지 않았고 할 생각도 없었다. 이때까지만 해도 멀리 떨어져 있는 아내가 미치도록 보고 싶었다. 그녀는 정말 좋은 아내였다.

위조 증명서 일은 막 시작한 터라 겁도 나고 매우 조심스러웠다. 행여 하나라도 잘못될까봐 매사를 신중히 처리했다. 어느 정도 단맛을 보고 나니 큰돈을 벌고 싶었지만 너무 깊이 들어가긴 두려웠다. 두 발이 허공에 붕 뜬 느낌이라 하루하루 불안하고 초조했다. 언젠가 혼자 하면 더 큰돈을 벌 수 있지 않을까 생각해본 적이 있다. 직접 고객을 찾아 위조 증명서 제작까지 모든 것을 혼자 해내면 고객이 내는 돈이 모두 내 것이 된다. 하지만 이내 이런 생각을 지웠다. 그즈음 이렇게 혼자 일하던 녀석이 경찰에 잡혀갔는데 그 집에서 위조 증명서 제작 도구가 발견돼 흠씬 두들겨 맞고 벌금 수만 위안을 내고도 5년 징역형을 받았다. 이 일은 그런 위험을 감수할 만큼 가치 있는 일이 아니다. 사실 무섭기도 했다. 조금 잘살아보려다 감옥살이를 하게 될지도 모른다. 절대 안 될 일이다. 그래서 앞으로도 길에서 입을 놀려 손님을 끌어 적은 돈만 벌기로 했다. 부담스런 생각을 버리고 나니 삼륜차를 운전할 때보다 훨씬 마음이 편하고 즐거웠다. 행복한 인생이 눈앞에 어른거려 손만 뻗으면 닿을 것 같았다. 그제야 천단이 눈에 들어왔다. 천단의 집에 이사 온 지 반년쯤 지났을 때였다.

내가 뻰훙치의 말을 오해하지 않았다면 천단이 조금 더 적극적이었다. 정확한 날짜는 기억나지 않지만 아무튼 어느 저녁, 집주인 딸이 그의 방문을 두드리며 끓인 물이 필요한지 물었다. 그녀는 퇴근길이라 어깨에 핸드백을 걸친 채 생긋 웃으며 문 앞에 서 있었다. 희미한 조명 탓인지 그는 갑자기 마음이 동해 그녀가 여자로 보였다. 그는 이렇게 단아하고 부드러운 여자를 좋아했다. 아내 역시 그런 여자였다. 어디를 봐도 천상 여자인 여자. 특히 앞치마를 두르고 부엌일을 하는 뒷모습을 보면 순식간에 사랑이 불타올랐다. 그래서 밥하는 아내를 뒤에서 꼭 끌어안으며 머리를 기대곤 했다. 그 순간 엄마 품에 안긴 아기처럼 마음이 편안해졌다. 그런데 갑자기 집주인 딸이 여자로 느껴지자 당황한 나머지 슬리퍼를 거꾸로 신었다.

"끓인 물 필요하세요?"

천단이 다시 물었다. 그는 그동안 이 질문을 수차례 들어왔다. 그녀는 날씨가 쌀쌀해지자 거의 매일 끓인 물을 갖다줬다. 혼자 사는 남자들은 물 끓이는 것도 귀찮아하는 것 같다며 자기 것 끓이는 김에 한 병 더 끓였다고 했다.

"드려요?"

"아, 네. 하하, 주, 주세요."

그는 살짝 말까지 더듬거렸다. 문을 활짝 열자 천단이 물병을 들고 좀더 가까이 다가섰다.

"여기, 물병이요."

그가 물병을 받아들고 고맙다고 말하며 침대 옆에 내려놓으려고 돌아서는데 천단이 불쑥 한마디 했다.

"잠깐 들어오란 말도 안 해요?"

그는 당황스러운 듯 손바닥을 비비며 대답했다.

"아, 들어오세요, 들어와요. 그게, 방이 지저분해서 좀 부끄럽네요."

"혼자 사는 남자 방이 다 그렇죠."

그녀가 의자에 앉으며 대화를 이어갔다.

"베이징에서 지낼 만해요?"

"그럭저럭요. 난 베이징이 좋아요."

그리고 잠시 침묵이 흘렀다. 두 사람은 각자 제 손만 쳐다봤다. 천단이 먼저 입을 열었다.

"내 친구가 그쪽이 너무 멋있대요."

"네? 어디가요? 늙어서 볼 것도 없는데."

"말도 안 돼. 서른도 안 됐는데 뭐가 늙었어요?"

그녀가 뜬금없이 작게 웃음을 터트렸다. 덕분에 어색함이 풀려 한결 자연스러워졌다. 사실 분위기는 이미 무르익었다. 두 사람은 제 손을 보는 대신 조심스럽게 상대방에게 시선을 돌렸다. 일부러 혹은 무심결에 시선을 마주치며 이야기를 이어갔다. 바깥바람이 차게 느껴지자 천단이 손을 뻗어 방문을 닫았다. 그녀는 바이성 마트 카운터에서 일한다고 말했고, 그는 알고 있다고 짧게 대답했다. 그는 그녀가 일하는 마트에서 물건을 산 적이 있지만 그녀에게 계산하지 않았다. 두 사람은 그냥 웃었다. 지금은 이런 이야기도 재미있게 느껴졌다. 이런저런 얘기를 더 했는데, 오래하지는 못했다. 천단의 어머니가 그녀의 이름을 부르며 '전화 왔다'고 소리쳤기 때문이다.

서로에게 한발 다가간 첫 만남은 이렇게 끝났다. 하지만 처음이 있으면 그다음은 훨씬 수월한 법이다. 이후 시간이 아주 빠르게 지나갔다.

이즈음 천단은 오후에서 저녁까지 근무하는 조라 퇴근해서 집에 오면 대략 10시였다. 천단의 부모는 옛날 습관대로 일찍 자고 일찍 일어나는 사람들이었다. 특히 날씨가 추워지자 더 일찍 침대에 누웠다. 바로 잠들지 않으면 이불 속에서 텔레비전을 보거나 수다를 떨었다. 한편 천단은 이맘때 새로운 습관이 생겼다. 집에 돌아오자마자 벤홍치의 방에 들러 끓인 물이 필요한지 물었다. 끓인 물은 당연히 필요하고, 그의 대답도 언제나 오케이였지만 그녀는 꼭 이렇게 먼저 물었다. 그러나 그의 방에 들어가 대화를 나눈 다음 날에는 물병을 들고 가 질문 없이 방문을 두드렸다. 두드리자마자 문이 벌컥 열리고 벤홍치가 나타났다.

"오후에 그쪽을 봤어요. 마트에 담배 사러 왔었죠? 왜 내 카운터로 오지 않았어요?"

"당신이 내 돈을 안 받을 것 같아서요."

"꿈도 야무져라!"

천단이 웃으며 물병을 제자리에 내려놓고 똑바로 서서 곱게 눈을 흘겼다. 벤홍치는 또다시 그녀가 여자로 느껴졌다.

"당신, 너무 예뻐요."

그는 말을 내뱉자마자 너무 속물적이라는 생각이 들었지만, 그의 마음은 이미 제멋대로 움직이기 시작했다. 어떻든 이미 내뱉은 말이고, 그녀가 이미 들어버렸다. 천단이 고개를 숙인 채 말없이 앉으려다가 의자에 부딪혀 비틀거렸다. 그가 얼른 손을 뻗었다. 하지만 도움이 필요 없어 보여 다시 팔을 거두려는데 갑자기 천단이 그의 손을 꽉 잡았다. 그리고 의자에서 벌떡 일어나 그의 품으로 뛰어들었다. 너무 간단했다. 예전에 아내를 만날 때는 1년이 걸렸는데, 지금은 이렇게 너무 간단했다. 그녀가 품속에 들어왔지만 그는 왠지 마음이 텅 빈 것 같았다. 왠지 모르게 초조하고 조금 두렵기까지 했다. 그는 자신이 좀더 남자답게 행동해야 할 것 같아 그녀를 강하게 끌어안았다. 두 사람은 쭈뼛거리느라 한참 후에야 서로의 입술을 찾았다. 나는 이 대목에서 본능적인 호기심이 일었다.

"그다음엔 어떻게 됐어요?"

"아무 일도 없었어요. 그냥 키스하고 끝이었어요. 너무 갑작스러워서 어떻게 해야 할지 모르겠더라고요."

"그럼 중요한 일은 언제 벌였어요?"

"사흘 후에요."

그날도 비슷한 밤 시간이었다. 볜훙치는 낮에 일하러 나갔다. 방을 얻을 때 천단의 부모에게 아침에 출근하고 저녁때 퇴근하는 영업사원이라고 했다. 위조 증명서 장사꾼이라고 하면 세를 안 줄 것 같았다. 사흘이란 시간은 그가 어떻게 해야 할지 생각을 정리하기에 충분했다. 더구나 그 후 이틀 동안 두 사람은 서로를 더 잘 알게 됐다. 그의 두 손이 밤마다 바삐 움직였고, 두 사람은 더 이상 서로에 대한 욕망을 감출 수 없었다.

벤훙치는 천단이 돌아오길 기다리다 10시 반까지 그녀가 오지 않자 일단 샤워를 하러 들어갔다. 막 비누칠을 하고 있는데 갑자기 욕실 문이 열리고 천단이 나타났다. 그녀는 한 손에 외투를 들고 있어 다른 한 손으로 눈을 가리며 작은 비명을 질렀다. 불쑥 문을 연 것이 절대 고의가 아니라는 의미였다. 그녀가 들어왔을 때 방안이 어두운데다 물소리도 들리지 않았기 때문이다. 그는 한 치의 망설임도 없이 그녀를 욕실 안으로 끌어당겼다. 그다음 상황은 이미 수없이 되풀이했던 그의 상상과 같았다. 딱 하나 다른 점이 있다면, 그가 미처 생각지 못한 장소라는 것이다. 문을 잠근 후 두 사람은 뜨거운 물이 만들어낸 수증기 속에서 알몸이 됐다. 천단이 풍성한 넝쿨처럼 그의 몸에 엉겨붙었다. 두 사람은 오랫동안 참아온 욕망을 사납고 거칠게 분출하며 격렬한 사랑을 나눴다. 벤훙치가 거친 숨을 몰아쉬며 말했다.

"오랫동안 널 기다렸어."

그녀도 헐떡이며 대답했다.

"알아."

"널 아주 좋아해."

"알아."

"난 위조 증명서 사기꾼이야."

"알아."

"난 이미 아내가 있어."

"알아."

"알아, 알아, 알아. 넌 다 알고 있어."

"알아, 알아, 알아. 난 다 알고 있어."

중요한 일을 마친 후, 그가 물었다.

"어떻게 다 알고 있어?"

"당연히 알고 있어야지."

"어떻게 알았는데?"

"반년이 넘었는데 무슨 일인들 모르겠어?"

그는 긴 한숨을 내쉬었다. 다 알고 있는 줄도 모르고 표정까지 바꿔가며 숨기고 감추려 했으니, 다 부질없는 짓이었다.

"내가 사기꾼인 것도 알고, 유부남인 것도 알면서 나한테 왜 이러는 거야?"

"왜 그럴까? 좋아하니까."

이 말을 듣는 순간 볜훙치는 몸도 마음도 따뜻해졌다. 좋아하니까, 좋아하니까. 순간 이 관계가 별일 아니라는 생각이 들었다. 그동안 불륜이 엄청난 일이라고 생각했는데, 베이징 여자를 만나 이 생각이 흔적도 없이 사라져버릴 줄 미처 몰랐다. 좋아하니까, 좋아하니까. 몇 번을 들어도 마음이 편하고 너무 좋았다.

그러나 두 사람의 비밀스런 관계는 석 달 만에 천단의 부모에게 들키고 말았다. 그 망할 놈의 방세 때문이었다. 하루는 천단의 어머니가 그에게 지금은 난방을 해야 해서 원래 방세만으로 돈이 부족하니 50위안을 올려야겠다고 말했다. 말 나온 김에 두 달 전부터 난방을 했으니 두 달 치 난방비도 같이 내라고 했다. 볜훙치는 흔쾌히 동의했다. 며칠 후, 천단의 어머니가 딸에게 방세를 받았느냐고 물었다.

"어제 받았어."

"얼마 받았어?"

"당연히 500위안이지. 처음부터 그렇게 얘기했잖아."

경험이 많고 눈치가 빠른 천단의 어머니는 그동안 딸과 세입자가 자신을 속이고 있음을 알았고 둘 사이에 뭔가 있다는 느낌을 받았다. 그렇다. 두 사람 사이에 확실히 뭔가 일이 벌어지고 있었다. 중요한 일이 있었던 그날 이후, 천단은 벤홍치에게 방세를 받지 않았다. 그가 매달 방세를 내겠다며 일부러 과장스럽고 더 크게 떠벌렸지만 천단이 '내긴 뭘 내? 뒀다가 몸보신이나 해요'라며 받지 않았다. 그는 실실 웃으며 이렇게 대꾸했다.

"내가 내는 게 적단 말이야? 다달이 수십 번씩 냈는데?"

천단이 얼굴을 붉히며 그를 때리려다가 또 한 번 부둥켜안고 한데 뒤엉켰다. 30분 후, 벤홍치가 노곤한 목소리로 '방세를 또 냈네'라고 중얼거렸다.

천단의 어머니가 이 의혹을 남편에게 전했다. 천단의 아버지는 생각할수록 상황이 잘 맞아떨어지자 식은땀까지 났다. 세입자는 세입자일 뿐이라 자세한 내력은 알 길이 없었다. 천단의 부모는 일단 모르는 척하고 몰래 뒷조사를 하기로 했다. 두 사람은 평소처럼 일찌감치 불을 끄고 잠자리에 들었다. 그리고 12시쯤 조용히 일어나 살금살금 딸 방으로 가 방문을 두드렸다. 불은 켜져 있는데 대답이 없었다. 천단의 어머니는 순간 오싹함을 느꼈다. 발밑에서 스멀스멀 한기가 올라왔다. 그녀는 방으로 돌아가 남편에게 이 사실을 알렸다. 두 사람은 창가에 바짝 붙어 이글이글 불타는 눈동자로 벤홍치의 방을 지켜봤다. 1시쯤 방문이 열리고 딸이 나왔다. 천단은 옷무더기를 안고 살금살금 자기 방으로 뛰어갔다. 밝은 달빛을 따라 뛰어가는 딸아이는 속옷 바람이었다. 천단의 부모는 눈물을 흘리며 딸에게 자초지종을 캐묻기 시작했다. 이것저것 물어보니 놀랍게도 세입자는 유부남에 위조 증명서를 만드는 사기꾼이었다. 천단의 어머니는 기절할 뻔했고 아버지는 죽고 싶을 만큼 화가 났다. 온 집안이 슬픔에 빠졌다. 그러나 당사자인 천단은 당당하고 침착했다.

"어차피 이렇게 됐잖아요."

천단의 부모는 이 말이 무슨 뜻인지 바로 이해했다. 어차피 이렇게 됐다. 딸이 저 놈팡이와 이렇게 돼버렸다. 그들은 원치 않지만 생각을 넓혀야 했다.

"그 작자랑 뭘 어쩌려고?"

"난 그 사람이 좋아요. 좋은 사람이에요."

"사기꾼이잖아!"

"알아요."

"유부남이야."

"알아요."

"알긴 뭘 알아!"

천단의 아버지가 부들부들 떨며 소리를 질렀다.

"도대체 네가 뭘 아는데? 너, 지금 불륜을 저지른 거야! 마누라가 있는 남자랑 그, 그 짓을 해? 넌 입이 열 개라도 할 말이 없어!"

"그래서 어쩌라고요?"

"정말 못 헤어지겠니?"

"못 헤어져요. 헤어지고 싶지 않아요."

"좋다. 그럼 그 작자한테 이혼하라고 해! 내일 당장 집에 돌아가 이혼하고 오라고 해!"

부모의 교육은 적잖은 효과를 발휘했다. 이 효과는 천단과 벤훙치의 관계를 저지한 것이 아니라 천단에게 새로운 깨달음을 줬다. 일반적으로 여자들은 사랑만으로는 앞날이 보장되지 않기에 결혼을 해야 한다고 생각한다. 천단은 그동안 자신이 정말 제정신이 아니었음을 깨달았다. 머리를 조금만 굴려도 알 수 있는 것을, 왜 생각하지 못했을까? 결혼증서도 없이 어떻게 뻰훙치를 붙잡아둘 수 있겠어? 그의 아내는 아무리 멀리 있어도 언제나 그의 아내다. 그녀는 부모의 말이 옳다고 생각해 당장 뻰훙치에게 달려갔다.

"자기, 이혼해."

"왜 갑자기 그런 말을 해?"

"갑자기 이런 말을 하면 왜 안 되는데?"

"내가 처음부터 유부남이라고 말했잖아?"

"몰라."

"내가 위조 증명서 만드는 사람이라는 것도 얘기했잖아!"

"몰라!"

"그런 거 다 상관없다고 하지 않았어?"

"몰라, 몰라. 아무것도 모른다고! 그냥 이혼하라고!"

뻰훙치는 머리가 아팠다. 세상에 공짜는 없다더니. 그녀는 제정신이 아닐 때는 뭐든 다 안다더니, 정신이 돌아오니 다 모른다고 했다. 몇 달 동안, 공짜 밥인 줄 알고 거하게 먹었는데 갑자기 돈을 내라고 핍박하니, 달리 할 말이 없었다. 그는 씩씩거리며 문을 박차고 나가버렸다. 천단이 다시 생각을 고쳐먹기를, 십자가를 짊어져야 하는 결혼이 아니라 처음에 그랬듯 오직 사랑만 바라보길 바랐다. 사실 그는 이혼할 생각이 없었다.

상황이 또 바뀌었다. 이번에는 천단의 부모가 제정신을 차리고 이혼을 하고 와도 안 된다며 두 사람의 관계를 강력히 반대했다. 그가 베이징 호적이 아니기 때문이다.• 현재 직업 문제는 차치하고 베이징 호적이 더 큰 문제였다. 녀석이 언제 어디로 튈지 알 수 없다. 그러나 천단은 부모 뜻에 따르지 않았다. 그녀는 그와 헤어질 수 없었다. 평생 그와 함께하고 싶었다. 그는 이 말을 듣고 머리가 지끈거렸다. 이 문제로 두 사람 사이에 언쟁이 끊이지 않았다. 그러던 어느 날 천단이 볜훙치의 급소를 건드렸다.

"자기, 나 좋아해?"

"좋아해."

"자기, 베이징 좋아하지?"

"좋아해."

"베이징에 남고 싶어?"

"남고 싶어."

"우리가 결혼하면 자기는 평생 베이징에서 살 수 있어."

볜훙치가 푹 숙였던 고개를 들었다. 썩은 동태 눈알 같던 두 눈이 반짝거렸다. 손바닥에 땀이 배어나왔다. 혹여 말실수가 될까봐 함부로 말을 내뱉을 수 없었다. 침묵이 금이다. 일단 침묵하며 기회를 엿봐야 한다. 그는 한참 후에야 입을 열었다.

"생각할 시간을 줘. 이혼에도 절차가 필요해."

이 말은 천단에게 충분히 희망적이었다. 이후 그녀는 이 말에 의지해 오랜 기다림을 견디며 부모와 맞섰다. 천단은 의지가 굳건한 여자였다. 그녀는 볜훙치와 말싸움을 할 때도 자신의 생각을 끝까지 관철시켰다. 천단의 부모는 아무리 반대해도 소용이 없자 결국 타협할 수

• 중국의 호적은 유명무실한 우리나라 호적제도와는 크게 다르다. 특히 베이징, 상하이의 경우 인구 집중을 막기 위해 현지 호적이 없으면 취업, 교육, 사회보장 혜택 등에서 큰 차별을 둔다.

밖에 없었다. 딸이 '이렇게 됐잖아요'라고 말하는 순간 이미 '이렇게' 돼버렸고, 그 '이렇게'는 여전히 유효했으며, 심지어 두 사람은 이제 부모의 시선도 의식하지 않았다. 천단의 부모는 이제 벤훙치가 빨리 이혼하기를 바라야 했다. 하지만 그는 말만 내뱉어놓고 질질 시간을 끌며 1년이 지나도록 이혼하지 않았다. 결혼도 이혼도 당사자 문제이니 부모는 더 이상 간섭할 수 없었다. 다그쳐도 소용없지만 끊임없이 잔소리를 했다. 천단의 부모가 그를 볼 때마다 잔소리를 늘어놓으니, 그가 견디다 못해 우리 집으로 이사 온 것이었다.

6

그해 3월, 광저우에서 유행하던 비전형성 폐렴이 베이징으로 번졌다. 처음에는 다들 대수롭지 않게 생각했다. 비전형성이라지만 폐렴이 대단한 병은 아니니까. 2월 중순쯤 고향 집에서 전화가 왔다. 요즘 고향 마을에서 다들 식초와 약재로 쓰이는 판람근板藍根을 구하려고 혈안이 됐단다. 광저우에서 유행하는 그 폐렴을 예방할 수 있다고 하니 나보고 빨리 약방에 가서 사라고 했다. 우환을 예방해야 한다며. 나는 그런 유언비어를 믿지 말라며 누나를 진정시켰다. 광저우 사람들은 원래 별것 아닌 일에 법석 떨기를 좋아하고 신문에서 이미 괜찮다고 하지 않았느냐고 말했다. 당시 언론에서 분명히 그렇게 말했었다. 별것 아니라고, 뭐가 있겠냐고. 죽을까봐 무서워 벌벌 떠는 광저우 사람들이 정말 웃겼다. 그야말로 한 편의 코미디였기에 강 건너 불구경하듯 크게 신경 쓰지 않았다. 그런데 얼마 지나지 않아 비전형성 폐렴이 베이징까지 퍼졌다. 원망에 찬 사람들은 '비전'이라고 짧게 줄여 불렀고 의학계에서는 사스SARS라고 불렀다.

사스는 4월 중순 이후 주식 정보 혹은 해외 토픽처럼 베이징 사람들 입에 끊임없이 오르내렸다. 이라크 전쟁의 총성이 여전히 이어졌지만 대부분의 사람에게는 이미 식상한 이야기라 더 이상 뉴스거리가 되지 않았다. 이 무렵 사스 소식이 전해지자 베이징 사람들은 얼음물을 뒤집어쓴 것처럼 정신이 번쩍 들고 온몸이 덜덜 떨렸다. 알고 보니 베이징 사람이 광저우 사람보다 죽음에 대한 두려움이 훨씬 컸다.

그해 5월, 사스 유행이 절정으로 치달았다. 온종일 신문과 뉴스 헤드라인에서 사스의 최신 상황을 보도했다. 내가 구독하는 『베이징청년보』 1면 중간쯤에 매일 같은 항목을 표시한 똑같은 기사가 실렸다. 당일 신규 확진 환자 수, 의심 환자 수, 사망 환자 수, 완치 환자 수를 나타내는 사스 상황 기사다. 그리고 다음 면에 환자 거주지 분포 등 상세한 기사가 이어졌다. 그 뒤에 다른 지역 사스 소식을 소개해 현재 전국의 사스 상황을 한눈에 확인할 수 있었다. 이런 상황이 이어지자 나도 등골이 오싹하고 무서워졌다. 두렵지 않을 수 없었다.

거리를 지나다니는 사람이 점점 줄었고 다들 마스크를 꼭 착용했다. 심지어 장갑, 모자, 안경까지 착용했다. 병균이 머리카락이나 손에 달라붙고 각막으로 침투하기도 한다는 소문이 돌았기 때문이다. 조금 과하더라도 조심해서 나쁠 것은 없었다. 다른 사람만 위험한 것이 아니라 자신이 안전한지조차 확신할 수 없었다. 나 자신도 믿을 수 없는 상황이었다. 내 머리카락, 내 손, 내 각막이 어느 순간 공기 중에 떠다니는 병균과 공모해 나를 사지에 몰아넣을지 아무도 모른다. 우리는 사스의 망령에 씔까봐 노심초사했다.

나는 강제로 방안에 틀어박혔지만 소설 쓰기에 집중할 좋은 핑계가 생겼다. 바깥세상이 매우 위험하고 혼란스러웠으니까 이다. 낮에 종일 글을 쓰고 밤에도 계속 글을 썼다. 자정이 되면 잠시 밖에 나가 산책을 하고 돌아와 영화를 봤다. 아무데도 갈 수 없으니 생활이 매우 규칙적이었다. 여기저기 문을 닫은 곳이 많았고 출근하는 사람도 크게 줄었다. 대부분 집에 틀어박혀 일이 있으면 전화로 해결했다. 솔직히 사스가 유행하던 그때가 내게는 정말 좋은 시간이었다. 장편소설 초고를 완성했고 영화 60~70편을 봤다. 이밍도 강의가 중단돼 학교에 갈 일이 없었다. 듣자니 베이징 대학에 사스 환자가 발생했는데 환자를 치료하던 젊고 유능한 의대 교수가 목숨을 잃었다고 한다. 연이어 충격적인 소식이 전해지자 멈출 수 있는 것은 모두 멈췄다.

우리 집에서 주로 밖에 나가는 사람은 볜훙치였다. 그가 집에 가만히 있으면 좀이 쑤신다고 하자 천단이 그를 놀렸다.

"이 사람은 길에서 빌어먹을 운명이죠. 움직이지 않고 가만히 있으면 굶어 죽어요."

그는 확실히 움직이지 않으면 살 수 없다. 물론 나가서 구걸하는 것은 아니지만. 사실 구걸을 하려 해도 거리에 사람이 없었다. 꼭 해야 할 일을 하는 사람도 밖에 나가기 쉽지 않은 상황인데 누가 위조 증명서 구하려고 일부러 나오겠는가? 하이뎬 부근 버스 정류장에 붙은 위조 증명서 광고지를 눈여겨보는 사람은 아무도 없었다. 처음에는 그가 집에 돌아와 이렇게 투덜거렸다.

"젠장, 먹고살기 정말 힘드네. 증명서 필요한 사람이 죄다 사스에 걸려 죽어버렸나? 하루 종일 돌아다녔는데 뭔가를 갈구하는 눈빛이 하나도 안 보여요."

얼마 뒤 그는 일 얘기는 하지 않고 그때그때 새로운 바깥 동향을 전해줬다. 예를 들어 어느 식당, 어느 가게가 문을 닫았는지, 중관춘 부근에 사람이 얼마나 없는지 등이다. 도로에 차도 크게 줄고 버스도 승객이 없어 텅텅 빈 채 돌아다녔다. 택시를 타는 사람도 거의 없었다. 돈 있는 사람들은 자가용을 샀고, 돈 없는 사람들은 자전거를 타거나 걸어다닐 수밖에 없었다. 덕분에 사람들은 체력을 기르는 일이 중요하다는 것도 알게 됐다. 그는 사스 창궐 기간에 베이징 자가용 증가율이 그 어느 때보다 높았을 것이라고 단언했다.

"아무튼 온 거리가 마스크 물결이라니까요."

외출했다 돌아온 볜훙치가 마스크를 벗으며 말했다.

"청쩌위안에 들어서는데 정문 경비원이 못 들어오게 하지 뭐예요. 마스크를 써서 날 못 알아봤나봐요. 그리고 다른 사람들한테도 말해 달라고 하더군요. 앞으로 밖에 나갈 때 꼭 출입증을 가지고 다니래요. 곧 경비가 바뀐대요."

볜훙치 말로는 다른 아파트도 출입증 검사가 심해져서 입주자가 아니면 엄격히 출입을 금지한다고 했다. 그는 천단이 예전처럼 자유롭게 청쩌위안을 드나들 수 있도록 출입증을 만들어줬다. 며칠 후 샤오탕이 놀러 왔는데, 나는 그가 어떻게 정문을 통과했는지 궁금했다.

"당연히 출입증을 보여주고 들어왔죠."

그러면서 내게 출입증을 흔들어 보였다. 앞면에 그의 사진이 붙어 있고 주소는 우리 집 주소였다. '쩌안' 두 글자에 특별히 신경 쓴 것 같았다.

"이건 언제 만들었어요? 우리 건 다 같이 만들었는데."

샤오탕이 능글맞게 웃으며 대답했다.

"내가 뭐하는 사람인지 잊었어요? 위조 증명서 전문가!"

벤훙치는 사스 때문에 외식하는 횟수가 크게 줄었다. 집에서 우리와 함께 돌아가며 장을 보고 밥을 해먹었다. 가끔 천단이 와서 사슈와 같이 요리를 하기도 했다. 이맘때 천단도 한가한 날이 많아졌다. 사스는 마트 영업에도 큰 영향을 끼쳐 손님이 삼분의 일로 줄었단다. 손님들은 이중 마스크를 끼고 한 번에 일주일 치 생활용품을 구매해 장바구니 여러 개를 주렁주렁 들고 돌아갔다. 대형 마트는 사람이 많이 모이는 공공장소라 감염 위험이 높은 곳이다. 천단은 쉬는 날이면 거의 벤훙치를 찾아왔다. 장을 보고, 음식을 만들고, 밥을 먹고, 한바탕 뒹굴고, 이혼 문제로 싸우고, 싸운 후에는 벤훙치가 사준 전기 자전거를 타고 돌아갔다. 싸우지 않고 기분이 좋은 날은 우리와 함께 카드놀이를 했는데 기술이 아주 좋았다. 어느 주말 아침, 천단이 청쩌위안 출입증을 잃어버려 어쩌면 좋겠냐고 벤훙치에게 전화를 했는데 마침 샤오탕이 옆에 있었다.

"어쩌긴 뭘 어째? 하나 만들면 되지."

이렇게 말하고 나간 샤오탕이 한 시간쯤 지나 작은 가방을 가지고 돌아왔다. 그리고 종이, 도장, 조각칼, 투명 접착 필름, 인주 등 온갖 재료를 탁자 위에 늘어놨다. 나는 처음으로 위조 증명서 만드는 전 과정을 지켜봤다. 샤오탕이 내 컴퓨터로 출입증 원본 양식을 그대로 인쇄하고 나에게 원본에 있는 손 글씨를 똑같이 베껴 쓰도록 해서 내용을 완성한 후, 천단의 사진을 붙였다. 그리고 한 시간쯤 걸려 도장을 팠다. 도장을 완성한 후 시험 삼아 백지에 찍어봤는데 정말 똑같았다. 정오가 되기 전에 천단의 출입증이 완성됐다. 샤오탕이 벤훙치더러 천단에게 전화해 마음 놓고 오면 된다고 전하라고 했다. 천단이 도착할 시간에 맞춰 벤훙치가 정문으로 나가 출입증을 건네주면 된다고. 나, 이밍, 사슈는 이런 세상을 처음 경험했다. 이렇게 쉽고 간단하다니, 이게 위조 증명서 장사꾼의 실체였다.

"이건 뭐, 어린애 장난 수준이죠. 할 줄 아는 게 이것밖에 없으니. 졸업증명서 위조는 정말 죽여줘요! 특유의 물결무늬와 숨겨진 표식은 컴퓨터 전문가가 심혈을 기울여 만들죠. 종이도 특수 종이를 사용하고요."

우리는 놀란 눈을 끔뻑거리기만 했다. 역시 세상 모든 일을 다 알긴 힘든 법이다.

그날 우리 네 남자는 다들 할 일이 없어 배불리 먹고 실컷 마셨다. 나는 주량이 얼마 안 돼 맥주 두 병을 마시고 침대에 뻗었다. 자고 일어나니 술자리가 거의 끝나 있었다. 벤훙치만 멀쩡했고 이밍과 샤오탕은 손이 덜덜 떨려 젓가락질을 하지 못했다. 나는 일어나기 귀찮아 그대로 누워 주절주절 세 사람의 대화 소리를 듣다가 다시 까무룩 잠들었다. 얼마나 지났을까? 천단이 울먹이며 소리치는 바람에 잠이 깼다. 두 사람이 또 싸우는 모양이었다.

"계속 이럴 거야? 당신 이혼 안 하면, 확 죽어버릴 거야!"

"그럼, 내일 집에 갈게."

"사스 때문에 꼼짝도 못하는데 어떻게 간다는 거야? 위험해."

"도대체 가라는 거야, 말라는 거야?"

"나도 몰라."

"그래, 알았어. 갈게. 어차피 여기 있어봤자 돈벌이도 못 하는데, 집에나 다녀오지 뭐."

천단은 침묵으로 답했다. 두 사람은 오랜 시간을 들여 드디어 '벤훙치가 빠른 시일 내에 집에 돌아가 이혼한다'라는 합의에 이르렀다. 하지만 어떻게 돌아가느냐가 문제였다. 지금 베이징 주민은 베이징을 떠나기가 쉽지 않다. 다른 지역에서 베이징 사람이 사스를 옮길까봐 베이징 방문객을 거부하는 분위기였다. 어떤 사람이 베이징에서 일하다 고향에 돌아갔는데 마을 사람들에게 쫓겨났다는 소문도 들렸다. 마을 이장이 힘센 장정들을 동원해 그를 마을 밖으로 쫓아내고 마을 공금에서 몇백 위안을 꺼내주며 당장 베이징으로 돌아가라고 했단다. 심지어 어떤 지역에서는 베이징에 나가 있는 사람들에게 고향에 돌아오지 말라고 공개적으로 통보했다고 한다. 친구에게 더 기막힌 이야기를 들었다. 그 친구 고향 기차역에 베이징에서 온 사람을 신고하는 사람에게 포상금 500위안을 지급한다는 공고문이 붙었단다. 고향에 돌아갈 수 있느냐 없느냐도 문제지만 가는 동안 어떻게 사스 전염을 예방하느냐도 걱정이었다. 기차와 고속버스는 모두 위험했다. 비행기는 말할 것도 없다. 오랜 시간 밀폐된 공간에 여러 사람이 모여 있으니 전염 위험이 매우 컸다.

"그럼 어떻게 해?"

"버스나 기차는 탈 수 없지만, 자전거는 타도 되잖아?"

삔훙치의 발언에 우리 모두 놀라움을 금치 못했다. 베이징에서 그의 고향까지 못해도 1000킬로미터가 넘을 텐데, 자전거를 타고 가다 죽을지도 모른다. 샤오탕은 반신반의하다가 다소 상기된 표정으로 물었다.

"젠장! 삔 형, 농담이에요, 진담이에요? 정말 자전거 타고 갈 거예요?"

"왜 안 돼? 예전에 우리 아버지는 소금을 팔러 나귀를 끌고 500리를 걸어다녔는데."

"도대체 언제 적 얘기예요? 완전 호랑이 담배 피우던 시절이네. 만약 진짜 자전거 타고 갈 생각이라면 내가 같이 가줄게요."

"좋아. 그럼 정한 거다. 자전거 타고 가는 거야!"

갑자기 술이 확 깬 샤오탕이 자리에서 벌떡 일어나며 소리쳤다.

"진짜요?"

"당연하지."

샤오탕이 시원하게 트림을 하고 중얼거렸다.

"제길, 아주 제대로 봉사하게 생겼네."

우리는 벤훙치의 결정을 이해하기 힘들었다. 이렇게 교통이 발달한 시대에, 정말 상상을 초월하는 원시적인 방법이다. 천단을 바래다준 후, 두 사람은 자전거 귀향을 위한 구체적인 계획을 세웠다. 벤훙치는 종종 상식 밖의 행동으로 주변 사람들을 난감하게 만들었다. 사스가 베이징을 휩쓸기 시작할 무렵, 벤훙치의 아내가 여러 번 전화를 걸어 고향 집이 안전하니 빨리 돌아오라고 했었다. 그때도 그는 베이징이 좋다고, 돌아가지 않겠다고 했다. 밖에 나간다고 무조건 사스에 걸리는 것도 아니고, 가능한 한 집에서 낮잠이나 자겠다고 했다. 그는 아내와 통화를 끝내고 나한테 고향에 돌아가기 싫다고 말했다. 2년 넘게 베이징에 살다보니 고향에 돌아가면 왠지 더 불편하다고 했다. 역시 베이징에서 지내는 게 좋다고, 아무것도 안 해도 그냥 좋다고 했다. 그런데 지금 갑자기 돌아가겠다고 나선 것을 보니, 천단의 바가지가 견디기 힘들었던 모양이다. 여자가 일 년 동안 쉬지 않고 바가지를 긁어대면 돌부처도 어지간히 힘든 법이다. 샤오탕이 벤훙치에게 물었다.

"정말 이혼할 거예요?"

"할 거야."

"결혼은 하고 싶다고 할 수 있는 게 아니지만 이혼이야, 마음만 먹으면 뭐 힘들겠어요? 내가 뭐든 도울게요."

두 사람은 다음 날 마트에 가서 엉덩이를 번쩍 들고 타는 사이클 두 대를 사왔다. 그리고 지도, 음식, 물, 배낭, 선글라스 등을 준비하고 고향까지 가는 상세 노선을 정했다. 두 사람은 에너지를 비축하기 위해 출발 전날 하루 종일 자고, 다음 날 새벽 4시에 출발했다. 혹시 도로에서 교통경찰 검문에 걸려 베이징을 빠져나가지 못할까봐 일부러 서두른 것이다. 나는 10시쯤 일어나 볜훙치가 방문에 붙여두고 간 쪽지를 발견했다.

'부디 건강하세요. 사스가 지나갈 때까지 반드시 살아 있어야 합니다.'

이밍의 방문에도 쪽지가 붙어 있었다.

'두 분 빨리 결혼하세요. 어차피 할 일인데 미룰수록 더 골치 아파져요.'

양치질을 하다가 천단의 전화를 받았다. 그녀는 볜훙치의 휴대전화가 꺼져 있다며 그가 집에 있는지 물었다. 나는 쪽지에 쓰인 대로 그가 새벽 4시쯤 출발했다고, 아마 배터리를 아끼려고 휴대전화를 꺼놨을 거라고 말해줬다. 늦은 오후, 볜훙치가 문자를 보내왔다. 지금 톈진에 도착했다고, 쉬지 않고 달렸더니 다리가 마비된 것 같다고 했다.

두 사람은 징후 고속도로•를 따라 달렸다. 가다가 숙박할 곳을 찾으

• 京滬 베이징-상하이 간 고속도로.

면 편히 쉬어가고, 찾지 못하면 고속도로 가까운 곳에 바람 피할 곳을 찾아 잠시 눈을 붙였다가 일어나자마자 대충 배를 채우고 다시 계속 달렸다. 나는 매일 휴대전화 메시지로 그들의 여정을 물었다. 벤훙치는 점점 사람 꼴이 아니라며 욕을 섞어가면서 참담함을 전했다. 마치 시시포스가 된 기분이라며, 이렇게 영원히 달리다 길에서 죽을 것 같다고 했다. 하지만 달리 방법이 없다고, 계속 달려야 한다고, 되돌리기에는 이미 늦었다고 했다. 무엇이 늦었다는 것일까? 단순히 지금 가고 있는 그 길인지, 이혼을 의미하는 건지, 잘 모르겠다. 어쩌면 둘 다일 수도 있다. 보름 후 두 사람은 톈진, 허베이, 산둥 곳곳을 지나 드디어 벤훙치의 쑤베이 고향 마을에 도착했다. 그는 전화로 드디어 도착했다며, 한 번 죽었다 살아난 기분이라고 했다. 다리 가랑이가 자전거 의자에 쓸린 탓에 서서 밥을 먹어야 한단다. 아주 젠장맞을 짓이다!

7

벤훙치가 자기 집에서 어떻게 지냈는지, 나는 잘 모른다. 우리는 주로 휴대전화 메시지로 연락했고, 아주 가끔 시외전화를 했다. 소식을 주고받으면서 그가 천단을 언급한 것은 딱 두 번이었고 대부분 다른 이야기를 했다. 그는 쉽게 말을 꺼낼 수가 없다고 했다. 한없이 착하고 정숙한 아내를 보는 순간, 꿀 먹은 벙어리가 되니, 어떻게 이혼 얘기를 꺼내겠나?

"이러면 안 되죠. 기회 봐서 꼭 얘기해야죠."

하지만 한 달이 다 지나도록 기회를 찾지 못했다. 그는 도저히 말을 할 수가 없다며 다른 얘기만 했다.

"베이징의 사스 상황은 어때요?"

"난리예요. 이혼, 못 하는 거 아니에요?"

"모르겠어요. 마누라가 눈치를 챈 거 같은데 말을 안 해요. 솔직히 말하면, 집에 돌아와서 부부관계가 전혀 없었어요. 처음에는 아내가 거부했고 지금은 내가 안 돼요. 심리적인 문제 같아요. 이혼하러 돌아왔다는 생각이 들면, 죄 지은 기분이 들고, 그 순간 모든 감정이 싹 사라져요. 내가 남자가 맞나 싶을 정도로. 말은 안 해도 서로 무슨 생각인지 다 알죠. 날까지 더워서 서로 등 돌리고 자요. 아내가 자다가 운 게 한두 번이 아니에요. 바로 옆에서 다 들리는데, 그냥 자는 척했어요. 제기랄, 다른 방법이 없잖아요."

"그럼, 이제 어쩌려고요?"

"모르겠어요. 그냥 하루하루 지내는 거죠. 아내가 먼저 얘기 꺼내길 기다려야죠. 그저 베이징에 돌아가고 싶을 뿐이에요."

삔훙치는 그곳 생활이 몹시 무료했다. 그곳도 사스 방역활동이 아주 철저했다. 삔훙치와 샤오탕이 집에 도착한 그날 저녁, 이 사실을 안 마을 행정 책임자가 부하 직원과 의사를 대동하고 찾아왔다. 모두 마스크를 착용했다. 먼저 의사가 체온 등 기본적인 사항을 체크했다. 책임자는 모든 게 정상임을 확인한 후에야 두 사람과 얘기를 나눴다. 대부분 상투적인 인사말이고 골자는 일주일간 함부로 돌아다니지 말고 집에서 상태를 지켜보라는 것이었다. 일주일 후까지 발열 증상이 없으면 정상적으로 바깥활동을 해도 좋다고 했다. 그리고 베이징의 사스 상황이 어떤지 자세히 물은 후 예의를 갖춰 인사하고 돌아갔다.

처음 일주일 동안 밖에 나갈 수 없어 고향 친구들에게 전화로 소식을 전했다. 얼마 전 신문사 기자로 이직한 친구가 있는데, 볜훙치가 베이징에서 돌아왔다는 말을 듣고 바로 오토바이를 타고 달려와 그를 취재했다. 친구는 그에게 베이징을 어떻게 생각하는지와 현재 모든 중국인의 최대 관심사인 베이징의 사스 상황에 대해 말해달라고 했다. 그는 장황하게 일장 연설을 늘어놨는데 결국 핵심은 하나였다. 이러니 저러니 해도 베이징은 좋은 곳이다!

일주일 후, 신문에 인터뷰 기사가 실렸는데 제목이 '베이징은 좋은 곳'이었다. 당연히 기사 중에 그가 위조 증명서를 만든다는 내용은 없었다. 기자 친구는 볜훙치를 혈혈단신으로 베이징에 뛰어든 용사로 표현했다. 그는 고향 마을의 베이징 진출 1세대 중 초보적인 성공을 이룬 젊은이로 소개되어 하루아침에 모범 청년이 됐다. 그는 전화 통화로 신문 기사 얘기를 하면서, 살다보니 어쩌다 신문에 났는데 더할 나위 없이 좋은 이미지라며 뿌듯해했다.

신문 기사로 인한 흥분이 가라앉자, 그는 다시 무료해졌다. 샤오탕은 더 무료했다. 사실 그는 볜훙치가 집에 돌아와 바로 이혼을 할 줄 알았다. 이렇게 질질 시간을 끌 줄은 정말 몰랐다. 볜훙치가 용기 있게 먼저 말을 꺼내는 일은 기대하기 힘들어 보였다. 또 하나 더 큰 문제가 있었다. 베이징에서 여기까지 오는 일도 힘들었지만 여기에서 베이징으로 돌아가는 일이 더 힘들다는 것이다. 쑤베이 터미널에 전화해봤는데 베이징으로 가는 버스는 운행이 중단된 지 오래라고 했다. 모든 것이 사스 방역 조치의 일환으로 외부와의 교통 연결을 전면 차단한 것이다. 달리 방법이 없었다. 샤오탕은 자전거를 타고 돌아갈 생각은 전혀 없었다. 그랬다간 정말 길에서 죽을지도 모른다. 그는 어쩔 수 없이 볜훙치의 집에서 무료함을 견뎌야 했다. 두 사람은 할 일이 없어 술을 마시고, 잠을 자고, 그냥 놀았다. 하도 할 일이 없어서 집에서 기르는 개와 고양이에게 이미지에 어울리는 사람 이름을 지어줬다. 대문을 지키는 큰 셰퍼드는 눈앞에 다른 개가 보이기만 하면 흥분해 펄쩍펄쩍 뛰어서 서문경•이고 하루 종일 퍼질러 자는 흰 고양이는 반금련••이다. 샤오탕 말로는 이 고양이가 자신에게 야릇한 눈빛으로 추파를 던졌단다.

처음에는 샤오탕도 벤훙치에게 용기를 내 아내에게 전부 말하라고 열심히 설득했다. 일단 벤훙치가 말을 꺼내면 자신이 돕겠다고 말했지만 벤훙치가 좀처럼 용기를 내지 못하자 샤오탕도 기운이 빠졌다. 어느 정도 시간이 지나자 샤오탕은 설득을 포기했다. 그는 나와 전화 통화를 하면서, 직접 겪어보니 벤훙치의 아내가 정말 현모양처라며 자기가 벤훙치라도 말을 꺼내지 못할 것 같다고 했다. 이렇게 해서 샤오탕은 정말 밥만 축내는 식객이 됐다. 먹고 자고, 자고 먹고, 너무 자서 잠이 안 오면 벤훙치와 밖으로 나갔다. 하지만 이 마을은 밖에 나가도 놀 거리가 전혀 없었다. 어딜 가도 똑같은 들판이 가없이 펼쳐져 있을 뿐, 산도 없고 물도 없고 유적지나 관광지도 없다. 두 사람은 들판을 걸을 때에도, 노골적인 퇴폐 유흥업소에서도 정말 간절히 베이징이 그리웠다. 그리움이 더 큰 쪽은 역시 벤훙치였다. 그는 며칠 동안 계속 베이징 꿈을 꿨단다. 나는 그에게 혹시 꿈에 천단이 나왔느냐고 물었다. 그는 절대 아니라며, 솔직히 꿈에서 보는 것도 겁난다고 했다. 그의 꿈에 등장한 주인공은 먹어도 먹어도 질리지 않는 수이주위였다.

• 중국 고대 소설 『수호전』과 『금병매』에 등장하는 인물로 호색한 이미지가 강함.
•• 『금병매』의 여주인공. 불륜녀 이미지가 강함.

"정말 미치도록 먹고 싶어요. 너무 먹고 싶어서 마누라한테 해달라고 했는데 그 맛이 아니예요. 여긴 그 맛을 낼 수 있는 사람이 없어요. 베이징은 어때요? 돌아갈 수 있을까요?"

"좀더 기다려요. 한 번 더 위기가 있을 거래요."

나는 문득 수이주워 얘기가 생각났다.

"수이주위, 너무 많이 먹으면 안 된대요. 신문 기사를 봤는데 어떤 사람이 수이주위를 너무 많이 먹어서, 그러니까 매운 음식을 많이 먹었겠죠. 그런데 그 독소가 제때 배출되지 않아 엉덩이에 종기가 생겼고 그중 두 개가 점점 커져서 고름이 흐를 지경이 됐대요. 고름을 빼내고 괴사한 살을 도려내느라 엉덩이에 10센티미터나 되는 약 심지를 박았대요. 그런 약 심지를 10개나 박은 사람도 있대요."

"20개를 박아도 좋으니 먹고 싶어요. 입이 즐겁다면야 엉덩이 고통쯤은 감수할 수 있어요."

벤홍치는 집에서 하는 일이 거의 없었다. 베이징 수이주위가 그리운 것 외에 가장 큰 고민은 아내에게 어떻게 말을 꺼낼 것인가였다. 천단 쪽은 전혀 신경 쓸 필요가 없었다. 베이징을 떠나기 전 그녀에게 순조롭게 이혼 진행을 해야 하니 절대 함부로 전화하면 안 된다고, 일이 틀어질 수도 있으니 메시지 보내는 것도 조심하라고 신신당부했었다. 천단은 이 말에 착실히 따랐다. 때로는 이혼에도 기술이 필요한 법이다. 서둘러야 할 때는 서두르고 기다려야 할 때는 기다릴 줄 알아야 한다. 그래서 천단이 벤홍치에게 보내는 메시지는 일단 내가 받았다가 그에게 전달했다. 천단의 메시지 내용은 늘 반복되는 두 가지뿐이었다. 벤홍치가 보고 싶다는 것과 합의가 끝났느냐는 것. 에둘러 표현했기 때문에 벤홍치의 아내가 메시지를 보더라도 이상하게 생각하지 않을 것이다.

그러던 어느 날 아내가 먼저 말을 꺼냈다. 대자리를 깐 침대에 서로 등을 돌린 채 누워 자는 척하고 있는데 아내가 갑자기 물었다.

"베이징의 그 아가씨, 예뻐요?"

처음에는 아내가 잠꼬대를 하는 줄 알고 아무 말도 하지 않았다. 그러자 아내가 다시 물었다.

"예뻐요?"

그는 세상 억울하다는 듯이 말했다.

"뭐가 예쁘다는 거야? 도대체 누구를 말하는 거야?"

"베이징의 그 아가씨."

"무슨 아가씨?"

"그 여자, 당신 여자."

"무슨 헛소리야? 나한테 무슨 여자가 있어?"

"말하기 싫으면 그만둬요."

아내가 흐느끼는 소리가 들렸다.

"아무것도 없는데 뭘 얘기하라는 거야?"

"당신 변했어. 베이징이 당신을 이렇게 만들었어요."

"내가 뭐가 변해? 베이징이 무슨 상관이야?

그는 예전처럼 아내를 달래려고 그녀의 엉덩이를 만졌다. 그의 손이 닿는 순간 아내가 몸을 흠칫 떨었다. 그 역시 흠칫 놀라 얼른 손을 거뒀다. 그는 단 1초도 아내를 만질 용기가 나지 않았다.

"어서 자. 쓸데없는 생각 하지 말고."

그는 잠시 뜸을 들이다 한마디 덧붙였다.

"아무 일도 없어."

이 한마디로 진실을 털어놓을 기회가 완전히 사라졌다. 그는 바로 후회했다. 나중에 이혼이나 다른 여자 얘기를 꺼낸다면 스스로 제 뺨을 때리는 셈이 된다. 스스로 절망의 구렁텅이에 빠진 그는 좀처럼 헤어나올 수 없었다. 어쩌면 그는 이혼이 헛된 바람임을 처음부터 알았을 것이다. 그는 자신은 물론 아내가 어떤 사람인지 잘 알았으니까. 그는 온화하고 현숙한 아내 앞에서 늘 할 말을 잃고 괴로워했다. 그래서 빨리 이곳을 떠나 베이징으로 돌아가고 싶었다. 천단이 주는 스트레스는 시각과 청각이 괴로울 뿐이지만 아내의 현숙함은 그의 정신과 영혼을 사정없이 담금질했다. 그는 늘 자신이 비양심적인 인간쓰레기라는 사실을 직시해야 했다.

6월 중하순, 두 사람은 베이징으로 돌아갈 준비를 시작했다. 베이징의 공공장소는 아직 대부분 폐쇄 중이지만 사스 상황은 이미 진정국면에 들어섰다. 매일 『베이징청년보』 1면 중간에 실리는 사스 지표 중 '당일 신규 확진 환자 수'가 여러 날 동안 0의 행진을 이어갔다. 볜훙치가 빈손으로 베이징에 돌아갈 생각에 빠져 있던 그때 아무도 상상하지 못한 일이 벌어졌다. 볜훙치가 아내와 샤오탕이 뒤엉켜 있는 모습을 직접 목격하는 일이 벌어졌다.

그날 오후, 낮잠을 자고 일어나니 4시쯤이었다. 볜훙치는 온몸이 땀범벅이라 마을 북쪽 운하에 가서 멱이나 감아야겠다고 생각했다. 샤오탕에게 같이 가자고 했지만 수박을 먹으며 영화를 보는 중이라 싫다고 했다. 그는 혼자 오토바이를 타고 나갔다. 운하에 도착해 사람들이 없는 외진 자리를 찾아 한가롭게 땀을 씻어내고 수영도 했다. 몇 미터 가지도 않았는데 숨이 차올랐다. 벌써 이렇게 늙었나 싶어 열이 받자 대충 비누칠을 하고 물 밖으로 나갔다. 오토바이를 타고 다시 마을에 들어섰다. 집 근처에서 사촌동생을 만났는데 급히 상점에 가야 한다며 오토바이를 빌려달라고 했다. 오토바이를 주고 대문을 지나 수건을 흔들며 집안으로 들어갔다. 텔레비전 소리가 엄청 컸다. 눈살을 찌푸리며 고개를 돌린 순간, 그는 눈알이 튀어나올 뻔했다. 시끄럽게 떠들어대는 텔레비전 앞 소파에 샤오탕과 아내가 딱 달라붙어 있었다. 샤오탕의 뒤통수가 상하좌우로 쉴 새 없이 움직였다. 그놈 입술이 아내의 입술을 찾고 있는 것이 분명했다.

그때 벤훙치는 하늘이 무너지는 것 같았다. 어깨에 걸쳤던 수건이 스르르 떨어졌다. 너무 황당한 상황을 마주하자 슬픔과 분노가 치밀어 올랐다. 고민 고민 해가며 이혼을 하려다가 이런 꼴을 당하고 말았다. 아내는 눈을 감고 눈물을 흘리며 고통스러운 표정으로 턱을 치켜들었다. 그는 집안으로 뛰어들다가 오른발이 왼쪽 슬리퍼를 밟는 바람에 자칫 넘어질 뻔했다. 벤훙치는 샤오탕의 티셔츠를 움켜쥐고 힘껏 내팽개치면서 그의 오른뺨에 주먹을 날렸다. 아내가 눈을 뜨고 소리를 질렀다.

"일어나!"

그는 부들부들 떨리는 목소리로 아내에게 소리쳤다. 소파에서 일어난 아내가 저도 모르게 뒷걸음질쳤다. 샤오탕은 오른뺨을 어루만지며 그에게 달려와 우물쭈물 말했다.

"벤 형, 내 말 좀 들어봐."

"듣긴 뭘 들어?"

"난 형을 도와주려고……"

"이게 날 돕는 거라고? 제기랄! 왜 침대에서 도와주지그래?"

"형, 그게 아니라……"

"당장 꺼져!"

벤훙치는 핏발 선 눈으로 아내에게 삿대질을 하며 소리쳤다.

"말해봐!"

돌연 냉정을 되찾은 아내는 눈물을 훔치고 엄숙하게 대답했다.

"뭘 말해요? 다 보지 않았어요? 당신은 밖에 여자가 있는데 나는 남자가 있으면 안 돼요?"

샤오탕이 다급하게 끼어들었다.

"형수, 무슨 말을 그렇게 해요?"

"넌 꺼지라고 했지!"

벤훙치가 샤오탕에게 소리를 지르고 부들부들 떨리는 손으로 아내를 가리켰다.

"좋아, 그래."

그는 저도 모르게 눈물을 흘렸다. 그는 집 밖으로 달려나갔다. 슬리퍼 한쪽이 벗겨졌지만 내버려두고 그냥 한쪽 슬리퍼만 신은 채 마당으로 나갔다. 아내가 대성통곡하기 시작했다. 그는 아내의 울음소리가 가소롭게 느껴졌다. 이때 고양이 반금련이 눈치 없이 길을 막았다. 그는 고양이 이름을 떠올리자 더 화가 나 맨발로 반금련을 걷어찼다. 반금련이 날카로운 비명과 함께 황혼을 배경으로 눈부신 포물선을 그리며 날아가 퍽하고 남쪽 담장에 부딪혔다. 사지가 축 늘어진 것이 꼭 죽은 것 같았다. 발이 너무 아파 고개를 숙여 살펴보니 고양이가 날아가기 직전 사력을 다해 발을 움켜쥐려고 했는지 발등에 난 고양이 발톱 자국에서 피가 배어나왔다. 이번에는 셰퍼드 서문경이 눈에 들어왔다. 녀석은 멍한 눈으로 빤히 그를 쳐다보다가 반금련에게 고개를 돌렸다. 그는 마침 복숭아나무에 기대놓은 삽자루를 손에 쥐고 서문경을 향해 무섭게 달려들었다. 위험을 감지한 서문경이 꼬리를 내리고 대문 밖으로 도망치며 억울하다는 듯이 낑낑거렸다. 그는 있는 힘껏 삽자루를 집어던졌지만 서문경의 꼬리에도 미치지 못했다.

저녁 무렵, 집안이 이상하리만치 조용했다. 벤훙치는 탁자 앞에 앉아 수박을 먹었다. 먹고 싶은 생각이 없는데도 멍한 눈빛으로 수박을 벅벅 긁다가 생각나면 한 조각씩 입에 넣었다. 그는 지금 이 기분을 어떻게 설명할 수가 없었다. 뜬금없이 울고 싶기도 하고 이유 없이 웃음이 나기도 했다. 샤오탕이 쭈뼛쭈뼛 다가와 벤훙치 맞은편에 앉았다.

"벤 형."

그는 초조한지 탁자 위에 올려놓은 두 손을 끊임없이 꼼지락거렸다.

"형, 오해예요. 난 정말 형을 도우려고 했어요. 형수가 물어서 천단 얘기를 하는데, 갑자기 울어서 위로하려던 거였어요. 그런데 형수의 상심이 그렇게 클 줄 몰랐어요. 난, 난 형수가 우는 모습을 보니 너무 마음이 아파서, 그래서……"

"그래서 뭐?"

"그다음은 형이 본 대로예요."

이 말에 벤훙치는 불쑥 화가 치밀었고 샤오탕은 완전히 무방비 상태였다. 벤훙치가 샤오탕의 왼손을 찍어 누르고 오른손에 들고 있던 칼로 내리찍었다. 샤오탕이 유리창을 긁는 것 같은 날카로운 비명을 질렀다. 벤훙치의 아내가 주방에서 뛰어나와 보니 샤오탕이 왼손을 움켜쥐고 소파 앞에서 펄쩍펄쩍 뛰고 있었다. 왼손 셋째, 넷째 손가락 맨 끝 마디가 손톱이 붙은 채 싹둑 잘려나가 피와 살이 뒤엉킨 채 탁자 위에 나뒹굴었다. 벤훙치의 얼굴에까지 피가 튀었는데, 그는 여전히 칼을 쥐고 있었다. 그녀는 어쩔 줄 몰라 그 자리에 서서 엉엉 울었다.

마을 병원에서는 샤오탕의 손가락을 봉합하지 못했다. 이곳 의사가 할 수 있는 것은 소독하고 지혈하고 붕대를 감는 것뿐이었다. 이틀 후, 샤오탕은 손가락이 잘린 채 고향 마을을 떠났다. 이때는 베이징으로 가는 버스가 다시 운행되고 있었다. 볜훙치가 샤오탕을 터미널까지 데려다줬지만 두 사람은 아무 말도 하지 않았다.

볜훙치가 후회했는지는 잘 모르겠다. 그 이후 그 일에 대해서 자세히 말하지 않았다. 일부러 피하는 것 같기도 했다. 짐작건대 그때 마음은 몹시 심란하고 복잡했을 것이다. 샤오탕이 떠나고 사흘 후, 볜훙치도 베이징으로 돌아왔다. 이즈음 베이징은 사스 봉쇄가 풀려 조금씩 사스 이전의 모습을 되찾아가고 있었다. 거리를 지나는 사람이 많아지고 하나둘 마스크를 벗기 시작했으며 버스는 다시 콩나물시루가 됐다.

8

볜훙치가 돌아온 그날 저녁, 나는 그와 이밍, 사슈를 초대해 베이징대학 동문 앞 란치잉 부근에 있는 쓰촨 식당에서 수이주위를 샀다. 볜훙치가 돌아온 것을 환영하고 작게나마 축하할 일이 있었다. 내 장편소설이 출판사와 계약을 마치고 8월 중에 출간될 예정이었다. 식당에 가기 전 볜훙치에게 천단을 부를지 물어봤는데 천단은 그가 베이징에 돌아온 것을 모른다며 안 된다고 했다. 지금 당장 알리고 싶지 않다며 며칠 쉬고 말하겠다고 했다. 식사 중에 천단이 볜훙치에게 전달할 메시지를 내게 보내왔다. 베이징 봉쇄가 풀렸으니 이혼 절차가 끝났으면 돌아오라는 내용이었다. 그에게 어떻게 답할까 물었더니, '아직 협의 중이니 끝나는 대로 돌아가겠다'고 말해달라 해서 그대로 전했다.

우리는 수이주위 두 접시를 주문해 볜훙치가 양껏 먹도록 했다. 이밍이 엉덩이에 약 심지 박은 이야기를 꺼내자, 사슈가 꼭 밥 먹을 때 이런 더러운 얘기를 한다며 핀잔을 줬다. 그리고 볜훙치에게 살이 빠진 것 같다며 많이 먹으라고 했다. 그는 누가 약 심지를 박은 엉덩이를 면전에서 흔들어도 잘 먹을 수 있으니 신경 쓰지 말라고 했다.

이날 우리는 실컷 먹고 실컷 마셨다. 볜훙치는 꽤 많이 마셨다. 말없이 묵묵히 술잔만 들이켰다. 처음에는 술을 마시며 이것저것 물어봤는데 이혼 진행이 어떻게 됐는지 대강 알고 나니 더 이상 참견할 수가 없었다. 그래서 그냥 웃긴 얘기, 사스 기간에 있었던 신기한 일들, 전염병의 공포에 대해 두서없이 얘기했다.

길고 긴 식사 겸 술자리가 11시까지 이어졌다. 자리에서 일어날 때 보니 테이블 위에 맥주병들이 줄지어 늘어서 있었다. 6월 말 베이징 날씨는 꽤 더웠지만 밤늦은 시간이라 조금 끈적해도 시원했다. 볜훙치가 시흥詩興이 솟는다며 높은 곳에 올라가야 한다고 해서 완성서원萬聖書園 앞 육교에 올라갔다. 육교에서 내려다보는 베이징 야경은 정말 아름다웠다. 발밑으로 이어지는 차량 행렬과 물 흐르듯 이어지는 자동차 불빛을 보고 있자니 차가 점점 작아 보이고 육교 위에 서 있는 나 자신도 작아지는 것 같았다. 맞은편 멀지 않은 곳에 대학 교정이 보였다. 드넓은 대지에 자리 잡은 기품 넘치는 건물들이 한층 장엄하고 평온해 보였다. 드문드문 희미한 불빛이 깜빡거려 마치 길 잃은 주정뱅이 같았다. 볜훙치는 두 손으로 육교 난간을 부여잡고 한동안 입을 우물우물했다. 처음에는 그가 술을 많이 먹어 토하려는 줄 알았는데 뜻밖에도 시를 짓는 것이었다. 그가 읊조린 시는 세 구절이었다.

아, 베이징!
네 허리 위에 기어오른 나는
마치 개미 같구나.

"젠장, 또 어딜 기어오르려고 그래요?"

술 취한 이밍이 중얼거리자 사슈가 깔깔 웃으며 남자들은 정말 뻔뻔하다고 한마디 했다. 나도 한마디 보태려는데 휴대전화가 울렸다. 받으려는데 두 번 울리고 바로 끊어졌다. 천단이었다. 새로 들어온 메시지가 있어 확인해보니 두 개 다 천단이었다. 식당에서 너무 떠드느라 소리를 못 들었던 것이다. 메시지 내용은 이랬다.

'혹시, 그 사람 이혼 못 하는 거 아니예요? 우리 아빠 엄마 말이 맞았어요. 그 사람은 애초에 이혼할 마음이 없었어요!'

'왜 답장이 없어요? 혹시 그 사람이 내가 귀찮대요? 계속 귀찮게 할 거예요. 이혼할 때까지 계속 귀찮게 할 거예요!'

그녀의 메시지 마무리는 모두 강렬한 느낌표였다. 벤훙치에게 메시지를 보여주자 저 혼자 중얼중얼했다.

"이혼, 이혼, 좆같은 이혼!"

그는 손바닥으로 육교 난간을 내려치다가 갑자기 우웩 하며 토하기 시작했다. 그날 그는 정말 많이 취했다. 난간 밖으로 떨어지던 시큼한 토사물이 마침 육교 아래를 지나던 뷰익 승용차에 떨어졌다. 승용차가 급브레이크를 밟았다가 뒤 차를 생각해 조금 더 앞으로 간 후 멈춰 섰다. 차에서 내린 남녀가 앞 유리에 바짝 붙어 확인했다. 잠시 후 남자가 고래고래 소리를 지르고 씩씩거리며 육교 위로 올라왔다. 미니스커트를 입은 여자가 뒤에서 말렸지만 남자는 기어코 올라왔다. 일이 벌어졌음을 알고 이밍과 같이 계단을 내려가 일단 사과했다.

"정말 죄송합니다. 친구가 술을 많이 먹어서 선생님 차에 실수를 했어요. 죄송합니다."

"죄송하면 다야? 차를 이렇게 만들어놓고 어떻게 운전하란 말이야?"

나는 일이 커지지 않도록 차를 닦아주겠다고 했다. 하지만 토사물이 너무 많아 잘 닦이지 않았다. 나와 이밍이 갖고 있던 휴지를 다 썼지만 깨끗이 닦아낼 수 없었다.

"선생님, 번거롭겠지만 직접 세차를 하시지요. 비용은 제가 드리겠습니다. 괜찮을까요?"

남자는 나와 이밍을 번갈아 보다가 옆에 서 있는 미니스커트 여자를 보고 고개를 빳빳이 세우며 손을 흔들었다.

"됐소. 내가 알아서 하겠소. 차도 사는데 그깟 세차비 얼마나 한다고! 친구한테 술 좀 적게 마시라고 하쇼. 입이 말을 안 들으면 화장실로 뛰어가야지, 왜 길에서 이 난리요? 이래서야 위대한 수도의 이미지가 손상되지 않겠소!"

나와 이밍은 계속 고개를 끄덕이며 맞장구를 쳤다. 남녀가 차를 타고 떠난 후 우리는 킥킥 웃었다. 남자는 곧 죽어도 체면을 지켜야 한다. 그 남자는 미니스커트 여자 앞에서 생색을 내고 싶었던 것이다.

집에 돌아와 벤훙치는 바로 곯아떨어졌다. 한밤중에 목이 말라 깼다며 내게 물이 있느냐고 물었다. 그는 말없이 물 두 잔을 들이켠 후 컵을 던져버리고 다시 쓰러져 잠들었다. 그는 확실히 문제가 있어 보였다. 그 후 이틀 동안 일하러 나가지도 않고 방구석에 틀어박혀 담배만 피워댔다. 자기 방에서 피우다 나중에는 내 방에까지 와서 피웠다. 무슨 일인지 물었지만 말하고 싶지 않다고 했다. 모든 것이 다 꿈만 같아서 뭐라고 말해야 좋을지 모르겠다고. 그는 휴대전화 전원을 끄고 나더러 천단에게 그의 휴대전화가 고장나 수리 중이라고 전해달라고 했다. 이렇게 하면 홀가분하게 쉴 수 있을 거라고 생각한 모양이다. 하루는 낮잠을 자고 정오쯤 일어났다. 누군가 문을 두드려 벤훙치가 문을 열었는데 깜짝 놀라 굳어버렸다. 문밖에 천단이 서 있었다. 천단도 놀라기는 마찬가지였다. 그녀는 벤훙치의 티셔츠를 움켜쥐고 물었다.

"고향 집에 있는 거 아니었어? 휴대전화 수리 중이라고 하지 않았어?"

"돌아왔어. 내가 오늘 오는 거 어떻게 알았어?"

천단은 그를 밀치고 방으로 들어가 한 바퀴 휙 둘러봤다. 그리고 꽁초가 수북이 쌓인 재떨이를 벤훙치의 코앞에 들이밀었다.

"날 속였어? 계속 날 속였던 거야? 솔직히 말해. 돌아온 지 얼마나 됐어?"

"며칠 안 됐어. 정말 며칠 안 됐어."

"하루도 용납 못 해! 계속 며칠 더 있다 돌아온다더니, 날 속였던 거야?"

"하루 이틀 좀 쉬고 찾아가려고 했어. 내 상태를 좀 봐. 네가 와도 아무것도 못 해. 우리 둘 다 괴로울 뿐이야."

벤훙치의 자조적인 푸념이 어느 정도 효과가 있었는지 천단은 더 이상 왜 연락하지 않았느냐며 다그치지 않았다. 대신 이혼 문제를 추궁하기 시작했다.

"그건, 나중에 시간 내서 자세히 얘기할게."

"자세할 필요 없어. 그냥 한마디면 돼. 이혼했어? 못 했어?"

"음, 어떻게 말해야 할까? 천천히 설명해줄게."

"설명? 그놈의 설명, 벌써 일 년도 넘게 들었어! 벤훙치, 똑바로 말해. 당신, 나한테 평생 설명만 할 생각이야?"

"목소리 낮춰. 다른 사람들이 듣잖아."

"싫어! 크게 말할 거야. 이미 바닥까지 다 보였는데 무서울 게 뭐 있어? 또 날 속였어! 이혼도 못 했으면서 계속 날 속였어!"

"이혼한다니까! 젠장할 이혼, 꼭 한다고! 됐어?"

갑자기 조용해졌다. 벤훙치가 방문을 꼭 닫았다. 잠시 후 천단이 돌아간 후, 그가 어떻게 된 일인지 얘기해줬다. 천단이 하이뎬에 물건을 사러 가던 중 아파트 부근을 지나다가 그가 돌아오기 전에 침대보와 이불을 빨아주러 왔는데, 뜻밖에도 이미 돌아와 있던 그와 마주친 것이다. 두 사람이 무슨 얘기를 했고 무슨 일이 있었는지, 나는 잘 모른다. 까무룩 잠들었다 일어나보니 그가 눈을 끔뻑이며 담배를 피우고 있었다. 절망적인 패배자의 모습이었다. 나는 분위기 전환 겸 농담을 지껄였다.

"안 되던가요?"

"안 된 지 오래죠."

그가 쓴웃음을 지으며 담배를 비벼 끄는데, 그 동작마저 둔해 보였다.

"제기랄, 정말 이상해요. 내가 여자를 무서워하니 그놈도 여자가 무서운가봐요. 아무리 달래도 말을 안 들어요. 어떻게 할 방법이 없으니, 무섭죠."

"천단은 뭐라고 해요?"

"뭐라고 했겠어요? 나한테 크게 실망했다고, 내가 이혼할 생각이 없는 거라고요. 그래서 내가 그랬죠. 이혼하려고 무슨 짓까지 했는지 다 보지 않았냐고, 지금 이 모습이 그 결과이고 증거라고."

"그래서 도대체 어쩔 셈이에요?"

"모르겠어요. 나중에 시간이 되면 퇴근하고 바로 올 테니, 자기가 보는 앞에서 아내한테 이혼한다고 말하래요."

"어쩔 수 없네요. 한 성격 하는 여자들이 그쪽을 사이에 두고 만났으니. 천단이 아직도 기대하고 있다는 게 놀랍네요. 나 같으면 벌써 백 번도 더 포기했을 거예요."

"어느 정도 포기한 것 같긴 해요. 천단 부모님이 내가 이혼 못 할 거라고 했대요. 천단이 아직 받아들이지 못하는 것뿐이죠. 솔직히 나도 포기했어요. 오래전부터 기대 자체가 없었던 것 같아요."

천단은 하루가 멀다 하고 저녁마다 왔었는데 이제 그러지 않았다. 그에게 피곤해서 못 온다고 전화만 하는 횟수가 점점 늘었다. 그녀는 자신의 미래를 어느 정도 예견한 듯했다. 그는 이 상황이 기쁘기도 하고 슬프기도 한 것 같았다. 바가지 스트레스가 없으니 좋았지만 천단이 점점 멀어진다는 생각에 슬펐다. 그는 왜 이런 생각이 드는지 잘 모르겠다고 했다.

"가만 생각하면 남자가 더 비겁한 거 같아요. 난 도대체 뭐가 두려운 걸까요?"

본인도 모르는 그 마음을 내가 어떻게 알겠나? 사실 천단이 그에게 당장 집에 전화하라고 다그쳤던 일이 있는데, 아내가 전화를 받지 않았다. 그는 식은땀을 흘리며 전화를 끊었다.

어느 날 아침, 한참 단꿈에 빠져 있는데 벤훙치가 다급하게 날 깨우며 빨리 일어나 자기를 도와달라고 했다.

"뭐가 그렇게 급해요?"

"아내가 베이징에 왔어요. 지금 롄화츠蓮化池 터미널에 도착했다고 마중 나오래요. 그 사람 베이징은 처음이라 길을 전혀 몰라요. 아내가 좋은 일로 여기까지 오지는 않았을 거예요. 같이 나가서 분위기 좀 띄워주세요. 아무리 큰일이라도 일단 집에 들어와서 얘기해야 하니까요."

우리는 택시를 잡아타고 롄화츠 터미널로 갔다. 그의 아내는 터미널 대합실에 앉아 조용히 눈물을 찍어내고 있었다. 그녀는 처음 보는 사람이 나오자 부끄러워하며 얼른 눈물자국을 닦아내고 따뜻하고 친근한 미소를 지어 보였다. 그녀는 작은 시골 마을에서 갓 상경했지만 첫인상이 정말 좋았다. 청순하고 단아한 눈매에, 화려하게 꾸민 도시 여자에게서 느낄 수 없는 순박하고 소탈한 여성스러운 분위기를 풍겼다. 누구든 그녀를 보면 자연스럽게 따뜻한 가정의 행복한 삶을 느낄 것이다. 벤치훙가 지금까지 이혼 얘기를 꺼내지 못한 것이 바로 이 모습 때문이리라. 한 번 놓치면 두번 다시 만나기 힘든 정말 좋은 아내니까. 벤훙치와 아내는 함께 차에 탄 후 대화다운 대화가 거의 없었다. 나는 어색하고 냉랭한 분위기를 풀어보려 벤훙치에게 부탁받은 들러리 역할에 최선을 다했다. 벤훙치의 아내에게 오는 길이 즐거웠는지, 일이 힘들지는 않은지 등 이것저것 끊임없이 질문했다. 우리 어머니가 초등학교 선생님이었기 때문에 공통 화제를 이어갈 수 있었다. 나는 최선을 다해 쉬지 않고 떠들었다. 그녀가 귀찮았는지, 어땠는지는 알 수 없다. 집에 도착해 두 사람이 방에 들어가자, 드디어 해방된 나는 당장 목 축일 물부터 찾았다.

벤훙치의 방 방문이 닫힌 시간은 길지 않았다. 한 시간쯤 후, 그의 아내가 먼저 화장실에 들어가 씻은 후 옷을 갈아입고 나왔다. 준비가 끝나자 벤훙치가 나, 이밍, 사슈에게 함께 밥을 먹으러 가자고 했다. 메뉴는 당연히 수이주위였다. 벤훙치의 아내는 우리 앞에서 두 사람의 감정이나 이혼 문제를 일절 언급하지 않고 아무 일 없는 것처럼 일상적인 이야기를 했다. 이 순간만큼은 누가 봐도 다정한 잉꼬 부부였다. 그녀는 우리에게 그동안 벤훙치를 도와줘서 고맙다고, 남편이 평소 꼼꼼하지 못한 편이라 혹시 무례를 저질렀다면 용서해달라고 했다. 그녀는 정말 마음이 넓고 착한 좋은 아내였다. 덤덤한 표정으로 묵묵히 먹기만 하다가 가끔 미소를 짓는 벤훙치의 모습은 전형적인 행복한 남편의 표상이었다. 그의 아내가 수이주위에 든 콩나물을 한 움큼 집어 그의 접시에 올려놓았다.

"이이가 수이주위를 참 좋아해요. 정확히 말하면 이 생선을 좋아하는 게 아니라 이 안에 들어간 매운 양념이랑 콩나물을 좋아하는 거죠."

순간 나는 뒤통수를 얻어맞은 것 같았다. 자세히 생각해보니 확실히 그는 생선은 거의 먹지 않고 콩나물만 먹었었다. 이밍과 눈이 마주쳤는데 역시 이제야 알았다는 표정이었다. 그는 안타깝다는 듯이 고개를 흔들었다. 사슈가 이밍에게 음식을 덜어주는데 그가 좋아하는 생선머리였다. 벤훙치의 아내는 밥 한 끼 먹을 동안 우리 세 사람의 마음을 사로잡았다. 식사 후 볜훙치 부부는 베이징 구경을 한다며 따로 출발했다. 우리는 집으로 돌아오는 내내 볜훙치의 아내에게 감탄하고 또 감탄했다. 그녀는 천상 여자이고 정말 좋은 아내였다. 이때부터 우리 세 사람은 드러내놓고 말하지는 못했지만 그의 이혼에 반대하는 입장이 됐다. 다음 날 볜훙치 아내가 돌아간 후 곧바로 그에게 물었다.

"도대체 어떻게 할 거예요?"

"천천히 해야죠."

"천단한테 말했던 것 때문에요?"

"꼭 그런 건 아니에요."

"혹시 베이징 때문에? 그렇게까지 베이징에 살고 싶어요?"

"아마 이해 못 하시겠죠."

그러게, 정말 모르겠다. 물론 베이징이 매력적이긴 하지만 역시 이해할 수 없다. 아마도 볜훙치의 아내는 나보다 더 이해하기 힘들겠지. 그녀는 남편에게 베이징이 실망스러웠다고 했단다. 우리와 헤어진 후 두 사람은 버스를 타고 궁주펀公主墳 역에 가서 지하철을 탔다. 그녀는 톈안먼을 보고 싶어했다. 그는 시단西單 역 밖으로 나와 아내에게 '여기가 바로 그 유명한 창안제長安街야'라고 자랑스럽게 말했다. 계속해서 여기가 시단이고, 여기가 스다이광장時代廣場이고, 저 앞에 보이는 것이 도서 빌딩이라고 소개했다. 시단에 들어서자 수많은 상점이 빼곡히 늘어서 있었다. 천단이 그와 함께 가고 싶은 곳은 언제나 시단이었다. 하지만 아내는 시단에 전혀 흥미를 느끼지 못했다. 남편이 이렇게까지 자세히 알고 있는 것이 오히려 의심스러웠다.

"그 아가씨와 여기에 자주 왔나봐요?"

"아, 아니야. 같이 사는 친구들과 왔었지. 여기 싼 옷도 많거든."

"난 싸구려 옷을 사러 온 게 아니에요."

그의 아내가 드디어 불만을 드러냈다.

"난 톈안먼을 보고 싶어요. 진짜 베이징을 보고 싶다고요."

두 사람은 창안제를 빠르게 지나갔다. 호화로운 현대식 빌딩과 화려한 전통 건물, 옥상 유리와 물처럼 흐르는 차량 행렬이 사방에서 번쩍거렸다.

"여기가 바로 진짜 베이징이라고 할 수 있지. 고귀하고 위대하고 화려하니까!"

하지만 이것은 볜훙치의 눈에 비친 베이징이고 아내 마음속의 베이징은 오직 톈안먼이었다. 그녀는 미술 시간이면 톈안먼 그리기를 수없이 반복했다. 위풍당당하고 장엄한 톈안먼과 그 위에 휘날리는 오성홍기五星紅旗. 미술 선생님인 그의 아내는 지금도 학생들에게 톈안먼 그리기를 지도한다. 그녀는 고향 마을에서 톈안먼을 가장 잘 그리는 사람일 것이다. 고향 마을에서 큰 행사를 준비할 때 종종 그녀에게 톈안먼 그림을 요청하곤 했다. 두 사람이 창안제를 열심히 걸어갈수록 톈안먼이 점점 가까워졌다. 그의 아내가 긴장과 기대에 부풀 즈음 톈안먼이 눈앞에 나타났다.

"이게 톈안먼인가요?"

그녀는 광장 입구에 우뚝 서서 갑자기 울음을 터트렸다.

"왜 상상했던 것처럼 크지 않은 거야?"

그녀는 정말 서럽게 울었다. 그 오랜 세월 톈안먼을 수없이 그려왔는데, 원래 이런 모습이었다니. 볜훙치가 아내를 위로했다.

"톈안먼도 건축물이야. 건축에는 한계가 있으니 당연히 예술과는 다르지."

그의 아내도 이 정도 이치는 당연히 알지만 그 차이가 너무 커서 쉽게 받아들일 수가 없었다. 20년 이상 쌓인 상상과 현실의 차이를 단숨에 뛰어넘기는 힘들었다. 한 번 가라앉은 기분은 좀처럼 회복되지 않았다. 왕푸징王府井에 도착했을 때도 여전히 슬퍼보였다.

"여기 좀 봐봐. 여기도 베이징을 대표하는 곳이야."

그의 아내가 참았던 눈물을 다시 쏟았다. 그녀는 처음으로 남편 팔에 매달리며 말했다.

"난 이런 것들이 다 싫어. 훙치, 우리 고향으로 돌아가요. 우리 이렇게 돈 벌지 말아요."

볜훙치는 못 들은 척, 구름 낀 하늘을 올려보며 말했다.

"일단 돌아가지. 비가 내리겠어."

두 사람이 하이뎬에 도착해 332번 버스에서 내렸을 때 천둥과 번개가 번쩍거리며 비가 내리기 시작했다. 웨이슈위안에서부터 뛰어 베이징 대학 산업초대소에 도착하니 비가 억수같이 퍼부었다. 그는 갑자기 천단이 생각나 아내를 끌고 초대소로 들어갔다. 그는 아내에게 이 초대소에서 묵으라고 했다. 그의 아파트는 사람이 많아 씻는 것도 그렇고 여러모로 불편하다고. 그의 아내는 흔쾌히 동의했다. 여러 남자, 여자와 한집에 지내는 것이 불편했기 때문이다. 방에 들어가려는데 문제가 생겼다. 결혼증명서가 없어 한방에 같이 들어갈 수 없었다. 그의 아내가 다정하게 팔짱을 끼며 지배인을 똑바로 쳐다봤다.

"우리 진짜 부부예요. 아닌 것 같아요?"

지배인은 반신반의했다.

"그렇게 보여요. 부부는 닮는다더니, 두 분 아주 닮았어요."

두 사람은 씻고 옷을 갈아입고 초대소 부근 도시락 식당에서 저녁을 먹고 다시 방으로 돌아왔다. 벤홍치는 혹시 천단이 집으로 찾아올까봐 불안해 마음 편히 앉아 있을 수가 없었다. 그는 일부러 휴대전화를 꺼놓고 초대소 카운터 전화로 내게 연락해 천단이 오지 않았는지 물었다.

"아마도 올 것 같아요. 그러잖아도 연락이 왔었어요. 전화했는데 그쪽 전화기가 꺼져 있다면서, 비가 그치면 오겠다고 했어요."

이 전화 통화를 할 때가 대략 9시였는데 비는 이미 그친 후였다.

"그럼, 3분 후에 휴대전화를 켤 테니 나한테 전화해줘요. 그럴 일이 있어요."

3분 후 전화를 걸어 무슨 일인지 물어보려는데, 벤홍치가 숨 돌릴 틈도 없이 지껄였다.

"아이고, 이 선생님, 죄송합니다. 말씀하신 증명서는 이미 다 만들어놨어요. 지금 바로 그쪽으로 보내드릴까요? 정말 죄송합니다. 오늘 와이프가 올라와서 톈안먼 구경 시켜주고 왔거든요. 네, 알겠습니다. 조금만 기다려주세요. …… 고객, 단골손님이야. …… 아, 이 선생님한테 하는 말이 아니라 옆의 아내한테 한 말이에요. 제가 가야죠. 네, 그럼요. 잠시 후에 뵙겠습니다."

10분 후 벤홍치가 내 눈앞에 나타났다. 그는 집에 들어오자마자 내가 그를 살렸다고 했다. 그는 천단이 찾아올까봐 걱정돼 아내와 같이 있지 못하고 핑계를 대고 달려온 것이었다.

"이러면 아내가 의심하지 않겠어요?"

"무슨 의심이요? 손님에게 물건을 갖다줘야 한다고 말해뒀어요. 일찍 돌아오면 초대소로 가고 늦으면 못 간다고 했어요. 초대소가 11시

반에 문을 잠그잖아요. 당연히 늦어야겠지요."

자신의 완벽한 잔꾀를 자랑하는 그의 모습은 교활하기보다는 천진난만한 아이 같았다. 그런데 11시쯤 그의 아내가 집에 찾아왔다. 그는 정말 깜짝 놀랐다. 담배를 피우며 나와 수다를 떨던 그가 미처 뭐라 말하기도 전에 그녀가 먼저 치고 들어왔다.

"물건은 잘 전달했어요?"

"전달했어. 당신, 어떻게 왔어?"

"아직 11시 반 안 됐잖아요. 내가 왜 못 와요?"

그녀가 너무 아무렇지 않게 말하니 그는 대꾸할 말이 없었다. 그녀는 그가 엉덩이만 들썩여도 똥을 싸고 싶어하는 줄 알 만큼 남편을 꿰뚫고 있었다. 내가 선풍기를 돌려주려 하자 그녀는 덥지 않다며 거절했다. 남편 때문에 몸도 마음도 차가워졌다고. 볜훙치가 담배를 뻑뻑 피우며 허허 웃었다.

"우리 마누라, 정말 재밌죠? 그래서 내가 옛날부터 마누라한테 소설을 써야 한다고 했다니까요."

"시인 하나로 충분해요. 내가 소설을 쓰면 우리 집에 정상적인 사람이 하나도 없잖아요."

나는 분위기를 수습하려고 그녀의 말을 들으니 재능이 있어 보인다며 칭찬했다. 그녀는 억지로 웃으며 눈물을 참는 듯했다. 그 후에 그녀는 별 뜻 없이 내게 이런저런 것들을 물었다. 베이징 생활이 어떤지, 베이징을 어떻게 생각하는지, 혹시 평생 베이징에 살 생각이 있는지, 여자친구가 있는지 등등. 사실 이 질문들은 볜훙치를 향한 것이었다. 나는 그를 힐끗 쳐다보며 두루뭉술하게 대답했다. 이때 내 휴대전화가 울렸다. 오늘 밤 못 올 것 같다는 천단의 메시지였다. 방금 전까지 부모님과 싸우느라 시간도 늦었고 기분도 안 좋다고 했다. 벤훙치의 휴대전화가 꺼져 있어 내게 대신 전해달라고 했다. 나는 겨우 마음이 놓였지만 벤훙치는 매우 초조하고 불안해 보였다. 그의 아내는 남편이 안절부절못하는 모습을 보고도 못 본 척했다. 시간이 금방 지나가 어느덧 11시 반이 됐다. 벤훙치는 지푸라기라도 잡는 심정으로 시계를 보며 말했다.

"벌써 11시 반이야. 빨리 돌아가지 않으면 초대소 문이 잠긴다고."

"11시 반에 문이 닫히면, 이미 늦었어요."

"여긴 좀 불편할 거야."

"뭐가 불편해요? 내가 내 남편이랑 같이 있는데 불편할 게 뭐 있어요? 당신이 그렇다면 난 거실에서 하룻밤 지내도 괜찮아요."

말문이 막힌 벤훙치가 두 눈을 깜빡이며 내게 도움을 청했다. 나는 급한 대로 방법을 떠올려 재미있는 것을 보여준다면서 그에게 천단이 보낸 메시지를 보여줬다. 그는 한숨을 내쉬고 마음 편히 미소 지으며 '어떤 할 일 없는 놈이 이런 음담패설을 지껄이는 거야?'라고 중얼거렸다. 그리고 아내에게 '당신만 괜찮다면야 자고 가도 상관없어'라고 말했다.

하지만 다음 날 아침, 결국 사건이 터졌다. 마침 오후 근무인 데다 어젯밤 부모와 다퉈 기분이 좋지 않았던 천단이 벤훙치에게 한바탕 해대려고 아침 일찍 찾아왔다. 그런데 벤훙치의 침대에 다른 여자가 누워 있는 것이 아닌가! 천단도, 벤훙치도 너무 놀라 그 자리에서 굳어버렸다. 침착한 사람은 벤훙치의 아내뿐이었다. 그녀는 천천히 옷을 입은 후 남편을 돌아보며 물었다.

"이 아가씨가 천단인가요?"

"당신, 누구야?"

"물어볼 필요가 있어요? 벤홍치의 침대에 잘 수 있는 사람이 누구겠어요? 당연히 그 사람의 아내죠."

천단이 벤홍치를 향해 어젯밤 쌓인 화까지 한꺼번에 쏟아냈다.

"벤홍치! 당장 똑바로 말해!"

"뭘 알고 싶은데요? 미리 말해두는데 내 남편은 마음이 여리고 겁이 많으니 큰소리 치지 말아요."

천단이 울먹이며 악을 썼다.

"벤홍치, 양아치 새끼! 입으로는 이혼하겠다고 하면서 한 침대에 뒹굴어? 또 날 속였어!"

"마누라 있는 남자가 마누라와 안 자고 누구와 잔단 말이에요? 다른 사람과 자는 건 범죄죠."

천단은 다급하고 속이 타자 도저히 목소리를 낮출 수가 없었다.

"야, 이 양아치 새끼야!"

"똑바로 말해요. 누가 양아치예요? 멋대로 아내가 있는 남자랑 잤으면서, 누구한테 양아치라는 거예요?"

"내 마음이야! 난 벤홍치를 좋아하고, 이 사람은 이혼하겠다고 했어. 이 사람은 이미 옛날부터 당신을 원치 않았어!"

"그래요? 이 사람한테 직접 말해보라고 해요. 정말 이혼을 원하는지, 정말 내가 필요 없는지."

"벤홍치! 벤홍치!"

천단은 그제야 그가 사라진 것을 알았다. 그는 내 방에 숨는 것 외에는 다른 방법이 없었다. 이렇게 두 여자가 마주치는 상황은 전혀 상상도 못 했다. 그는 화풀이하듯 담배를 뻑뻑 피우고 냄새를 풀풀 풍기며 중얼거렸다.

"그냥 내버려둬요. 저러다 다 알게 되면, 나도 수고롭지 않고 좋죠."

이때 천단이 내 방문을 발로 차며 소리를 질렀고 그는 가타부타 말이 없었다. 나는 방문이 부서질까봐 걱정스러웠다.

"벤훙치! 이 비겁한 겁쟁이! 당장 나와!"

"그만해요. 내가 말했잖아요. 우리 그이는 겁이 많다니까요."

벤훙치 아내가 말렸지만 천단은 아랑곳하지 않았다. 방문을 걷어차는 힘이 점점 약해졌지만 입은 갈수록 거칠어졌다.

"벤훙치, 이 비겁한 쫄보야! 우리 엄마 말이 맞았어. 넌 진짜 사기꾼이야! 완전 나쁜 사기꾼이야!"

"누가 누굴 속였는지는 제대로 따져봐야죠. 그만 돌아가요. 저 사람은 이혼 못 해요."

"이혼 못 한다고? 웃기시네! 내가 꼭 이혼하게 만들 거야!"

"그래요. 그럼 기다려보든가요. 잘 들어요. 난 절대 이혼하지 않아요. 어서 돌아가요."

가장 먼저 집을 나간 사람은 아무래도 천단이었다. 벤훙치는 계속 내 방에 숨어 있고, 이밍이 집에 없어 사슈가 나와 싸움을 말렸다. 벤훙치의 아내는 더 이상 싸워봤자 의미가 없다고 생각해 먼저 방에 들어가 문을 꼭 닫아걸었다. 천단은 거실에서 사슈의 위로를 받으며 한참 울다가 절망적인 표정으로 떠났다. 나와 벤훙치는 창가에서 천단이 전기자전거에 앉아 눈물을 훔치는 모습을 지켜봤다. 그가 긴 한숨을 내쉬었다.

나중에 벤훙치가 아내에게 어디까지 어떻게 얘기했는지는 알 수 없다. 그날 오후 그의 아내는 터미널에 가서 야간 버스를 타겠다며 청쩌위안을 나섰다. 그녀는 왜 그렇게 서둘러 돌아갔을까? 상식적으로 생각하면, 지금 그녀는 베이징에 남아 남편을 더 확실히 다그쳐야 한다. 벤훙치가 아내를 터미널까지 배웅했다. 그의 아내는 우리에게 작별 인사를 하면서 폐를 끼쳐 미안하다고, 벤훙치를 잘 부탁한다고, 정말 잘 부탁한다고 몇 번이나 말했다. 그녀는 아무 일도 없었다는 듯 처음 왔을 때처럼 예의 바르고 차분한 모습으로 떠났다.

9

벤훙치의 아내가 돌아간 후, 천단은 몇 번이나 찾아와 난리법석을 떨었다. 그때마다 벤훙치는 최대한 빨리 이혼하겠다며 그녀를 달랬다. 그는 천단에게 조금만 기다려달라고, 조금만 더 기다려달라고 간청했다. 당장 몰아붙였다가 아내가 잘못될까봐 걱정이었다면서.

"일 년도 넘게 기다렸는데, 며칠 더 못 기다려? 이제 다 됐어. 이혼하면 그 여자는 바로 정리되는 거야."

"하늘과 땅을 두고 맹세해. 내가 죽을 때까지 베이징에서 살고 싶어하는 거 너도 잘 알잖아. 내가 일 년에 고향에 얼마나 갔어? 특별한 일 빼면 일주일도 안 돼. 내가 베이징을 얼마나 좋아하는지 누구보다 네가 잘 알잖아. 그러니까 제발 날 이해해줘. 베이징에 내 일이 있고, 내 삶의 희망이 있고, 사랑하는 천단이 있는데 내가 어떻게 베이징을 포기하겠어? 걱정할 게 뭐 있어?"

그는 더 많은 말로 끊임없이 천단을 설득했다. 그 후로 천단이 난리법석을 떠는 일은 크게 줄었다. 집에 찾아오는 횟수도 눈에 띄게 줄었다. 마트에 갑자기 손님이 늘어 바쁘다고 했다. 내가 보고 들은 것은 지극히 단편적인 내용이니 어쩌면 사실과 다를 수도 있다. 어떻든 볜훙치는 줄곧 이혼하지 못했고 쳇바퀴 돌듯 하루하루를 반복했다. 열심히 뛰어다녔지만 그의 삶은 과거의 어느 순간으로 돌아간 듯했다.

변한 게 있다면, 그와 샤오탕이 관계를 회복해 호형호제하며 지내게 된 것이다. 샤오탕은 예전처럼 청쩌위안을 드나들었고 우리는 끝마디가 잘려나간 그의 두 손가락을 직접 확인했다. 손톱이 사라지고 끝이 뭉툭했다. 손가락 끝 마디가 사라졌지만 변한 것은 아무것도 없었다. 샤오탕은 조금 짧은 두 손가락 사이에 담배를 끼우고 전과 다름없이 담배를 피웠다. 그는 전과 달라진 손가락을 전혀 의식하지 않는 것 같았다. 어쩌면 시시각각 그 변화를 의식하지만 시간이 지나면서 이미 익숙해졌는지도 모른다. 그는 안줏거리를 들고 와 우리와 함께 식탁에 둘러앉아 예전처럼 음담패설을 늘어놓고 베이징에서 겪은 황당하고 재미있는 일들을 이야기했다. 다 같이 카드놀이도 하고 볜훙치의 이혼 문제로 열띤 토론을 벌이기도 했다. 샤오탕의 의견은 이혼해야 한다였다. 그는 베이징에 돌아온 후 분명히 깨달은 사실이 있다고 했다. 후환거리를 확실히 해결하지 않으면 베이징 생활에 전념할 수 없다는 것이다. 가정을 떠올릴 때 정상적으로 편안함을 느낄 수 있어야 최선을 다해 바깥일에 집중할 수 있다는 것이었다. 볜훙치는 이 의견에 동의했다. 그는 이미 샤오탕을 이해하고 용서한 듯 전혀 거리낌 없이 편해 보였다. 어쩌면 샤오탕의 손가락을 그렇게 만든 것에 대해 마음 깊이 미안해하고 있을 것이다.

이즈음 볜훙치는 다시 하이뎬 거리에 나가 갈구하는 눈빛을 찾고 있었다. 그와 샤오탕은 같이 혹은 따로 일하다가, 얼마 뒤부터 계속 같이 일했다. 두 사람은 장사가 아주 잘돼 사나흘에 한 번씩 큰돈을 벌었다. 뻰홍치는 기분이 좋아졌고 주말마다 다 같이 모여 베이징 대학 동문 앞으로 수이주위를 먹으러 갔다. 그의 이혼은 우리 모임의 단골 레퍼토리였다. 어느 정도 먹고 마시다보면 꼭 이 얘기가 나왔다. 하지만 다들 서로의 생각을 잘 알고 있다보니 논쟁은 그리 길지 않았고 주로 뻰홍치 본인의 생각을 들었다. 그는 자신의 결혼에 대한 일주일간의 고민을 털어놓았다. 하지만 별 다른 내용은 없었다. 매번 시인 같은 말투로 탄식만 늘어놓았다. 그리고 종종 걱정스러움을 내비쳤다. 천단의 열정이 크게 줄어든 것이 분명한데, 이게 좋은 징조인지 아닌지 모르겠다며 은근히 실망감을 드러냈다. 두 사람 일은 제삼자가 자세히 알 수 없는 법이다. 우리가 멋대로 추측해 좋은 얘기, 나쁜 얘기를 다 떠들어대니 그는 더 모르겠다고 했다.

사슈가 같은 여성으로서, 보편적인 여성 관점에서 문제를 정리해 세 가지 가능성을 제시했다. 첫째, 뻰홍치에게 완전히 실망해 그냥 될 대로 되라는 심정으로 그를 내버려두는 것이다. 둘째, 변함없는 마음으로 믿고 기다리는 것, 죽을 때까지 기다리겠다는 마음이다. 셋째, 언제 올지 모르는 버스를 기다리는 마음이다. 이미 오래 기다렸기에 지금 돌아서면 그동안 기다린 것이 부질없는 시간 낭비가 된다. 이 사실을 받아들일 수 없어 돌아서지 못하는 것이다. 사슈는 이런 경우 대다수 여자가 버스를 기다리는 마음이라고 했다. 감정상의 관성의 법칙인 셈이다. 『고도를 기다리며』의 두 주인공처럼 말이다. 상대 남자 입장에서 가장 큰 문제는 어느 순간 저렴하고 깔끔한 택시가 나타날지 모른다는 사실이다. 여자가 택시를 잡아타는 순간 모든 것이 끝이다. 뻰홍치는 사슈의 말을 들으며 계속 고개를 끄덕였다.

"이혼해야죠. 꼭 빠른 시일 내에 할 겁니다."

이혼 얘기가 끝나면 창업 관련 토론이 시작됐다. 벤훙치는 위조 증명서 장사는 정정당당한 일이 아니니 오래 할 일도 아니고 이미 지겨워지기 시작했다고 말했다. 지난한 이혼 전쟁을 치르고 나니 위조 증명서 장사가 더 불안하게 느껴졌다. 조금만 더 해서 어느 정도 돈을 모으면 깨끗이 정리하고 정당한 일을 시작하겠다고 했다. 이 문제는 천단도 여러 번 언급했던 것이고 그녀를 안심시키기 위해 꼭 필요한 일이었다. 우리는 당연히 대찬성이었다.

벤훙치가 아내에게 정식으로 이혼 얘기를 꺼내려고 마음먹은 그때, 위조 증명서 장사가 힘들어졌다. 단속이 강화됐다. 하이뎬 부근 거리를 돌아다니는 경찰이 많아졌고 대로에 경찰차도 자주 보였다. 이 때문에 벤훙치의 생활은 매우 불규칙해졌다. 단속에 걸리지 않으려면 기본적으로 일을 하지 말아야 한다. 쥐새끼처럼 이리저리 도망다녀야 하기 때문에 어쩔 수 없이 집에 있는 시간이 많아졌다. 하루는 아침에 나가자마자 한 시간도 안 돼 돌아왔다. 같은 일을 하는 친구의 친구가 경찰에 잡혀간 지 3일째라는 메시지를 받았다고 했다. 그즈음 그는 갑자기 나타났다가 한동안 사라지는 등 행방이 묘연할 때가 많았다.

나는 그 며칠 동안 출판사와 문제가 생겨 그에게 신경 쓸 여력이 없었다. 내 장편소설이 출간됐는데 길바닥 물건처럼 표지와 제본 상태가 엉망이었다. 사실 나도 번듯하고 제대로 된 출판사에서 책을 내고 싶었다. 그래서 여러 출판사에 원고를 보냈지만 아무 곳에서도 답이 오지 않았다. 나는 답답한 마음에 한 출판사에 전화를 걸었다.

"받아놓은 소설 원고가 너무 많아서 다 신경 쓸 수가 없어요. 유명

작가 작품도 차례를 기다려야 해요. 실례지만, 성함이?"

내가 간단히 이력을 말하자 상대방이 실망한 목소리로 대꾸했다.

"허허허, 들어보지 못한 이름이네요. 미안합니다."

그러고는 바로 전화를 끊어버렸다. 이 일로 나는 큰 상처를 받았다. 베이징에서 보낸 지난 몇 년이 모두 물거품이 돼버린 느낌이었다. 얼마 뒤 조금 이름을 알린 작가 친구가 나를 위로해줬다.

"자격지심 가질 필요 없어. 사실 대부분의 출판사가 자유투고 원고는 보지도 않아. 작품이 좋고 나쁘고의 문제가 아니라 그냥 안 본 거야. 그냥 널 모르는 거야."

그렇게 된 것이었다. 하지만 이런 세상 이치를 깨달았을 때는 이미 돌이킬 수 없는 상황이었다. 나는 한판 붙어보자는 심정으로 무조건 책을 내기 위해 영세 출판사와 출판 계약을 했다. 그리고 가제본을 받았을 때 너무 기가 막혀 내 눈을 의심했다. 세상에, 어떻게 이 모양 이 꼴이 됐지? 이렇게 엉망진창일 줄은 꿈에도 몰랐다. 출판사 사장이 적당히 고쳐 잘 포장하면 된다고 둘러댔고, 나는 그냥 알아서 하라고 했다. 이미 돈을 받고 넘겼으니, 온전히 내 것도 아니었다.

적당히 고친다더니 제멋대로 아무렇게나 고쳐 전혀 다른 소설이 됐다. '베이징 떠돌이 작가의 특별한 일기'라는 제목도 출판사 마음대로 갖다 붙인 것이다. 일기 형식 소설에 멋대로 여러 날짜를 추가하고 전체 내용을 수백 개의 단편으로 조각조각 해체시켰다. 표지는 심플라인 드로잉으로 그린 나체 상태로 뒤엉킨 남녀 이미지와 수북이 쌓인 속옷 사진으로 장식했다. 그 아래에 '베이징 떠돌이 문화예술인의 생존 현실, 도시 남녀의 영혼과 육체 일체화 과정을 낱낱이 파헤치다'라는 카피가 적혀 있다. 특히 탐스러운 새빨간 색으로 쓴 영혼과 육체

두 단어는 표지를 뚫고 튀어나올 것 같았다. 내가 쓴 소설은 영혼과 육체의 문제를 파헤치는 내용이 아니다. 출판사 사람들이 뻔뻔하게 터무니없는 헛소리를 지껄이는 것이다. 이 상황을 어떻게 받아들여야 하지? 나는 애초에 너무 점잖고 대범하게 행동한 것을 후회했다. 장사꾼하고 거래할 때는 반드시 나중에 말썽이 나지 않도록 애초에 확실히 말해둬야 하는 법이다. 나는 당장 책임 편집자에게 전화를 했다.

"저도 어쩔 수 없었어요. 사장님이 하라는 대로 해야죠. 게다가 애초에 그렇게 하는 데 동의하셨잖아요."

책임 편집자에게는 더 이상 할 말이 없었다. 나는 다시 출판사 사장에게 전화했는데, 그의 논리는 언제나 나보다 한 수 위였다.

"시장 흐름에 따라야죠. 그리고 작가님을 더 많이 알리기 위한 겁니다. 요즘 작가들 어떤지 못 봤어요? 이름을 알리려고 때로는 논란을 자처해 온갖 욕을 얻어먹죠. 그렇게 안 하고 좋은 날이 올 것 같아요? 계약금도 다 받아놓고 이제 와서 다른 말 하는 겁니까?"

이번에도 할 말이 없었다. 이건 마치 강간당한 느낌이었다.

소설 문제로 심란했던 마음은 며칠 후에야 겨우 진정됐다. 이제 친구들에게 어떻게 말해야 할지가 문제였다. 며칠 동안 벤훙치의 얼굴을 보기가 힘들었지만 이밍과 나는 크게 신경 쓰지 않았다. 그리고 경찰이 우리 집 현관문을 두드리는 순간, 그에게 문제가 생겼음을 직감했다. 경찰관 두 명이 찾아와 물었다.

"벤훙치가 여기 삽니까?"

"네. 두 분, 실례지만 무슨 용무인지요?"

"수색입니다."

조금 통통한 경찰관이 말했다.

"위조 증명서가 있는지 살펴봐야 합니다."

벤훙치가 잡혀 들어간 것이 틀림없다. 그러고 보니 그는 어젯밤에도 집에 안 들어왔다. 나는 일단 두 사람을 막아서며 이밍을 불러 경찰이 수색을 하러 왔다고 말했다. 이밍은 보던 책을 들고 뛰어나왔다.

"수색영장 가져오셨습니까?"

이번에는 조금 마른 경찰관이 나섰다.

"당신도 한패요?"

"아닙니다."

"그럼 저쪽으로 비켜요. 어느 방입니까?"

두 경찰관은 벤훙치 방에 들어가 쑥대밭을 만들었지만 땀만 뻘뻘 흘린 채 빈손으로 나왔다. 통통한 경찰관이 내게 물었다.

"혹시 당신들 방에 숨긴 거 아니요?"

"좀 전에 말했잖아요. 우린 위조 증명서와 전혀 상관없습니다."

이밍이 발끈하자 두 경찰관이 씩씩거리며 돌아서더니 여기까지 와서 아무것도 못 건졌다며 투덜거렸다. 잠시 후 두 경찰관이 되돌아왔다.

"아, 잊을 뻔했네. 벤훙치가 체포돼 공안국에 있는데 같은 사는 친구한테 부탁할 게 있다고 한번 와달랍니다."

두 경찰관은 제 할 말만 하고 바로 떠났다. 나는 덜컥 겁이 났다. 벤훙치가 우리에게 '부탁'할 일이라면 분명히 간단한 문제가 아닐 것이다. 나도 모르게 사형이란 두 글자가 떠올랐다.

"그건 아니야. 그렇게까지 심각한 범죄가 아니니까. 법은 그렇게 아무렇게나 적용하는 게 아니야. 아마도 뭔가 대신 좀 해달라는 거겠지."

이밍은 곧 수업이 있어서 학교에 가야 한다고 해서 내가 공안국에 가보기로 했다. 나는 공안국으로 가는 길에 천단에게 전화했다. 신호가 한참 울린 후에야 연결됐다. 그녀가 있는 곳은 아주 시끄러웠는데 잘 안 들리는지 '여보세요'란 말만 반복하다 결국 제 할 말만 했다.

"무슨 일인지 모르겠지만 베이징에 돌아가서 연락할게요. 지금 허베이에 와 있어요. 외할머니가 돌아가셨어요. 지금 좀 정신이 없어요."

누군가 그녀 이름을 크게 불렀고, 그녀는 알아들을 수 없는 말을 중얼거리며 전화를 끊어버렸다. 버스를 한 번 갈아타고 공안국에 도착해 여러 사람에게 물어물어 볜훙치가 있는 곳을 찾아갔다. 담당자가 내 신분을 조회하더니 서명을 하라고 했다. 그리고 텅 빈 방에 데려가더니 잠깐 기다리라고 했다. 아마 면회실이겠지. 한가운데 철창이 가로막혀 있었다. 나는 긴 의자에 앉아 철창 너머의 작은 철문을 주시했다. 영화에서처럼 볜훙치가 그 문을 열고 걸어 나오길 기다리며. 하룻밤 사이에 그의 얼굴이 탱탱 부어올랐다. 목소리도 변한 것 같았다. 그는 철창 사이로 내 손을 잡고 말했다.

"아는 얼굴을 보니 이제야 좀 안심이 되네요. 기다리는 동안 정말 무서웠어요. 빨리 나갈 수 있는 방법을 찾아주세요."

"어떻게 된 거예요? 괜찮을 거라고 하지 않았어요?"

"어제 오전에 잡혀왔어요. 샤오탕도 같이 잡혔는데, 녀석이 나한테 뒤집어씌웠어요."

사건은 아주 간단했다. 그는 이런 일 하는 사람들이 잡히는 과정은 다 이렇게 간단하다고 했다. 두 사람은 베이징 대학 남문 앞을 어슬렁거리며 완성된 위조 증명서를 찾으러 오는 손님을 기다리고 있었다.

샤오탕의 고객인데 점심 전에 찾으러 오기로 돼 있었다. 최근 두 사람은 아무나 쉽게 끌어들이지 않고 신중에 신중을 기했다. 두 사람 다 자기 안목에 자신이 있었다. 사람을 잘못 보지 않는다고 자신했지만 결국 잘못 보고 말았다. 기생오라비처럼 꾸민 두 남자가 그들에게 다가와 뭐 하는 사람이냐고 물었다. 볜훙치가 베이징에 놀러온 관광객이라고 대답했다. 두 남자는 실망스러워하며 자기들도 지방에서 올라왔는데 친구 부탁으로 졸업 증명서를 만들러 왔다고 했다. 베이징 대학 근처에 많다고 들었는데 한참을 돌아다녀도 못 찾아 그냥 빈손으로 돌아가게 생겼단다. 샤오탕은 실망스럽게 돌아서서 멀어지는 두 남자를 보면서 볜훙치에게 말했다.

"경찰 같지 않은데. 경찰들이 뭐 할 일 없어 변장까지 해가며 단속을 하겠어?"

볜훙치도 같은 생각이라 해봐도 좋겠다 싶었다. 샤오탕이 뛰어가 두 남자를 불러 세웠다. 그렇게 거래를 시작했고 협상이 거의 끝나갈 무렵, 두 남자가 갑자기 샤오탕과 볜훙치 뒤로 돌아가 재빨리 양팔을 꺾어 등으로 밀어붙였다. 순식간에 벌어진 일이라 도망갈 수도 없었다. 속임수에 걸린 것을 알았지만 이미 늦었다. 볜훙치의 왼손과 샤오탕의 오른손이 한 수갑에 묶였다. 샤오탕의 왼손은 한 사복 경찰 오른손과 한 수갑에 채워졌고 다른 사복 경찰은 뒤에서 따라왔다. 이들은 타이핑양太平洋 빌딩 앞에 서 있는 경찰차로 걸어갔다.

억울하게 덤터기를 쓰게 된 볜훙치는 그저 가벼운 처벌을 받길 바랄 뿐이었다. 그러려면 무엇보다 몸에 지닌 물건이 없어야 한다. 그래서 계속 수갑을 흔들어 샤오탕에게 갖고 있는 위조 증명서를 버리라고 신호를 보냈다. 샤오탕도 마음이 급했지만 두 손이 다 묶여 있으니 어쩔 도리가 없었다. 더구나 뒤에도 감시자가 있어 일거수일투족이 고스란히 드러났다. 두 사람은 초조한 나머지 땀을 삘삘 흘렸다. 경찰차에 올라탈 때까지 기회가 없었다. 경찰차에 탄 후 기회가 생겼다. 두 사람의 수갑은 범인을 가두는 경찰차 뒤칸에 채워졌다. 샤오탕은 이동하는 동안 위조 증명서를 의자 밑으로 버렸다. 공안국에 도착해 차에서 내린 후 사복 경찰관에게 끌려갔다. 다른 동료들 사례에 비춰 볼 때, 두 사람의 상황은 크게 문제될 것이 없었다. 한바탕 얻어맞고 벌금을 내면 금방 풀려날 것이다. 그런데 다른 사복 경찰 때문에 문제가 커졌다. 경찰차 뒤에서 고개를 숙이고 신발 끈을 묶다가 의자 밑에 떨어진 물건을 발견했다. 샤오탕이 떨어뜨린 위조 증명서다. 이것 때문에 두 사람은 다시 불려나와 심문을 받았다.

"누구 거야?"

둘 다 입을 다물었다. 고문이 시작됐다. 아주 단순한 방법이지만 매우 고통스러웠다. 두 사람을 바닥에 엎드리게 하고 경찰관이 그들을 짓밟고 걷어차는 매우 원시적인 고문이었다.

"누구 거야?"

샤오탕이 먼저 입을 열었다.

"저 사람 거예요."

경찰관이 두 사람을 거칠게 일으켜 세운 후, 볜훙치에게 물었다.

"네 거야?"

볜훙치는 너무 기가 막히고 화가 났다.

"아닙니다."

"그럼 누구 거야?"

"모릅니다."

경찰관이 다시 샤오탕에게 물었다.

"도대체 누구 거야? 똑바로 말 안 하면 둘 다 좋은 꼴 못 볼 거야."

"저 사람 거예요!"

샤오탕이 목소리를 높였다. 벤훙치는 자신을 가리키는 샤오탕의 손가락, 끝 마디가 잘려나간 손가락을 보는 순간 분노가 가라앉았다. 그는 담담하게 말했다.

"제 겁니다."

두 사람은 다시 따로따로 심문을 받았다. 벤훙치는 책임을 떠안는 것이 얼마나 어리석은 일인지 뒤늦게 깨달았다. 그는 상상 이상의 고통을 감수해야 했고, 무엇보다 몇 년 징역을 살지도 모른다는 사실이 너무 두려웠다. 징역살이를 생각하자 더욱 초조하고 불안했다. 취조가 이어졌다. 경찰은 그에게 상세 내용을 추궁했다. 조직, 은닉처, 고객 정보 등등. 말할 수 없는 것도 있고 잘 모르는 것도 있지만 대충 지어서 대답했다. 이 거짓 진술은 이런 상황에 대비해 미리 준비한 것이었다.

"저는 신참이라 잘 몰라요. 이 증명서는 사촌형이 고객에게 전달하라고 준 거예요. 사촌형은 지금 고향에 내려가 있어요. 저는 전달 심부름만 해서 다른 내용은 정말 모릅니다. 이런 일은 처음이라 아무것도 몰라요."

벤훙치의 진술이 앞뒤가 들어맞고 경찰관 입장에서 볼 때 흔히 있는 일이라 더 이상 조사할 생각이 없는 것 같았다. 이후의 일은 이들이 상관할 바 아니었다.

이 순간 벤훙치는 육체적인 고통뿐 아니라 판결에 대한 두려움으로 너무 힘들었다. 그는 갇힌 몸이 되어서야 그동안 자신이 자유의 소중

함을 간과했음을 깨달았다. 그는 내게 나갈 수 있는 방법을 찾아달라고 했다. 여기에서 나갈 수만 있다면 뭐든 다 할 수 있다고.

"생각 좀 해볼게요. 베이징 친구 중에 도움이 될 만한 사람이 있는지 찾아볼게요. 참, 천단은 가능하지 않을까요? 베이징 사람이니 분명히 도움 줄 만한 사람이 있을 거예요."

"천단은……"

삔훙치가 잠시 주저했다.

"가능하면 천단이 모르는 게 좋겠어요. 안 좋은 생각을 할까봐 걱정돼요. 형이 따로 알아봐주세요. 천단의 부모님이 알면 절대 안 돼요. 그 사람들은 내가 평생 감옥살이하길 바랄 테니까요."

그리고 잠시 생각을 정리한 후 말을 이었다.

"돈은 걱정하지 마세요. 조금 모아둔 돈이 천단한테 있어요. 그걸로 안 되면 아내도 돈이 좀 있을 거예요. 베이징 와서 번 돈을 대부분 아내에게 보냈으니까요. 이혼을 하더라도 그 사람을 힘들게 하고 싶지 않았거든요."

자리에서 일어서려는데 그가 다시 한번 강조했다.

"하루라도 빨리, 아니 한 시간이라도 빠르면 빠를수록 좋아요. 1초도 더 있고 싶지 않아요. 정말 죽겠어요."

"최선을 다해 방법을 찾아볼게요."

나는 청쩌위안에 돌아와 베이징 친구들에게 전화를 걸었다. 정말 다양한 인맥이 있었지만 유독 군경 쪽으로는 연줄이 없었다. 친구들은 이 일에 별 감흥 없이 '우리처럼 펜대나 굴리는 지식인이 군경 쪽과 관련 있을 리 없잖아'라고 가볍게 넘겼다. 나는 다급한 마음에 한 번 만난 것이 전부인 지인의 전화번호를 다 끄집어내 차례차례 연락했다. 실망감이 이어지던 중 얼마 전 내 장편소설을 담당했던 책임 편집자가 희망을 전해줬다. 출판사 사장이 군경 쪽에 연줄이 있다고 했다. 사장 매형이 공안국에서 일한다고. 그러면서 은근슬쩍 한마디 덧붙였다.

"이런 일은, 요즘 세상이 어떤지 작가님도 잘 아시겠지만, 일을 성사시키려면 손을 좀 써야 하죠."

편집자는 솔직한 사람이었다.

"물론이죠. 친구를 돕는 것이 중요하니 어떤 조건이든 맞춰야죠."

사실 출판사 사장에게 부탁하기는 조금 꺼림칙했다. 얼마 전 사장과 싸우면서 엄청 고상한 척했는데 지금 이런 일을 부탁하면 그야말로 내 얼굴에 침 뱉기가 된다. 이뿐이 아니다. 사장에게 뭔가 부탁한다는 것은 제 발로 찾아가 한 번 더 강간해주십사 요청하는 꼴이다. 나는 잠시 망설였지만 결국 사장에게 전화를 걸었다. 사장은 의외로 예의 바르고 친절했다.

"이런 일은 매형한테 많이 들었는데 쉬운 일은 아닙니다. 하지만 방법을 제대로 찾으면 불가능한 것도 아니죠. 이런 일은 누가 어떻게 하느냐에 따라 결과가 달라지죠."

사장은 가능하면 직접 만나 얘기하는 것이 좋겠다고 했다. 그래야 구체적인 상황을 제대로 파악할 수 있고 만나는 김에 원고료도 주겠다고. 사장과 통화한 내용을 편집자에게 말하니, 그가 진지하고 엄숙한 말투로 충고했다.

"이런 일은 직접 만나는 게 좋죠. 아마도 돈을 좀 써야 할 겁니다."

"얼마나 필요할까요?"

"글쎄요, 최소한 2000위안은 돼야 할 것 같은데. 밥도 사야 하고."

나는 뒷골이 서늘했다. 원고료를 받자마자 그 자리에서 다시 뚝 떼어 돌려줘야 할 판이었다.

다행히 출판사 사장이 시간이 없어 식사는 하지 않았다. 우리는 베이징 대학 동문 앞 완성서점 건물에 있는 커피숍에서 만났다. 나는 사장이 묻는 대로 볜훙치의 상황을 자세히 설명했다. 볜훙치가 경찰에게 진술한 것과 같은 내용이다. 사장은 줄곧 말없이 듣기만 하다가 이 일은 쉬운 게 아니라고 다시 한번 강조했다.

"사실 나도 자세한 건 잘 모릅니다. 업계마다 규정과 관습이 다른 법이니까. 일단 매형한테 얘기해봐야 하고, 또 매형이 연줄을 수소문해 손을 써봐야 어떻게 될지 알 수 있으니, 지금은 뭐라 말하기 힘들어요. 하지만 매형이 수완이 좋은 사람이니 불가능한 일도 아닙니다."

사장이 이 부분에서 크게 한숨을 내쉬었다.

"그게 다 다른 사람에게 부탁해야 해결되는 일이라…… 어쩔 수 없어요. 알다시피 그런 일이잖아요?"

그렇지, 다 그런 일이지, 나도 안다. 나는 그에게 받은 원고료 1만 위안 중 먼저 2000위안을 꺼내 내밀었다.

"수고롭겠지만 부디 매형에게 꼭 도와달라고 말씀 잘 드려주세요."

그러고는 다시 5000위안을 꺼내 따로 챙겨줬다.

"이건 매형에게 전해주세요. 일 진행할 때 쓰시라고. 부족할지 모르겠는데, 일단 먼저 쓰시고 일이 성사되면 다시 사례하겠습니다."

나는 남은 3000위안을 내 주머니에 넣으며 어색하게 웃었다.

"요즘 형편이 너무 어려워서 빚을 좀 졌는데, 급한 불을 꺼야 해서……"

사장이 허허 웃으며 반질반질한 머리카락을 쓸어넘겼다.

"그럼 이렇게 마무리하죠. 베이징 생활이 힘든 건 나도 잘 알아요. 부족한 건 내가 조금 보태야죠. 우리가 모르는 사이도 아니고. 우리 일도 앞으로 계속 같이 잘해봅시다."

사장이 먼저 일어나 내게 손을 내밀었다. 나는 그의 손을 잡으며 굽실거렸다.

"그럼요, 같이, 같이 해야죠. 계속 잘해야죠."

사흘 후 사장이 결과를 알려왔다. 매형이 공안국 중간 간부와 잘 얘기했다고, 볜훙치 사건은 이런 유의 사건 중 비교적 간단한 축에 속해 크게 어렵지 않다고 했다. 다만 벌금은 피할 수 없다고. 매형이 조금 더 애쓴 덕분에 처음 결정된 금액보다 많이 낮춰 2만 위안 처분이 내렸으니 빠른 시일 내에 가족이 직접 가서 벌금을 내고 사람을 데려가면 된다고 했다. 이외에 당사자가 잘못을 깊이 뉘우치고 새사람이 되어 두번 다시 베이징에서 이런 범법 행위를 해선 안 된다고 신신당부했다. 사장은 열띤 목소리로 중요한 내용을 모두 전달한 후, 재미있는 에피소드를 하나 말해줬다. 경찰차에서 발견된 위조 증명서에 붙은 사진의 주인공이 다른 지역 공안국 과장이라고 했다. 사장은 저 혼자 말하고 저 혼자 웃으며 정말 재미있는 일이라고 몇 번이나 반복했다.

2만 위안은 도저히 내가 해결하기 힘든 금액이었다. 어쩔 수 없이 천단에게 전화해 사장에게 들은 말을 전했다. 반드시 가족이 가야 한다고 하니, 천단에게도 좋은 기회라고 생각했다. 여러 번 전화해 겨우 통화가 됐는데, 마침 베이징에 돌아와 있다고 했다. 나는 볜훙치가 잡혀 들어간 것과 지금 다시 나올 수 있게 됐다고 간단히 설명했다. 반드시 가족이 가서 벌금 2만 위안을 내야 한다는 것까지.

"지금 농담하는 거죠?"

"어떻게 이런 일로 농담을 해요? 모두 사실이에요. 급하다고요."

"내가 뭘 할 수 있는데요? 벤훙치가 나를 가족으로 인정했어요?"

"인정할 거예요. 꼭 이혼하겠다고 했어요."

"이혼? 그 말은 두번 다시 듣고 싶지 않아요. 이혼을 핑계로 나한테 또 사기치려는 거지."

"어떻든 지금은 그를 빼내는 게 중요하잖아요."

"경찰이 뭘 보고 내가 가족이라고 믿는대요? 그리고 나한테 그런 큰돈이 어디 있어요? 그 사람 마누라 있잖아요. 마누라한테 가라고 해요!"

왜 그런 생각이 들었는지 모르겠지만, 천단의 태도는 내가 예상했던 그대로였다. 아마도 인내심이 바닥났거나 벤훙치가 잡혀 들어간 일을 계기로 자신의 인생을 되돌아보게 됐는지 모른다. 아니면 다른 이유가 있는 것인지 나로서는 알 수 없는 일이다. 천단은 결국 돈도 주지 않고 벤훙치를 데리러 오지도 않고 아무 반응도 보이지 않았다. 나는 어쩔 수 없이 머나먼 쑤베이 마을에 있는 벤훙치의 아내에게 전화를 걸었다. 빨래를 하다가 비누 거품을 제대로 닦지도 못 한 채 전화를 받은 그녀는 내 말을 듣자마자 눈물을 흘렸다. 왜 처음부터 자기에게 연락하지 않았느냐며 벤훙치를 욕했다. 사실 그녀는 늘 그를 걱정했다고 한다. 매일 불안하고 초조했다며 조만간 일이 터질 것 같았다고 했다. 전화를 끊을 즈음 그녀가 지금 바로 준비해서 오늘 베이징행 야간버스를 탈 것이라며 나한테 터미널로 마중을 나와달라고 부탁했다. 터미널에서 바로 벤훙치에게 데려다달라고.

전화를 끊은 후 나는 가슴이 먹먹했다. 벤훙치 아내의 목소리에서 벤홍치는 여전히 쑤베이 시골 마을 사람이라는 사실을 분명을 느낄 수 있었다. 그곳에 아름다운 현모양처가 있고 따뜻한 가정이 있고 그 마을은 영원히 그를 버리지 않을 것이다. 그곳의 삶이야말로 그를 가장 편안하고 행복하게 만들어줄 것이다.

다음 날 아침, 나는 터미널에서 그의 아내를 만났다. 눈 밑에 검은 그림자가 드리워졌다. 그녀는 작은 가방 하나를 들고 왔을 뿐 다른 짐은 없었다. 그녀는 나를 보자마자 이렇게 말했다.

"내일 바로 그 사람 데리고 돌아갈 거예요."

그래서 짐이 없었던 것이다. 우리는 수속 절차를 마친 후 드디어 벤홍치를 만났다. 며칠 사이에 그는 몰라보게 야위었다. 눈이 푹 꺼져 코가 더 높아 보였고 머리카락과 수염이 덥수룩하게 자랐다. 예전의 자신감 넘치던 모습은 전혀 찾아볼 수 없었다. 깊은 고민과 걱정으로 고개를 들지 못했고 몸에 기운이 하나도 없었다. 그는 아내의 옷자락을 잡고 우리와 함께 거리에 나섰다. 그는 잠시 멈춰 서서 당황한 표정으로 끊임없이 오가는 차량 행렬을 바라봤다. 그의 아내가 그의 팔을 붙잡고 작게 속삭였다.

"나랑 같이 집에 돌아가요."

눈부신 태양과 하늘 때문에 가늘어진 벤홍치의 눈에서 주르르 눈물이 흘렀다.

_ 2003년 11월 28일, 베이징 대학 완류萬柳

고대의 황혼

1장

1

이 넓은 정원을 걷다보면 그 찬란한 과거를 떠올리지 않을 수 없다. 황마가 걸음을 옮길 때마다 발밑에서 나뭇잎 뼈마디 바스러지는 소리가 들리고 탕 국물 몇 방울이 손에 떨어졌다. 그녀는 너무 뜨거워 저도 모르게 후— 찬 입김을 불었다. 오랜 세월 손보지 못한 자갈길에 스치듯 바람이 불어오면 메마른 오동잎이 사르륵 자갈을 긁으며 굴러갔다. 황마 앞에 발 없는 빈 신발이 걸어가는 것 같았다. 오동잎은 거의 다 떨어졌고 남은 몇 개도 곧 떨어질 듯 바람에 휘날렸다. 황마는 탕 안에 오동잎이 떨어지지 않도록 고개를 숙여 탕 그릇 위를 가렸다. 자등紫藤 복도를 지나 모퉁이를 돌자 창가에 앉은 노마님이 보였다. 꼿꼿이 흔들림 없는 자세로 흰 고양이를 안은 노마님의 얼굴은 마른 낙엽처럼 무표정했다.

"마님, 바람이 찹니다."

황마가 탕 그릇을 노마님 옆 탁자에 내려놓고 창문을 닫으려고 손을 뻗으며 말했다.

"닭곰탕을 끓여왔어요. 마님, 따뜻할 때 어서 드세요."

노마님이 황마의 손을 막았다.

"거기 놔두게. 가을이 왔나 했더니 벌써 다 갔네. 하루 이틀 만에 나뭇잎이 거의 다 떨어졌어."

노마님이 가리킨 창밖 넝쿨에 달린 잎들은 바짝 마르고 끝이 말려 당장이라도 떨어질 것 같았다.

"저 나뭇잎, 자네도 보이지? 향 하나 피울 시간쯤 지난 것 같은데, 언제 떨어지나 계속 보고 있어."

황마가 닭곰탕을 노마님 앞에 내려놓았다. 모락모락 피어오르던 김이 벌써 많이 사라졌다.

"마님, 여기, 어서 드세요. 다 식겠어요."

노마님이 그릇을 받을 때 등나무 의자가 삐걱거리자 고양이도 따라서 야옹 하고 울었다.

"앞으로 닭곰탕 같은 거 끓이지 말게. 황마, 내 몸은 이런 게 부족한 게 아니야."

"가을 날씨가 쌀쌀하니 몸이 따뜻해지게 어서 드세요. 마님, 요즘 더 마르셨어요."

"이미 반은 죽음 목숨이네. 이렇게 찬 몸은 아무리 좋은 탕을 먹어도 따뜻해지지 않아."

노마님은 몇 숟가락 뜨다가 몸을 돌려 그릇을 탁자에 내려놓았다.

"못 먹겠어. 쯔잉도 닭곰탕 같은 거 많이 먹지 않았나?"

황마가 실망스러운 표정을 지었다.

"먹어도 소용이 없네요. 남들은 닭털 하나 구경 못해도 다들 줄줄이 애만 잘 낳잖아요?"

"쯔잉 그 애는 도대체 어떻게 된 건가? 벌써 2년이 지나도록 어째 배가 부를 생각을 안 하나?"

노마님이 문득 다시 창밖으로 고개를 돌렸다.

"그 잎이 없어졌어. 떨어졌네."

황마가 고개를 내밀고 창밖을 살폈다.

"마님, 잘못 보셨어요. 그 잎 아직 저기 있잖아요?"

"날 또 속이려고? 내가 오후 내내 그것만 보고 있었는데…… 결국 오늘 오후를 넘기지 못했네."

황마가 창가로 걸어가 창문을 닫았다.

"바람이 세졌어요. 감기 조심하셔야죠."

그녀는 노마님에게 향로 앞으로 자리를 옮기도록 하고 한기를 없애 줄 거라며 향로에 불을 피웠다. 그리고 노마님의 등나무 의자를 향로 앞으로 옮겼다.

"제가 눈이 얼마나 좋은데요, 절대 잘못 보지 않았어요. 마님, 작은 마님은 돌아오셨나요?"

눈을 감고 등나무 의자에 기댄 노마님은 황마의 질문을 못 들은 척 대꾸도 하지 않았다. 노마님 무릎에 웅크려 앉은 흰 고양이의 초록빛 눈알이 반짝거렸다. 향로에서 모락모락 피어오른 푸른 연기가 시야를 흐릿하게 만들어 반대편이 잘 보이지 않았다. 흩어진 연기 틈새로 한층 깊어진 노마님 얼굴 주름이 아래턱까지 길게 늘어져 보였다. 아직 밖의 해가 완전히 지지는 않았지만 방안은 이미 어두워졌다. 누렇게 메마른 마당에 한없이 약해진 노을이 드리우니 벌써 겨울이 온 것 같았다. 황마가 닭곰탕 그릇을 받쳐 들고 조용히 나가려는데, 밖에서 재빠른 발자국 소리가 들려왔다. 쯔잉이 흐릿한 향로 건너편에 두 손을 맞잡고 서서 물었다.

"마님, 어머님, 오늘 저녁으로 뭘 준비할까요?"

"알아서 하거라. 참, 작은 마님은 돌아왔더냐?"

"마님께 아룁니다. 아직입니다만 곧 도착하실 거예요. 윈성이 어차오鵝橋에 작은 마님과 애기 도련님을 마중하러 나갔어요."

2

린가林家의 젊은 집사 윈성이 버드나무 가지를 들고 다리 끝 받침돌에 앉아 이파리를 하나씩 하나씩 뜯어 강물에 던졌다. 강물은 고인 물처럼 움직임이 없었다. 간혹 바람이 불어와 수면에 떠 있는 버드나무 잎을 이리저리 떠밀면 그제야 강물이 흐르는구나 싶었다. 강물에 비친 검은빛을 띤 누런 태양이 힘없이 부서져 물속으로 가라앉았다. 윈성은 버드나무 가지를 입에 넣고 한 번 돌렸다가 뱉어냈다. 어차오는 거위 다리라는 뜻이지만, 이곳에는 거위가 없다. 반질반질한 난간 위나 다리 아래에 거위는커녕 오리 한 마리 없었다. 새 흔적이라고는 멀리서 들리는 참새 지저귐뿐이다. 윈성이 자리에서 일어나 엉덩이를 털며 욕지거리를 내뱉었다.

"젠장, 다 뒈졌나!"

그는 조금 더 앞으로 걸어가 부둣가까지 나가보기로 했다. 길에서 마주친 장바구니를 든 아주머니들이 원성을 알아보고 미소를 지으며 목례를 했다.

"황 집사, 잘 지내나?"

원성은 일일이 목례를 하며 들고 있던 버드나무 가지를 부둣가로 휙 집어던졌다. 어차오에서 부둣가는 멀지 않지만 그는 꽤 오래 걸었다. 부둣가에는 사람이 많지 않았다. 차가운 암녹색 강물 위에 줄지어 늘어선 강 언덕의 낮은 건물 지붕이 비쳤다. 부둣가 바로 앞에 노를 걷어올린 작은 배 두세 척이 물결에 흔들거렸다. 담배를 피우던 사공들이 원성에게 인사를 건네고 다시 쪼그려 앉아 담배를 물었다. 원성도 부둣가 끝에 쪼그려 앉았다. 축축하게 젖은 돌 위에 그의 얼굴이 비쳤다.

"작은 마님 도착하셨나?"

"황 집사께 아뢰니다. 아직 아닙니다. 사공 라오샤도 아식 돌아오지 않았습니다."

얼굴에 사마귀가 난 할아범이 대답했다. 이 부근에서 노를 젓고 농사를 짓는 사람들은 모두 린가와 관계가 깊었다. 땅이 린가 땅이고 부둣가에 떠 있는 배도 대부분 린가 배였다. 원성이 부둣가 돌 위에 낙서하듯 버드나무 가지를 이리저리 휘저으며 마음속으로 린가 배가 몇 척인지 세봤다. 막 숫자 세기를 시작하려는데 누군가 크게 외쳤다.

"작은 마님이 돌아오셨습니다. 애기 도련님도요! 라오샤 배가 도착했습니다."

해가 완전히 넘어간 후 강물과 대지 위에 어둠이 내려앉기 시작했다. 부둣가가 유난히 습하고 싸늘해서 원성은 몸을 일으키다가 저도 모르게 부르르 떨었다. 라오샤가 부두에 배를 대자 세 살배기 애기 도련님을 안은 작은 마님이 연노랑과 연파랑이 섞인 옷자락을 휘날리며 나타났다. 몇몇 사공이 원성을 제치고 앞으로 나가 작은 마님과 애기 도련님에게 인사를 건넸다. 아기를 안은 작은 마님이 부둣가 돌계단을 딛으려 할 때 원성이 그녀를 도와주려 손을 뻗었지만, 그녀는 다른 사공의 팔을 붙잡고 배에서 내렸다. 애기 도련님은 세 살이 넘었는데 아직 말을 못 했다. 하지만 겉보기에는 전혀 어수룩하지 않았다. 점쟁이 말이 애기 도련님은 뛰어난 총기를 타고나 한 번 말문이 트이면 모두를 놀래킬 것이니 전혀 걱정할 필요 없다고 했다. 그래서 린가 사람들은 애기 도련님이 세 살이 넘도록 말을 못 해도 전혀 걱정하지 않았다. 애기 도련님이 부둣가 사람들을 보고 생긋 웃는 동안 맑은 콧물이 입안으로 흘러들어갔다.

"애기 도련님, 안녕하세요."

사공들 인사에 애기 도련님이 '아, 어, 아' 하며 작은 손을 흔들었다. 애기 도련님은 작은 마님을 닮아 귀엽고 잘생겼다.

"왜 이제 오는 거야?"

"지금 누구한테 말하는 건가?"

작은 마님이 얼음장처럼 차가운 얼굴과 곱고 날카로운 눈매로 원성의 말문을 막아버렸다. 그녀는 황금 모란을 수놓은 작은 가방을 팔꿈치에 걸고 아들을 품에 안은 채 앞으로 걸어 나갔다.

"그래, 좋다. 작은 마님."

원성이 두세 걸음 후딱 뛰어가 애기 도련님을 향해 손을 내밀었다.

"이리 오렴, 이룬, 내가 안아줄게."

애기 도련님이 흥 하고 고개를 돌리며 제 어미 품을 깊이 파고들었다.

"주 의원이 치료는 잘 해주셨소? 노마님이 같이 저녁 먹는다고 아까부터 기다리고 계시오."

"그래서 돌아왔잖아?"

"내가 궁금한 건, 도대체 무슨 병인데 허구한 날 하이링전海陵鎭까지 달려가 주씨를 찾느냔 말이오. 그 먼 길을 한두 번도 아니고."

"내 마음이야. 주 의원처럼 의술이 뛰어난 사람이 있는데, 그럼 누굴 찾아가겠어?"

두 사람이 어차오에 들어설 무렵, 이미 온 세상이 어두웠다. 어차오 반대편 끝에 사람 그림자가 어른거리더니 두 사람을 향해 크게 소리쳤다.

"작은 마님? 애기 도련님? 맞아요?"

작은 마님이 일부러 목소리를 높였다.

"쯔잉이니? 노마님은 괜찮으셔?"

"작은 마님과 애기 도련님이랑 같이 식사하려고 기다리고 계세요."

"정말 노마님이 걱정되면 그렇게 하루가 멀다 하고 주씨를 찾아가지를 마시죠."

원성이 만지작거리던 버드나무 가지를 내던지며 끼어들었다.

"입 다물어!"

작은 마님이 목소리를 낮춰 말했다.

집에 도착하니 노마님은 이미 식탁에 앉아 기다리고 있었다. 그녀는 손자를 보자마자 환한 미소를 지었다.

"우리 착한 손주, 할미가 정말 보고 싶었단다."

노마님이 손자를 안고 볼을 비비는데 살짝 눈물이 났다.

"이룬, 앞으로는 밖에 나가지 말자. 이것 봐. 볼이 얼었잖니? 황마, 어서 음식 내오게."

노마님이 손자를 무릎 위에 앉히고 작은 마님에게 물었다.

"슈랑, 의원이 뭐라더냐?"

작은 마님이 생긋 웃으며 대답했다.

"어머님, 걱정 안 하셔도 돼요. 주 의원이 금방 좋아질 거랍니다. 오래 기다리시게 해서 죄송해요. 황마, 바로 먹을 수 있나요?"

황마가 큰 탕 그릇을 들고 작은 마님 옆을 지나다가 손이 미끄러지는 바람에 작은 마님 옷에 탕 국물이 튀었다. 작은 마님이 깜짝 놀라 벌떡 일어섰다.

"아이고, 죄송해요, 죄송해요. 데지 않으셨어요? 작은 마님, 용서하세요."

"괜찮아요, 황마."

작은 마님이 손수건으로 옷에 묻은 채소 조각을 털어냈다.

"어차피 빨아야 할 옷이에요."

"황마, 자네 잘못이 아니야. 오늘 하루 너무 무리했어. 어서 앉아 식사하게. 원성이와 쯔잉은 왜 여태 안 오나?"

이때 문이 열리고 접시를 든 쯔잉이 들어왔다. 뒤따라 들어오는 원성의 손에도 그릇이 들려 있었다. 그는 들고 온 접시를 노마님 앞에 내려놓았다.

"마님, 마님이 좋아하시는 거위날개조림이에요. 우샹후순쯔 솜씨라 제대로입니다. 드셔보세요."

3

린가 가족이 한 식탁에 모였다. 주종 위아래가 함께 식사하는 자리였다. 어르신이 살아 있을 때는 규칙에 따라 위아래 구분이 엄격해서 아랫사람이 감히 주인의 식탁에 앉을 수 없었다. 그러나 어르신이 죽은 후, 노마님이 규칙을 바꿔 린가의 주종 모두가 한 식탁에 모이게 됐다.

"이제 몇 사람 남지도 않았는데 무슨 주종을 구분하겠는가? 더구나 황마 가족이 어디 남인가?"

황마는 노마님이 린가에 시집올 때 데려온 여종으로 노마님보다 서너 살 적었다. 두 사람은 반평생을 함께 지내왔기 때문에 감정적으로 친자매나 다름없었다. 윈성은 황마의 아들이자 린가의 집사였던 황마쯔의 유일한 혈육으로 린가에서 나고 자랐다. 그는 동년배인 나리와 함께 어울려 놀고, 학당도 함께 다녔다. 열여덟 살부터 나리의 사업을 도우며 각지를 돌아다녔다. 그래서 노마님은 윈성을 하인이 아니라 린가의 아들처럼 생각했다. 쯔잉은 원래 린가의 여종이었다. 일찍 부모를 여읜 그녀는 다섯 살 때 린가에 팔려왔다. 린가에서 자라면서 여종이 해야 할 잡일을 배웠다. 십 년이 훌쩍 지난 후 건강하고 어여쁜 아가씨가 됐다. 린가 어르신이 죽은 후, 나리가 린가를 이어받았다. 나리는 슈량과 혼인한 후, 친형제처럼 자란 윈성이 늘 길 잃은 강아지처럼 외롭게 어슬렁거리게 놔둬선 안 되겠다고 생각해 노마님과 상의해 쯔잉과 짝을 지어줬다.

그런데 그 대단한 린가가 하루아침에 몰락할 줄 누가 알았을까!

먼저 사람이 줄었다. 어르신이 죽은 후 급속도로 가세가 기울었다.

린가의 몰락은 전염병이 창궐하던 6년 전에 시작됐다. 어르신과 황 집사가 전염병으로 목숨을 잃었다. 수백 년 만에 찾아온 전염병은 린가뿐 아니라 하이링전 전체, 그리고 인근 다친전大秦鎭과 칭커우전青口鎭까지 휩쓸며 대평원 전체에 끔찍한 참상을 남겼다. 전염병이 지나간 후, 비단 사업 차 항저우杭州에 머물던 나리와 윈성은 현지 사람들에게 악몽처럼 남아 있는 전염병 이야기를 들었다. 알고 보니 대평원 밖의 다른 지역에도 전염병의 재앙이 닥쳤던 모양이다. 정체불명의 괴물 같은 전염병이 온 세상을 휩쓴 것 같았다.

처음 며칠, 하이링전에 다녀온 사공 몇 명이 고열에 시달리는데 어떤 약을 써도 열이 가라앉지 않는다는 소문이 들렸다. 얼마 뒤 피를 토할 때까지 기침을 하다가 결국 하나둘 가슴을 부여잡고 격렬하게 기침하면서 질식사했다. 어차오 사람들은 죽은 사공들이 하이링전에서 상한 음식을 먹었거나 금기를 깨뜨려 귀신의 노여움을 샀을 거라고 수군거릴 뿐, 전염병이라고는 상상도 하지 못했다. 사람들은 오랫동안 경험하지 못했기 때문에 전염병이 어떤 것인지 깡그리 잊었다. 사공들이 죽은 직후, 같은 증상을 보이는 환자가 갑자기 많아졌다. 죽은 사공들의 가족, 이웃, 그들을 치료했던 의원 등 그들과 접촉했던 사람들에게서 같은 증상이 나타났다. 한없이 이어지는 고열, 목구멍 통증, 격렬한 기침으로 사지가 무력해졌고 식욕이 떨어지고 호흡이 빨라졌고 복통과 설사 증상도 나타났다.

온 마을에 질병이 만연하던 어느 날, 린 어르신은 아침에 눈을 뜨자마자 몸이 이상한 것을 느꼈다. 곧 열이 나기 시작했다. 소문에 들리는 죽은 사공들에게 나타났던 증상이 아닌지 의심하던 중에 갑자기 황마가 뛰어 들어와 황마쯔가 이상하다며, 혹시 그 병에 걸린 것이 아니냐며 울먹였다. 린 어르신은 순간 머릿속이 윙 울렸다. 며칠 전 한 소작농이 돈을 빌리러 왔었는데 황마쯔도 같이 있었다. 곧장 그 소작농 집에 사람을 보냈는데 그는 이미 죽었고 어제 오후에 땅에 묻었다고 했다. 약재와 병증에 대해 약간의 지식이 있는 어르신은 바깥 상황을 고려할 때 큰 문제가 생겼음을 직감했다. 무시무시한 전염병이 린가에 들이닥친 것이리라. 이미 피할 수 없었다. 그는 황 집사와 단둘이 오랫동안 비워둔 후원 골방으로 거처를 옮긴 후 창문을 사이에 두고 아내에게 집안일을 지시했다. 고양이가 드나들도록 문지방 옆에 뚫어놓은 작은 구멍으로 식사를 전달했다. 며칠 후, 두 사람은 후원 골방에서 세상을 떠났다.

전염병은 반년 가까이 이어지다가 여름이 시작될 무렵 가라앉았다. 하이링전과 그 주변 도시는 그야말로 시산시해였고 린가에서도 주종을 가릴 것 없이 열 명이 죽어나갔다. 사람이 줄자 가세가 급격히 기울기 시작했다. 여름, 가을에 제대로 수확을 못 해 돈을 벌지 못했다. 그전에 모아둔 재산 중 상당 부분을 전염병 치료비와 유가족 위로금으로 사용했다. 형편이 어려워지자 노마님의 탄식이 끊이지 않았다. 결국 황마 모자와 쯔잉만 남고 나머지 하인들은 각자 살길을 찾아 떠났다. 얼마 남지 않은 린가 재산으로는 더 이상 그 많은 하인을 먹여 살리고 품삯까지 줄 수 없었다.

나리는 원성을 데리고 외지에 나가 사업을 벌였지만 2년이 지나도록 별 소득이 없어 큰 실의에 빠졌다. 얼마 뒤 슈랑과 혼인한 후에는 더더욱 외방에서 마음 졸이며 사업을 벌이고 싶지 않아 했다. 그냥 집에 머물면서 아버지가 그랬던 것처럼 어차오 주변 일들만 잘 관리해서 집안을 다시 일으켜볼 생각이었다. 그는 슈랑을 아내로 맞은 후 원성에게도 짝을 찾아줘야겠다고 생각했다. 그는 오랜 세월 함께 지내온 원성을 친형제처럼 여겼다. 어차오 전체를 샅샅이 알아봤는데 제 집에 있는 쯔잉보다 나은 아가씨가 없었다. 그래서 어머니와 상의해 두 사람을 맺어주려 했다. 하루빨리 손자를 보고 싶은 황마는 크게 반색했다. 그러나 원성은 지금 당장 급하게 결혼하고 싶지 않으니 나중에 얘기하자며 에둘러 거절했다.

"원성, 내가 아직 자네를 모르는 건가? 자네 나이면, 지금 당장 여자를 품어도 늦은 거 아닌가? 슈량도 그러더군. 쯔잉이 정말 괜찮은 아가씨라고. 착하고 얼굴도 예쁘고. 어차오에서 그만한 아가씨 찾기 힘들어."

"작은 마님, 정말 쯔잉이 괜찮다고 생각하십니까?"

"물론이에요. 좋은 아가씨 만나 안정적인 가정을 꾸려야죠."

원성이 굳은 표정으로 고개를 숙인 채 아무 말 없이 돌아서서 자리를 떠났다. 다음 날 아침, 황마가 싱글벙글하며 노마님에게 달려와 원성이 마음을 정했으니 나머지는 마님과 나리 뜻에 따르겠다고 전했다. 노마님도 매우 기뻐했다.

"그거 정말 잘됐군. 이제 모두 한가족이니 앞으로 한 식탁에서 다 함께 식사하도록 하세."

2장

1

해가 점점 짧아졌다. 해가 지면 어차오는 순식간에 짙은 어둠과 고요에 휩싸였다. 온종일 시끄럽게 울어대던 이웃집 가축과 동물들도 찍소리 내지 않았다. 오리와 거위는 고개를 떨군 채 잠들었고 닭들은 무리를 지어 늙은 홰나무 가장귀에 올라앉아 하늘을 나는 꿈을 꾼다.

바람도 달라졌다. 꼬불꼬불 오솔길을 걷던 황마는 보이지 않는 바람이 린가를 휩쓸면서 얼굴이 차갑게 얼어붙는 것 같았다. 얼굴을 스치는 바람이 마치 축축한 손길이 닿은 듯 서늘했다. 어차오 전체가 침묵에 잠겼고 린가는 특히 더 적막했다. 그녀는 언제나 그랬듯 밤마다 잠들기 전에 정원 구석구석을 살폈다. 그래야 마음 편히 잠들 수 있었다. 이 휑한 정원은 다니는 사람이 거의 없어 이곳의 풀 한 포기, 돌멩이 하나하나가 문제없이 제자리에 잘 있는지 확인할 사람은 그녀뿐이었다.

황마가 오솔길을 따라 방향을 돌리는 순간, 숨죽인 여자의 비명이 들렸다. 그쪽에 윈성과 쯔잉의 침실이 있다. 황마는 몇 걸음 걷다가 멈춰 서서 바람결에 실려오는 소리에 귀를 기울였다. 확실히 여자 비명이었고, 쯔잉의 목소리가 분명했다. 들쑥날쑥 오르내리는 것이 흐느낌 같기도 하고 비명 같기도 했다. 황마는 갑자기 얼굴이 화끈해졌다.

'쯔잉, 얘가 너무하네. 이렇게 떠들썩하게, 도대체 이게 무슨 꼴이야? 윈성 놈은 부끄러운 줄도 모르는 게야? 여자 입을 막을 줄도 몰라?'

황마는 원성과 쯔잉의 침실을 멀리 돌아가려고 왔던 길로 발걸음을 되돌리면서 내일 얘들을 불러 과한 행동을 삼가도록 주의를 줘야겠다고 생각했다. 크게 길을 돌아 침실 반대편으로 갔는데 쯔잉의 비명 소리가 계속 들렸다. 조금 전보다 더 크고 고통스러운 목소리였다. 황마는 다시 걸음을 멈추고 귀를 기울였다. 뭔가 이상했다. 처음 생각한 그런 비명이 아니었다. 쯔잉이 기진맥진한 목소리로 뭐라고 중얼거리는 것 같았다. 황마가 살금살금 아들 며느리 방으로 다가갔다. 방 안에 켜놓은 흔들리는 등불이 창호지 밖으로 새어나왔다. 쯔잉이 발악하듯 울부짖었다. 황마가 급히 달려가다가 하마터면 돌부리에 걸려 넘어질 뻔했다.

"쯔잉, 안에 있지? 문 열어라."

황마가 아들 며느리의 방문을 두드렸다.

"쯔잉, 문 열어봐. 무슨 일이니?"

"어머니, 아무것도 아니에요."

원성이 씩씩거리며 대답했고, 쯔잉의 목소리는 갑자기 사라졌다.

"어서 들어가 주무세요."

황마가 잠시 망설이다가 돌아섰다.

"별일 없으면 됐다. 너희도 어서 자거라."

황마는 여전히 의아했다.

'도대체 무슨 일이지? 지금까지 이런 소란을 피운 적이 없었는데.'

황마가 계단을 내려가 왔던 길을 돌아가던 중에 갈림길에서 잠시 발걸음을 멈추고 아예 돌 위에 앉았다. 발밑에서 소용돌이치는 바람을 드디어 눈으로 확인했다. 바람은 한밤중의 어둠보다 짙은 검은색이었다. 이때 울부짖는 쯔잉의 목소리가 또 들려왔다. 고요한 한밤에 참

혹한 비명이 울렸다. 더 이상 의심의 여지가 없었다. 그녀는 다시 아들 며느리 방으로 달려갔다.

"문 열어라. 윈성, 어서 문 열어!"

"왜요?"

쯔잉이 흑흑 흐느끼고 있었다.

"일단 문 열어봐!"

"어머니, 저희 자는 중이에요."

"그럼 일어나!"

황마가 문을 두드리며 계속 소리쳤다.

"빨리 열어, 윈성!"

윈성이 문을 열면서 허리띠를 조였다. 헐렁한 회색 잠옷이 활짝 젖혀 있어 가슴이 훤히 드러났다.

"어머니, 이 늦은 시간에 무슨 일이에요?"

"시치미 뗄 생각하지 마."

황마가 방안에 들어서자 침대에 엎드려 서럽게 울고 있는 쯔잉이 보였다.

"쯔잉, 어미한테 다 말하렴. 무슨 일이니?"

쯔잉은 울기만 할 뿐 베개에 얼굴을 묻고 아무 말도 하지 않았다.

"도대체 무슨 일이야? 쯔잉, 무서워 말고 어미한테 말해봐."

황마가 며느리의 헝클어진 머리카락을 쓰다듬으며 부드럽게 달랬다.

"내가 있으니 저 녀석이 함부로 날뛰지 못할 거야."

"어머니, 저 사람이 날 때렸어요."

쯔잉이 와앙 울음을 터트리며 시어머니 팔을 붙잡고 이불을 들춰 등을 내보였다.

"어머니, 저 사람이 날 죽일 듯이 때렸어요."

황마가 쯔잉의 등에 난 핏자국과 손바닥 자국을 확인한 후 다시 앞쪽을 보려 쯔잉의 몸을 홱 돌리자 쯔잉이 황급히 베개로 가슴을 가렸다.

"어머니……"

"괜찮아, 어미도 여자이니 네 마음 다 알아."

황마가 베개를 치우자 하얗고 풍만한 쯔잉의 가슴에 푸르뎅뎅한 피멍과 방금 생긴 것 같은 새빨간 손톱자국이 선명했다.

'이렇게 훌륭한 유방을 가지고 왜 애를 못 낳을까?'

황마가 문득 답답한 생각이 들어 잠시 멍한 사이 쯔잉이 다시 베개를 들어 가슴을 가렸다.

"원성! 이 짐승 같은 놈!"

황마가 문 앞에 서 있는 아들에게 욕을 퍼부었다.

"쯔잉이 린가에 들어온 지 10년이 넘도록 어르신과 노마님도 손 한 번 대신 적 없고 욕 한 번 하신 적 없는데, 감히 네놈이 손찌검을 해? 이런 짐승만도 못한 놈!"

원성이 털썩 의자에 앉으며 쯔잉을 노려봤다.

"알도 못 낳는 암탉이 뭐가 그리 대단해? 그럼 내가 누굴 때려요? 재주 있으면 울지만 말고 애를 낳으란 말이야!"

쯔잉이 서럽게 울먹이며 황마에게 하소연했다.

"어머니, 저도 진작부터 애를 낳고 싶었어요. 하지만…… 어머니, 저도 아이를 갖고 싶어요."

"낳고 싶으면 낳으라고! 내가 벌써부터 지켜보고 있는데, 밭에 곡식이 자라지 않는다고 하늘을 원망하면 안 되지!"

황마는 조용히 쯔잉을 침대에 눕히고 이불을 덮어주며 한숨을 내쉬었다.

"어머니 앞에서 확실히 말해두지. 애를 못 낳으면 계속 때릴 거야!"

"어머니……"

쯔잉이 애처롭게 황마를 쳐다보다가 문득 떠오르는 대로 지껄였다.

"내가 못 낳는 건지 어떻게 알아? 누구한테 문제가 있는지 확실치 않아!"

"쯔잉!"

쯔잉의 언사가 지나치다고 느낀 황마가 그녀를 꾸짖고 금방 다시 부드럽게 위로했다.

"얘야, 조급해하지 마라. 급한 일이 아니니 천천히 기다리렴."

"그러니까, 내가 문제라고?"

윈성이 벌떡 일어서며 쯔잉에게 손가락질을 했다.

"내 아들이 벌써 두 살인데, 내가 문제라고?"

"그게 무슨 말이야?"

쯔잉이 이불 밖으로 고개를 내밀었다가 금방 다시 움츠러들었다.

"당신한테 아들이 있다고?"

"윈성, 무슨 헛소리야? 너한테 아들이 어디 있어?"

윈성이 고개를 숙인 채 힘없이 다시 주저앉았다.

"내 말은, 제대로 애를 낳았으면 그 애가 벌써 두 살이라고. 지금이 아주 좋아! 아무것도 없는 빈털터리라서 아주 좋다고!"

"어머니……"

쯔잉이 다시 울음을 터트렸다.

"울지 마라, 아가, 급할 거 없어."

황마가 며느리를 위로했다.

"너무 걱정할 필요 없어. 호사다마라잖니? 눈물 닦고 어서 자거라."

황마가 쯔잉에게 이불을 덮어주고 원성 앞으로 걸어갔다.

"원성, 너도 조급해하지 마라. 이게 조급해한다고 될 일이더냐? 어미도 누구보다 손주를 안고 싶지만 조급하다고 될 일이 아니지 않니? 앞으로 다시는 쯔잉을 때리면 안 된다. 저 애가 무슨 잘못이 있니? 어서 자거라. 감기 조심하고. 내일 아침에도 일찍 일어나야지. 어미는 이만 간다."

황마는 아들 며느리 방을 나와 조금 전 앉았던 돌 위에 다시 앉았다. 조금 피곤했다. 별빛마저 잘 보이지 않는 밤하늘은 그 높이를 알 수 없을 만큼 어두웠다. 싸늘한 바람이 뺨을 스치는 순간, 그녀는 눈물을 흘리며 숨죽여 흐느꼈다.

2

황마는 계속 밤마다 정원을 살피러 돌아다녔지만 아들 방의 곡소리는 더 이상 들리지 않았다. 그런데 아들 며느리 방 부근을 지날 때마다 깊은 한숨이 흘러나왔다. 그녀는 원성과 쯔잉이 밤에 각방을 쓴다는 사실을 몰랐다. 그녀는 대부분의 시간을 노마님과 함께 보냈고 원성과 쯔잉이 겉으로는 다정한 척했기 때문이다. 원성 부부 침실 바로 옆방은 어르신의 서재였다. 어르신은 생전에 서재에서 많은 시간을 보냈다. 책을 읽고, 붓글씨나 그림을 그렸고, 피곤하면 그냥 서재에서 잠을 자기도 했다. 어르신이 세상을 떠난 후 방치된 서재에 마침 침대가 그대로 있어 윈성이 몰래 들어가 자리를 차지했다. 그는 침대에서 잠만 잘 뿐 책장, 책상, 지필 도구 등은 전혀 건드리지 않았다. 이 일을 아는 사람은 쯔잉뿐이었다. 그녀는 그를 막을 수 없었다. 누가 그녀더러 배부르지 말라고 했나? 윈성이 2년 동안 애를 썼건만 결실을 맺지 못했다.

밤이 되면 두 사람은 일찌감치 등불을 껐다. 쯔잉은 외롭고 서글픈 마음에 일찍 자리에 누웠다. 그녀는 저도 모르게 옆방에서 무슨 소리가 나는지 귀를 기울이다가 윈성의 코 고는 소리를 확인한 후에야 잠들었다. 어느 날 밤, 황마가 정원을 돌아보고 들어간 후 옆방 방문이 열리는 소리가 들렸다. 끼이익. 실제로는 작은 소리였지만 쯔잉에게는 우렛소리처럼 들렸다. 윈성은 자다 일어나는 일이 거의 없는데, 뭔가 이상했다. 끼이익 소리가 또 한 번 들렸다. 곧이어 윈성이 고양이처럼 살금살금 걸어와 쯔잉의 방 앞에 잠시 멈췄다가 조용히 떠났다. 쯔잉은 왠지 불안했다. 그녀는 더듬더듬 옷을 주워 입고 침대에서 내려왔다. 윈성이 이 야심한 시각에 어디에 가는지 궁금했다.

쯔잉은 방문을 나서는 순간, 오래된 뽕나무 아래를 스쳐 지나간 검은 그림자가 후원 오솔길 쪽으로 향하는 것을 발견했다. 그녀는 살금살금 빠른 속도로 그림자를 뒤쫓았다. 뒷모습을 보니 확실히 윈성이었다. 그는 걸을 때 습관적으로 왼쪽 어깨가 올라가고 오른쪽 어깨가 내려갔다. 그녀는 후원 아치문을 지난 후 속도를 늦추고 큰 돌 뒤에 엎드렸다. 돌 위에 어르신이 새겨놓은 '의원宜園'이란 글자가 보였다. 윈성은 연못가에 앉아 시커먼 수면을 향해 계속 돌을 던졌다. 한참 그러다가 갑자기 벌떡 일어나 초조한 듯 연못 주변을 서성거렸다. 쯔잉은 이제야 윈성이 똑똑히 보였다. 그의 등 뒤로 보이는 의원 풍경이 투명하리만치 새카매 물가에 선 그가 더욱 돋보였다. 높은 밤하늘에 걸린 반달이 차가운 달빛을 쏟아내고 싸늘한 물기를 머금은 바람이 뺨을 스치자, 쯔잉은 저도 모르게 몸이 부르르 떨렸다. 좀더 따뜻하게 입지 않은 것이 후회됐다.

그녀는 남편이 이 한밤중에 이유 없이 연못가를 서성이리라고는 생각지 않았다. 윈성은 입을 틀어막고 여러 번 재채기를 하면서도 자리를 떠나지 않았다. 쯔잉은 점점 기다리기 힘들었다. 윈성은 여전히 걷다 서다를 반복했다. 싸늘한 늦은 가을밤에 도대체 뭘 하려는 것일까? 그녀가 그만 방으로 돌아가야겠다고 생각하는 순간, 어렴풋이 땅에 옷자락 스치는 소리가 들렸다. 누군가 오고 있다.

작은 마님이다. 그녀는 윈성과 10미터쯤 떨어진 곳에서 걸음을 멈췄다.

"뭣 땜에 날 찾았나?"

작은 마님의 목소리는 얼음장처럼 차가웠다.

"안 올 줄 알았어."

윈성이 양팔을 벌리며 다가서자 작은 마님이 뒤로 물러서며 다가오지 말라고 손짓했다.

"작은 마님 노릇이 아주 편안해 보이는군. 본인이 뭘 해야 하는지 깡그리 잊은 모양인데? 도대체 무슨 병인데 슈랑 걸핏하면 그 주씨를 찾아가는 거야?"

"말했을 텐데? 그건 내 개인적인 일이야. 여자의 사생활까지 집사한테 말해야 하나?"

"개인적인 일? 사생활? 먼저 그 주씨 놈과 무슨 관계인지부터 말해."

"황 집사, 지금 당신이 누구와 얘기하고 있는지 잊지 마시게."

"누군데?"

"린가 작은 마님."

"작은 마님?"

원성이 어이없다는 듯 비웃었다.

"지금 좋은 시절 보내느라 본인이 어떤 사람인지 잊었나보지? 분명히 경고하는데, 수작 부릴 생각하지 마. 이룬은 내 아들이야!"

작은 마님이 입을 틀어막으며 작게 속삭였다.

"헛소리 지껄이지 마! 누가 들으면 어쩌려고 그래?"

"뭐가 무서워서? 당신, 내가 이룬 아버지라는 것까지 부인하는 거야? 들을 사람이 어디 있어? 이 집안에 사람이 몇이나 된다고. 늙은이 아니면 바보천치지. 린가 애기 도련님이 이 황원성 자식인 줄 누가 상상이나 하겠어?"

쯔잉은 점점 다리에 힘이 빠져 결국 바닥에 주저앉고 말았다. 사실 전혀 예상 못 한 일은 아니었지만 제 귀로 직접 들으니 견디기 힘들었다. 온몸이 덜덜 떨리고 머릿속이 복잡해지면서 뜨거운 눈물이 흘러내렸다. 조금 전 원성의 방문 소리를 들었을 때 왜 그렇게 불안했는지, 그 이유가 분명해졌다. 며칠 전 밤 원성이 두 살짜리 아들이 있다고 말실수했을 때부터 계속 불안했는데, 역시 그랬구나.

"그 일 때문에 부른 거야? 그럼 난 할 말 없어."

작은 마님이 홱 돌아서서 서둘러 연못가를 떠나 아치문 밖으로 나가버렸다.

"그리고 함부로 헛소리 지껄이지 마. 그 입, 단속 잘 하라고!"

작은 마님은 후원을 빠져나간 후 원성이 아무리 크게 불러도 뒤돌

아보지 않았다. 원성이 연못가에 선 채 흥 하고 비웃음을 날렸다
"흥! 망할 계집!"
그는 돌 하나를 집어 연못으로 힘껏 던지고 옷매무새를 정리한 후 그 자리에 앉았다. 쯔잉은 돌을 짚고 일어나 조심스럽게 발걸음을 옮겨 방으로 돌아갔다. 다리에 힘이 빠져 계속 비틀거렸다.

3

좋은 시절은 이미 다 지나갔다. 쯔잉도 어느새 그녀의 시어머니처럼 화려했던 린가의 과거를 그리워하기 시작했다. 어르신이 살아 있을 때, 그 요망한 전염병이 나타나기 전까지 린가는 어차오뿐 아니라 하이링전을 통틀어 손꼽히는 갑부였다. 온종일 드넓은 린가 정원에 수많은 하인이 쉴 새 없이 오갔다. 무덤과 같은 지금의 적막함은 상상도 할 수 없었다. 그때 쯔잉은 황마와 함께 노마님을 모셨다. 하루 종일 노마님과 함께 차를 마시며 수다를 떨고 흰 고양이 먹이를 챙겨주는 일이 전부였다. 그러나 전염병이 휩쓸고 지나간 후, 린가는 껍데기만 남은 속 빈 강정이 됐다. 많은 사람이 죽고, 산 사람은 대부분 떠났으며, 남은 사람은 하루아침에 미소를 잃었다. 노마님은 굳건히 버티며 하루가 멀다 하고 아들 방에 찾아가 이것저것 지시하고 가르쳤다.
그때부터 쯔잉도 그냥 노마님 시중만 들고 있을 수 없었다. 황마, 원성과 함께 닥치는 대로 모든 집안일을 해야 했다. 하지만 단순 심부름 혹은 식사 준비 정도이니 크게 바쁘지는 않았다. 그녀는 노마님의 차를 준비하면서 나리가 고개를 숙이고 노마님의 등나무 의자 앞에 서

있는 모습을 자주 봤다. 노마님은 흰 고양이를 안은 채 아들에게 린가의 과거가 얼마나 찬란했는지 하나도 빠짐없이 이야기해줬다. 부근의 드넓은 논밭과 고기잡이 배, 수많은 상점과 사업, 쉴 새 없이 드나들던 친척과 지인들…… 이 모든 것은 이제 과거가 됐지만 린가에 이런 일이 있었던 것만은 틀림없는 사실이다. 과거도 좋고 지금 이대로도 나쁘지 않지만 노마님은 아들이 당당하게 나서서 잃어버린 린가의 영광을 되찾아주길 바랐다. 나리는 먹이를 쪼아먹는 닭처럼 고개를 푹 숙이고 이따금 끄덕거렸다.

"어머니, 깊이 생각해봤는데, 밖으로 나가 사업을 해보겠습니다. 린가를 일으킬 최상의 지름길입니다."

"훌륭한 생각이구나. 옛날 네 증조부가 그렇게 집안을 일으키셨지."

노마님은 잠시 생각에 잠겼다가 아들에게 물었다.

"네가 할 수 있겠느냐?"

"문제없습니다. 최소한 도전은 해봐야 하니까요."

이렇게 해서 나리는 원성을 데리고 사업을 하러 외지로 나갔다. 그리고 두세 달에 한 번 집에 돌아와 노마님에게 사업 진행 상황을 보고했는데, 어떤 때는 나리가 직접 왔고 어떤 때는 원성이 대신 오기도 했다. 두 사람이 외지에 나가 있는 2년 동안 린가에 남은 사람은 노마님, 황마, 쯔잉 여자 셋과 정원 관리를 위해 고용한 싼후쯔뿐이었지만 모두 앞날에 대한 희망이 넘쳤다. 사업 상황은 좋지도 나쁘지도 않았다. 적은 돈이라도 벌긴 벌었다. 나리와 원성은 아직 젊으니 몇 년 더 경험을 쌓으면 크게 발전하리라 기대했다. 세 여자는 이 기대만으로 벌써 좋은 시절이 돌아온 것 같았다. 어르신이 살아 있을 때처럼 집안 분위기가 밝아졌다.

나리와 원성은 린가의 관례대로 꼭 어차오에 돌아와 설을 보냈다. 설을 며칠 앞둔 어느 날 황혼 무렵, 나리와 원성이 대문 문고리를 두드렸다. 쯔잉이 달려나가 문을 열었는데 문밖에 세 사람이 서 있었다. 나리와 원성, 그리고 아름다운 아가씨. 정말 예쁜 아가씨였다. 그림 같은 눈매와 늘씬한 몸매, 그에 걸맞은 당당한 태도로 보아 가난한 집 아가씨 같지 않았다. 노마님이 아들을 방으로 불러들여 지난 반년 동안의 사업 진행 상황을 자세히 얘기하도록 했다.

"이름은 슈랑이고 고향은 남방 칭장푸입니다."

"내가 여자 이름을 물었더냐. 네 사업이 어떠냐고 했다."

"어머니, 큰돈을 잃었습니다. 남방 사기꾼에게 속았어요. 최상품 찻잎 두 수레를 샀는데 대부분 가짜였어요. 본전도 건지지 못했습니다."

노마님은 하마터면 숨이 넘어갈 뻔했고 한동안 말없이 생각에 잠겼다. 사실 그녀는 아들의 사업 능력이 늘 미덥지 못했다. 아들은 너무 정직하고 한없이 착했다. 이런 성품은 평소에는 문제가 되지 않지만 사업할 때 여러 상황을 깊이 생각하지 않고 쉽게 남을 믿기 때문에 큰 문제였다. 그녀는 이 점을 염려해 늘 아들에게 절대 큰일을 벌이지 말고 천천히 조금씩 작은 일을 여러 번 하라고 일렀다. 그래, 좋다. 이번 일은 아들이 그녀의 뜻을 어기고 제 마음대로 벌인 첫 번째 큰일이다. 지난 몇 년을 통틀어 가장 큰 규모였지만 돈을 다 잃은 채 빈손으로 돌아왔다. 노마님이 길게 한숨을 내쉬고 입을 열었다.

"이제 저 아가씨에 대해 말해보거라."

나리는 이마의 식은땀을 닦아내며 대답했다.

"칭장푸 사람이고 이름은 슈랑입니다. 열 살에 부모님을 여의고 숙부 집에서 자랐습니다. 얼마 전 숙부가 그녀를 옥여의라는 기생집에 팔려고 했는데 마침 저와 원성이 그 일을 목격하게 됐습니다. 그때 저희는 칭장푸 수월루에서 완성 포목점 사장에게 차를 대접하고 있었는데, 그 바로 옆에 옥여의가 있었어요. 전 슈랑을 보자마자 너무 가엾다는 생각이 들어서…… 제가 값을 치렀습니다. 그렇게 된 겁니다. 어머니."

"여자를 사서 어쩌려고?"

"어머니, 저는…… 그녀와 혼인하고 싶습니다."

"혼인? 어떤 집안 여자인지도 모르고 혼인을 하겠다고?"

노마님이 들고 있던 찻잔을 탁자 위에 탁 내려놓자 찻물이 사방으로 튀었다. 나리는 다시 식은땀을 닦았다.

"말씀 드렸잖습니까? 슈랑은 숙부에게 팔린 가엾은 여자고, 부친은 선비였습니다."

"인륜대사를 네 마음대로 결정하다니, 네 마음속에 어미가 있긴 하느냐?"

"어머니, 슈랑은 이미 제 아이를 가졌습니다."

노마님이 등나무 의자에 앉은 채 굳어버렸다. 그녀의 무릎 위에 앉았던 고양이가 불쑥 뛰어내려 빠르게 문틈으로 나가버렸다.

"가서 원성을 불러오너라."

노마님의 목소리에 힘이 없었다.

"넌 나가 있거라."

잠시 후 원성이 들어와 노마님 앞에서 공손히 허리를 굽혔다.

"원성, 지난 몇 년 늘 나리를 따라다녔으니 사실대로 말해보거라. 저 슈랑이라는 아가씨와 도대체 무슨 일이 있었느냐?"

원성이 우물쭈물하다가 그동안 있었던 일을 털어놓았다. 세부적으로 조금 다른 부분도 있었지만 전체적인 내용은 조금 전 나리가 말한 것과 같았다.

"네 말이 모두 사실이렷다?"

노마님이 굳은 표정으로 되물었다.

"모두 사실입니다, 마님."

"한 치의 거짓도 없으렷다?"

"마님, 한 치의 거짓도 없습니다."

"그럼, 됐다."

노마님이 자리에서 일어나 창문 앞으로 걸어가 눈 덮인 마당을 둘러봤다.

"원성, 내일 하이링전에 다녀와야겠다. 가장 훌륭한 의원을 모셔오너라."

원성이 물러갔다. 그는 다음 날 아침 일찍 하이링전으로 출발해 그곳에서 가장 유명한 주 의원을 데려왔다. 원성은 주 의원에게 노마님의 분부라는 것 외에는 자세히 설명할 수 없었다. 그는 그저 주인의 명령에 따를 뿐이었다. 폭설을 뚫고 주 의원이 도착하자 노마님이 나리에게 슈랑을 데려오게 했다. 노마님은 슈랑이 방으로 들어오자 의원만 남기고 모두 밖으로 내보냈다. 주 의원이 슈랑의 맥을 짚고 노마님에게 말했다.

"마님, 확실히 임신입니다."

나리와 슈랑의 혼례는 간소하게 치렀다. 노마님은 이 혼사에 재산을 낭비하고 싶지 않았다. 황마와 린가 사람들은 여기에 또 다른 이유가 있음을 진즉에 눈치 챘다. 노마님은 내력을 알 수 없는 며느리에 대한 의심을 거두지 않은 것이다.

간소하다고는 하나 평범한 사람들이 보기에는 아주 근사한 혼례였다. 린가 사람들은 한껏 들떠서 떠들썩하게 잔치를 치렀다. 나리는 혼례를 올린 후 사업에 흥미를 잃었다. 그는 꼼짝 않고 집안에 들어앉아 아버지가 그랬던 것처럼 어차오 주변을 관리하며 조금씩 린가를 일으켜볼 생각이었다. 노마님은 그런 아들에게 별 다른 참견을 하지 않았다. 그녀는 아들에게 그 방법이 더 어울린다는 사실을 인정했다.

3장

1

슈랑이 아침 일찍 애기 도련님을 황마에게 맡겼다. 밖에 나가봐야 하는데 날이 너무 추워 아기가 꽁꽁 얼까봐 데려나갈 수 없다고 했다. 황마는 애기 도련님을 건네받으며 윈성의 시중이 필요한지 물었다.

"괜찮아요. 부둣가에 배가 많으니 그중 하나를 부르면 되니까."

그녀는 나가려다 말고 황마에게 아기를 잘 봐달라고 한 번 더 당부했다.

"오늘 새벽에 두 번이나 깨서 울고불고 난리였어요. 어디가 안 좋은지도 모르겠어요. 혹시 또 심하게 칭얼거리면 바로 의원을 부르세요. 오후에 가능한 한 빨리 돌아올게요."

슈랑은 마지막으로 노마님께 아침 인사를 전해달라고 부탁했다. 황마는 고개를 끄덕이고 울면서 엄마를 찾는 애기 도련님을 안고 작은 마님 방을 나왔다. 걸어가면서 계속 애기 도련님을 달랬지만 소용없었다. 황마는 작은 대나무 숲길을 지나다 걸음을 멈추고 나뭇잎을 따 애기 도련님에게 건넸다. 애기 도련님이 잠시 울음을 그쳤다. 문득 고개를 돌렸는데 작은 손가방을 들고 대문을 나서는 작은 마님이 보였다. 황마가 바닥에 침을 탁 뱉었다.

"애기 도련님, 어미가 어디 가는지 아세요?"

이룬이 다시 울음을 터트렸다. 나뭇잎이 재미없어졌는지 목 놓아 울며 엄마를 찾았다.

"울지 마, 애기 도련님. 네 엄마가 놓고 나갔는데, 울긴 왜 울어?"

황마가 애기 도련님 등을 토닥였다.

"에휴, 그런 모진 어미를 또 어디 가서 찾겠소?"

황마가 이룬에게 다시 나뭇잎을 따주는데 노마님에게 드릴 버섯죽을 들고 가던 쯔잉이 지나갔다.

"어머니, 애기 도련님과 무슨 말을 하세요? 말도 못 하는데. 참, 애기 도련님한테도 버섯죽을 드릴까요?"

"아직은 못 먹어. 아휴, 작은 마님이 나가자마자 애기 도련님이 어미를 찾는데, 어린아이를 돌본 지가 너무 오래돼서 어떻게 해야 할지 모르겠구나."

"그럼, 저한테 맡기세요. 이 죽만 가져다드리고 금방 올게요."

"마님 죽은 내가 가져다드리마."

황마가 한 손을 내밀어 쟁반을 받아들며 애기 도련님을 쯔잉에게 넘겼다. 뜻밖에도 애기 도련님이 쯔잉의 품에 안기자마자 울음을 그쳤다. 쥐고 있던 나뭇잎을 던져버리고 작고 통통한 두 손으로 쯔잉의 뺨을 만지며 까르르 웃었다.

"이룬, 착하지. 이모가 놀아줄게!"

"확실히 늙은 게야. 애들도 싫어하는 걸 보니."

황마는 쟁반을 들고 노마님 방으로 갔다. 노마님은 흰 고양이를 안고 창가에 서서 구불구불한 줄기만 남아 민숭민숭한 등나무 넝쿨을 보고 있었다. 날씨가 좋았다. 아침 해가 떠오른 하늘은 맑고 투명했고, 아침 공기는 맑고 차가웠다. 노마님은 고양이를 두 팔로 꼭 껴안았다. 통통한 흰 고양이는 활기라고는 전혀 없이 축 늘어진 채 혓바닥으로 얼굴을 핥았다. 황마가 버섯죽을 내려놓고 옷장에서 외투를 꺼내와 노마님 어깨에 걸쳐줬다.

"마님, 감기 조심하세요. 아침 공기가 많이 차요. 쯔잉이 끓인 버섯 죽을 가져왔어요. 따뜻할 때 어서 드세요."

"늘 자네들을 귀찮게 하는구먼."

노마님이 억지로 몇 숟가락 뜨다가 죽 그릇을 내려놓았다.

"황마, 저 등나무 넝쿨 좀 보게. 저걸 심고 나서 우리 아들과 윈성이 저 안에서 숨바꼭질을 했었잖아. 그 많은 시간이 눈 깜짝할 사이에 흐르고 아들도 떠나갔어. 이보게, 내 말 좀 들어봐. 요 며칠 계속 옛날 꿈을 꿔. 내가 린가에 시집오던 날 꿈을 꿨는데, 그때 자네가 꽃마차 오른쪽 옆에 바짝 붙어 따라왔잖아. 주인어른 수염을 정리해주는 꿈도 꾸고, 우리 아들 낳는 꿈도 꿨어. 깜짝 놀라 일어나면 온몸이 식은땀이고 얼굴은 눈물범벅이야. 황마, 아무래도 내가 주인어른을 만나러 갈 때가 된 것 같지 않아?"

"마님, 제발 그런 말씀 마세요. 요즘 기분이 가라앉아 그런 꿈을 꾸시는 거예요. 마음이 편해지면 괜찮아질 겁니다."

"어떻게 해야 마음이, 기분이 좋아질까? 참, 이룬은?"

"쯔잉이 돌보고 있어요. 저도 늙었나봅니다. 애기 도련님도 절 싫어해요. 그렇게 울더니 쯔잉 품에 안기자마자 울음을 뚝 그치네요."

황마가 고양이 등을 쓰다듬으며 물었다.

"저, 애기 도련님을 여기로 데려올까요?"

"쯔잉이 돌보도록 놔두게. 이룬 어미는 외출했나?"

"마님, 제가 감히 드릴 말씀은 아니지만, 마님이 작은 마님에게 한번 주의를 줘야 하지 않을까요?"

노마님이 긴 한숨을 내쉬었다.

"황마, 린가가 예전의 린가가 아니라네."

"그냥 이렇게 내버려두시려고요?"

노마님이 쓴웃음을 지으며 화제를 돌렸다.

"그 소작농들은 어떻게 됐나? 도저히 안 된다고 하면 그냥 면제해 주라고 하게."

"윈성 말로는 그냥 우는소리랍니다. 집안에 없는 게 없대요. 윈성이 아침 일찍 나갔으니 아마도 오후에는 받아올지도 모르겠습니다."

"그러면 다행이지."

마님이 고양이를 안고 문밖으로 나갔다.

"황마, 후원 좀 걸어볼까? 나가본 지 너무 오래됐어."

두 사람이 두런두런 이야기하며 의원 아치문 앞에 도착했을 때 쯔잉과 이룬의 까르르 웃음소리가 끊임없이 흘러나왔다. 쯔잉은 연못가에 서 있어 두 사람을 보지 못했다. 그녀가 연못에 비친 그림자를 가리키며 말했다.

"이룬, 저게 누구지?"

이룬이 그림자를 잡으려고 손을 뻗었다. 쯔잉이 나뭇가지로 그림자를 휘젓자 이룬이 '아, 아' 하며 칭얼거렸다. 잠시 후 수면 위에 다시 그림자가 나타나자 이룬이 까르르 웃었다. 그렇게 몇 번을 반복하다가 쯔잉이 이룬을 안고 연못가 돌 위에 앉았다. 이룬은 잠시도 가만있지 못하고 손발을 버둥거렸다.

"이룬, 착하지. 이룬, 그럼 못 써. 이모가 말 가르쳐줄까? 자, 이모 따라 해봐. 이- 룬-."

애기 도련님은 '아, 아' 소리만 내며 침을 줄줄 흘렸다. 뭐가 좋은지 쯔잉의 품에서 신나게 들썩거렸다.

"아, 아, 아."

노마님은 손자가 즐거워하는 모습이 좋았고 황마도 흐뭇하게 두 사람을 바라봤다.

"이룬, 정말 똑똑하네. 이모가 더 쉬운 거 가르쳐줄게. 엄마. 자, 이룬 따라해봐. 엄- 마-."

애기 도련님이 하는 말은 여전히 '아, 아'뿐이었다.

"착하지, 우리 아들. 자, 엄마라고 불러봐. 어서."

쯔잉이 이룬을 꼭 껴안으며 계속 중얼거렸다.

"이룬, 엄마라고 불러봐."

황마는 도를 넘은 쯔잉의 행동을 더 이상 보고만 있을 수 없었다. 그녀가 쯔잉에게 다가가려 하자 노마님이 그녀를 잡아끌고 후원 밖으로 나갔다.

"쯔잉이 이룬을 예뻐하는 것뿐이야. 얼마나 아기가 갖고 싶으면…… 쯔잉도 많이 힘들 거야. 아기를 낳지 못하는 여자의 괴로운 마음을 누가 알겠나?"

황마는 갑자기 가슴이 저며왔다. 그녀는 눈가를 훔치며 떨리는 목소리로 중얼거렸다.

"마님…… 마님……"

2

하이링전은 꽤 규모 있는 소도시다. 걸어서 거리와 골목을 모두 둘러보려면 며칠이 걸릴 정도였다. 이 넓은 하이링전에서 사람 찾기는 결코 쉬운 일이 아니다. 윈성은 아침 일찍 수이서의 작은 배를 타고 하이링전에 도착해 반나절 가까이 돌아다녔지만 그 사람은 코빼기도 보이지 않았다. 그가 찾는 사람은 바로 주 의원이다. 주 의원의 청호당聽壺堂 문이 굳게 잠겨 사람의 행방을 전혀 알 수 없었다. 그는 청호당 주변을 샅샅이 탐문했지만 아무것도 알아내지 못했다. 너무 이상했다. 주 의원은 아직 젊지만 하이링전에서 가장 뛰어난 명의였다. 수십 리 밖에서도 모두 주 의원을 찾아오기 때문에 평소 이곳은 진료를 기다리는 줄이 아주 길게 늘어졌다. 하지만 오늘은 개미 새끼 한 마리도 보이지 않았다. 주 의원이 왕진을 나갔어도 청호당에는 늘 점원이 남아 있었다. 원성이 주변 이웃들에게 물어보니 주 의원이 몇 달 전에 청호당 문을 닫고 점원들을 모두 내보냈다고 했다. 그리고 바로 어디로 떠났단다. 원성은 한 이웃 할아버지를 붙잡고 이것저것 물었다.

"어디로 간다고는 말 안 했나요?"

"전혀. 주 의원이 어디로 갔는지 궁금한 사람이 많구먼. 어차오에서 왔다는 여자도 몇 번이나 물어보더니."

"어차오? 여자?"

"그려. 얼마나 예쁜지 선녀 같던걸?"

할아버지 옆에 있던 할머니가 불쑥 끼어들었다.

"주 의원한테 진료 받으러 왔다는데, 아이를 안고 있었지."

"맞다, 아이도 있었지."

원성은 벌써 저만치 걸어갔다. 그는 노부부가 누구를 말하는지 잘 알았다. 거리 양편에 수많은 상점이 빽빽이 늘어서 있고 상인들 호객 소리가 끊임없이 들려왔다. 원성은 대중없이 거리 곳곳을 돌아다녔다. 단서가 전혀 없으니 그저 발길 닿는 대로 걸을 뿐이었다. 걷다가 의원이나 약방 간판이 보이면 무조건 들어가 점원에게 물었다.

"명의 주 의원이 혹시 여기에서 진료하고 있지 않나요?"

점원이 고개를 흔들었다.

"혹시 주 의원이 어디로 갔는지 아시오?"

점원은 고개를 젓다가 결국 짜증이 폭발했다.

"왜 다들 주씨만 찾는 거야? 주씨 죽으면, 병 걸려도 치료 안 받을 건가?"

오전 내내 돌아다녔지만 주 의원 소식은 전혀 듣지 못했다. 윈성은 터덜터덜 작은 주점에 들어가 술 두 냥,• 소고기 반 근, 반찬 세 가지, 찐빵 두 개를 주문했다. 그는 화풀이하듯 우악스럽게 음식을 먹어치웠다. 한낮 햇살이 너무 좋았다. 따뜻한 햇살이 탁자까지 들어와 윈성은 점심을 먹고 탁자에 엎드려 잠깐 졸았다. 잠시 후 주인이 깨워 일어나보니 주점 안에 혼자뿐이었다. 그는 밥값을 계산하고 주점을 나와 다시 골목길을 걸었다. 그러다 아무 사람이나 붙잡고 '혹시 주 의원 봤어요?'라고 물었다. 하나같이 고개를 흔들었다.

골목길을 빠져나오니 오후도 이미 절반이 지났다. 슬슬 어차오로 돌아가야 할 시간이다. 윈성은 계속 주위를 두리번거리며 하이링전 동편 부둣가를 향해 걸었다. 여기에서 만나기로 한 수이서 배가 아직 보이지 않았다. 부둣가 배들을 둘러봤는데 아는 사람이 하나도 없어 일단 근처 2층 찻집에 들어가 따뜻한 차를 주문했다. 창가에서 차를 마시며 수이서가 오는지 수시로 아래를 내려다봤다. 잠시 후 부둣가에 작은 마님이 나타났다. 먼지를 뒤집어쓰고 옷매무새가 헝클어진 그녀는 꽤 피곤해 보였다. 윈성이 찻집을 나가 그녀 뒤에 다가섰다.

• 1근斤=10냥兩, 1근이 500그램이므로 2냥은 약 100그램.

"작은 마님, 주 의원은 찾으셨습니까?"

작은 마님이 휙 돌아서며 뒷걸음질쳤다.

"당신이 왜 여기 있어?"

"주 의원을 찾으러 왔지요."

"당신이 주 의원을 왜 찾아?"

"작은 마님이 매번 이렇게 뛰어다니는 게 마음 아파서, 도와드리려고 그러지요. 작은 마님 병이 치료 시기를 놓치면 안 되지 않겠습니까?"

"날 미행했어?"

"그럴 리가요. 작은 마님은 어차피 대로와 골목을 정신없이 돌아다닐 뿐인데, 뭣 하러 미행을 합니까? 저는 그저 안타까운 마음에 작은 마님을 도우려는 것뿐입니다. 그런데 이웃들 말로는 주 의원이 벌써 죽었다는군요."

"죽었다고? 말도 안 돼. 황 집사, 제발 앞으로 내 일에 참견하지 않길 바라네."

"뭐, 나도 참견하고 싶진 않은데, 궁금해서 말이지. 도대체 당신이 이렇게 애타게 주씨를 찾는 이유가 뭐야?"

"그걸 내가 당신한테 말해야 하나?"

"뭐, 호기심이지, 그냥 궁금해서."

이때 원성의 태도가 갑자기 공손해졌다. 라오샤의 배가 도착했기 때문이다. 라오샤가 배 위에서 크게 소리쳤다.

"작은 마님, 오래 기다리셨죠? 응? 황 집사도 있었네? 황 집사도 어차오로 돌아가는 거지?"

"물론이죠. 돌아가야죠."

작은 마님이 먼저 부둣가 돌계단을 밟고 배에 올라탔다. 곧이어 원성이 배에 타려고 하자 그녀가 서둘러 말했다.

"라오샤, 배가 너무 작아서 셋이 타면 위험하겠는데."

"작은 마님 말씀이 맞습니다. 황 집사, 미안하지만 이 배가 너무 작아서 세 사람이 타기는 힘들겠어. 괜찮지?"

"괜찮아요. 라오샤, 작은 마님과 먼저 돌아가세요. 난 수이서가 곧 데리러 올 겁니다."

라오샤의 배가 떠나고 얼마 지나지 않아 수이서가 크게 고함을 치며 도착했다. 그는 오다가 노에 문제가 생겨 늦었다며 원성에게 양해를 구했다. 원성은 서둘러 배에 올라타 빨리 노를 저어 앞서 떠난 라오샤의 배를 따라잡으라고 말했다.

저녁놀이 뒤덮인 강물, 그 양옆으로 크고 작은 집과 나무와 사람들이 빠르게 뒷걸음질쳤다. 작은 배 두 척이 거의 동시에 어차오 부둣가에 닿았다. 석양이 절반 이상 기울어 부두 주변의 강물 색이 암록색으로, 암홍색으로 계속 바뀌었다. 두 사람이 배에서 내리자 애기 도련님을 안은 쯔잉이 어차오에서 내려왔다. 애기 도련님이 바람을 맞으며 작은 마님을 향해 고사리 손을 흔들었다. 작은 마님과 원성이 앞뒤로 조금 떨어져 걸었다.

"작은 마님, 다녀오셨어요."

쯔잉이 가방을 건네받고 작은 마님에게 이룬을 넘겼다.

"애기 도련님이 오늘 아주 얌전하게 잘 놀았어요. 울지도 않고. 오후 늦게 엄마가 보고 싶다고 펄쩍펄쩍 뛰긴 했지만요."

"이룬, 쯔잉 이모한테 고맙습니다, 해야지."

작은 마님이 애기 도련님을 어르며 중얼거렸다. 애기 도련님은 침을 흘리며 '아, 아, 아' 소리만 냈다.

"원성, 마님이 그 소작농들 소작료 회수했냐고 물으셨어."

"곧 될 거야. 이틀 후에 낸다고 했는데, 내가 마님께 직접 얘기할 게."

"잘됐네."

세 사람은 집으로 가는 내내 말이 없었다. 애기 도련님을 안은 작은 마님이 맨 앞에 걷고 그다음이 원성, 쯔잉이 맨 뒤에 걸었다. 버드나무를 지난 후 쯔잉의 걸음이 점점 느려졌다. 그녀는 먼저 거위 다리에 올라간 작은 마님과 원성의 뒷모습을 봤다. 서쪽 하늘이 반쪽짜리 짙은 귤색 태양으로 물들어 마치 두 사람이 태양으로 걸어 들어가는 것 같았다.

3

린가 사람들은 지금도 주 의원의 모습을 생생하게 기억했다. 훌쭉한 얼굴에 키가 큰 그는 걸을 때 왼손으로 새하얀 도포 끝자락을 살짝 들어올렸고 말하기 전에 늘 작게 목을 가다듬었다. 서른이 넘도록 아직 혼인을 하지 않았지만 나이에 비해 훨씬 젊고 학자처럼 보였다. 사실 학자이기도 하다. 주 의원 아버지는 하이링전에서 이름난 명의였고 주 의원은 아버지가 돌아가신 후 자연스럽게 가업을 이어받았다. 가학家學이 깊고 어려서부터 아버지 옆에서 보고 경험한 것이 많아 정식으로 간판을 내걸자마자 아버지 못지않은 명의가 됐다.

작은 마님이 처음 린가에 왔을 때, 원성이 노마님의 명령으로 주 의원의 청호당에 갔었다. 청호당은 주 의원이 진료를 보는 곳으로 늘 약 냄새가 풍기고 약재를 보관하는 서랍장과 단지가 가지런히 늘어서 있었다. 본당 뒤편 주 의원의 개인 서재 겸 침실에는 고서가 잔뜩 널린 책상과 책장이 놓여 있었다. 이곳은 본당과 달리 지필묵 향기가 가득했다.

작은 마님도 나리와 함께 청호당에 간 적이 있는데, 첫인상이 아주 좋았다. 그녀는 그날 어차오에 돌아와 황마에게 '청호당에 한 번 다녀오니 약을 먹지 않아도 벌써 절반 이상 나은 것 같다'고 말했다. 그 무렵 나리의 몸이 좋지 않았다. 어차오 의원이 처방한 약을 세 첩이나 먹었는데 좋아지기는커녕 건강이 더 나빠졌다. 그래서 작은 마님이 나리와 함께 청호당에 찾아갔다.

나중에 주 의원이 직접 린가에 왔는데, 이때가 두 번째 방문이었다. 이번에도 원성이 가서 주 의원을 데려왔다. 나리가 주 의원이 처방한 약을 먹었지만 여전히 효과가 없고 하루가 다르게 건강이 악화돼 도저히 그 먼 청호당까지 갈 수가 없었다. 주 의원은 나리의 건강이 악화됐다는 소식을 듣고 크게 놀랐다. 십 년 가까이 의술을 펼치면서 이런 경우는 처음이었다. 그는 자타 공인 명의였다. 다른 의원들이 골치 아파하는 염병•도 그에게는 별것 아니었다. 새하얀 도포자락을 들고 걸어가는 기품 넘치는 주 의원과 약상자를 둘러메고 그 뒤를 쫓아온 점원이 린가에 도착했다. 주 의원은 먼저 나리의 현재 몸 상태를 상세히 살피고 나리의 약재가 그의 처방대로인지 꼼꼼히 조사한 후 목소리를 가다듬고 노마님과 린가 사람들에게 결과를 알렸다.

• 전염병을 통칭하는 것 외에 특정 질병 장티푸스를 가리킬 때가 많음.

"처방의 부작용이 아닙니다."

그리고 다시 나리의 진맥을 시작했다. 이즈음 나리는 예전의 풍채를 전혀 찾아볼 수 없었다. 오랫동안 병에 시달리느라 몸이 비쩍 마르고 얼굴은 누렇게 뜨고 입술은 검게 변했으며 팔다리도 한없이 가늘어졌다. 팔뚝 핏줄이 도드라져 맥박 뛰는 것이 훤히 보였다. 주 의원이 나리의 손목을 잡았는데 깜짝 놀랄 만큼 뜨거웠다. 그는 나리에게 최대한 기침을 참게 했다. 나리는 쉬지 않고 기침을 하고 있었는데 갑자기 참으려니 너무 힘들었다. 손으로 입을 틀어막으니 숨이 차올라 얼굴이 파랗게 질렸다. 주 의원은 진맥을 마친 후 나리에게 상의를 풀어헤치게 했다. 그는 피골이 상접한 나리의 가슴 여기저기에 귀를 대고 집중하며 주위 사람들에게 아무 소리도 내지 말라고 손짓했다. 가슴에 이어 등에도 귀를 대고 소리를 들었다. 다음에는 나리의 눈, 코, 혓바닥까지 자세히 살폈다. 그리고 천천히 자리에 앉으며 작게 중얼거렸다.

"거참, 이상하네."

"어떻게 된 건가요?"

작은 마님과 노마님은 긴장을 감추지 못했다. 주 의원이 자리에서 일어나 나리의 침대 주위를 돌며 대답했다.

"이런 병은 처음입니다. 이치상으로는 지난번 처방이 병세 진행을 막았어야 하는데, 이 정도로 악화되는 일은 있을 수 없습니다."

"주 의원, 제발 다시 방법을 생각해보세요. 의원님은 하이링전 최고의 명의잖아요."

"마님, 작은 마님, 조급해하지 마세요. 병은 누에고치에서 실을 뽑듯 천천히 사라지는 법입니다. 일시적으로 증세가 심해지는 경우도 많습니다. 사실 약 두세 첩으로 나리의 병을 깨끗이 고치기는 힘듭니다. 하지만 현재 상황이 아주 심각한 것은 아니니 일단 처방을 바꿔보겠습니다. 병세를 진정시켜 더 이상 악화되지 않게 하는 약을 쓸 것입니다. 제가 돌아가서 다시 자료를 조사하고 조금 더 고민해보겠습니다. 이 한 첩을 다 드시면 다시 오겠습니다."

주 의원은 새로운 처방을 적어 작은 마님에게 주면서 꼭 직접 약방에 가서 약재를 담을 때 정량을 지키도록 꼼꼼히 지켜보라고 일렀다. 처방을 끝낸 그는 나리가 나은 후에 계산하자며 진료비도 받지 않고 점원을 데리고 바로 돌아갔다. 주 의원의 처방은 나리의 병세를 안정시키지 못했다. 아직 약 한 첩이 더 남았지만 작은 마님은 더 기다릴 수 없어 주 의원을 부르러 직접 청호당으로 달려갔다. 그녀는 아침 일찍 배를 타고 나가 해질 무렵이 돼서야 어차오에 돌아왔지만 주 의원은 데려오지 못했다. 노마님은 하루 종일 나리 곁을 지켰다. 온종일 눈이 빠지도록 주 의원을 기다리던 그녀는 작은 마님을 보는 순간 화를 내지 않을 수 없었다.

"뭐 하는데 하루 종일 걸려? 그런데 주 의원은?"

"주 의원이 왕진을 나가서 계속 기다렸는데 늦은 오후에야 돌아왔어요. 나리 병세를 얘기했는데, 그러잖아도 나리 병의 원인을 찾아냈으니 오늘 밤 약을 제조해서 내일 오전에 가져오겠다고 했어요."

"또 내일 아침까지 기다리라니…… 봐라, 지금 당장 기침하다 숨이 끊어질 것 같은데!"

나리는 이미 각혈까지 해서 입술이 검붉게 물들어 있었다. 온몸에 뼈밖에 남지 않았고 피부가 투명하게 변했다. 팔다리에 힘이 없어 침대에 누워 꼼짝도 못 했고 입술과 손은 쉴 새 없이 부르르 떨렸다.

다음 날 아침 약속한 대로 주 의원이 조제한 약을 가지고 왔다. 그는 점원에게 불을 세게 혹은 약하게 조절하라고 주문하면서 나리의 약을 직접 달였다. 한 번 달인 후 물을 따라 버리고 청호당에서 가져온 묵은 설수雪水를 섞어 세 번 더 달인 후 나리에게 먹였다. 약을 달이는 과정이 다소 복잡하고 까다롭기 때문에 노마님, 작은 마님, 황마가 확실히 이해할 수 있도록 자세히 시범을 보였다. 주 의원은 꼭 이 방법으로 약을 달여 꼬박 일주일간 복용하라고 당부했다.

새로 처방한 탕약이 조금씩 약효를 나타냈다. 이틀 후 나리는 몸이 조금 따뜻해진 것을 느꼈다. 사흘 후 기침이 크게 줄어 호흡이 편해지고 이마에서 땀이 나기 시작했다. 닷새 후에는 활짝 웃으며 이룬과 놀아주기도 했다. 엿새 후, 침대에 앉아 스스로 밥을 먹을 수 있게 됐다. 병증이 사라지고 체력이 회복되자 먹고 싶은 음식이 많아졌다. 노마님이 크게 기뻐하며 황마에게 시장에 다녀와 음식을 준비하고 원성에게 강가에 가서 신선한 붕어를 잡아오라고 시켰다. 그리고 주방에 들어가 아들이 좋아하는 요리를 직접 만들었다. 그사이 주 의원이 두 번 더 방문했다. 뚜렷한 약효를 확인한 그는 크게 기뻐했고 돌아가서 약 몇 첩을 더 지어왔다. 그는 올 때마다 나리의 몸 상태를 꼼꼼히 살핀 후 노마님에게 증상에 맞게 약재 양을 줄이라고 일렀다.

노마님은 나리를 위해 많은 요리를 준비해 하나하나 나리의 침상 옆 탁자에 하나하나 늘어놓았다. 그녀는 침대 옆에 앉아 아들이 먹는 모습을 흐뭇하게 바라봤다. 이제 막 병이 호전되기 시작한 터라 육류나 생선을 과식하면 안 되기 때문에 조금씩만 먹게 했다. 그러나 붕어조림은 노마님의 장기이자 나리가 가장 좋아하는 음식이라 양껏 먹게 놔뒀다. 린가 사람들은 나리가 맛있게 음식을 먹자 매우 기뻐하며 하루빨리 건강해지길 기원했다.

나리는 점심 식사를 마친 후 낮잠을 잤다. 그러나 자리에 누운 지 얼마 지나지 않아 건넌방에 있던 작은 마님 귀에 나리의 고통스러운 비명 소리가 들렸다. 황급히 달려가보니 나리가 식은땀을 줄줄 흘리며 침대 위에서 뒹굴고 있었다. 나리는 배를 움켜쥔 채 아파 죽겠다고 소리쳤다. 작은 마님은 어찌 해야 좋을지 몰라 서둘러 노마님과 황마에게 달려갔다. 노마님과 황마가 나리 방에 도착했을 때, 그의 숨은 이미 끊어진 후였다.

나리의 죽은 모습은 몹시 끔찍했다. 부릅뜬 두 눈, 크게 벌어진 입, 두 손에 뽑혀나간 머리카락. 그러나 가장 끔찍한 것은 옷 밖으로 드러난 피부였다. 투명했던 얼굴, 목, 손 피부가 짙푸른 빛을 띠었다. 황마는 나리의 눈을 감겨주면서 눈동자까지 파랗게 변한 것을 발견했다. 그녀는 나중에 나리의 시체를 염할 때 똑똑히 목격했다. 온몸의 피부가 짙푸른 색으로 변해 그전보다 훨씬 더 얇고 투명해 보였다. 노마님과 작은 마님이 나리의 시체를 흔들며 대성통곡했다. 황마의 가족도 목 놓아 울었다. 린가 전체가 통곡에 휩싸인 그때, 누군가 대문을 두드렸다. 윈성이 눈물을 훔치며 대문을 열자 주 의원과 점원이었다. 주 의원은 나리가 죽었다는 말을 듣고 크게 놀랐다. 며칠 전까지 멀쩡했던 사람이 이렇게 갑자기 죽었다고? 그는 윈성을 따라 나리 방으로 뛰어 들어갔다. 그는 나리의 침대 앞에서 한동안 돌처럼 굳어 있었다.

"말도 안 돼. 어떻게 이럴 수가……"

넋이 나간 주 의원은 목을 가다듬는 것도 잊었다. 그는 죽은 나리의 몸을 자세히 살폈지만 도저히 이해할 수 없었다. 그의 처방은 절대 잘못되지 않았다. 무엇보다 짙푸른 색으로 변한 나리의 피부가 너무 이상했다. 그는 린가 가족들에게 하루 이틀 전 나리의 상황을 자세히 물어봤다. 사소한 부분까지 빠뜨리지 않고 꼼꼼히 되짚었지만 문제가 될 만한 일은 전혀 없었다. 풍성했던 점심 식사가 그나마 가장 의심스러운 부분이었다. 음식이 잘못됐거나, 복용 중인 약재 중에 음식과 상충하는 것이 있어 갑자기 병세가 악화돼 급사했을 수 있다. 그러나 나리가 이미 죽었기 때문에 이 가설은 증명할 길은 없었다. 음식은 모두 황마와 원성이 준비했고, 노마님도 직접 거들었다. 탕약은 줄곧 주 의원의 처방과 조제법을 엄격히 지켜 달였다. 도대체 어디에서 문제가 생겼는지 아무도 알 수 없었다. 이때 작은 마님이 짙푸른 빛을 띤 나리의 손을 만지작거리며 중얼거렸다.

"혹시 중독 아닐까요?"

주 의원이 조금 머뭇거리며 대답했다.

"아닐 겁니다. 제가 아는 한 이런 중독 증상을 보이는 독약은 없습니다. 더구나 음식도 모두 가족이 만든 것인데, 누가 독을 넣었단 말입니까?"

"마님, 저희 가족 모두 평생 린가를 모셔왔습니다. 마님, 이제 저희는 살아도 죽어도 린가 사람입니다."

"자네들 잘못이 아니야. 이 아이 명이 짧은 것이 왜 다른 사람 잘못이겠는가? 주 의원, 그동안 고마웠습니다."

다음 날 아침, 린가는 나리를 위해 간단한 불교식 장례를 치렀다. 오후에 원성이 소작농 십여 명을 불러모아 나리를 린가 묘지에 묻었다.

4장

1

닷새 동안 이어진 차가운 가을비가 어차오를 적시자 사람들 마음까지 차가워졌다. 노마님은 그전에도 기분이 가라앉아 있었는데 큰비가 오랫동안 이어지니 큰 병에 걸린 사람 같았다. 의학적인 질병은 아니지만 여기저기 온몸 구석구석이 다 불편했다. 우울하고 만사 귀찮고 입맛이 뚝 떨어져 아무것도 먹고 싶지 않았다. 원래 좋아했던 음식인데도 보자마자 구역질이 났다. 황마는 노마님 걱정에 애가 탔다. 린가의 기둥인 노마님에게 문제가 생기면 린가는 정말 끝장이다.

황마는 비가 내리는 며칠 동안 집안일을 모두 며느리 쯔잉에게 맡기고 자신은 줄곧 노마님 곁을 지켰다. 이런저런 이야기를 나누며 조금씩 음식을 권했다. 노마님은 말수도 적고 먹는 것은 더 적었다. 아예 안 먹기로 작정한 사람 같았다. 두 사람은 대부분 옛날 얘기를 하면서 시간을 보냈다. 수십 년을 함께 지내온 터라 할 말이 아주 많았다. 아름답고 순수했던 소녀 시절부터 화려했던 린가의 과거를 거쳐 나리와 작은 마님 얘기까지 왔다. 황마는 노마님의 상처를 건드릴까봐 가능한 한 나리 얘기를 꺼내지 않으려 했다. 하지만 작은 마님에 대해서는 얘기하지 않을 수 없었다. 무엇보다 그녀는 내력이 불분명한 외지인이다. 하지만 황마는 아랫사람이기 때문에 함부로 말하기 어려웠다. 노마님은 하루가 멀다 하고 의원을 찾아가는 며느리에게 한 마디도 하지 않았다.

"됐네, 그만하게. 밥맛 없어."

황마는 이 말이 음식을 그만 먹겠다는 것인지, 작은 마님 얘기를 하지 말라는 것인지 헷갈려 애매하게 말을 돌렸다.

"마님, 계속 이렇게 안 드시면 큰일납니다. 린가 전체가 마님께 의지하고 있는데, 자꾸 입맛이 없다 하시니 저희가 어찌해야 할지 모르겠습니다."

노마님이 흰 고양이를 쓰다듬으며 가볍게 눈을 감고 꿈꾸듯 중얼거렸다.

"순리대로 하게."

비가 그치고 하늘이 맑게 갰지만 노마님은 여전히 밖에 나가고 싶지 않았다. 두 사람은 가만히 방안에 앉아 가끔 한두 마디 건넬 뿐이었다. 두 사람 사이에는 말없이 서로를 이해할 수 있는 세월이 존재했다. 잠시 후 쯔잉이 문을 두드리고 들어와 거위날개조림을 가져왔다고 말했다.

"마님, 어머니, 밖에 햇살이 좋아요. 밖에 의자를 옮겨놨는데 두 분 햇볕 좀 쬐시겠어요?"

"나가시죠. 예전에 제 증조부가 살아 계실 때, 나이가 들면 등에 햇볕을 쬐야 오래 산다고 하셨어요. 증조부는 팔십까지 장수하셨어요."

황마가 일어나 노마님을 부축했다.

"마님, 보세요. 이게 얼마 만에 보는 햇살이에요?"

"좋네, 좋아."

노마님이 못 이기는 척 웃으며 일어났다. 세 사람은 밖으로 나갔다. 쯔잉이 벌써 의자를 준비해놨다. 옆에 등받이가 없는 의자 위에 거위날개조림 그릇이 놓여 있었다.

"마님, 드셔보세요. 제가 윈성한테 말해서 우샹후순쯔에서 사온 거예요."

"색이 참 곱네요."

노마님이 쟁반을 받아들고 물끄러미 쳐다보다가 다시 내려놓았다.

"지금은 생각이 없어. 나중에 먹지."

노마님이 쯔잉과 황마에게 먹으라고 권했다. 쯔잉은 다른 일도 있고 식사 준비를 해야 한다며 주방으로 갔다.

"이건 마님을 위해 사온 거잖아요. 먹고 싶으면 제건 제가 사다 먹을게요."

이때 노마님 품에서 웅크리고 있던 흰 고양이가 음식 냄새를 맡고 잠시도 가만있지 못했다. 계속 야옹거리며 그릇 쪽으로 앞발을 뻗었다.

"먹고 싶으면 너라도 먹어라. 나 때문에 너까지 굶주리면 안 되지."

노마님이 고양이를 그릇 앞에 내려놓았다. 고양이가 어찌나 맛있게 먹는지, 황마는 저도 모르게 침이 고였다. 노마님이 손을 눈 위에 올리고 햇살이 쏟아지는 정원을 둘러보는데 조금 어지러웠다.

"갑자기 햇볕을 보니 적응이 안 되네. 나 먼저 들어가 좀 누워야겠어."

황마가 노마님을 부축해 침대에 눕히고 뭐라 말하려는 순간, 고양이가 날카롭게 울부짖으며 펄쩍펄쩍 뛰는 소리가 들렸다. 노마님이 다시 몸을 일으키려 했다.

"무슨 일이지?"

"마님은 쉬세요. 제가 나가볼게요."

밖으로 나가 보니 흰 고양이가 의자 사이에서 사납게 날뛰느라 머리며 몸통이 의자 다리에 쾅쾅 부딪혔다. 황마가 고양이 이름을 부르며 달랬지만 들은 척도 하지 않고 몸을 홱 돌려 밖으로 달려나갔다. 황마가 서둘러 고양이 뒤를 쫓아갔다. 고양이는 오솔길을 돌고 돌아 대나무 숲으로 들어갔다. 황마가 대나무 숲에 도착했을 때, 흰 고양이는 대나무 사이에서 미친 듯이 날뛰다가 갑자기 푹 고꾸라지더니 날카롭게 울부짖으며 고통스럽게 나뒹굴었다. 그렇게 잠시 나뒹굴다가 몸을 부르르 떨더니 사지를 축 늘어뜨린 채 움직이지 않았다. 황마는 대나무 숲에 들어가 고양이가 죽은 것을 확인하는 순간 식은땀이 흘렀다. 그녀는 잠시 멍한 표정으로 고양이 시체 옆에 쭈그려 앉아 있었다. 뭔가 크게 잘못됐다는 느낌이 들었다. 그녀는 주위를 꼼꼼히 둘러봤다. 사람이 없음을 확인한 후 최대한 아무렇지 않은 표정을 유지하며 고양이 시체를 들고 대나무 숲을 나왔다. 그녀는 잠시 망설이다가 바로 옆 탁자 모양 돌판에 난 구멍에 그것을 밀어 넣었다. 그리고 큰 돌덩이로 구멍 입구를 막았다. 노마님 방 앞에 돌아온 황마는 고양이가 먹다 남긴 거위날개조림을 발견했다. 아직 절반쯤 남아 있었다. 그녀는 그릇과 남은 음식을 땅바닥에 떨어뜨리고 노마님 방으로 들어갔다.

"황마, 무슨 일인가?"

"별일 아니에요. 마님, 편히 누우세요. 고양이가 오랫동안 밖에 나가지 못해 많이 답답했나봅니다. 발정난 모양이에요."

"어디로 갔나?"

"밖으로 나갔어요. 어찌나 빠른지 도저히 못 쫓아가겠더라고요. 참, 거위날개조림 그릇까지 다 엎어버렸지 뭐예요. 나가서 치워야겠어요."

"그래, 나가보게. 그 녀석이라도 마음껏 뛰어놀아야지."

황마는 남은 음식을 쓸어 담아 그릇과 함께 후원 담장 모퉁이 앞에 묻었다.

2

린가 사람들은 오후 내내 흰 고양이를 찾느라 정신이 없었다. 노마님은 황마에게 고양이가 미쳐 날뛰며 집 밖으로 뛰쳐나갔다는 말을 듣고, 밖에 나가 잠시 쏘다니다가 기분이 풀리면 다시 돌아오겠지라고 생각했다. 그러나 식사 때가 한참 지나도록 돌아오지 않았다. 노마님은 낮잠을 자고 일어났는데 흰 고양이가 여전히 보이지 않자 왠지 불안해졌다. 이 고양이와 수년째 같이 먹고 같이 자며 지내왔는데 이렇게 오랜 시간 그녀 곁을 떠난 적이 없었다. 그녀는 집안사람들에게 당장 고양이를 찾아보라고 하고 자신도 밖으로 나가 애기 도련님 유모차를 밀고 정원을 돌아다녔다. 애타게 고양이 이름을 부르며 구석구석 샅샅이 살폈다. 나머지 사람들은 집 밖으로 나갔고 윈성은 이웃 사람들을 불러 도움을 요청했다.

하지만 이미 죽은 고양이를 무슨 수로 찾겠는가? 린가 사람들과 이웃들이 온 어차오를 뒤졌지만 찾지 못했다. 고양이를 봤다는 사람도 전혀 없었다. 해가 지기 시작하자 린가 사람들이 집으로 돌아왔다. 노마님은 풀이 죽은 채 돌아온 사람들을 보고 크게 실망했다. 이때 소작농 몇 명이 대문을 두드리며 '마님에게 드릴 것이 있다'고 외쳤다. 노마님은 흰 고양이를 찾아온 줄 알고 크게 반색하며 윈성에게 빨리 문을 열라고 다그쳤다. 과연 소작농 중 한 명이 흰 고양이를 안고 들어왔다. 그러나 아주 작은 새끼 고양이었다.

"마님, 마님이 아끼는 흰 고양이를 찾지 못해 이 새끼 고양이를 드리려고 합니다. 제 사촌 여동생네 고양이가 낳은 새끼인데 아직 반년도 안 됐습니다. 아주 순해요."

노마님은 웃는지 우는지 모를 표정으로 고양이를 받았다.

"고맙네. 황마, 저 집 아이들 입을 만한 깨끗한 헌옷 몇 벌을 골라 주게."

소작농들이 감사 인사를 하고 돌아갔다.

"도대체 어딜 갔을까?"

노마님은 여전히 흰 고양이 걱정을 놓지 못했다. 이때 원성이 불쑥 끼어들었다.

"어쩌면 다른 집 수고양이가 꾀어 갔는지 몰라요. 어떻든 암컷이니까. 암컷들은 못 할 게 없죠."

"마님이 이렇게 슬퍼하시는데 그런 농담이 나와?"

쯔잉에게 핀잔을 들은 원성이 입을 다물고 작은 마님을 힐끔 쳐다봤는데, 그녀가 자신을 노려보고 있었다. 그는 대충 핑계를 대고 먼저 자리를 떴다.

저녁 식사 자리는 아주 고요했다. 아무도 고양이의 '고'자도 꺼내지 않았지만 소작농이 가져온 흰 새끼 고양이는 천지 분간 못 하고 식탁 밑을 돌아다니며 쉬지 않고 야옹야옹 울었다. 다들 감히 고양이를 어쩌지 못해 노마님 눈치를 보며 어쩔 줄 몰라 했다. 노마님이 고양이 전용 밥그릇을 가져와 생선 조각을 올려줬다. 새끼 고양이는 생선을 먹지 않고 계속 울기만 했다.

"어미가 보고 싶은 게로구나."

노마님이 새끼 고양이 머리를 쓰다듬으며 원성에게 일렀다.

"내일 이 녀석을 돌려보내거라. 녀석이 계속 울어대니 더 심란하구나. 나 먼저 일어나네."

노마님이 젓가락을 내려놓은 후 새끼 고양이를 안고 방으로 돌아갔다. 저녁 식사 내내 식은땀을 흘리던 황마는 노마님이 자리를 뜨자마자 역시 젓가락을 내려놓았다.

"작은 마님, 천천히 드세요. 먼저 일어나겠습니다. 쯔잉, 뒷정리를 부탁하마. 난 콩 담가놓은 것 좀 확인해봐야겠다. 오늘 콩물을 갈아야지."

황마는 밖으로 나오자마자 식은땀을 닦았다. 식사를 하면서 이렇게 무섭기는 평생 처음이었다. 그녀는 발걸음을 옮기면서 속으로 욕을 퍼부었다.

'사람의 탈을 쓰고 어떻게 이런 짓을 하나. 정말 양심도 없지. 도대체 전생에 무슨 죄를 지었기에……'

황마는 주방으로 가지 않고 천천히 정원을 거닐었다. 식사 후 산책하는 사람처럼 가능한 한 느긋하게 걸었다. 정원을 몇 바퀴 돌다가 드디어 그 바위 구멍 앞으로 걸어갔다. 이상 없었다. 입구를 막아놓은 돌이 그대로 있었다. 그녀는 걷다가 지친 것처럼 허리를 주무르며 자연스럽게 돌 의자에 앉았다. 주위를 둘러본 후 고개를 숙여 각반•을 고쳐 묶고 작은 구멍을 들여다봤다. 좁은 구멍 안에 희미한 꼬랑지가 보이자 마음이 놓였다.

밤이 되자 린가 사람들은 평소보다 일찍 잠자리에 들었다.

"다들 잠들었나……"

드륵드륵. 황마가 주방에서 한 손으로 작은 맷돌을 돌리며 중얼거렸다. 다른 한 손으로 맷돌 구멍에 콩을 집어넣었다. 낮에 불렸다 간 콩물이 맷돌 아래로 흘러내려 아래 받쳐놓은 나무통으로 들어갔다.

• 무릎 아래에서 발목 사이에 덧대는 헝겊 띠.

천천히 맷돌을 돌리는데 기름 등불이 흔들렸다. 문을 다 닫았는데 어디서 바람이 들어오는 것일까? 불려놓은 콩이 점점 줄고 드디어 콩물을 다 갈았다. 그녀는 나무통 뚜껑을 잘 닫고 맷돌을 깨끗이 씻어 원래 자리에 올려뒀다. 할 일이 끝나자 황마는 지친 듯 털썩 주저앉아 종이 담배를 말아 불을 붙였다. 한 모금 빨자마자 사레에 걸려 한참 동안 기침을 했다.

자정이 지난 후 어차오의 첫 번째 닭 울음소리가 들렸다. 곧이어 여기저기 사방에서 닭 울음소리가 이어졌다. 황마는 담뱃불을 비벼 끄고 장작더미 위에서 큰 종이 한 장과 부뚜막 숯불용 삽을 챙긴 후 입김을 후 불어 등불을 끄고 밖으로 나갔다. 칠흑처럼 어두운 밤, 먼 곳에서 들려오는 닭 울음소리가 꿈결처럼 희미해졌다. 린가 정원은 여느 때처럼 적막했다. 곳곳에 검은 그림자가 드리워 열 걸음 앞도 잘 보이지 않았다. 황마는 발소리를 죽이고 곧장 바위틈 쪽으로 질러갔다. 어차피 아무것도 안 보였지만 그래도 먼저 주위를 둘러봤다. 구멍을 막았던 돌을 치우자 시커먼 물체가 아직 그곳에 있었다. 그녀는 서둘러 그것을 종이에 단단히 싸매고 품에 감싼 채 삽을 들고 후원으로 빠르게 걸어갔다.

사방이 쥐죽은 듯 고요해서 들리는 것이라고는 황마 자신의 발소리와 두근거리는 심장소리뿐이었다. 의원 서북쪽 방향에 오랫동안 방치한 황무지가 있다. 황마는 이 황무지 담장 한구석에 구덩이를 파고 종이에 싸온 물건을 묻었다. 황무지 흙에 빗물이 아직 남아 있어 황마의 신발이 진흙투성이가 됐다. 그녀는 황무지에서 나온 후 잊지 않고 삽으로 신발에 묻은 진흙을 깨끗이 털어냈다. 이때까지도 그녀의 심장은 큰북을 두드리듯 미친 듯이 날뛰었다. 그녀는 후원을 완전히 벗어난 후에야 안도의 한숨을 내쉬었다. 긴장이 풀리면서 온몸이 축 늘어지고 발걸음이 느려졌다. 자등紫藤 회랑을 지나는데 누군가 '황마'라고 외쳤다. 그녀는 너무 놀라 간이 떨어질 뻔했다. 겨우 정신을 차리고 보니 노마님 목소리였다.

"황마, 아직 안 잤는가?"

노마님이 반대편 오솔길에서 다가왔다.

"잠이 안 와서 좀 걸었습니다."

황마는 애써 가슴을 진정시키며 대답했다.

"마님, 이 늦은 밤에…… 감기 걸리면 어쩌시려고요."

"나도 잠이 안 와서. 황마, 정말 고맙네. 린가를 위해 평생 이렇게 애써줘서."

"마님, 그런 말씀 마세요. 소녀 시절부터 마님을 모셨으니, 린가가 제 집이지요. 이건 제 습관이에요. 잠자기 전에 정원을 한 바퀴 돌아봐야 마음이 놓이거든요."

"어떻든 수고가 많네. 자네도 어서 들어가 자게. 나도 들어가야지. 날이 춥네."

황마는 노마님의 뒷모습을 물끄러미 바라봤다. 외투를 걸친 노마님이 뒤돌아서서 비틀거리며 걷는 모습이 마치 힘없이 휘날리는 종잇조각 같았다.

3

작은 마님은 하이링전에 갈 계획이 없었다. 한가롭던 오후에 다급하게 찾아온 라오샤가 뭔가 소식을 전하자 갑자기 라오샤 배를 타고 하이링전으로 향했다. 이때 쯔잉도 작은 마님 방에 있었다. 작은 마님 부탁으로 해바라기씨 볶음을 만들어왔다. 작은 마님은 쯔잉이 볶은 해바라기씨를 좋아했다. 소금물과 고춧물을 살짝 뿌려 깔끔하게 볶아내 풍미가 독특했다. 쯔잉이 해바라기씨를 담은 그릇을 가져왔을 때 라오샤가 외출 준비를 하는 작은 마님을 기다리고 있었다. 쯔잉을 발견한 작은 마님이 환한 얼굴로 그녀를 반겼다.

"쯔잉, 마침 잘 왔어. 그러잖아도 이룬을 황마에게 맡길 참이었는데. 난 지금 하이링전에 다녀와야 해."

"하이링전에 무슨 일로요?"

쯔잉은 선을 넘었다는 생각에 아차 싶었다.

"주 의원한테 진료 받으러. 잘 알면서. 황마랑 같이 이룬 좀 잘 돌봐줘."

"네."

쯔잉이 유모차에 누워 있는 애기 도련님을 안아 올리려다 다시 안에 뉘였다.

"작은 마님, 유모차도 같이 밀고 갈게요. 어머니도 외출하셔서 저 혼자거든요. 일할 것도 있어서 애기 도련님을 계속 안고 있기 힘들 것 같아요."

"그래, 가져가. 아참, 쯔잉. 마님에게 대신 말씀 좀 드려줘. 가능한 한 일찍 돌아온다고."

작은 마님은 바람막이 외투를 찾아들고 방문을 잠근 후 라오샤와 같이 길을 나섰다. 쯔잉은 유모차를 밀고 느릿느릿 걸으며 애기 도련님을 달랬다.

"이룬, 봐봐. 저 여자는 널 원하지 않아. 또 주 의원을 찾으러 갔어."

쯔잉이 목소리를 낮췄다.

"날 엄마라고 불러. 앞으로 내가 네 엄마야."

그녀는 한가로울 때는 애기 도련님을 안아주고 일을 할 때는 유모차에 태워 흔들어줬다. 황마가 외출했기 때문이다. 그녀는 황마가 무슨 일로 나갔는지 몰랐다. 사실 황마 자신도 대문을 나서기 전에는 어디로 가야 할지 몰랐다. 어젯밤 정원에서 노마님을 마주친 후 불안해서 가만있을 수 없었다. 혹시 노마님이 뭔가 이상한 점을 발견하지 않았을까? 황마는 머릿속이 복잡해서 밤새도록 잠을 이룰 수 없었다. 아침 식사 후 쯔잉이 그녀에게 오늘 해야 할 일을 묻자 멍한 표정으로 대답했다.

"그냥 보이는 것만 해."

"어머니, 무슨 일 있으세요?"

"난 좀 나갔다 와야겠다. 볼일이 있어."

황마는 말을 꺼내고 바로 대문을 나섰다. 그녀는 한동안 멍하니 서 있다가 우샹후순쯔 반찬가게로 향했다. 우샹후순쯔는 대대로 전해오는 요리 비법으로 각종 반찬을 만드는 어차오의 전통 맛집 중 하나로 늘 손님이 많았다. 어르신이 살아 있을 때는 우샹후순쯔 요리를 정기적으로 주문했지만 린가가 쇠락하면서 자연스럽게 흐지부지됐다. 이제 린가는 일 년 내내 기름진 음식을 먹을 만한 형편이 아니었다. 황마가 우샹후순쯔 가게 안에 들어섰다. 온갖 요리가 침샘을 자극하는 냄새를 뿜어냈다. 후순쯔 사장이 황마를 보고 환하게 미소를 지으며 반겼다.

"황마, 어떻게 직접 왔어요? 필요한 것 말만 하면 제가 바로 보내드릴 텐데. 마님, 작은 마님, 애기 도련님 모두 안녕하시지요?"

"덕분에 모두 잘 지내십니다. 거위날개조림 있나요?"

"당연히 있지요."

후순쯔가 항아리 안에 가득 담긴 거위날개조림을 가리켰다.

"마님께서 가장 좋아하시는 거죠."

"이 거위날개조림, 무슨 일 없죠?"

이 질문에 후순쯔의 두 눈이 휘둥그레졌다. 황마는 서둘러 말을 바꿨다.

"아, 아니, 그러니까 내 말은 우리 윈성이 어제 거위날개조림 사가지 않았어요?"

"어제? 아닌데, 그제였죠. 확실해요. 아직 비가 그치기 전이니까. 노마님이 식사를 잘 못 하신다며 입맛 돋워드린다고 사갔죠."

후순쯔가 기름 반지르르한 입으로 신나게 떠들었다.

"황마, 오늘은 얼마나 드릴까요?"

"반 근, 반 근이요."

반찬가게를 나온 황마는 종이봉투에 담긴 거위날개조림을 조심스럽게 먹어봤다. 먹으면서 혹시 몸에 변화가 있는지 촉각을 곤두세웠다. 천천히 걸으며 거위날개조림 반 근을 다 먹었지만 아무 이상도 없었다. 그저 맛있다는 생각, 또 먹고 싶다는 생각뿐이었다. 아무 이상이 없음을 확인하자 잠시 멍해졌다. 문득 한 가지 생각이 머리를 스치며 어디로 가야 할지 답이 나왔다.

황마는 오른쪽 모퉁이를 돌아 죽간 골목에 들어섰다. 이곳은 어차오에서 가장 번화한 거리로 시장이 선다. 어차오의 유명 상점이 모두 이 골목에 모여 있었다. 구시가지라 원래 길이 좁고 시장이 서는 날은 너무 복잡해서 마차가 들어오지 못하고 모두 걸어다녀야 했다. 아직은 사람이 몰릴 시간이 아니라 물건을 실은 말, 소, 나귀가 끄는 수레가 골목 곳곳을 가로막고 있었다. 황마는 가다 서다를 반복하다 어차오에서 가장 큰 약방인 캉타이다이로 들어갔다. 그녀는 어려 보이는 점원에게 다짜고짜 물었다.

"여기 독약 있소?"

"독약이요? 우리 가게는 독약을 팔지 않아요. 비상砒霜은 있는데 드려요?"

"비상? 최근에 이 가게에 비상을 사러 온 사람이 있었소?"

"없었을걸요. 무슨 일 있어요?"

"아니, 그냥 물어본 거요."

어린 점원인 약재를 정리 중인 나이 든 점원을 불렀다.

"아저씨, 최근에 비상 판 적 있어요?"

"반년 가까이 없었지. 누군데 그런 걸 사시오? 뭘 하려고?"

"그냥 물어본 거예요. 됐어요. 고맙소."

어린 점원은 황마가 약재를 사러 온 것이 아님을 알고 표정이 싹 바뀌며 퉁명스럽게 기계적으로 말했다.

"안녕히 가세요, 또 오세요."

황마는 캉타이다이에서 나와 방향을 확인하고 다른 약방으로 향했다. 어차오에는 약방이 두 곳뿐이다. 다른 하나는 입구가 작고 인지도가 떨어지는 진샹 약방이다. 작은 가게라 린가는 평소 이곳을 거의 이용하지 않았다. 진샹 약방이 있는 첸먼 거리는 길은 넓지만 사람이 많지 않았다. 황마가 가게에 들어서자 점원이 바로 반응했다.

"할머니, 뭘 찾으세요?"

"독약, 이 가게에 독약 종류가 뭐가 있나?"

"독약이요? 저희 가게에 비상은 있는데, 뭐에 쓰시려고요?"

"다른 건 없소?"

"다른 건 없어요. 비상만으로도 효과가 아주 좋아요. 쥐 잡는 데 이게 최고죠. 며칠 전에도 어떤 손님이 쥐 잡는다고 사갔다니까요."

"말도 안 돼. 누가 이렇게 귀하고 비싼 약으로 쥐를 잡는단 말이오?"

"정말이에요. 날짜는 정확하지 않은데, 약재 관리 아저씨 말로는 린가에서 일하는 사람 같다던데요? 굉장히 예쁜 여자였는데 쥐 잡는 데 필요하다고 했어요."

황마는 순간 다리가 후들거려 계산대를 짚지 않았으면 넘어질 뻔했다.

"할머니, 괜찮으세요?"

점원이 서둘러 계산대 밖으로 뛰어나왔다.

"의원을 불러올까요? 방금 나가셨는데."

"괜찮소. 그냥 좀 어지러운 것뿐이오. 고질병이지."

황마는 머리를 꾹꾹 누르며 약방을 나왔다.

5장

1

황마가 집에 돌아왔을 때 이미 해가 뉘엿뉘엿 기울고 있었다.

처음에는 기운이 하나도 없어 한 발자국 떼기도 너무 힘들었다. 그녀는 돌아오는 길에 인적 드문 황무지에 들러 땅바닥에 주저앉았다. 인적 없는 들판은 들불이 훑고 지나간 후라 더욱 황량했다. 여기저기 겨우 불길을 피한 마른 풀들이 거센 바람에 날려가지 않으려고 단단히 지면에 달라붙었다. 황마는 넓고 황량한 들판을 바라보며 한바탕 목 놓아 울었다. 한참을 울고 난 뒤에야 눈물이 멈췄다. 실컷 울고 나니 괴롭고 답답한 마음이 조금 풀렸다. 벌써 서편으로 기울기 시작한 해를 보면서 문득 점심도 먹지 않았다는 생각이 들었다. 그녀는 들판을 벗어난 후 주먹을 꽉 쥐고 빠르게 걸어 집에 돌아왔다.

집에 도착하니 쯔잉이 유모차에 탄 애기 도련님을 상대로 주저리주저리 떠들며 밀가루 반죽을 하고 있었다. 그녀의 얼굴은 마치 제 아기를 돌보는 엄마처럼 행복해 보였다. 황마는 다짜고짜 쯔잉의 팔을 잡고 밖으로 끌어냈다. 깜짝 놀란 애기 도련님이 울음을 터트렸다.

"어머니, 왜 그러세요?"

쯔잉은 시어머니의 사나운 태도에 겁을 먹었다.

"저 밀가루 반죽 중이에요. 어머니, 이룬이 놀랐잖아요!"

황마는 애기 도련님을 품에 안은 후 며느리를 끌고 밖으로 나갔다.

"따라와!"

애기 도련님은 잠깐 칭얼거리다 울음을 멈추고 호기심 어린 눈빛으로 서로 밀고 당기는 두 어른을 지켜봤다. 쯔잉은 고함을 칠 뿐 상대의 손길을 뿌리치지 못했다. 황마는 한 손으로 애기 도련님을 안고 있었지만 쯔잉을 움켜쥔 손 힘이 상당했다. 결국 쯔잉은 버둥거리지 않고 시어머니가 이끄는 대로 순순히 쫓아갔다. 두 사람은 오솔길을 지나 후원으로 들어갔다.

"어머니, 왜 절 여기로 데려오신 거예요?"

황마는 말없이 다시 걷기 시작했다. 그녀는 쯔잉을 서북 방향 황무지까지 끌고 갔다.

"파!"

황마가 파헤친 지 얼마 안 된 것 같은 흙무더기를 가리켰다.

"어서 파라고!"

"어머니……"

쯔잉이 밀가루가 잔뜩 묻은 두 손을 덜덜 떨며 겁먹을 표정으로 되물었다.

"어, 어떻게 파요?"

황마가 애기 도련님을 쯔잉에게 넘기고 쪼그려 앉아 맨손으로 흙을 파기 시작했다. 빗물이 아직 다 마르지 않아 손에 진흙이 엉겨 붙었다. 황마가 씩씩 거리며 흙을 파내고 진흙 덩어리를 꺼내 휙 던졌다. 쯔잉은 진흙 묻은 종이 안에 싸인 물건을 유심히 살펴보다 깜짝 놀랐다.

"흰 고양이!"

종잇조각을 펼치는 순간, 쯔잉은 너무 놀라 하마터면 애기 도련님을 떨어뜨릴 뻔했다.

"밖으로 도망친 거 아니었어요?"

"네가 한 짓이 아니더냐!"

"어머니, 무슨 말씀이세요? 이게 저랑 무슨 상관이에요?"

"이 고양이는 네가 독을 탄 거위날개조림을 먹고 죽었어! 쯔잉, 이 배은망덕한 것아, 마님이 우리한테 얼마나 큰 은혜를 베풀어주셨는데…… 어떻게 이렇게 독할 수가 있어? 감히 음식에 독을 넣어?"

"아니에요, 어머니. 저는 거위날개조림에 독을 넣지 않았어요."

황마가 사납게 고함을 질렀다.

"잡아뗄 생각이야? 어서 말해! 도대체 왜 마님을 독살하려고 했어?"

"전 아니에요!"

쯔잉이 울부짖으며 소리치자 놀란 애기 도련님이 울음을 터트렸다.

"어머니, 이것 보세요, 고양이 몸이 왜 파랗게 변했죠?"

황마가 그제야 고양이를 자세히 들여다봤다. 새하얀 털 사이로 파란빛이 보였다. 그녀는 다시 쪼그려 앉아 털을 들추며 더 자세히 살폈다. 피부에 가까운 털뿌리 부분부터 파랗게 변해가고 있었다. 고양이 피부는 완전히 투명한 파란색으로 변했다. 짙은 파란색. 황마는 이 짙은 파란색이 전혀 낯설지 않았다. 나리가 죽었을 때 모습이 떠올랐다. 나리도 온몸이 짙은 파란색으로 변하면서 죽었다. 그녀는 더럭 겁이 났다. 고양이가 언제 이렇게 파랗게 변했을까? 그녀는 덜덜 떨리는 손으로 고양이 눈꺼풀을 뒤집어봤다. 눈동자 역시 파랬다. 황마는 할 말을 잃은 채 땅바닥에 털썩 주저앉았다.

"어머니, 빨리 고양이를 다시 묻고 돌아가요."

"돌아가? 비상은? 너, 비상 어떻게 했어?"

애기 도련님이 눈물 콧물을 쏟으며 계속 울었다. 쯔잉이 아무리 달래도 소용없었다.

"제가 비상을 어쩌다니요? 어머니, 무슨 말씀이에요?"

"진상 약방에 다녀오는 길이야. 약방 점원 말이 네가 거기서 비상을 사갔다고 했어. 비상 어디 있어?"

"음식에 섞어 쥐약 만들었죠. 쥐 잡으려고 사온 거니까요. 어머니, 이 고양이 보세요. 완전히 파랗게 변했잖아요. 예전에 나리가 죽었을 때랑 똑같아요. 비상을 먹는다고 이렇게 변하지는 않아요."

그것은 황마도 알고 있다. 하지만 그래도 의심스러웠다.

"쥐를 잡는 데 왜 비상을 써? 집안에 쥐약이 있잖아."

"어머니, 쥐를 싹 다 잡으려고요. 전 집안에 쥐가 있는 게 너무 싫거든요."

이때 노마님이 후원 아치문으로 들어섰다. 황마가 노마님을 발견했지만 상황을 수습하기에는 이미 늦었다.

"황마, 쯔잉, 여기서 뭐 하는 건가? 이룬의 울음소리가 그치지 않길래……"

어차피 죽은 고양이를 숨기기에는 늦었다. 황마는 모질게 마음을 먹고 노마님을 향해 무릎을 꿇었다.

"마님, 마님……"

당황한 노마님이 달려와 황마를 일으키려 했다.

"어서 일어나게. 황마, 왜 이러나? 도대체 무슨 일이야?"

이때 노마님은 파랗게 변한 흰 고양이를 발견하고 비명을 질렀다. 저도 모르게 헛구역질이 났다.

"이 고양이…… 이 짙은 파란색…… 이게 어, 어떻게 된 일인가?"

고양이를 가리키는 노마님의 손가락이, 아니 온몸이 덜덜 떨렸다.

"마님, 죽을죄를 지었습니다. 정말 죄송합니다!"

황마가 이마가 땅에 닿도록 머리를 조아렸다. 해가 완전히 넘어가 버려 그녀의 굽은 몸에 이어진 그림자가 희미하게 사라졌다.

"이룬 아비, 내 아들……"

이때 앞마당 쪽에서 작은 마님의 비명 소리가 들렸다.

"누구 없어요? 빨리! 윈성이, 쓰러졌어요! 독! 독약! 빨리!"

2

작은 마님은 라오샤가 알려준 곳에서 드디어 주 의원을 찾았다. 그녀는 그를 찾기 위해 혼자만 뛰어다닌 것이 아니라 여러 사람에게 그의 행방을 찾아달라고 부탁해놓았다. 아침 일찍 라오샤가 작은 마님을 찾아온 이유는 바로 이 일 때문이었다. 라오샤가 친척에게 전해 들은 '주 의원이 아직 하이링전에 있는데 사람들이 잘 모르는 비밀스런 곳'이라는 소식을 전했다. 그곳에서 뭘 하는지는 모르지만 어떻든 찾긴 찾았다. 작은 마님이 반색하며 라오샤 배를 타고 다시 하이링전에 갔다. 그리고 라오샤와 친척이 안내하는 대로 크고 작은 골목을 돌고 돌아 어느 작은 집에서 주 의원을 만났다. 그는 누나 집에서 홀로 지내고 있었는데 그새 많이 늙은 것 같았다. 바람에 햇볕에 많이 그을린 데다 비쩍 말라서 당당한 기개마저 사라진 것 같았다. 그는 작은 마님을 보고 힘없이 웃었다.

"듣자니 계속 절 찾으셨다고요? 린 나리의 갑작스런 죽음 때문이겠지요?"

"알고 있었어요? 주 의원, 그동안 어디에 있었던 거예요?"

"사실 린 나리 일 때문에 저를 찾지 못한 겁니다. 린 나리가 죽기 직전 증상이 너무 이상했어요. 내 처방이 린 나리를 죽게 했을 리는 절대 없어요. 특히 온몸에 퍼진 짙은 파란색 증상과는 전혀 무관해요. 하지만 그때는 나리가 이미 죽은 상황이라 달리 할 말이 없었어요. 어떻든 내가 처방한 약을 복용하다가 죽었으니까요. 죽기 전에 먹은 음식이 환자에게 치명적인 것도 아니고. 그래서 내 처방도 의심을 해봤어요. 오랫동안 온 정신이 이 문제에 사로잡혀 있었어요. 한동안 고서를 뒤지며 연구에 몰두했어요. 책에서 뭔가 실마리를 찾을 수 있길 바랐지만 아무 소득도 없었어요."

"그런데 청호당은 왜 닫았어요?"

"지금 그 얘기를 하려고요. 반년 전쯤 길에서 우연히 그 댁 집사 황윈성을 만났는데 순간 예전에 그자가 내게 했던 말이 떠올랐어요. 내가 나리의 새 처방을 완성한 후였는데 그가 날 부둣가까지 데려다주며 내가 배에 올라탈 때 한 말이에요. '주 의원, 나리 몸이 점점 나빠지고 있어 무슨 일이 일어나도 이상하지 않으니 너무 괘념치 마시오.' 그땐 그냥 어이없다고 생각했어요. '내가 의원인데, 그동안 어떤 증상인들 못 봤겠나? 자네가 굳이 그런 말 해주지 않아도 돼.' 그냥 이렇게 생각하고 잊어버렸죠. 그런데 나중에 그자를 보는 순간 갑자기 그 말이 떠오른 겁니다. 뭔가 의미심장한 말이 아닐까 생각하다가 독약을 떠올리게 됐죠."

"그러니까 윈성이 정말 나리 음식에 독을 탔단 말인가요?"

"그때는 그저 추측일 뿐 증거가 없었죠. 그때까지 그런 독은 본 적이 없었거든요. 그래서 각지를 돌아다니며 여러 지역의 독약을 수집

하기로 마음먹고 청호당 문을 닫았어요. 오랫동안 날 고통에 빠뜨린 문제를 해결하기 위한 유일한 방법이었어요."

"이렇게 말하는 걸 보니, 찾은 건가요?"

"찾았습니다. 남방 어느 소도시에서 연로한 의원을 만나 그 독약의 존재를 확인했어요. 온몸이 파랗게, 반투명의 짙은 파란색으로 변하는 증상이 나타나는 독약."

작은 마님도 이제야 의문이 풀렸다. 진즉에 원성이 한 짓임을 의심했어야 했다. 그녀 역시 애초에 원성이 한 짓임을, 나리가 확실히 독살당했음을 의심했다. 하지만 주 의원과 마찬가지로 증거가 부족했다. 흥분한 그녀는 주 의원에게 감사 인사를 하고 라오샤를 찾아 배를 타고 어차오에 돌아왔다. 그러나 그녀의 흥분은 오래가지 못하고 금방 곤란한 문제에 부딪혔다. 원성이 나리를 독살했다는 것을 알았지만 뭘 어째야 하나? 그녀가 원성을 어떻게 하겠는가? 오랫동안 오해와 원망이 쌓여 서로가 서로를 어쩌지 못했다. 멍하니 강물에 떠가는 꽃잎을 바라보는데 저도 모르게 눈에 힘이 들어갔다. 그리고 원성이 눈앞에 나타나는 순간 이대로 내버려둘 수 없다는 생각이 들었다.

원성은 부둣가에서 소작농들과 소작료를 정산하고 있었다. 액수를 흥정하는 것 같았다. 요 며칠 그는 줄곧 이 일로 바빴다. 그는 작은 마님을 발견하고 먼저 인사를 건넸다. 그녀는 무시하고 지나친 후 잠시 걸음을 멈춰 그를 등진 채 말했다.

"지금 나랑 같이 집으로 가지. 물어볼 게 있어."

"작은 마님, 지금 엄청 바쁜 거 안 보이십니까? 잠시만 기다리세요, 금방 가지요."

작은 마님은 대꾸 없이 먼저 집으로 향했다. 걸음이 빠른 원성은 작은 마님이 옷을 갈아입자마자 바로 도착했다.

"작은 마님이 나한테 무슨 볼 일이 있으실까?"

원성이 다리를 꼬고 앉아 자연스럽게 해바라기씨를 한 움큼 집어 하나하나 까먹었다.

"주 의원 찾으러 갔다가 또 허탕 쳐서 심기가 불편하신가?"

"이 악랄한 짐승! 내 해바라기씨에 손대지 마!"

"내 마누라가 직접 볶은 건데 내가 왜 못 먹어?"

원성이 작은 마님을 밀어냈다.

"그런데 날 왜 불렀어? 무슨 일인지 빨리 말해. 혹시 이룬에게 아빠가 필요하다는 사실을 인정하는 거야?"

"나쁜 놈! 죽어버려! 넌 인간도 아니야!"

이성을 잃고 화를 내는 작은 마님은 완전히 다른 사람 같았다.

"네가 어떻게 나리를 독살할 수 있어?"

원성은 잠시 당황했지만 곧 미소를 되찾고 딱딱 소리를 내며 해바라기씨를 깨물었다.

"드디어 주씨를 찾으셨군. 그자가 뭘 알아냈나? 그런 줄 알았으면 진작 그 작자도 같이 보내버리는 건데. 하지만 이제 알아내서 뭐하게? 죽은 지 벌써 몇 년이 지났는데, 뼈나 제대로 있으려나 몰라. 사실 그게 무슨 상관이야? 어차피 넌 내 여자인데. 이봐, 이룬을 정말 애비 없는 아이로 만들 작정이야?"

"황원성, 이 짐승! 하늘 부끄러운 줄 알아야지! 이룬은 절대 네 아이가 아니야!"

"흥! 내가 그 말을 믿을 거 같아? 내가, 내가 뿌린 씨앗인 줄도 모를까봐? 내가 부족해 보여? 잘 들어. 정말 이룬의 부모 자격 없는 사람은 바로 너야. 너, 네가 어떤 여자였는지 잊었어?"

작은 마님이 옆에 있던 반짇고리를 휙 집어던졌다.

"진정해, 슈랑, 말로 하라고."

원성이 입가에 해바라기씨 껍질을 잔뜩 묻힌 채 우물거리며 말했다.

"조금만 기다려. 마님만 해결하면 린가가 내 손에 들어온다고. 쯔잉, 그 알도 못 낳는 암탉은 쫓아내고 우리 가족끼리 행복하게 사는 거야. 어때?"

"어머님한테 또 손을 대려고?"

"어머님은 무슨 어머님이야? 자기가 진짜 린가 작은 마님인 줄 알아? 어제는 왜 실패했는지 모르겠네. 성공했으면 네 어머님이 벌써 송장이 됐을 텐데."

작은 마님이 이번에는 등받이를 집어던졌다. 등받이가 원성의 머리를 맞히는 순간, 그가 배를 움켜쥐고 바닥에 굴러떨어졌다. 탁자 위에 널려 있던 해바라기씨 껍질이 나풀나풀 흩날렸다.

"아아! 내 배! 배가 너무 아파!"

원성이 몸을 뒤집으며 데굴데굴 굴렀다.

"슈랑, 설마 해바라기씨에 독을 탔어?"

"난 당신처럼 악랄하게 독살을 즐기는 사람이 아니야. 흥! 구르고 싶거든 맘껏 굴러. 이런 저질스런 수작 좀 그만 부려."

"진짜야, 진짜 배가 아프다고. 슈랑! 빨리 의원을 불러!"

"웃기고 있네. 이건 쯔잉이 직접 볶은 해바라기씨야. 무슨 독이 있다고그래?"

"빨리, 빨리 의원 불러! 빨리!"

원성이 계속 소리를 질렀다. 얼굴에 식은땀이 줄줄 흐르고 안면 근육이 심하게 일그러졌다. 급기야 온몸을 동그랗게 말고 덜덜 떨기 시작했다.

"나…… 이, 제…… 틀, 렸, 어……"

작은 마님은 그제야 심각한 상황임을 깨달았다. 그런데 소리를 지르려 해도 목소리가 나오지 않았다. 몇 번을 시도한 끝에 겨우 목소리가 트였다.

"누구 없어요? 빨리! 윈성이, 쓰러졌어요! 독! 독약! 빨리!"

황마와 사람들이 허둥지둥 달려왔다. 윈성이 고함을 지르며 바닥을 나뒹굴고 작은 마님은 두 눈을 동그랗게 뜬 채 손을 들고 어쩔 줄 몰라 하고 있었다. 쯔잉이 바닥에 떨어진 해바라기씨를 발견하고 비명을 질렀다.

"윈성! 내가 당신을 해쳤어!"

이 순간 황마는 며느리가 사온 비상이 어디에 쓰였는지 알았다.

3

"마님, 저는, 그저 이룬의 엄마가 되고 싶어서……"

쯔잉이 노마님 앞에 무릎을 꿇고 울먹이며 자초지종을 털어놨다.

"저도 여자예요. 저도 제 아이를 갖고 싶었어요. 이룬은 윈성의 아들이니까 제 아들이기도 하잖아요. 작은 마님이 있으면 제가 어떻게 이룬의 엄마가 되겠어요?"

"무슨 헛소리냐? 이룬이 윈성의 아이라니, 누가 그래? 이룬은 나리 아이야, 린가의 후손이라고."

쯔잉이 그날 밤 의원에서 들었던 두 사람의 대화 내용을 노마님과 황마에게 자세히 들려줬다. 노마님은 무표정한 얼굴로 등나무 의자에 앉아 있고 쯔잉, 황마, 작은 마님은 그 앞에 무릎을 꿇고 있다.

"모두 일어나거라. 린가가 이미 이 지경이 됐는데 무릎을 꿇는 게 무슨 의미가 있느냐?"

"마님."

"어머님."

"모두 일어나라. 슈랑, 어서 일어나 어떻게 된 일인지 자세히 말해라. 이 늙은이는 당장 죽더라도 무슨 일인지 알아야겠다. 그렇지 않으면 저승에 가서 무슨 낯으로 어르신을 뵙겠느냐?"

"어머님, 이룬은 하늘에 맹세코 틀림없는 나리의 혈육입니다. 어머님, 줄곧 제 출신을 의심하셨지요? 맞습니다. 제 과거는 바르지 못합니다. 저는 나리, 윈성과 함께 어머님을 속였습니다. 결국 여기까지 왔네요. 저는 칭장푸의 기녀 란슈랑이었습니다."

저 멀리 하이링전 남쪽에 위치한 칭장푸는 대운하가 지나는 곳이다. 운하를 따라 부둣가가 늘어서는 법인데, '선창가'라 불리는 부둣가로 올라가 돌길을 따라 걸으며 모퉁이를 두 번 돌면 칭장푸에서 가장 유명한 홍등가인 화제花街가 나온다. 화제는 꽃길이라는 이름에 걸맞게 길 양편에 각지에서 모인 수많은 기녀가 상주했다. 화제는 아주 좁은 골목이지만 수많은 발길이 이어지면서 돌길이 반질반질하게 닳았다. 해질 무렵이면 이곳 돌길이 물에 젖어 반짝거렸다. 화제 거리의 집들은 골목을 사이에 두고 마주 서 있다. 집집마다 푸른 벽돌과 기와로 만든 문루門樓와 길가 상점을 끼고 있다. 길가 상점에는 다양한 물건을 파는 가게들이 있고, 문루 입구에 작은 등롱을 걸어 객지 손님들에게 이 집에 기녀가 있음을 알렸다. 집 자체는 기루가 아니라 평범한 집이다. 집주인 가족이 직접 등롱을 내거는 것이 아니라 방 한두 칸을 외지에서 온 기녀들에게 세를 줬다. 칭장푸가 익숙한 사람들은 아름답기로 손꼽히는 기녀들이 이름난 기루가 아니라 소박하고 고풍스러운 화제에 모여 있음을 알았다. 란슈량은 화제의 어느 집에서 나리와 원성을 만났다.

나리가 노마님에게 말했던 대로 란슈량은 열 살 때 부모님을 여의고 숙부 집에서 자랐다. 열일곱 살 때 숙부가 그녀를 옥여의라는 기생집에 팔아넘기려 했다. 그녀는 숙부와 숙모가 이 얘기를 하는 것을 듣고 그전에 먼저 도망치기로 했다. 숙부 집에 있던 자잘한 은붙이를 훔쳐 야밤도주했다. 그녀는 스스로 얼굴에 재를 묻히고 여기저기 떠돌아다녔다. 며칠 후 돈이 거의 떨어졌는데 어디로 가야 할지, 어떻게 살아야 할지 몰라 막막하기만 했다. 이때 화제 기녀가 되면 먹고살 만큼 돈을 벌 수 있다는 말을 들은 그녀는 깨끗이 치장하고 화제로 갔다.

그녀는 남은 돈으로 화제 거리에 작은 방을 얻어 매춘 사업을 시작했다. 그런데 직접 해보니 생각했던 것만큼 쉬운 일이 아니었다. 고생스럽기만 하고 돈은 많이 벌지 못했다. 그녀의 외모는 확실히 출중했지만 칭장푸와 화제에 아는 사람 하나 없는 외지인인 데다 주변 기녀들의 시기와 질투 때문에 더 힘들었다. 어떻든 출중한 외모 덕분에 조금 유명해졌고 나리와 원성도 그녀의 명성을 듣고 찾아온 것이었다.

처음 만난 사람은 원성이었다. 그때 원성과 나리는 사업차 칭장푸에 머물고 있었다. 나리는 객잔에서 쉬고 원성 혼자 외출해 슈량을 찾아갔다. 그는 슈량에게 첫눈에 반했고 슈량도 그가 마음에 들어 자주 함께 시간을 보냈다. 슈랑은 이 일을 그만두고 싶어 윈성이 자신을 데려가주길 바랐지만 그는 아무것도 없는 가난뱅이라 그녀를 데려갈 수 없다고 했다. 더구나 나리가 이곳에서 사업을 하고 있어 이곳을 떠날 수도 없었다.

어느 날 윈성이 슈랑을 찾아갔는데 그녀가 아이를 가졌다며 당장 이곳을 떠나게 해달라고 재촉했다. 윈성은 어쩔 수 없이 그녀의 부탁을 받아들였다. 두 사람이 떠나려는데 집주인이 길을 막아섰다. 이틀 전 슈랑을 찾아왔던 손님이 집주인네 보석을 훔쳐갔다며 그녀에게 배상하라고 했다. 도망간 손님이 슈랑 때문에 온 사람이었으니 그녀가 배상해야 한다고 주장했다. 가보나 다름없다는 그 목걸이 가격에 윈성은 기절초풍할 뻔했다. 은자 300냥.

윈성은 아무리 생각해도 방법이 없었다. 도대체 어디에서 은자 300냥을 구한단 말인가? 이때 슈랑이 나리에게 돈을 내게 하자는 의견을 냈다. 윈성이 나리를 화제에 데려오고 나리가 슈랑을 좋아하게 만들면 된다는 것이다. 윈성은 내키지 않았지만 슈랑이 좋은 말로 그를 달랬다.

"걱정 마. 어떻든 이 아이는 황가의 핏줄이야. 어쩔 수 없이 린가 닭을 빌려 알을 낳는 것뿐이라고. 일단 여기를 빠져나가야지."

윈성은 달리 방법이 없어 일단 슈랑의 의견에 따르기로 했다. 계획대로 나리는 슈랑에게 첫눈에 반했다. 얼마 안 가 슈랑에게 푹 빠진 그는 사업은 안중에도 없었다. 얼마 뒤 슈랑이 나리에게 아이를 가졌다고 말했다. 나리는 기쁨과 걱정이 교차했다. 린가에 후손이 생겼으니 당연히 기쁜 일이다. 더구나 그는 슈랑을 너무 사랑했다. 하지만 슈랑의 출신이 마음에 걸렸다. 어머니가 허락하지 않을 것 같았다. 그리고 집주인에게 은자 300냥을 줘야 한다. 이즈음 사업 운이 좋지 않아 뭘 해도 돈이 안 됐다. 은자 300냥은 나리에게도 적은 돈이 아니었다. 하지만 슈랑이 말끝마다 뱃속의 아이를 들먹이니 그녀의 뜻에 따르지 않을 수 없었다. 결국 은자 300냥을 배상한 후 슈랑을 데리고 화제를 떠났다.

"윈성은 줄곧 이룬이 자기 아들이라고 생각했지만, 절대 아니에요. 제가 그를 속였어요. 그래야만 절 데려가줄 테니까요. 그때는 아직 아이가 없었어요. 그런데 갑자기 목걸이 사건이 일어나고 나리를 끌어들이게 됐어요. 제가 나리를 진심으로 좋아하고 나리의 아이까지 갖게 될 줄은 저도 몰랐어요. 지금까지 윈성에게 사실대로 말하지 못한 이유는, 제 과거를 폭로할까봐 두려웠기 때문이에요. 린가 사람들이 저의 과거를 알게 하고 싶지 않았어요. 그냥 이렇게 깨끗한 여자가 되고 싶었어요. 저와 나리의 감정이 깊어지자 윈성이 질투를 해서 죽일 마음을 품게 된 것 같아요. 나리가 갑자기 죽은 후에 저는 줄곧 윈성이 독약을 쓴 게 아닐까 의심했어요. 지난 몇 년, 저는 늘 불안해하며 살았어요. 하지만 결국 이렇게 되고 말았네요. 제 말은 모두 사실이에요."

노마님, 황마, 쯔잉은 작은 마님의 이야기를 들으며 꿈을 꾸는 것 같았다. 그녀의 말을 들을 때는 지난 일을 떠올려 비교해보니 확실히 그런 일이 있었고 모두 사실인 것 같았다. 그러나 이야기가 끝난 후에는 다시 반신반의했다. 도대체 무엇이 진실일까? 과거는 꿈처럼 모두 지나가버렸다. 세 여자는 그 꿈속에서 희미한 기억으로 남은 수년 전 겨울날의 황혼 무렵을 떠올렸다. 린가의 대문 앞에 세 사람이 서 있었다. 세 사람 모두 미소를 짓고 있었다. 하지만 그 희미한 미소가 진실인지 거짓인지는 알 수 없다.

– 2003년 4월 28일, 베이징 대학 완류萬柳

굵은 목소리

1

허 영감이 날 꾸짖고 있을 때 느닷없이 들이닥친 두 사람이 그를 잡아갔다.

그날 허 영감은 얼마나 분통이 터지는지 내 코에 대고 삿대질을 하며 손을 부르르 떨었다.

“이렇게 쉬운 문제도 못 풀어? 밥을 개한테 줬어? 왜 밥값도 못 해?”

“맞아요. 슈치우한테 줬어요.”

반 친구들이 박장대소했다. 모두들 슈치우가 우리 집에서 키우는 개라는 사실을 알았다. 슈치우가 얼마 전 새끼를 낳았는데 아직 한 달이 채 안 됐다. 새끼를 낳은 지 얼마 안 됐으니 당연히 잘 먹어야 한다. 그래서 난 부모님 몰래 점심을 남겨뒀다가 슈치우한테 먹였다. 아이들 웃음소리 중에서 다미 목소리가 제일 컸다. 마치 묵직한 천둥소리가 책상 위로 굴러오는 것 같았다. 난 어른처럼 굵고 나지막한 다미 목소리가 부러웠다. 속이 꽉 차고 겉은 번쩍거리는 무쇠 같은 목소리. 다미가 크게 웃자 반 전체가 계속 따라 웃었다. 허 영감이 노발대발하며 검은 모자를 벗어 세게 강단을 내리쳤다. 좀처럼 보기 힘든 허 영감의 맨머리가 드러났다.

"웃지 마!"

이때 갑자기 두 사람이 들이닥쳤다. 몸집이 비대한 두 남자는 류반야의 두 아들이다. 두 남자는 아무 말 없이 다짜고짜 허 영감 팔을 비틀어 잡았다. 두 사람이 양쪽에서 팔 하나씩 붙잡고 밀치니 허 영감이 외발 손수레처럼 질질 끌려갔다.

"뭐하는 짓이야? 왜 날 잡아가?"

류반야 아들들은 여전히 아무 말도 하지 않았다.

"기다려! 내 모자!"

두 사람은 벙어리처럼 말 한마디 하지 않고 허리를 꼿꼿이 펴고 무작정 앞으로 걸었다. 이들은 순식간에 학교 정문 부근에 있는 오동나무까지 갔다. 아이들은 모두 창가에 달라붙어 이 모습을 지켜봤다. 얼마 전에 붙인 신문지가 다미의 손에 찢겨나가고 다들 창밖으로 머리를 쑥 내밀었다. 나도 의자 위에 올라서서 교실 밖으로 목을 길게 뺐다. 허 영감과 류반야의 아들이 걸어가는 모습이 꼭 비행기 같았다. 기수機首에 해당하는 허 영감의 머리가 오후 햇살을 받아 밝게 빛났다. 강렬한 반사광이 번쩍하더니 이내 시야에서 사라졌다.

사실 허 영감은 대머리는 아니지만 머리숱이 자세히 보지 않으면 잘 안 보일 정도로 적었다. 아마도 이것 때문에 모자를 쓰기 시작했을 텐데, 일 년 내내 벗지 않았다. 잠잘 때 벗는지 아닌지는 알 수 없지만, 평소에는 거의 벗는 일이 없었다. 오늘은 나 때문에 분통이 터져서 자기도 모르게 모자를 벗었으리라. 사실 나도 나 자신에게 너무 화가 났다. 그렇게 쉬운 문제도 풀지 못하다니. 하지만 허 영감이 다미와 친구들 앞에서 삿대질을 해가며 날 모욕한 일은 참을 수 없었다. 난 강단에 떨어진 허 영감의 검은 모자를 주워 안에다 침을 뱉었다. 한 번, 또 한 번. 세 번째 침을 뱉으려는 순간 누군가 이렇게 외쳤다.

"허 영감 모자는 어디 갔지?"

난 얼른 모자를 책상 밑에 쑤셔넣고 옷소매를 잡아당겨 침을 닦아냈다. 다른 친구가 또 한 번 모자를 찾았지만 그것으로 끝이었다. 아이들이 다시 창가에 달라붙었다. 교문 앞으로 여러 사람이 뛰어왔다. 도대체 뭘 하려는 것일까? 난 기회를 엿보다 모자를 납작하게 접어 책가방에 쑤셔넣고 아무 일도 없는 양 친구들 틈에 끼어 창밖을 내다봤다. 여기저기에서 한두 명씩 계속 교문 앞으로 뛰어왔다.

"이렇게 되면 수업은 끝난 거 아니야?"

싼완이 다미에게 물었다.

"당연하지. 허 영감이 잡혀갔으니 수업 끝이지!"

싼완이 다미의 가방을 대신 맸고 패거리들이 다미를 따라 교실 밖으로 뛰어나갔다. 모두들 밖에서 무슨 일이 벌어지는지 너무 궁금했다. 난 이 일이 허 영감이 잡혀간 것과 관계가 있을 것 같았다. 도대체 허 영감은 왜 잡혀갔을까? 난 책가방을 메고 아이들을 좇아 교문으로 달려갔다. 아이들이 서쪽으로 달려갈 때 난 동쪽으로 돌아섰다. 먼저 모자를 감춰야 했다. 이때 다미가 날 불렀다.

"무위, 구경하러 안 가?"

"난 집에 가서 슈치우 봐야 해."

"호호호, 그래. 슈치우 잘 먹여서 살 좀 찌워. 나도 이틀 후에 보러 갈게."

호호호 웃음소리가 왠지 기분 나빴지만, 다미의 목소리는 정말 듣기 좋았다. 어른처럼 힘 있고 중후하면서 살짝 허스키했다. 얼마 전 엄마에게 물어봤다.

"엄마, 내 목소리는 왜 어린애처럼 가늘어?"

"너 어린애 아니야? 어린애니까 그렇지."

"그런데 다미는 왜 어른 같은 목소리야?"

"다미가 너보다 크잖아. 조금 더 자라면 저절로 굵은 목소리가 될 거야. 굴뚝처럼 굵은 목소리가 뭐가 듣기 좋아?"

난 듣기 좋았다. 다른 친구들이 다미 말을 잘 듣는 것도 우리랑 목소리가 다르기 때문이다. 다미는 우리를 이렇게 놀리곤 했다.

"너희가 애기냐? 왜 만날 앵앵거려!"

다미보다 작은 애들만 애기 목소리인 것은 아니다. 싼완, 만줘, 삐딱이 다넨은 다미만큼 컸지만 다미처럼 좋은 목소리가 아니었다.

난 책가방을 끌어안고 오동나무, 홰나무 길을 지나 집으로 뛰어갔다. 너무 두려웠다. 결국 선생님의 모자를 몰래 가져오고 말았다. 서쪽으로 달려가는 사람들과 마주칠 때마다 고개를 숙인 채 아는 척도 하지 않았다. 하지만 그들이 향하는 그곳에 대한 호기심을 감출 수 없었다. 그들은 도대체 뭘 보러 가는 것일까?

그해 나는 두려움과 호기심이라는 두 마리 강아지를 가슴에 품은 열세 살 소년이었다. 슈치우가 낳은 네 마리 새끼 중 두 마리처럼 보송보송한 털을 가진 불안한 존재였다.

2

어디에 숨겨야 안전할지 고민스러웠다. 방문을 잠그고 여기저기 생각해봤지만 마음 놓이는 곳이 없었다. 누나가 마당에서 시다제西大街에 구경하러 가자며 빨리 나오라고 재촉했다. 누나도 시다제에 무슨 일이 벌어졌는지 궁금해 죽을 지경이었다. 난 어쩔 수 없이 그것을 침대 밑에 쑤셔넣었다. 누군가 침대 밑을 살피지 못하도록 일부러 더럽고 냄새 나는 양말을 그 앞에 던져뒀다. 장님도 눈물을 흘리며 피해갈 만큼 지독한 냄새였다. 나는 대문을 나서기 전에 잠깐 슈치우와 강아지들을 보려고 했는데 성질 급한 누나가 나를 끌어당기며 뛰기 시작했다. 난 담장 모퉁이에 있는 개집을 향해 휘파람을 불었다. 슈치우가 알아듣고 '왕' 하고 짖었다. 강아지 네 마리도 어미를 따라 앙앙 짖었다.

거리에는 우리처럼 뛰어가는 사람이 많았다. 거의 시다제에 도착할 때쯤 길에서 주차이와 마주 서 있는 엄마를 발견했다. 엄마가 주차이의 손을 잡아끌며 저녁 먹으러 우리 집에 가자고 하는데, 주차이가 팔을 뿌리치며 싫다고 했다. 누나가 엄마를 불렀다.

"엄마! 시다제에 구경거리 있다는데 안 가요?"

"집에 돌아가! 뭐 좋은 구경거리라고!"

"도대체 무슨 일인데요? 아, 정말 궁금해 죽겠네!"

"태상노군님이 세상에 내려오셨다!"•

"어서 우리 집에 가자. 주차이, 이모 말 들어. 이모가 맛있는 거 해줄게."

• 본뜻은 하늘에서 신선이 내려왔다이고 본문에서는 너와 전혀 상관없는 일이니 신경 쓰지 말라는 의미.

주차이가 계속 싫다며 입을 삐죽거렸다.

"볼 거야. 볼 거야. 나도 볼 거야."

내가 조심스럽게 물었다.

"혹시 허 영감 아니야?"

그러자 엄마가 눈을 부라리며 소리쳤다.

"당장 집에 돌아가 밥해!"

누나가 나를 잡아끌고 냅다 뛰기 시작했고 엄마가 등 뒤에서 계속 소리를 질렀다.

내 예상은 틀리지 않았다. 대대부• 정문을 겹겹이 둘러싼 많은 사람이 까치발을 들고 굳게 닫힌 문 안을 들여다보려 했다. 그래도 보이지 않아 억지로 목을 길게 뺐다. 몇몇 사람이 미묘한 표정으로 귀엣말을 속삭였다. 슬쩍 다가가 엿들으니 대략 상황을 알 것 같았다. 허 교장, 허 영감이 안에 갇혀 있었다. 누나가 옆에 있는 둥팡의 엄마한테 무슨 일인지 물어봤다.

"글쎄, 누가 알아? 듣자니 야야랑 관계가 있다는데, 누가 알겠어?"

누나가 더 물어보려는데 갑자기 주위가 조용해졌다. 지부 서기 우톈야가 대대부 문을 열고 나와 휘휘 손을 흔들었다.

"돌아가, 모두 돌아가! 내일 얘기할 테니 돌아가!"

사람들이 모두 흩어졌다. 누나가 고개를 갸우뚱하며 나한테 물었다.

"도대체 야야랑 무슨 상관이지?"

"내가 어떻게 알겠어."

사람들이 말하는 야야는 바로 주차이다. 나이는 얼추 스무 살로 큰

• 大隊部, 지역의 공산당 지부 기관. 당시 시청, 구청처럼 행정 기능을 담당하던 기관.

누나뻘이다. 이 바보 누나는 머리에 문제가 있어 사람만 보면 실실 웃으며 밥 먹었느냐고 물었다. 7년 전까지 야야로 불렸는데 허 영감이 입양하면서 주차이로 개명했다.

야야로 불리던 시절, 주차이는 고아였다. 아홉 살 때 아버지가 죽고 어느 날 갑자기 어머니가 사라졌다. 외간 남자와 도망쳤다는 소문이 들렸고 두번 다시 돌아오지 않았다. 야야는 온종일 마을을 배회했다. 남의 집 고양이나 거위를 쫓아다니며 놀았고 밥 먹을 때가 되면 불러주는 집에 가서 먹었다. 그때 지부 서기 우톈야가 집집마다 돌아가며 야야 밥을 챙겨주라고 했다. 야야가 살아 있는 날까지 먹여야 한다고. 그러나 삼시세끼 외에는 야야가 뭘 하든 아무도 상관하지 않았다. 야야는 늘 봉두난발에 가면을 쓴 것처럼 더러운 얼굴로 돌아다녔고 비 오는 날에도 밖에서 뛰어다녔다.

어느 날 우리 학교 교장으로 부임해온 허 영감은 겨우 밥을 얻어먹지만 아무도 신경 쓰지 않는 야야를 불쌍히 여겨 우톈야에게 그녀를 입양하겠다고 말했다. 허 영감은 외지 사람이다. 북방 어느 큰 도시에서 왔다는데 가족이 없고 오자마자 교장이 됐다. 우리 아빠는 '안에서나 밖에서나 늘 점잖게 모자를 쓰고 있는 걸 보니 딱 교장감이다'라고 했다. 야야가 다른 사람 손에 이끌려 허 영감 집에 오던 날, 허 영감은 대문 앞에서 이웃이 주고 간 부추를 다듬고 있었다. 허 영감이 야야를 붙잡고 일어섰다.

"이제 이름을 바꾸자. 주차이라고 부르마."•

이렇게 해서 주차이가 됐다. 야야가 입에 붙은 사람들은 계속 야야

• 주차이=부추.

라고 불렀지만 대부분 그녀를 주차이라고 불렀다. 이틀 후 야야는 깨끗하고 어여쁜 주차이로 변했다. 허 영감은 그녀를 깨끗이 씻기고 머리를 빗겨주고 새옷도 두 벌 지어줬다. 큰 도시에 가본 사람들은 야야에게 '세상에, 정말 예쁘구나. 도시 아가씨 같아'라고 말했다. 난 도시 아가씨가 어떻게 생겼는지 본 적이 없지만 주차이가 정말 도시 아가씨 같다면, 아마 도시 아가씨는 최소한 이 네 가지를 가졌을 것이다. 깨끗하고, 하얗고, 예쁘고, 새옷을 입었으리라. 깨끗해진 주차이는 우리 누나보다 하얗고 예뻤다. 진짜 그랬다.

얼마 뒤부터 주차이는 허 영감을 아빠로 생각했고 평소에도 그렇게 불렀다. 허 영감은 바보 딸이 뭐가 좋은지 싱글벙글했다. 그는 주차이에게 글을 가르치고 산수 문제도 풀게 했다. 난 평생 가르쳐도 소용없으리라 예상했다. 나처럼 머리가 멀쩡한 사람도 계산이 조금만 복잡해지면 문제를 못 푸는데 그 바보가 산수 문제를 어떻게 이해하겠어? 상상조차 하고 싶지 않았다. 하지만 다른 부분에서는 어느 정도 성과가 있었다. 말투와 눈빛이 달라졌다. 예전에는 말을 할 때 입을 다물지 않아 계속 침이 흘렀는데 이제 그렇지 않았다. 침이 고여 떨어지기 전에 얼른 삼킬 줄 알았다. 그리고 사람을 보는 눈빛이 또렷해졌다. 예전에 주차이와 마주 서 있으면 닭이나 오리처럼 좌우 눈이 따로 놀면서 다른 두 사람을 보고 있는 것 같았다. 지금은 조용히 말 안 하고 있으면 멀쩡한 사람보다 더 멀쩡해 보였다. 단, 맛있는 걸 보여주면 안 된다. 주차이는 맛있는 것을 보는 순간 눈과 입이 바로 풀어진다.

우리 모두는 허 영감이 주차이에게 얼마나 잘했는지 알고 있다. 그런데 둥팡의 엄마는 허 영감이 주차이 때문에 잡혀갔다고 말했다. 이때 누가 날 불렀다. 목소리를 듣자마자 다미임을 알았다. 그 뒤로 싼완, 만줘, 또 다른 똘마니 둘이 따라왔다.

"강아지 얼마나 컸어? 나한테 한 마리 주는 게 어때?"

"아직 너무 작아."

사실 내가 어쩔 수 있는 일이 아니었다. 한 달 뒤 강아지들을 누구에게 줄지는 부모님이 정한다. 슈치우가 새끼를 낳기도 전에 이미 엄청 많은 사람이 줄을 섰다. 난 친구들한테 무시당할까봐 결정권이 없다는 사실을 알게 하고 싶지 않았다. 이때 누나가 갑자기 끼어들었다.

"다미, 너희 아빠가 왜 허 교장을 잡아간 거야?"

"우리 아빠한테 물어봐. 나랑 상관없는 일이야. 내가 상관할 바도 아니고."

다미가 뒤에 있는 똘마니들에게 손을 흔들자 다들 쪼르르 따라갔다. 그의 손짓은 너무 부러웠다. 그뿐인가? 나지막이 깔리는 '가자' 이 한마디는 정말 멋있었다. 팔도 가늘고 다리도 가늘고 목소리는 더 가는 우리 같은 애들과는 완전히 달랐다. 다미가 내 옆을 스쳐 지나가면서 한 번 더 강조했다.

"나한테 강아지 한 마리 주는 거 잊지 마. 많으면 많을수록 좋아."

"너 줄 거 없어."

"무슨 뜻이야?"

"아빠 엄마가 다른 사람한테 다 줘버렸어."

"좆같은 소리 하네. 내가 강아지 낳기 전부터 달라고 했는데 내 거가 없다고?"

다미가 돌멩이를 던져 10미터 떨어진 홰나무를 정확히 맞혔다.

"그깟 똥개 한 마리, 개좆같네. 주기 싫으면 관둬!"

집에 돌아오니 주차이가 부엌에서 불을 지피며 엄마를 돕고 있었다. 그 모습이 어떤 정상적인 여자보다 단정하고 참해 보였다. 누나가 엄마를 보자마자 또 물었다.

"엄마, 허 영감이 왜 잡혀간 거야?"

엄마가 누나를 째려봤다. 주차이가 있으니 조심하란 뜻이었다. 누나는 더 이상 묻지 않았다. 주차이는 우리 집에서 저녁밥을 먹다가 갑자기 숟가락을 내려놓았다.

"주차이 밥 안 먹어. 아빠도 아직 안 먹었잖아."

엄마가 그녀를 달랬다.

"아빠 밥은 따로 남겨놨으니 어서 먹어."

3

그 모자 때문인지 악몽을 꾸다 한밤중에 깼다. 꿈에서 거미처럼 가느다란 다리 수십 개가 달린 모자가 슬금슬금 내 등을 타고 올라와 갑자기 목을 감았다. 난 비명을 지르며 벌떡 일어났다. 이마에 흐르는 땀을 닦아내며 꿈이라 천만다행이라고 생각했다. 몸을 일으켜 달빛에 의지해 침대 아래 숨겨둔 모자를 꺼냈다. 납작하게 접었던 모자가 원래 모양으로 되돌아와 있었다. 조심스럽게 모자를 돌려보며 다리가 없음을 확인하고 다시 침대 밑으로 던져버렸다. 저 물건을 밖으로 내보낼 방법이 필요했다. 다음 날 아침, 누나가 다급하게 날 깨웠다.

"빨리 일어나! 허 교장 투쟁한대."

난 한동안 멍해 있다가 정신을 차리자마자 벌떡 일어났다.

"어떻게?"

"조리돌림."

시다제 쪽에서 징 소리, 북소리가 요란하게 들려왔다. 구리로 만든 대형 징과 소가죽 북을 동원했는지 처음에는 서커스단인 줄 알았다. 난 우물가로 달려가 세수를 하다가 담장 모퉁이 앞에 쪼그려 앉아 슈치우와 강아지 네 마리를 집적거리는 주차이를 발견했다. 그중 두 마리를 들어 각각 한 팔에 안은 채 입술을 삐죽 내밀어 뽀뽀를 하고 우쭈쭈 소리를 내고 있었다. 정말 꼴불견이다.

"내 강아지 만지지 마!"

내 고함소리에 놀란 주차이가 한쪽 팔을 움찔하면서 강아지를 바닥에 떨어뜨렸다. 곧이어 다른 한 팔도 힘이 빠져 두 번째 강아지도 떨어졌다. 땅바닥에 떨어진 강아지들이 낑낑 울었다. 나는 손과 얼굴에서 물을 뚝뚝 흘리며 달려가 강아지들을 안고 얼렀다.

"이런, 어디 안 다쳤어? 괜찮아?"

잘못한 것을 아는지 주차이가 고개를 숙이고 곁눈질하며 내 눈치를 살폈다. 그리고 한쪽 구석에 비켜서서 입술을 삐죽 내민 채 옷자락을 비비 꽜다.

"너 때문에 떨어져 죽을 뻔했잖아!"

주차이가 와앙 울음을 터트리며 손을 휘저었다.

"나 아빠한테 갈 거야. 우리 아빠 찾으러 갈 거야."

엄마가 부엌에서 뛰어나와 앞치마에 손을 닦으며 주차이를 달랬다.

"야야, 울지 마. 야야, 울지 마. 누가 괴롭혔어?"

주차이가 나를 가리키며 소리쳤다.

"쟤! 쟤가 나한테 욕했어."

"야야, 울지 마. 이모가 저 녀석 때려줄게."

엄마가 날 때리는 시늉을 했다.

"봐라, 이모가 때려줬지? 이 녀석 고추를 잘라서 개밥으로 줘야겠다!"

주차이가 발까지 구르며 까르르 신나게 웃었다.

"잘라버려! 잘라버려! 잘라서 강아지 먹으라고 해! 하하하!"

주차이가 갑자기 웃음을 뚝 그치고 다시 울먹였다.

"아빠 찾을 거야. 아빠 찾으러 갈 거야."

"밥 먹고 찾으러 가자. 야야, 착하지?"

그리고 나와 누나를 보고 소리를 빽 질렀다.

"뭐 하고 있어? 내가 니들 밥까지 떠먹여주랴?"

나와 누나는 급한 마음에 밥을 대충 먹어치웠다. 시다제의 징 소리, 북소리가 하늘을 찌르면서 밥상까지 둥둥 울리는 것 같았다. 우리는 감히 입을 열지 못했고 아빠 엄마는 주차이가 허 영감 일을 알게 될까봐 전전긍긍하며 어떻게든 감추려 했다. 그렇게까지 걱정할 게 뭐람? 기껏해야 한 번 두들겨 맞고 며칠 거리를 끌려다닐 뿐인데. 문제는 아직 허 영감이 무슨 잘못을 저질렀는지 모른다는 사실이다.

길에서 친구들을 만났는데 모두 시다제로 달려가는 중이었다. 허 영감이 잡혀갔으니 수업은 당연히 없다. 아마도 화제花街 주변에 할 일 없는 사람은 전부 다 나온 것 같았다. 수많은 사람이 모여들어 대대부 정문을 이중, 삼중으로 겹겹이 에워쌌다. 문 앞에 북 치는 사람 둘, 징 울리는 사람 한 명이 서 있어 둥둥둥, 챙, 둥둥둥, 챙 소리가 끊이지 않았다. 틈새를 비집고 대대부 정문까지 나갔을 때 마침 한쪽 문이 열리고 류반야의 둘째 아들이 걸어 나와 사람들을 향해 손을 휘저었다.

"저리 가, 가, 가! 뒤로 물러서, 물러서라고! 거치적거리지 말고!"

사람들이 엉덩이를 씰룩거리며 뒷걸음질쳤다. 이때 나머지 한쪽 문이 열리고 허 영감이 이상한 자세로 류반야의 첫째 아들에게 떠밀려 나왔다. 꼭 동화책에 나오는 백무상• 같았다. 높고 뾰족한 하얀 모자를 쓰고 목에 대형 백지판을 걸었는데 이렇게 써 있었다.

"나이 먹고 못된 짓거리 하는 인간의 탈을 쓴 짐승."

허 영감이 고개를 푹 숙인 채 걸어 나오자 잠시 멈췄던 북소리, 징소리가 다시 요란하게 울렸다. 그러나 잠시 후 다시 소리가 멈추고 우톈야가 대대부에서 걸어 나왔다. 갑자기 조용해진 직후라 그의 목소리가 유난히 크게 들렸다.

"주민 여러분, 나는 지난 이틀 동안 매우 침통하고 가슴 아프고, 증오심에 불타올랐습니다. 몇 통의 고발장을 읽으며 너무 놀라 두 눈이 휘둥그레지고 입을 다물 수 없었소! 나로서는 정말 꿈에도 생각지 못한 일이었고, 아마 화제 주민 모두가 상상도 못 한 일일 것이오. 우리 마을 허 교장이, 우리 화제 아이들에게 글을 가르치고 책을 읽혀온 선생이라는 작자가 이렇게 파렴치한, 인간의 탈을 쓴 짐승이었다니! 이자가 우리 화제의 불쌍한 고아 야야를 입양한 이유는 아주 더러운 목적이 있었기 때문이었소. 주민 여러분 생각해보셨소? 야야, 그러니까 주차이가 올해 몇 살이오? 갓 스물이오! 얼마나 좋은 나이오? 그런데 저자, 저 짐승 같은 놈에게 붙잡혀 능욕을 당했단 말이오! 이 일은 우리 화제의 치욕이 아닐 수 없소! 여러분! 이자를 어찌 해야겠소? 어찌해야 하오?"

• 白無常, 도교와 중국 전통문화에서 죽은 사람의 혼을 인도하는 저승사자.

류반야의 두 아들이 기다렸다는 듯이 외쳤다.

"때려죽여라! 때려죽여라!"

곧이어 북소리와 징 소리가 울렸다. 우텐야가 손을 휘젓자 북소리, 징 소리가 뚝 끊겼다.

"사람을 때려죽일 수는 없지요. 하지만 우리 화제에 정의가 살아 있음을 보여주고 야야와 화제 주민을 위해 대가를 치르게 해야 합니다. 그래서 대대부가 상의해 조림돌림을 하기로 결정했습니다. 우리는 좋은 사람이 억울하지 않게 하고 나쁜 사람을 절대 용서하지 않을 것이오! 자, 시작합시다!"

요란한 소리와 함께 북과 징이 앞장서고 그 뒤에 류반야의 두 아들이 허 영감의 팔을 하나씩 붙잡고 끌고갔다. 허 영감이 내 앞을 지날 때 살짝 눈을 치켜떴다. 난 얼른 다른 사람 등 뒤로 숨었다. 몇 걸음 가다가 북소리, 징 소리가 멈췄다. 사람들이 무슨 일인가 궁금해하는데 갑자기 꼬마 대여섯 명이 천자문을 외우듯 합창을 시작했다.

"우리 교장은 만 번 죽어 마땅한 죄를 지어서 사람도 아니야. 우리 교장은 짐승만도 못한 늙은 건달이야. 7년 전에 나쁜 마음 먹어 올라타려고 바보 계집 거둬들였어. 저자가 주차이를 때리는 거, 우리가 봤어. 저자가 주차이를 욕하는 거, 우리가 봤어. 저자가 한 나쁜 짓, 우리가 다 봤어. 저자는 조리돌림하고 비판해야 해. 파렴치한 인간쓰레기를 타도하자!"

나는 다시 사람들 틈을 비집고 앞으로 나갔다. 저학년 꼬마 예닐곱 명이 세 줄로 서서 허 영감 뒤를 따라가며 허 영감 등판을 뚫어져라 쳐다보고 있었다. 가까이 가보니 허 영감 등에도 대형 백지판이 걸려 있고 그 위에 붓으로 쓴 글씨가 가득 적혀 있었다. 어쩐지 꼬마 녀석들이 너무 잘 외운다 싶더니, 보고 읽은 것이었다. 그렇다 해도 대단하긴 했다. 솔직히 난 그중에 확실히 알지 못하는 글자가 몇 개 있었다. 난 그 애매모호한 글자를 뚫어져라 쳐다보다가 문득 이 글씨체가 왠지 낯설지 않다는 느낌이 들었다. 아, 생각났다. 이 글씨는 허 영감이 직접 쓴 것이다. 화제에서 안체顔體•를 이렇게 멋지게 쓸 수 있는 사람은 허 영감뿐이다. 이렇게 굵고 옹골찬 글자가 안체라고 가르쳐준 사람이 바로 허 영감이다. 그는 자기 손으로 자기를 욕하는 글을 쓴 것이다. 더구나 이렇게 모질고 적나라한 욕이라니, 정말 상상하기도 힘든 일이다.

난 어른들 세상, 특히 남녀간의 일은 잘 모른다. 다미 패거리들은 남자 거시기, 여자 거시기 얘기를 온종일 입에 달고 살았다. 다미가 직접 얘기하길, 바탸오 갈대숲에서 벌거벗은 남녀가 부둥켜안고 쉬지 않고 움직이는 것을 봤다고 했다. 특히 남자 엉덩이가 달구질하는 것 같았단다. 누군지, 자기는 알지만 말해줄 수 없다고 했다. 다미가 '벌거벗은 엉덩이'라고 말할 때 양쪽 입가에 계속 침이 고였다. 설날에 기름진 음식을 많이 먹었을 때 반지르르한 입가와 비슷했다. 그런데, 그런데 말이다. 난 허 영감이 주차이에게 그런 짓을 하는 것을 한 번도 본 적이 없다. 오리를 풀어놓을 때 늘 허 영감 집 뒤로 지나다니는데 고개만 살짝 돌리면 그 집 찻잔이 어디에 놓여 있는지까지 훤히 다 들여다보였다.

그런데 이 개자식들은 지들이 봤단다. 도대체 어떻게 본 거지?

허 영감 무리는 가다 서다를 반복했다. 북소리와 징 소리가 요란하

• 당나라 서예가 안진경의 서체

게 울리면 어린 개자식들이 허 영감 등에 써놓은 글씨를 다 같이 합창했다. 주위에 사람이 너무 많아 정신없고 복잡했다. 시다제는 본래 넓은 길이 아니라 오가는 사람들이 뒤섞여 매우 혼잡했다. 나는 어느 순간 누나와 떨어졌다. 길이 혼잡한 데는 또 다른 이유가 있었다. 사람들이 멈춰 서서 귀엣말로 소곤거리며 논쟁을 벌이기 시작했기 때문이다. 내가 직접 들은 것을 정리해보면 사람들의 의견은 대략 셋으로 나뉘었다. 첫째는 허 영감이 죽일 놈이라는 의견으로 절대다수가 이렇게 생각했다.

"항상 점잖게 모자를 쓰고 있어 훌륭한 사람인 줄 알았더니 더럽고 교활한 인간이었어. 그런 짓거리를 하려고 다 큰 계집애를 거둔 거야. 바보라 다행이지 뭐야? 만약 멀쩡한 아가씨였으면 창피해서 어떻게 살겠어? 어떻게 시집가서 애 낳고 살 수 있겠어?"

둘째는 앞의 의견과 전혀 달랐다.

"바보라 어쨌다고? 바보 아가씨는 아가씨가 아니야? 야야도 여자야. 머리에 문제만 없었으면 그 얼굴에 그 몸매에 그 백옥 같은 피부까지, 우리 화제에 그만한 아가씨가 몇이나 돼?"

세 번째는 앞의 두 의견과 또 달랐다. 이 사람들은 애초에 아무 일도 없었다고 생각했다.

"허 교장이 화제에 온 지 벌써 7년이야. 그동안 사람들한테 얼마나 잘했어? 야야한테 잘한 거야 말할 것도 없지. 바보를 데려다 얼마나 애지중지 아꼈는데 그런 짓을 했다는 게 말이 돼? 난 때려죽인대도 그 말 안 믿어."

"그럼 도대체 왜 잡아다가 조리돌림을 하는 거야?

"누가 알아? 어떤 양심 없는 놈이 모함한 건지! 우리 화제에도 멀쩡한 밥 먹고 빨짓 하는 놈이 점점 많아지고 있어."

사람들은 의견에 따라 자연스럽게 세 부류로 나뉘었다. 그중 한 부류는 조리돌림 행렬을 쫓아가며 '허 영감 타도, 때려죽여라' 같은 구호를 함께 외쳤다. 심지어 허 영감에게 침을 뱉고 돌을 던지는 사람도 있었다. 또 다른 부류는 시큰둥한 표정으로 따라가며 무심한 듯 팔짱을 끼고 옆 사람과 이런저런 이야기를 나눴다. 그러나 시선은 줄곧 조리돌림 행렬에 고정돼 있었다. 맨 뒤에 처진 나머지 한 부류는 시다제를 벗어난 후 행렬을 따라가지 않았다. 시다제 골목 모퉁이에 멈춰 서서 화난 표정으로 허 영감을 위해 '억울한 누명이다!'라고 외쳤다. 난 누나를 찾으려고 뒤를 돌아보다가 그들이 류반야의 두 아들과 행렬을 향해 내뱉는 욕지거리를 들었다. 합창을 하던 꼬마 녀석들은 이제 셋뿐이었다. 나머지는 마지막 부류에 속한 어른들이 억지로 귀를 비틀어 잡아끌어내는 바람에 행렬에서 이탈했다. 자식 혹은 조카를 끌어낸 어른들이 호되게 아이를 꾸짖었다.

"이런 망할 놈들! 몸이 근질근질하지? 어디 똥바가지 쓸 짓을 해?"

조리돌림 행렬은 이어졌다. 한바탕 울리는 북소리, 징 소리와 꼬마들의 합창이 계속 반복됐다. 나중에 어른들이 '조리돌림 중간에 죄상을 낭독하는 것은 처음 본다며 어디 외국인한테 배운 것 아니냐'라고 말하는 것을 들었다. 나는 다시 첫째 부류 쪽으로 달려갔다. 그저 떠들썩한 구경거리가 보고 싶었을 뿐이다. 사방에서 가래침, 돌멩이, 이끼 섞인 진흙 덩어리가 허 영감을 향해 날아왔다. 진흙 덩어리는 담장 모퉁이 축축한 응달에서 파낸 것이다. 나는 허 영감에게 아무것도 던지지 않았다. 그가 나쁜 짓을 했는지 아닌지 알 수 없기 때문이다. 그리고 감히 스승에게 돌을 던질 수 없었다. 모든 수업을 허 영감에게 들었고, 그의 모자가 지금 내 침대 밑에 있다.

모자! 모자를 떠올리자 갑자기 불안해졌다. 그땐 정말 뭐에 홀렸나 보다. 아무짝에도 쓸모없는 모자를 왜 가져왔을까? 그런데 다시 생각해보니 가져오길 잘한 것 같다. 지금 허 영감에게 필요해 보였다. 온갖 물건이 날아들면서 처음에 쓰고 있던 높은 모자가 자꾸 벗겨졌다. 류반야의 아들이 몇 번 다시 씌워줬지만, 계속 벗겨졌다. 나중에는 귀찮은지 떨어진 모자를 못 본 척하며 그냥 밟고 지나갔다. 더 이상 주울 필요가 없었다. 돌멩이, 진흙, 침 등이 대머리에 가까워지는 허 영감의 머리로 날아들었다. 피가 흐르고 끈적한 가래침이 아래로 흘러내렸다. 그러나 허 영감은 벙어리처럼 찍소리도 못 하고 계속 맞기만 했다.

"입이 있으면 말을 해봐. 왜 말이 없어?"

4

조리돌림 행렬이 둥다제東大街를 지나 화제로 꺾어질 때, 저 앞에서 주차이가 두 팔을 힘차게 흔들며 달려왔다. 머리카락이 바람에 휘날려 뒤로 붕 떴고 가슴이 위아래로 크게 출렁거렸다. 그녀는 북과 징을 든 사람 옆을 지나쳐 고개를 푹 숙이고 발끝만 바라보고 있는 허 영감 앞에 섰다.

"아빠! 아빠! 뭐 하는 거야? 어제부터 계속 찾았단 말이야!"

허 영감이 고개를 번쩍 들었다. 말을 하려고 입을 벌리자 마른 입술이 갈라져 피가 흘렀다. 류반야의 두 아들이 허 영감 팔을 바짝 끌어당겼다. 어느 순간 두 사람 앞에 달려든 주차이가 빠르게 두 사람 따귀를 때렸다.

"우리 아빠 잡고 뭐 하는 거야!"

주차이가 허 영감을 손을 끌어당기려다가 목에 걸린 백지판을 발견했다. 그녀는 잠시 고개를 갸웃거리다가 백지판을 가리키며 말했다.

"아빠, 집에 가자. 내가 밥해줄게. 근데 이건 무슨 글자야?"

징 소리, 북소리가 멈추고 모든 시선이 주차이에게 쏠렸다. 류반야의 첫째 아들이 잠시 당황하다가 주차이를 허 영감 곁에서 떼어놓았다. 주차이가 소리를 지르고 두 손을 정신없이 휘두르면서 류반야의 아들을 할퀴고 꼬집었다. 도망치려 해도 도망칠 곳이 없었다. 허 영감이 쉰 목소리로 겨우 입을 열었다.

"주차이, 집에 돌아가, 어서 돌아가."

"아빠, 저놈이 날 때렸어. 나도 때릴 거야."

주차이가 류반야의 아들 얼굴에 손을 휘두르자 긴 손톱자국 두 줄에서 살짝 피가 배어나왔다. 류반야의 아들은 따끔한 통증에 얼굴을 어루만지다가 손에 묻은 핏자국을 보고 무섭게 소리를 지르며 사납게 달려들어 주차이 웃옷을 확 찢어버렸다. 그녀의 새하얀 가슴, 그리고 한쪽 유방의 절반이 드러났다. 허 영감은 달려가 그녀를 지키고 싶었지만 류반야의 둘째 아들이 그를 단단히 틀어쥐고 있어 애타게 울부짖을 수밖에 없었다. 목과 이마에 푸른 핏줄이 서고 피가 거꾸로 솟는 것 같았다. 주위 사람들이 주차이를 구경하려고 까치발을 들었다. 이때 누군가 내 귀에 속삭였다.

"무위, 보기 좋지?"

"보긴 뭘?"

가만 생각해보니 왠지 낯익은 목소리, 다미였다.

"당연히 그거."

다미가 의미심장한 미소를 지으며 오른손으로 둥근 사발 모양을 만들었다. 나는 얼굴이 화끈거렸다.

"난 못 봤어. 난 허 영감 머리만 봤다고."

"뭘 못 봤는데?"

다른 방향에서 싼완의 머리가 불쑥 튀어나왔다.

"아직 작다더니, 작긴 뭐가 작아? 마음에 털이 났구만."

"마음에 털 안 났거든!"

난 어떻게 항변해야 할지 몰라 당황스러웠다.

"그럼, 어디 다른 데는 났어?"

이번에는 만줘가 끼어들었다. 싼완이 만줘를 뒤로 밀어내고 다시 물었다.

"한 번만 더 묻지. 강아지 한 마리 주는 게 어때?"

"우리 아빠 엄마한테 물어봐. 이미 다른 사람 주기로 했대."

다미가 주차이의 가슴을 쳐다보며 침 고인 입가를 닦아냈다. 잠시 후 우리 엄마가 와서 주차이를 끌어내고 옷을 단정히 정리해줬다. 주차이는 한참 발버둥치다가 겨우 말을 들었다. 그녀가 다시 류반야의 아들 얼굴을 할퀴려 했다. 다미는 뚫어져라 주차이를 보다가 나한테 한마디 툭 던졌다.

"주기 싫으면 관둬. 가자!"

싼완, 만줘, 다른 똘마니 몇 명이 다미의 꽁무니를 쫓아갔다. 다미와 패거리는 불만스럽게 홱 돌아서서 기세등등하게 가버렸다. 나는 너무 당황스럽고 난감했다. 반 아이들은 모두 다미와 어울리고 싶어

한다. 다미가 가는 곳에는 언제나 아이들이 뒤따랐고 모두 즐거워 보였다. 뭘 하든 다 재미있어 보였다. 하지만 난 그렇지 못했다. 나는 늘 혼자 외로웠고 온종일 머릿속으로 상상만 했다. 무슨 상상을 하는지는 나도 잘 모르겠다. 나중에 이틀 동안 진지하게 생각해봤는데 아무래도 문제는 목소리였다. 내 목소리가 뾰족하고 가늘어 다미와 패거리들이 어린애라고 무시해 상대하지 않는 것 같았다. 나로서는 어쩔 수 없었다. 다미가 강아지를 달라고 했지만 난 부탁을 들어줄 수 없었다. 엄마가 벌써 다른 사람들한테 주기로 약속했단다. 내 임무는 생후 한 달 동안 강아지들을 잘 돌보는 것뿐이다. 하라면 해야지 뭐. 어떻든 난 이 강아지들이 너무 좋으니까.

조리돌림 행렬은 다시 전열을 가다듬었다. 엄마가 주차이를 끌고 갔다. 자리를 떠나기 전 허 영감이 엄마에게 부탁했다.

"주차이는 착한 아이에요. 날 믿어줘요. 난 도리에 어긋나는 짓은 절대 하지 않았어요. 제발 날 믿어줘요. 난 이렇게 맞아죽어도 상관없지만 주차이가 걱정이에요. 그 애가 앞으로 어떻게 살아갈지."

허 영감이 엄마에게 주차이를 우리 집에 데려가달라고 부탁했다. 주차이가 싫다고 하자 허 영감이 그녀를 달랬다.

"주차이, 아빠 말 들어야지. 집에 가서 밥해놓으렴. 아빠는 저 사람들과 한 바퀴 돌고 집에 가서 밥 먹을게."

이때 징 소리, 북소리가 다시 울리기 시작했다. 엄마가 주차이의 손을 잡아끌고 집으로 향했다. 이번에는 돌멩이를 던지는 사람이 거의 없었다. 조리돌림은 오후 늦게야 끝났다. 난 갑자기 허기를 느꼈다. 마지막에는 징 소리, 북소리도 힘이 없었다. 반나절 가까이 꾸역꾸역 행렬을 따라다니던 사람들은 모두 지쳤다. 합창하던 꼬마들은 두 바퀴

째에 모두 사라졌다. 합창 소리가 사라지고 징 소리, 북소리만 남았다. 집에 돌아왔는데 아무도 없었다. 난 떡 몇 개를 집어먹으며 강아지들을 보러 담장 모퉁이로 갔다. 그런데 슈치우와 새끼 두 마리뿐이었다. 주변을 구석구석 뒤졌지만 나머지 두 마리를 찾을 수 없었다. 멍하니 서 있는데 마침 누나가 돌아왔다.

"강아지 두 마리 어디 갔어?"

"그건 내가 물어볼 말이야. 집 근처를 한 바퀴 다 돌았어! 너, 혹시 다른 사람 준 거 아니야?"

"난 준 적 없어."

"귀신이 곡할 노릇이네! 야, 이 식충아! 빨리 나가서 안 찾아?"

난 떡 반쪽을 입에 물고 강아지를 찾으러 뛰어나갔다. 새끼 강아지를 찾으려니 화제는 전혀 작지 않았다. 강아지 몸집이 워낙 작으니 어느 구석에 처박혀 있으면 정말 찾기 힘들어진다. 난 거리를 돌아다니며 휘파람을 불었다. 제발 강아지가 알아듣기를 바라며. 둥다제, 시다제, 화제를 모두 돌아봤지만 찾을 수 없었다. 입이 바짝바짝 타들어갔다. 이번에는 운하 쪽으로 향했다. 운하에 배들이 떠다니고 부둣가에 하역부들이 분주히 오가고 있다. 부둣가 돌계단에 앉아 잠시 쉬는 사람들은 담배를 피우며 대화를 나눴다. 나는 그 사람들을 붙잡고 물었다.

"혹시 우리 집 새끼 강아지 못 보셨어요?"

"너희 집 강아지가 장씨야, 리씨야?"

그들이 날 놀린다는 것을 알고 이렇게 되받아쳤다.

"아저씨랑 같은 성이에요!"

부둣가를 돌아다니다 강아지를 발견했다. 풀숲에 엎어져 있는 강아지는 목을 축 늘어뜨린 채 턱을 바닥에 딱 붙인 상태였다. 반가운 마음에 휘파람을 불고 박수를 쳤지만 강아지는 꿈쩍도 하지 않았다. 화가 나서 녀석 귀를 끌어당겼는데 끌려나온 것은 작은 머리통뿐이었다. 목 부위 상처에 피와 살이 엉겨붙어 있고 몸통은 보이지 않았다. 두 눈은 까뒤집힌 상태였다. 난 비명을 지르며 그 자리에 주저앉았다. 한동안 멍하니 앉아 있다보니 축축한 진흙에 닿은 엉덩이가 시려왔다. 방금 먹은 떡이 뱃속에서 요동치기 시작하더니 거꾸로 솟구치려 했다. 구토를 참으려고 오른손으로 왼손 손아귀 부분을 꼬집었다. 나도 모르게 눈물이 흘렀다.

잠시 후 나뭇가지를 꺾어 풀숲 옆에 구덩이를 팠다. 강아지를 묻고 나니 이미 해가 기울어 저녁놀이 드리웠다. 운하 수면에 붉은 잿빛과 암황색 물결이 일렁거렸다. 큰 배가 운하 한가운데 물결을 가르며 지나갔다. 난 나머지 한 마리 머리를 보게 될까 무서워 더 이상 강아지를 찾을 수 없었다. 강아지가 왜 여기에 죽어 있는 것일까? 도무지 모르겠다. 목이 잘린 상처로 볼 때 칼을 쓴 것도 같고, 물어뜯은 것 같기도 했다. 도대체 누가 우리 강아지를 이렇게 만들었을까? 화제에 들어서자마자 만쥐를 만났다.

"내가 강아지 한 마리 주웠는데."

"어디 있어?"

"다미네 집에."

나는 홱 돌아서서 다미네 집으로 달려갔다.

"뭐 하러 뛰어? 어디로 없어질 것도 아닌데!"

만쥐가 뒤에서 소리를 지르며 다미네 집까지 따라왔다. 다미 집 대문이 활짝 열려 있고 다미, 싼완, 삐딱이 다녠이 강아지와 놀고 있었다. 확실히 우리 강아지였다. 녀석들이 강아지를 발라당 눕히고 일어나게 하고, 다시 눕히고 일어나게 하고를 반복하고 있었다.

"멍멍아."

내가 부르자 새끼 강아지가 몸을 뒤집으며 일어나서 꼬리를 흔들며 내게 달려왔다. 내가 안아 올리자 반가운 듯 앙앙 짖었다.

"너희 집 강아지야?"

다미가 천천히 일어나 뱃속에서 끌어올린 것 같은 목소리로 말했다.

"만줘가 길에서 주워왔어."

"맞아."

"집에 데려가려고?"

"응."

"길에서 강아지 줍는 게 쉬운 일은 아닌데."

"맞아. 길이 온통 개 천지인 것도 아니잖아."

삐딱이 다넨이 끼어들었다. 난 친구들이 무슨 말을 하려는지 몰라 멍하니 서 있었다. 이번에는 싼완이 불쑥 치고 나왔다.

"뭐 하나 가져오면 바꿔주지."

"뭐?"

다미가 뭔가 좋은 생각이 떠오르지 않는다는 듯 머리를 긁적였다.

"주차이. 아니, 그건 별로야."

그러고는 괜히 실없이 웃었다.

"제기랄! 뭐 재미있는 거 없나."

이때 만줘가 느닷없이 외쳤다.

"모자! 허 영감 모자! 분명히 저 녀석이 가지고 있을 거야."

"맞다, 모자. 그걸 잊고 있었네. 그래 모자를 가져와."

난 우물쭈물 망설였다. 조금 전까지 모자를 허 영감에게 돌려줄 생각이었다. 맨머리가 돌멩이나 진흙에 맞아 다치지 않도록 말이다. 그리고 그는 오후를 넘기면서부터 감기에 걸렸는지 코를 훌쩍이고 재채기까지 했다.

"바꾸기 싫으면 관두고. 새끼 강아지는 내려놔."

"바꿀게."

나는 새끼 강아지를 집에 데려다놓은 후, 침대 밑에서 모자를 꺼내 납작하게 접어 옷 속에 감추고 다미네 집으로 뛰어갔다. 다미가 모자를 받아 원래 모양대로 펼치고 패거리와 종이비행기 날리듯 집어던지며 놀았다. 이때 우텐야의 기침 소리가 들렸다. 그는 일 년 내내 가래 끓는 기침이 끊이지 않았다. 다미가 황급히 모자를 접어 외양간 짚풀 사이에 쑤셔넣었다. 내가 우리 엄마를 무서워하듯, 그 역시 제 아버지를 무서워했다.

5

주차이는 가만히 앉아 있질 않았다. 우리 집에서 밥을 먹으면 밥그릇을 비우자마자 뛰어나갔다. 다음 식사 때가 되면 엄마가 나한테 주차이를 찾아오라고 했다. 누나는 불평을 늘어놓으며 가지 않았다.

"내 앞가림도 못 하는데 그 바보 시중까지 들란 말이야?"

"바보가 어때서? 이것들아, 니들처럼 양심 없는 것들보다 훨씬 나아."

"이것들, 저것들, 하지 좀 마. 도대체 이것들이 어떤 것들인데?"

"너희 같은 것들이지. 온종일 불평불만, 쓸데없는 말이나 지껄이는 것들. 도대체가 말도 안 되잖아. 허 교장처럼 훌륭한 사람이 그런 도리에 어긋난 짓을 했다고? 우톈야가 고발한 사람이 있다고 했다지? 그게 누군데? 고발자가 누군지 왜 말 안 해? 이건 틀림없이 모함이야!"

"엄마, 그 우톈야가 엄마의 무슨 사촌오빠라고 하지 않았어? 우리 친척이라고."

"개뿔! 사촌은 무슨! 사돈의 팔촌보다 못해. 차라리 돼지새끼를 사촌오빠라고 부르겠다."

지난 몇 년, 우리 엄마는 우톈야를 아주 못마땅해하며 늘 욕했다. 남을 괴롭힐 궁리만 하는 악독한 놈이라고. 예전에 촌장일 때도 나쁜 놈이었다고 했다. 화제 주민들이 굶주린 배를 움켜쥐고 땅콩을 수확할 때 한 알도 못 먹게 했단다. 처음에는 조장을 정해 땅콩밭을 돌아다니며 철저히 감시했다. 일을 마칠 때는 혹시 땅콩 찌꺼기가 있는지 입안을 샅샅이 검사했다. 나중에는 이것만으로 부족하다는 생각이 들었다. 땅콩을 먹고 물을 몇 모금 마시면 땅콩 찌꺼기가 사라지기 때문이다. 우톈야는 더 좋은 방법을 생각해냈다. 일을 마칠 때 사람들을 일렬로 세워놓고 양치를 하게 했다. 바닥에 모래를 깔아놓고 양치한 물을 그 위에 뱉게 했는데, 땅콩을 먹을 사람이 뱉은 물은 하얗게 변했다. 물을 아무리 많이 마셔도 소용없었다. 또 엄마는 다른 사람들이 허리띠를 졸라매고 힘들게 일할 때 그는 아무것도 안 했다고 욕했다. 뒷짐을 지고 쥐새끼처럼 밭을 왔다 갔다 하면서 심심할 때 주머니에서 땅콩 몇 알을 꺼내 입속에 던져넣었단다.

엄마가 누나를 욕한 건 바로 이런 의미였다. 자기는 먹고 싶은 거다 먹으면서 다른 사람이 먹으려 하니까 못마땅해하는 사람. 하지만 누나는 그런 사람이 아니다. 단지 밖에 나가기가 귀찮았을 뿐이다. 결국 내가 나갈 수밖에 없었다.

허 영감 집은 학교 뒤편에 있는 작은 독립 가옥이다. 문을 한참 두드렸는데 기척이 없어 크게 주차이를 불렀다. 마당에 키우는 거위 두 마리가 힘없이 꽥꽥 울 뿐이었다. 울음소리를 들으니 굶어 죽기 일보 직전인 것 같았다. 이 바보가 도대체 어딜 간 거야? 문 앞을 서성거리다가 처우단의 엄마와 마주쳤다. 처우단의 엄마 말로는 주차이가 서쪽으로 갔단다. 난 서쪽 방향으로 걸어가며 골목 구석구석을 다 뒤졌지만, 주차이를 찾지 못했다. 아기를 안은 서후이의 마누라가 남쪽으로 갔다고 알려줬다. 난 다시 남쪽으로 향했다.

도랑 다섯 개를 지나자마자 어디론가 뛰어가는 주차이가 보였다. 우더우취五鬪渠를 건너자 저 앞에 뛰어가는 주차이가 보였다. 내가 큰 소리로 불렀지만 주차이는 듣지 못했다. 다시 부르려는데 저 앞 공터 짚더미 꼭대기에 뭔가 휘날리는 것이 보였다. 까맣고 둥그스름했다. 꼭 머리가 아래로 처박힌 커다란 버섯 같았다. 다음 순간, 난 우뚝 멈춰 섰다. 곧이어 짚더미 사이에서 뛰어나온 다미, 싼완, 만쥐, 삐딱이 다넨이 와와, 고함을 지르고 시끌벅적 떠드는 소리가 바람결에 실려왔다. 주차이는 계속 달렸다. 그녀는 모자를 가지러 달려가는 중이었다. 계속해서 주차이의 고함소리가 들렸다.

"모자 내놔! 그거 우리 아빠 모자야! 누가 너희더러 우리 아빠 모자 가져가래?"

주차이가 근접해왔다. 다미 패거리는 그녀가 아무리 소리치고 뺏으려 해도 절대 내주지 않았다. 녀석들이 묘한 표정으로 서로를 쳐다보며 씩 웃었다. 난 녀석들이 모자를 내가 훔쳐왔다고 말할까봐 겁나서 감히 나서지 못했다. 녀석들은 모자를 휙휙 날려 서로 주고받으며 주차이를 놀려먹었다. 계속 모자를 잡지 못하자 화가 난 그녀는 바닥에 주저앉아 대성통곡하며 사방에 흙을 뿌려댔다. 다미 패거리는 다른 사람이 볼까봐 주변을 두리번거렸다. 녀석들은 주차이를 조금 더 놀려먹다가 모자를 가지고 도망가버렸다. 나는 녀석들이 멀리 사라진 후에야 주차이에게 다가갔다.

"모자, 모자!"

"모자고 나발이고, 일단 밥부터 먹어."

"일단 모자부터 찾고 밥 먹을 거야! 우리 아빠 감기 걸린단 말이야. 그러면 콧물도 나고 눈물도 나고 재채기도 난다고."

"먼저 밥 먹고 모자 찾아."

"먼저 모자 찾고 밥 먹어."

"밥 먹고 내가 모자 찾아다줄게."

"정말?"

주차이가 눈물을 뚝 그치고 나를 올려보며 흙투성이 새끼손가락을 내밀었다.

"손가락 걸고, 도장 찍어!"

"알았어."

난 주차이와 새끼손가락을 걸었다. 그녀는 금방 환하게 웃으며 벌떡 일어섰다. 바지에 묻은 흙은 털 생각도 안 했다.

"아! 밥 먹자, 밥 먹자."

주차이는 정말 밥그릇을 비우자마자 내게 모자를 찾으러 가자고 졸랐다. 속으로 망할 바보 계집이라고 욕하고 있는데 엄마가 한마디 거

들었다.

"그래. 무위더러 찾으라고 해. 찾아서 갖다줄 거야."

젠장, 내가 그걸 어디 가서 찾아?

"어디 있는지 몰라."

엄마가 주차이를 한 번 보고 나한테 눈짓을 했다.

"알았어. 지금 갈게."

내가 간다고 안 했으면 주차이는 얌전히 엄마를 따라 밭에 나가지 않았을 것이다. 난 대문을 나선 후 대충 동네 한 바퀴를 돌았다. 너무 심심해서 허 영감 조리돌림을 구경하러 갔다. 하지만 그것도 이제 재미없었다. 북 치고 징 치고, 매번 똑같았다. 이번에는 새로 데려온 꼬마 다섯이 행렬을 따라가며 합창했다. 내용은 비슷했고 단어만 몇 개 바뀌었다. 앞에 걸린 백지판 문구도 조금 바뀌었다.

"겉보기에는 지식인이지만 사실 인간의 탈을 쓴 짐승."

이것도 허 영감이 직접 쓴 것이지만 지난번처럼 멋들어지지 않았다. 아마도 더 이상 견디기 힘들었으리라. 그는 고개를 푹 숙이고 걸어가며 콧물을 줄줄 흘렸다. 감기가 심해졌는지 수시로 기침도 했다. 북과 징을 치는 사람은 그대로인데 대충 하는 티가 역력했다. 북소리, 징 소리가 축축 늘어지며 겨우 이어졌다. 아마도 구경꾼이 없어서 그럴 것이다. 이렇다보니 조리돌림은 아주 단조로웠고 몇 바퀴 돌고 나니 구경꾼이 거의 사라졌다. 허 영감은 간혹 고개를 들어 주위를 둘러봤다. 침이나 돌멩이가 날아오지 않으니 뭔가 허전했던 모양이다. 활기차고 의욕적인 사람은 류반야의 두 아들뿐이었다. 두 사람은 처음 조리돌림을 시작할 때처럼 여전히 열정적이었다. 정말 대단했다.

나는 조리돌림 행렬을 따라 시다제, 둥다제, 화제를 한 바퀴 돌았다. 그리고 부둣가에도 가봤다. 상류에서 쏟아지는 강물이 사납게 출렁였다. 갑자기 강물이 불어 평소보다 혼탁하고 물살이 셌다. 상류 지역에 연일 폭우가 내려 온통 물에 잠기고 집까지 쓸려갔단다. 부둣가에 많은 사람이 모여 천허가 강물에서 물건을 건져올리는 것을 구경했다. 그는 긴 대나무 두 개를 연결하고 끝에 갈고리를 달아 상류에서 떠내려오는 물건을 닥치는 대로 건져올렸다. 내가 갔을 때 이미 돌계단 위에 온갖 잡동사니가 널려 있었다. 죽은 돼지, 죽은 고양이, 나무뿌리, 솥뚜껑, 나무상자, 앉은뱅이 의자 등등. 사람들은 이러다 천허가 큰 맷돌을 건질지도 모른다고 수군거렸다. 해가 질 때까지 기다렸지만 큰 맷돌을 건지는 일은 없었다.

집에 돌아왔는데 새끼 강아지 한 마리가 또 없어졌다. 한참을 찾았지만 찾지 못했다. 급한 마음에 부둣가에 달려가 천허가 건져올린 물건까지 확인했다. 죽은 강아지가 있었지만 우리 집 강아지는 아니었다. 이미 날이 어두워져 더 이상 찾을 수 없었다.

6

이튿날 아침, 다시 강아지를 찾으러 나갔다. 먼저 시다제, 둥다제, 화제를 돌며 보이는 사람마다 붙잡고 물어봤다. 그리고 운하 쪽으로 달려가 근처 풀숲과 갈대밭을 돌아봤다. 없었다. 다시 부둣가로 갔다. 천허가 아직도 물건을 건지고 있었다. 죽은 개가 몇 마리 있었지만 우리 집 강아지는 없었다. 귀신 곡할 노릇이다. 길에서 한스얼네 작은 숙부를 만났는데 바탸오루에서 개 한 마리를 봤으니 가보라고 했다. 내가 색깔을 물어봤지만 멀리서 스치듯 잠깐 본 거라 잘 모르겠다고 했다. 작은 강아지 같았는데 휙 지나갔단다. 난 다시 남쪽으로 달렸다.

화제 남쪽에 있는 바탸오루는 주위가 황무지이고 무덤가를 지나야 해서 평소 인적이 드물었다. 생후 한 달도 안 된 새끼 강아지가 그 먼 데까지 갔을 리 없다고 생각했지만 얼떨결에 바탸오로 향했다. 가다 서다를 반복하며 드디어 무덤가까지 왔다. 무덤과 무덤 사이에 소나무가 빽빽이 자라 있어 음침한 그늘을 지나가야 했다. 심장이 콩닥콩닥 뛰었다. 대낮이 아니었으면 때려죽인대도 오지 못했을 것이다.

무덤가를 거의 벗어날 무렵 어렴풋이 사람 말소리가 들렸다. 깜짝 놀라 발길을 되돌리려 했는데 문득 목소리가 귀에 익다는 생각이 들었다. 무쇠 같은 목소리, 다미 목소리다! 무슨 말을 하는지는 분명치 않았다. 난 허리를 굽히고 무덤과 소나무 사이를 살피기 시작했다. 한참 후에야 무덤과 소나무 사이로 어른거리는 사람 그림자가 나타났다. 나뭇가지 사이를 통과해 흙길을 비추는 반짝반짝 빛나는 햇살을 밟으며 조심조심 가까이 다가갔다. 목소리가 점점 커졌다. 다미 혼자가 아니었다.

"벗어."

다른 목소리가 말했다.

"빨리 벗어."

또 다른 목소리였다.

"더 아래로 내려."

이번에도 또 다른 목소리다.

"이거 갖기 싫어?"

이번에는 다미 목소리다.

"줘! 빨리 줘!"

무덤 옆에 바짝 붙어 다가가던 내 귀에 주차이 목소리가 들렸다. 누군가 낄낄 웃기 시작하고 나머지도 따라 웃었다. 보나마나 싼완과 삐딱이 다넨이다. 잠시 후 무덤 하나를 지나자 다미와 만줘가 팔짱을 끼고 두 무덤 사이에 서서 귀엣말을 속삭이는 것이 보였다. 싼완과 삐딱이 다넨은 각각 다른 무덤 위에 올라앉았다. 싼완이 오른손 검지로 허 영감의 검은 모자를 빙빙 돌리며 야릇한 미소를 지었다.

"빨리! 여기 모자 있는 거 안 보여?"

난 더 이상 다가가지 못하고 어느 무덤 뒤에 숨어 고개를 살짝 내밀고 지켜봤다. 다미 패거리가 계속 윽박지르며 주차이를 다그쳤다. 무덤 위로 그녀의 뒤통수가 불쑥 튀어나오고 목이 보였다. 곧이어 정신을 차릴 새도 없이 새하얀 목덜미와 매끈한 등판이 눈앞에 어른거렸다. 주차이가 싼완을 향해 달려가는 것이 보였다. 세상에! 그녀의 나체는 눈이 부실만큼 새하얗고 엉덩이는 커다란 공 두 개가 달린 것 같았다. 난 너무 놀라 숨이 턱 막히고 갑자기 딸국질이 나왔다. 들킬까봐 얼른 주저앉았지만 다미가 이미 인기척을 느끼고 소리쳤다.

"누가 있어! 누구야?"

나머지 녀석들도 경계하듯 주위를 두리번거렸다.

"누구야? 어디 있어?"

주차이도 걸음을 멈추고 잠시 침묵이 흘렀다. 삐딱이 다넨이 침묵을 깨뜨렸다.

"아무도 없잖아. 잘못 들은 거 아니야?"

"방금 전에 딸꾹질 소리 같은 게 들렸는데, 잘못 들었나보네."

싼완이 다시 낄낄거리며 분위기를 띄웠다.

"귀신 나오는 곳에 올 사람이 누가 있어? 다미, 너 먼저 할래?"

"너 먼저 해. 난 좀 이따."

"그래도 네가 먼저지. 아니면 만줘, 네가 먼저 해."

"아니야, 다녠 먼저 해. 다녠이 만날 제 거시기가 크다고 자랑했잖아. 어디 한번 보자고."

삐딱이 다녠이 낄낄 웃으며 대꾸했다.

"농담이지. 그러지 말고 싼완, 너 먼저 해. 넌 만날 꿈에서 했다며? 만날 했으니 식은 죽 먹기겠네."

"모자 내놔! 우리 아빠 모자야!"

조용하던 주차이가 갑자기 빽 소리를 질렀다. 난 다시 고개를 내밀려다가 또 딸꾹질을 하고 말았다. 나도 모르는 사이에 이미 나와버렸다. 세상에! 내가 뭘 봤는지 알아? 주차이가 나를 향해 돌아서는데, 그 하얗고 풍만한 양쪽 유방이 위아래로 출렁거리고 두 다리 사이의 검은 숲이 눈앞에 어른거렸다. 난 주차이의 그 모습을 보는 순간 넋이 나가고 위로 솟구칠 것처럼 가슴이 두방망이질 쳤다. 나는 도저히 못 참겠어서 시원하게 딸꾹질을 하려고 목을 길게 뺐다.

"이것 봐. 누가 있다니까!"

싼완 등 패거리가 재빨리 몸을 돌려 도망치려 하자 다미가 녀석들을 불러 세웠다.

"기다려! 일단 누군지 확인하자."

난 큰일났다 싶어 쏜살같이 내뺐다.

"무워야!"

삐딱이 다녠이 등 뒤에서 소리쳤다. 곧이어 다미 목소리가 들렸다.

"쫓아! 녀석을 놓치면 안 돼!"

다미와 패거리들이 뒤쫓아오며 멈추라고 소리쳤다. 너 같으면 멈추겠냐? 겨드랑이에서 날개가 솟기를 간절히 열망했다. 난 내가 이렇게 잘 달릴 줄은 상상도 못 했다. 녀석들은 날 쫓아오지 못했다. 저 앞길에 지나가는 사람이 보이자 더 이상 쫓아오지 못하고 다른 길로 방향을 꺾어 화제 쪽으로 도망쳤다. 난 발길을 멈추고 바닥에 주저앉았다. 이제야 다리에 힘이 풀렸다. 한동안 멍하니 앉아 있다가 주차이가 아직 그곳에 있다는 생각이 들어 다시 무덤가로 향했다. 마침 그녀가 이쪽으로 걸어오고 있었다. 다시 옷을 입긴 했는데 단추를 잘못 채웠다. 그녀는 나를 보자마자 소리를 질렀다.

"모자! 우리 아빠 모자!"

"모자는 다미 패거리가 가져갔잖아."

"모자, 모자, 네가 찾아준다고 했잖아."

바보가 생떼를 쓰면 정말 무섭다. 주차이는 방금 전에 내 앞에서 옷을 홀딱 벗었던 사실은 까맣게 잊고 엉뚱하게 내 옷자락을 붙잡고 늘어지며 모자를 내놓으라고 생떼를 썼다.

"알았어. 그러니까 이 손 놔."

그녀가 겨우 손을 풀었다.

"오늘 당장 줘."

"그래. 그러니까 앞으로 함부로 옷 벗으면 안 돼."

"응. 안 벗어. 모자 줘."

난 주차이를 데리고 화제로 걸어갔다. 길옆에 도랑이 흐르는데 물보다 풀이 많았다. 한참 걷다보니 옆에 주차이가 안 보였다. 돌아서서 자세히 보니 도랑가에 쪼그려 앉아 고개를 갸웃거리고 있었다.

"뭐 해?"

"강아지야, 강아지."

난 가슴이 철렁했다. 강아지 찾는 것을 까맣게 잊고 있었다. 얼른 달려갔다. 주차이가 수풀 사이를 가리키며 계속 중얼거렸다.

"강아지야, 강아지."

난 보자마자 입을 틀어막았다. 내가 찾는 강아지가 틀림없었다. 그러나 머리뿐이었다. 이번에는 눈을 감고 있었다. 난 주차이를 끌고 그 자리를 떠났다. 더 이상 보고 싶지 않았다. 지난번처럼 땅에 묻어주는 일도 더 이상 하고 싶지 않았다. 주차이가 집으로 가는 내내 중얼거렸다.

"강아지야, 강아지."

7

집으로 돌아와 아빠 엄마에게 죽은 강아지 얘기를 했다. 얘기를 끝내고 개집 옆에 쪼그려 앉았다. 나머지 새끼 강아지 두 마리가 너무 걱정됐다. 가족들이 내 옆에 같이 쪼그려 앉았다. 번갈아가며 이런저런 추측을 내놓았지만 왜 머리통만 남았는지 알 길이 없었다. 도대체 이런 취미를 가진 짐승이 뭐가 있지? 모르겠다. 우리 가족은 남들에게 원한을 산 일이 없다. 하지만 강아지 몸통이 분명히 사라졌다. 잘린 강아지 머리를 떠올리자 갑자기 온몸에 닭살이 돋으며 부들부들 떨리고 이가 갈렸다. 그 잔혹함에 몸서리가 쳐졌다. 누나가 불쑥 한마디 내뱉었다.

"누군가 우리 집을 노리는 게 틀림없어."

"어떤 개새끼들이 우리 집을 노린단 말이야?"

"노리긴 뭘 노려? 정말 노렸으면 그깟 강아지 두 마리뿐이겠어?"

엄마가 대수롭지 않게 넘기려 했다. 아빠는 조금 더 진지했다.

"어떻든 좀 조심하는 게 좋겠다. 상대는 숨어 있고 우리는 드러나 있으니, 뭔가 확실한 대책을 세워야겠는데."

"줘버려. 지금 바로 줘버리라고."

아직 한 달도 안 됐는데 떠나보내려니 억장이 무너지는 것 같았다. 언젠가 보내야 한다는 것을 알았지만 막상 보내려니 너무 슬퍼 정신이 멍했다. 엄마가 내 뒤통수를 때렸다.

"멍청히 서서 뭐해? 텐싱네랑 난과네 집에 강아지 갖다주고 와."

내가 강아지를 품에 안고 머뭇거리자 엄마가 한마디 또 했다.

"다 죽을 때까지 기다릴 셈이야?"

난 퍼뜩 정신을 차리고 밖으로 뛰어나갔다.

'널 텐싱네 데려다줄게.'

강아지를 보니 마음이 아파 눈물이 났다. 슈치우가 개집에서 왈왈 짖자, 새끼 강아지도 앙앙 울었다. 다미네 집 앞을 지날 때, 새끼 강아지를 품속에 감추고 가능한 한 빠르게 지나쳤다. 싼완, 만줘, 다넨 등 다미 패거리가 모두 모여 우스갯소리를 지껄이고 있었다. 돌아오는 길에도 여전히 그러고 있었다. 두 번째 강아지를 안고 난과네 집에 가면서 다시 다미네 집 앞을 지나는데, 이번에는 아무 소리도 들리지 않았다. 대문이 한쪽만 닫히고 한쪽은 열려 있어 마당을 쓱 한번 훑어봤다. 아무도 없었다. 강아지를 갖다주고, 돌멩이를 걷어차며 화제로 돌아왔다. 마치 생살을 떼어낸 것처럼 가슴이 저리고 기분이 축 가라앉았다.

다미 집 대문 한쪽이 여전히 열려 있었다. 난 발길을 멈추고 겁 없는 생각을 떠올렸다. 내 자신이 매우 놀라웠다. 난 어느새 다미네 집 대문을 넘어섰다. 마당에 아무도 없었다. 곧장 외양간 짚풀을 향해 달려갔다. 짚풀 틈새는 자세히 살피지 않으면 잘 보이지 않았다. 살금살금 다가가 손을 쑥 내밀어 단번에 목표물을 잡아 꺼낸 후 품속에 쑤셔넣고 밖으로 달려나갔다. 밖으로 나온 후에야 주위에 사람이 없는지 두리번거렸다. 그제야 심장이 터질 듯이 쿵쾅거렸다. 드디어 찾았다. 하지만 난 남의 집에 들어가 물건을 훔친 도둑놈이 됐다. 집에 돌아오자 부엌에서 물을 끓이던 엄마가 한마디 툭 던졌다.

"갖다줬어?"

"응."

난 대충 얼버무리고 얼른 내 방으로 들어가 모자를 침대 밑에 쑤셔 넣었다. 침대 위에 멍하니 앉아 주차이에게 바로 모자를 줘도 될지 고민했다. 그 바보가 잘못 입을 놀려 날 팔아먹을지도 모르지 않나? 아무래도 미덥지가 못했다. 결국 난 엄마에게 물어보기로 했다.

"그게 어디서 났어?"

"다미네 집 앞에서 주웠어요. 허 교장 머리에 상처가 나고 감기도 걸렸던데."

"무슨 말썽을 일으킬지 모르니 야야한테 주지 말고 허 교장한테 직접 전해."

"허 교장은 대대부에 갇혀 있는 거 아니에요?"

"아닌 모양이야."

다시 아빠에게 물었다.

"허 교장 어디 있대요?"

"아무튼 대대부에는 없는 것 같아."

아빠가 어망을 손질하며 대답했다.

"위생실이 대대부에 있잖아. 드나드는 사람이 그렇게 많은데 허 교장을 봤다는 말은 못 들었어."

허 교장이 어디 있는지가 새로운 문제로 떠오르면서 모자를 전해주는 일은 뒷전으로 밀려났다. 허 교장이 어디 있는지는, 아빠 엄마도 전혀 갈피를 잡지 못했다. 누나가 주차이를 데리고 집으로 돌아왔다. 주차이는 나를 보자마자 모자를 내놓으라고 소리를 질렀다. 엄마를 돌아보자 엄마가 나에게 모자를 가져오라고 했다. 엄마는 모자를 똑바로 펼친 후 주차이를 달랬다.

"야야, 모자를 찾았는데 무위더러 가져다주라고 하자, 괜찮지?"

"안 돼! 내가 갈 거야. 우리 아빠 모자야! 나, 아빠 보고 싶어."

"넌 가면 안 돼. 지부 서기 아저씨가 네가 온 걸 보면 네 아빠를 영원히 가둬둘 거야. 그럼 넌 두번 다시 아빠를 볼 수 없어."

"정말?"

"그래."

"알았어. 그럼, 안 갈게."

주차이가 날 째려보며 말했다.

"그럼, 네가 지금 당장 갖다줘!"

"알았어. 지금 갈게."

난 모자를 넣은 주머니를 들쳐 메고 대문을 나섰다. 부둣가에 가서 잠시 천허가 물건 낚는 것을 구경하다가 돌아왔다. 운하 물은 여전히 불어 있었다. 상류 쪽 하늘에 구멍이 났나보다. 대문을 들어서기 전에 모자를 옷 안에 숨기고, 주차이에게 빈 주머니를 흔들어 보였다.

"봐, 네 아빠한테 모자 갖다주고 왔어."

주차이가 방긋 웃었다.

"좋아. 우리 아빠 이제 눈물도 안 흘리고 콧물도 안 흘릴 거야."

허 영감이 눈물을 흘리는지, 콧물을 흘리는지, 아무도 본 사람이 없다. 오늘은 조리돌림이 없었다. 아빠가 아침에 부둣가에 갔다가 류반야를 만났는데 당분간 조리돌림이 없을 거라고 했단다. 모두 지쳐서 심신을 추스르고 다시 할 거라며 그의 두 아들도 계속 집에서 자고 있단다. 부둣가에 모인 사람들이 류반야에게 허 영감이 어디 있느냐고 물었지만 그는 손사래를 치며 모른다고 했다. 망할 두 아들 녀석이 집에 와서는 아무 말도 안 한다고, 이미 우톈야의 아들이 된 것 같다고 했다.

8

새끼 강아지들이 모두 사라지자 슈치우는 하릴없이 개집 주위를 맴돌았다. 간혹 대문 밖으로 나갔다가 갑자기 다시 집으로 뛰어 들어와 개집 앞에 멍하니 서서 구슬프게 울었다. 밥을 줘도 잘 먹지 않고 냄새만 맡고 그만이었다. 내가 이름을 부르면 내 다리에 목을 비비적거리며 금방이라도 울 것처럼 눈망울이 촉촉이 젖었다. 난 슈치우를 안고 위로했다.

"슈치우, 너무 마음 아파하지 마. 나중에 다시 새끼 낳자."

슈치우가 내 말을 알아들었는지 어쨌는지 꼬리를 흔들며 밖으로 뛰어나갔다. 그렇게 나가더니 돌아오지 않았다. 날이 저물도록 개집이 조용했다. 누나가 무심하게 한마디 했다.

"새끼 강아지 찾으러 갔나?"

그렇다 해도 지금까지 찾고 있지는 않을 텐데. 해가 지면 본능적으로 집으로 돌아오기 마련인데. 난 불안한 마음에 먹는 둥 마는 둥 저녁 식사를 끝내고 슈치우를 찾으러 나섰다. 죽은 두 마리 강아지처럼 목만 남을까봐 걱정스러웠다.

슈치우는 새끼 강아지가 아니니 내 목소리를 들으면 바로 달려올 것이다. 난 거리를 돌아다니며 여러 소리를 냈다. 휘파람을 불고 슈치우의 이름을 부르고 쉴 새 없이 혼잣말을 중얼거렸다. 주위를 지나가는 사람들이 이상한 눈빛으로 나를 쳐다봤다. 미쳤다고 생각하는 것 같았다. 텐싱과 난과네 집에도 가보고 온 거리를 다 뒤졌지만 찾지 못했다. 정말 이상했다. 슈치우가 우리 집 밥을 먹은 지 6년이 넘었으니, 정상적이라면 눈을 감고도 집을 찾을 것이다.

그날 밤, 크게 휜 날카로운 칼날 같은 달님 주변에 붉은빛이 드리웠다. 시커먼 운하 강물 위로 뱃전에 밝혀둔 등불이 희미하게 반짝였다. 너무 어두워 내 그림자도 보이지 않았다. 풀숲에서 이상한 벌레 울음소리가 났다. 계속 휘파람을 불었더니 입술이 저렸고 슈치우의 이름을 부르고 혼자 중얼거리느라 목이 말랐다. 칼날 같은 붉은 달빛에 의지해 걷다가 폐버섯장까지 갔다. 아주 늦은 시간이었다.

운하 가까이에 위치한 버섯장은 집 다섯 채를 이어놓아 굉장히 컸다. 몇 년 전까지 이곳에서 버섯을 키웠는데 어쩌다 갑자기 버섯 재배가 중단되고 폐가가 됐다. 그 안에 있던 버섯나무는 이미 사람들이 다 떼어갔기 때문에 텅 빈 공간만 남았다. 출입문이 늘 굳게 잠겨 있어 햇빛 한 조각 들어가지 못했다. 하지만 우리는 여름마다 이곳에 자주 들어갔다. 버섯장 뒤쪽에 기어들어갈 수 있는 통풍구가 있었다. 운하에서 멱을 감다가 아이들과 다함께 그 안에 들어갔었다. 아마 혼자였으면 못 들어갔을 것이다. 버섯장 안은 음산하고 눅눅해서 곰팡이 냄새가 진동했다. 숨 쉬기조차 힘들었다. 짓궂은 아이들이 그 안에 기어들어가 똥오줌을 싸곤 해서 지린내와 온갖 악취가 진동했다. 밖에 햇살이 좋은 날에는 그 안에 가득한 파리, 구더기, 뼈만 앙상한 쥐새끼가 보였다.

그날 밤, 난 괴물처럼 서 있는 시커먼 버섯장을 보는 순간 모골이 송연해졌다. 가능한 한 담벼락에 붙어 천천히 조심조심 발걸음을 옮기는데 갑자기 발이 미끄러지면서 나도 모르게 비명을 질렀다. 아마도 들짐승 똥을 밟은 것 같았다. 내 비명소리 외에 들리는 것이라곤 희미한 날벌레 울음소리뿐이었다. 운하 옆 풀밭에 신발 바닥을 닦으려는 순간, 낑낑대는 소리가 들렸다. 급히 걸음을 멈췄다. 낑낑 소리가 다시 들렸다.

"슈치우?"

혹시나 하는 마음에 작게 외쳤다.

또 낑낑.

"슈치우!"

나도 모르게 목소리가 커졌다. 낑낑대는 소리도 커졌다. 소리가 들려온 곳은 버섯장 안이 틀림없었다. 난 통풍구 안으로 머리를 들이밀었다.

"슈치우, 너 왜 거기 들어가 있어? 어서 나와."

하지만 슈치우는 애처롭게 낑낑거리기만 했다. 이때 사람 목소리가 들렸다.

"무위냐?"

난 깜짝 놀라 고개를 움츠리며 뒤로 물러서다가 벽에 부딪혔다.

"나야, 허 교장."

"허, 허 교장, 선생님이 왜 여기 있어요?"

"며칠 동안 계속 여기 있었어. 슈치우는 오늘 오후에 왔고."

"슈치우가 어떻게 여길 들어왔어요?"

"다미와 애들이 코에 줄을 꿰어 끌고 와서 여기 묶어놨어."

"다미요?"

이 망할 놈들이 왜 슈치우를 여기 데려다놓은 거야? 난 다시 통풍구로 고개를 들이밀었지만 아무것도 보이지 않았다. 곰팡이 냄새, 지린내, 그리고 희미한 피비린내만 느껴졌다. 허 영감이 한바탕 기침을 해대자 슈치우도 애처롭게 짖었다. 난 버섯장에 기어오르며 숨을 참았다. 안 그러면 냄새에 질식해 제정신을 유지할 수 없다. 발밑이 미끄덩했다. 이번에는 또 뭘 밟았는지 모를 일이다. 버섯장 안은 내 손바닥조차 보이지 않을 만큼 어두웠다. 희미하게 빛나는 슈치우의 두 눈동자를 보고 걸어갔다.

"선생님, 하나도 안 보여요."

"조금 있으면 적응이 돼서 보일 거야."

잠시 기다렸지만 여전히 보이지 않았다. 슈치우가 바로 앞에서 멍멍 짖었고 허 영감 기침 소리는 뒤에서 들렸다. 수없이 마른기침을 했지만 목에 걸린 가래가 좀처럼 나오지 않는 것 같았다. 슈치우도 허 영감도 흐릿한 윤곽만 보였다. 난 슈치우 쪽을 더듬거리다가 줄이 잡히자 내 쪽으로 당겼다. 갑자기 슈치우가 날카롭게 울부짖었다.

"줄을 당기지 마. 슈치우 코를 뚫어 묶은 거야."

그러니까 허 영감 말은 소처럼 코뚜레를 뚫었단 뜻이었다. 예전에 코뚜레를 한 소를 본 적이 있는데 줄을 당길 때마다 죽을 것처럼 아파했다. 불빛이 없어 어디가 코이고 어디가 줄인지 잘 보이지 않고 줄을 끊을 가위나 칼도 없었다. 난 일단 통풍구로 다시 기어나와 집으로 달려갔다. 가족들은 모두 잠들어 있었다. 살금살금 방으로 들어가 손전등과 가위를 챙겨 다시 버섯장으로 달렸다. 도중에 허 영감 모자가 생각나 다시 집으로 돌아가 챙겨왔다.

불빛을 비추자 버섯장은 봐주기 힘들 만큼 더러웠다. 허 영감과 슈치우는 각각 머리와 코에 핏자국 상처가 나 있어 희미한 등불을 비추자 마치 도깨비 같았다. 슈치우는 불빛이 보이자 더 애처롭게 울었다. 허 영감은 갑작스런 불빛을 견디기 힘든지 손으로 눈을 가렸다가 잠시 후에 뗐다. 내가 모자를 건넸지만 허 영감은 필요 없다며 다시 가져가 잘 보관해달라고 했다. 난 다시 가져가고 싶지 않아 '감기 빨리 나으려면 아무래도 선생님이 가지고 있는 게 좋겠다'고 말하며 그의 머리에 모자를 얹었다. 하필 상처를 건드렸는지 허 영감이 고통스러워하며 입을 다물지 못했다. 잠시 후 허 영감이 손전등을 비추는 동안 코뚜레에 연결된 줄을 잘랐다. 다미, 그 개자식이 슈치우 콧구멍 가까이에 단단히 매듭을 묶어놔서 풀지 못하고 잘라버렸다. 그동안 조용히 기다린 슈치우는 줄을 자른 후 반갑게 내 손을 핥으며 눈물을 뚝뚝 흘렸다.

"슈치우, 슈치우, 이제 괜찮아. 우리 집에 돌아가자."

슈치우를 달랜 후 허 영감의 밧줄을 풀어주려는데 그가 안 된다고 펄쩍 뛰었다.

"너까지 연루되면 안 돼. 며칠 더 고생하면 풀어줄 거야."

"우리 엄마가 우텐야는 머리끝부터 발끝까지 나쁜 놈이랬어요. 아무래도 도망가는 게 좋아요."

"안 돼. 그자가 원하는 게 바로 그거야. 내가 도망가면 그자는 더 득의양양해질 거야. 그래도 아직 이웃 주민들은 내가 정말 그런 천인공노할 짓을 했다고 생각하지 않잖니."

"정말 도망 안 가요?"

"안 간다."

"알았어요. 우리 아빠 엄마도 선생님이 좋은 사람이랬어요."

난 슈치우의 목을 쓰다듬으며 얘기를 이어갔다.

"주차이가 우리 집에서 지내는데 눈만 뜨면 아빠를 찾아요."

"주차이한테 내가 여기 있다는 말, 절대 하면 안 된다. 며칠 지나면 나갈 수 있을 거야."

허 영감이 모자를 벗어 내게 내밀었다.

"이거 가져가. 나가면 달라고 할 테니."

난 모자를 받고 싶지 않았다. 이미 충분히 귀찮고 골치 아팠다.

"그냥 선생님이 쓰고 계세요."

난 슈치우를 안고 서둘러 자리를 떠났다. 선생님이 멈추라고 소리치는 동안, 먼저 슈치우를 통풍구에 밀어넣은 후 나도 뒤따라 기어나갔다. 높은 달빛 아래, 사각사각 풀 밟는 소리가 희미하게 퍼졌다. 지나는 길마다 이미 이슬이 내려앉아 있었다.

9

이른 아침, 아빠와 엄마가 마당에서 수군거리는 말소리와 슈치우가 간간이 짖는 소리가 들렸다. 아빠 엄마는 늘 이렇게 일찍 일어났다. 하지만 크게 중요한 일을 하는 것이 아니라 닭 모이 그릇을 어디에 두느냐를 두고 아침 내내 논쟁을 벌였다. 난 자세를 바꿔 좀더 자려 했으나 소변이 마려워 어쩔 수 없이 일어나 화장실로 향했다. 아빠는 우물가에 쪼그려 앉아 칼을 갈고 엄마는 빨래를 하고 있었다. 두 사람은 쉴 새 없이 떠들다가 나를 보더니 논쟁을 멈췄다.

"무위, 뭐 하러 이렇게 일찍 일어났어?"

"화장실 가려고요."

"더 자. 어차피 할 일도 없는데."

당연히 더 자야지. 해가 뜨려면 아직 멀었고 화제 하늘은 아직 축축한 잿빛으로 뒤덮여 있었다. 화제의 이른 아침은 늘 이렇게 잿빛이었다. 소변을 보고 나왔는데 아빠는 계속 칼을 갈고 엄마는 계속 빨래를 하며 뭔가 계속 궁얼궁얼댔다. 난 다시 침대에 누워 옆으로 고개를 돌리고 잠들었다. 그리고 꿈을 꿨다. 꿈에서 슈치우가 다시 새끼 네 마리를 낳았다. 한 마리는 까맣고, 한 마리는 하얗고, 한 마리는 누렇고, 한 마리는 얼룩덜룩했다. 반들반들 윤기가 흐르는 긴 털로 뒤덮인 새끼 강아지가 뛰어다니는 모습이 꼭 실타래가 굴러다니는 것 같았다. 슈치우가 새끼들과 장난을 치며 기분 좋게 짖었다. 처음에는 분명히 기분 좋게 짖었는데 계속 듣다보니 뭔가 이상했다. 어느새 고통과 절망에 젖은 처참한 비명으로 변했다. 도저히 들을 수 없을 만큼 처참했다. 난 괴로움에 몸부림치다 잠이 깼다.

눈을 떴는데 슈치우 짖는 소리가 계속 들렸다. 난 벌떡 일어나 앉아 귀를 쫑긋 세웠다. 슈치우가 고통에 몸부림치는 소리가 분명했다. 창밖으로 고개를 내밀었다. 개집 뒤에 몸을 숨긴 슈치우가 납작 엎드려 고통스럽게 낑낑거렸다. 아빠가 이리 오라고 손짓하자 슈치우가 잠시 망설이다가 천천히 일어나 비틀거리며 아빠에게 걸어갔다. 아빠가 슈치우의 머리를 쓰다듬으며 천천히 슈치우의 몸통을 팔로 감쌌다. 다음 순간 아빠의 오른손이 슈치우의 목 아래로 쑥 들어갔고 슈치우가 격렬하게 몸을 떨며 처참하고 끔찍한 비명을 질렀다. 곧이어 슈치우의 꼬리가 두 뒷다리 사이에 축 늘어졌다. 아빠가 손을 풀자 슈치우가 잽싸게 빠져나가 개 집 뒤로 숨었다. 아빠가 얼른 몸 뒤로 오른손을 숨기는 순간, 나는 피가 뚝뚝 떨어지는 날카로운 칼을 똑똑히 봤다. 아빠가 왜 저래? 난 침대 위에서 크게 소리쳤다.

"아빠! 아빠! 슈치우! 슈치우!"

난 정신없이 바지를 주워 입고 밖으로 뛰어나가며 계속 소리쳤다.

"슈치우! 슈치우!"

"네가 상관할 일이 아니야! 네 방으로 돌아가!"

"슈치우를 왜 죽여요?"

"슈치우를 왜 죽여!"

가쁜 숨을 몰아쉬며 개집 옆에 엎드린 슈치우가 눈을 반밖에 못 뜨고 멀거니 나를 바라봤다. 나를 향해 꼬리를 흔들려 했지만 반도 들어올리지 못하고 계속 떨어뜨렸다.

"슈치우! 슈치우!"

내 목소리를 듣고 힘겹게 눈을 뜨고 일어서려 했지만 앞다리만 겨우 버둥거릴 뿐 결국 일어서지 못했다. 슈치우는 나를 향해 힘없이 고개를 흔들었다. 고개를 움직일 때마다 목 아래에서 피가 철철 흘러내렸다.

"슈치우! 슈치우!"

난 두 손을 뻗으며 주르르 눈물을 흘렸다. 갑자기 슈치우가 털을 쫙 펼치면서 부드럽던 털이 곧게 쭉 뻗었다. 그리고 고개를 번쩍 쳐들면서 앞다리도 쭉 뻗어올리고 온힘을 다해 뒷다리를 끌어올려 일어섰다. 슈치우가 피를 뚝뚝 흘리며 비틀비틀 내게 걸어왔다. 내 앞까지 걸어와 한동안 꼿꼿이 서 있었다. 난 쪼그려 앉아 손바닥을 내밀어 핥게 했다. 고개를 숙이자 슈치우 목 아에래 피와 털이 엉겨붙어 암흑색으로 변해버린 칼에 찔린 상처가 보였다.

"슈치우!"

나는 슈치우를 안으려다 아빠에게 떠밀려 땅바닥에 나뒹굴었다. 아빠의 칼이 다시 슈치우의 목 아래를 찔렀다. 내 발과 다리에 슈치우의 피가 튀었다. 난 손으로 피를 닦아내며 목 놓아 울기 시작했다. 슈치우의 온몸이 부들부들 격렬하게 떨리고 털이 힘없이 말리며 아래로 축 늘어져 살갗에 착 달라붙었다. 만개했던 꽃이 순식간에 시들어 죽는 것 같았다. 먼저 슈치우의 뒷다리가, 그리고 앞다리가 차례차례 무너져내렸다. 처음에는 무릎이 꺾여 꿇어앉았다가 금세 완전히 엎어졌다. 슈치우 몸은 점점 내려앉아 땅바닥에 딱 붙어버렸다. 슈치우는 부서질 듯 온몸을 떨었고 입에서도 피가 흘러나왔다. 나를 바라보는 눈빛이 점점 흐릿해졌다. 무언가가 점점 멀어지며 시야에서 사라져가듯이. 슈치우의 두 눈이 그 희미한 호흡처럼 천천히 감겼다. 슈치우가 내 발끝에 내뿜던 콧김 열기가 점점 옅어지고 또르르 눈물을 흘리기 시작했다. 두 눈이 완전히 감기던 순간, 제법 크고 진득한 눈물방울이 아래로 뚝 떨어졌다. 난 슈치우의 아래턱이 부르르 떨렸다가 힘이 완전히 빠져나가면서 온몸이 축 늘어지는 것을 느꼈다. 슈치우가 내 발 앞에 머리를 떨어뜨리고 더 이상 움직이지 않았다.

"슈치우! 슈치우!"

슈치우는 내 목소리를 듣지 못했다. 귀가 축 늘어져 귓구멍이 막혀버렸다. 아빠가 칼을 멀찍이 던지고 나를 일으켜 세우려다 내 주먹에 사타구니를 얻어맞았다. 아빠는 허리를 구부린 채 두 손으로 바짓가랑이를 움켜쥐며 소리쳤다.

"이 자식이, 미쳤나! 죽고 싶어 환장했어?"

"왜 죽였어? 슈치우를 왜 죽였어!"

난 너무 화가 난 나머지 주먹으로 내 허벅지를 내려치며 소리쳤다. 아빠는 통증이 어느 정도 가라앉은 후 나를 잡아 일으켰다.

"똑바로 서! 내가 안 죽이면, 그럼 가만히 앉아 다른 놈이 죽이길 기다리란 말이냐? 머리는 멋으로 달고 다녀? 누군가 우리 강아지들을 죽였어! 누군가 널 벼르고 있단 말이다. 슈치우가 앞으로 며칠이나 더 살았을 거 같아?"

난 모르겠다. 슈치우가 죽었다는 사실이 중요했다. 난 다시 땅바닥에 주저앉아 슈치우의 코를 쓰다듬으며 소리없이 눈물을 흘렸다. 슈치우의 코는 아직 축축했다. 코뚜레 부위에 말라붙은 피딱지가 눈에 들어왔다. 슈치우, 슈치우. 바닥에 앉아 슈치우의 털을 잘 쓰다듬어 정리해주니 평상시에 곤히 잠든 모습과 다를 것이 없었다.

10

아빠가 슈치우를 홰나무에 매달고 배를 갈랐을 때, 나는 집에 없었다. 온종일 동네를 배회하느라 밥 한 숟가락 못 먹었다. 아니 먹을 수 없었다. 슈치우의 죽음을 떠올리는 순간 아무것도 먹고 싶지 않았다. 이날 나는 운하를 따라 20리 가까이 걸었다. 마음속으로 아빠를 미워하고 다미를 증오했다. 먼저 죽은 새끼 강아지 두 마리를, 다미 패거리가 죽였는지는 확실치 않다. 도대체 그 녀석들은 왜 멀쩡한 강아지를 죽이고 싶었을까? 운하 물이 아주 혼탁한 것을 보니 상류에 여전히 많은 비가 내리는 모양이다. 마치 온 세상 물이 전부 다 이 운하로 흘러드는 것 같았다.

오후 서너 시쯤 시다제를 지나다가 잠깐 허 영감 조리돌림 행렬을 구경했다. 그는 모자를 쓰지 않고 맨머리로 바람을 맞으며 걸어갔다. 오늘 그는 고개를 숙이지 않고 시찰을 나온 지도자처럼 턱을 치켜들었다. 허 영감이 당당하게 얼굴을 들고 있으니 아무도 침을 뱉거나 돌을 던지지 못했다. 그의 눈빛이 구경꾼들을 하나하나 꼼꼼히 훑었다. 나는 화제를 지나가다 삐딱이 다넨과 마주쳤다.

"그러잖아도 널 찾고 있었어. 다미가 집으로 놀러 오래."

"안 가."

"다미를 무시하는 거야? 암튼 다미가 너 데려오라고 했으니 가자. 다미가 이번에 오면 진짜 친구가 될 거라고 했어."

난 한참 동안 망설였다.

"집에 일이 있어서 안 돼."

난 다미 집에 갈 수 없다. 녀석들은 슈치우를 해치려 했고 난 다미네 집에서 모자를 훔쳤으니 무슨 말을 해도 갈 수 없다. 다녠이 씩씩거리며 가버렸다. 집에 돌아왔을 때는 이미 해질 무렵이라 집 앞 돌길이 붉게 물들어 있었다. 엄마가 부엌에서 큰 솥에 불을 때고 있고 주차이와 누나가 흥분한 표정으로 부뚜막 앞을 서성거렸다. 주차이가 손을 비비적거리며 '맛있겠다, 맛있겠다'를 연발했다. 나도 냄새를 맡았지만 맛있겠다는 생각은커녕 속이 뒤집어져 헛구역질이 났다. 뱃속에 더러운 돌멩이가 굴러다니는 기분이었다. 주차이가 나를 보며 '맛있겠지? 맛있겠지?' 하며 입맛을 다셨다. 난 그녀 귀에 대고 버럭 소리를 질렀다.

"맛있겠어? 그래 네 대가리가 맛있겠다!"

주차이가 울먹거리며 우리 엄마에게 칭얼댔다.

"쟤가 나한테 욕했어! 쟤가 날 때리려고 했어!"

"울지 마. 내가 때려줄게. 이것 봐. 내가 때려줬지?"

엄마는 날 마당 한쪽으로 끌고 갔다.

"저…… 고기, 너 먹을 수 있겠어?"

난 절레절레 고개를 흔들었다.

"배 안 고파요."

그러고는 곧장 내 방으로 향했다.

"피곤해. 좀 잘래요."

엄마가 깨워서 일어났을 때 이미 밖은 깜깜했고 다들 저녁 식사를 마친 후였다. 식탁에 내 밥을 남겨놓았는데 전부 야채 반찬이었다. 식탁 앞에 앉아 젓가락으로 한참 반찬을 깨작이다가 다시 내려놓았다. 먹을 수가 없었다. 먹고 싶은 마음이 전혀 없었다. 난 옥수수 죽을 몇 모금 마시고 일어섰다. 오늘 달은 조금 커져서 불그스름한 반원 전병 같았다. 마당이 적막에 휩싸였다. 개 짖는 소리 하나 사라졌을 뿐인데. 엄마가 부엌에서 시루천을 덮은 큰 사발을 들고 나와 내게 건넸다.

"허 교장한테 갖다주렴. 아마 며칠 동안 제대로 먹지도 못했을 거야."

사발 안에 뭐가 들었는지는 생각할 것도 없었다. 난 사발을 받아들고 조용히 밖으로 나갔다. 야밤의 화제에는 찍소리 하나 들리지 않았다. 집집마다 대문과 창문을 모두 닫아걸었다. 간혹 거리의 등불이 대문 앞 돌길을 비춰 기괴한 짙은 푸른빛이 감돌았다. 부둣가에 천허가 강물에서 건져올려 말리려고 늘어놓은 크고 작은 물건들이 그득했다. 멀리서 보니 버섯장이 거대한 검은 그림자처럼 보였다.

버섯장에 도착해 통풍구를 통해 허 영감을 부를 생각이었는데 누군가 버섯장 자물쇠를 여는 소리가 들렸다. 철컥 소리가 들리고 검은 그림자가 버섯장 안으로 들어왔다. 갑자기 손전등 불빛이 비치자 허 영감이 반대쪽으로 몸을 돌렸다. 손전등 불빛이 버섯장 안에서 이리저리 움직였다. 허 영감과 손전등 주인은 한동안 말이 없었다. 잠시 후 그 사람이 손전등 앞에서 뭔가를 흔들었다. 모자! 난 심장이 덜컥 내려앉았다. 어쩐지 오늘 조리돌림할 때 허 영감 머리에 모자가 안 보이더라니. 손전등 주인이 입을 열자, 난 또 한 번 소스라치게 놀랐다. 무쇠 같은 목소리. 처음에는 다미 같았는데 다시 들어보니 다미는 확실히 아니었다. 다미보다 나이가 많고 목소리에 걸걸 가래 끓는 소리가 섞여 있었다. 다미 아버지, 우텐야다. 일 년 내내 가래 끓는 기침이 끊이지 않는 사람. 우텐야가 계속 모자를 흔들며 말했다.

"허 영감, 오늘 가두행진은 어떠셨소?"

허 영감이 콧방귀를 뀌며 상대를 무시했다.

"이가 갈리도록 내가 밉겠지, 안 그렇소?"

우텐야는 허 영감 앞에 쪼그려 앉아 손전등을 겨드랑이에 끼고 정면에서 허 영감 얼굴을 비췄다. 그 불빛 덕분에 흐릿하지만 우텐야의 얼굴 윤곽이 보였다. 그는 한 손에 모자를 들고 다른 손 중지로 톡톡 모자를 쳤다.

"이 물건은 정말 대단해. 이걸 뒤집어쓰면 그냥 잘난 놈처럼 보인다니까. 그래서 우리 화제 사람들이 당신을 대단한 인물이라고 착각한 거지."

"우텐야, 도대체 뭘 어쩌려는 게야?"

"그런 거 없어."

우텐야가 다시 일어나 손전등을 비추며 천천히 허 영감 주위를 한 바퀴 돌고 모자로 엉덩이를 툭 쳤다.

"내가 뭘 어쩔 수 있겠소? 그저 이렇게 조리돌림이나 하는 거지."

"그 모자가 눈에 거슬려서 날 괴롭히는 건가?"

허 영감은 말을 하면서 기침이 끊이지 않았다.

"허 교장, 그건 아니야. 처음에 그 모자가 눈에 거슬리긴 했어. 이 작은 동네에서는 그런 모자를 쓰면 뭔가 대단해 보이거든. 오늘 모자를 돌려주려고. 써봤는데 별거 아니네. 모자가 중요한 게 아니야. 문제는 사람, 바로 당신이지. 책에서 뭐라더라? 아, 지식인, 지식인. 그래. 이것 때문에 사람들이 당신 같은 지식인을 경외하지."

"우텐야, 내가 주차이를 친딸처럼 여기며 진심을 다해 키웠다는 거, 잘 알지 않소? 날 짓밟은 걸로 됐지 않소? 바보 계집쯤은 봐줄 수 있지 않겠소?"

"바보 계집이야 어려울 게 없지. 어차피 제대로 설명도 못 할 텐데."

"지난 몇 년, 당신은 외지인을 너그럽게 대하지 않았소. 그동안 꾹 참았는데 당신 행동은 점점 더 심해졌지. 좋소. 당신 말고 누가 날 죽이겠소!"

"날 고발할 생각인가?"

우톈야가 껄껄 웃으며 손전등을 껐다. 버섯장이 한순간에 어둠에 휩싸였다.

"그런 생각 꿈에도 하지 마시게. 당신 부녀가 결백하다는 사실을 뭘로 증명할 건데? 충고하는데 그런 쓸데없는 일에 신경 쓰지 말라고."

우톈야가 주머니에서 담배를 꺼내 불을 붙이고 연기를 내뿜었다.

"이건 외지인에게 너그럽고 안 너그럽고의 문제가 아니야. 문제는 당신이야. 화제 사람들은 전부 당신이 좋은 사람이라는데, 뭐가 그렇게 좋다는 거야? 난 그 말을 믿지 않거든. 그래서 사람들에게 그렇지 않다는 것을 보여주려고."

손전등이 다시 켜졌다. 우톈야가 허 영감 머리에 모자를 씌웠다.

"자, 모자를 쓰시게. 내일은 모자를 쓰고 행진을 해볼까? 마을 사람들에게 제대로 보여주자고. 우리가 대지식인이라고 생각하는 사람도 짐승보다 못한 짓을 할 수 있다는 걸."

우톈야가 담배 한 개비를 더 꺼내 불을 붙이고 허 영감 입에 쑤셔 넣었다.

"여긴 벌레가 많고 습도가 높으니 담배 연기를 내뿜는 게 몸에 좋을 거야. 보시오. 이런데도 내가 허 교장을 푸대접했단 말이오?"

우톈야는 허 영감 앞에 쪼그려 앉았고 두 사람은 한동안 말이 없었다. 우텐야는 담배를 다 피운 후 버섯장 문을 잠그고 돌아갔다. 난 그의 발소리가 멀어지길 기다렸다가 사발을 들고 통풍구로 기어들어갔다.

"누구야?"

"저예요, 무위. 먹을 걸 가져왔어요."

난 손전등을 켜 사발을 비추는 동시에 고개를 다른 쪽으로 돌렸다. 허 영감이 뚜껑을 여는 순간 맛있는 냄새가 풍겨왔다. 확실히 침샘을 자극하는 향기로운 냄새였다. 뱃속에서 꼬르륵 소리가 났지만 여전히 입맛이 없었다.

"무슨 고기냐?"

"개고기요."

"슈치우?"

"……"

허 영감이 쩝쩝거리며 먹다가 갑자기 조용해졌다. 그러고는 모호한 발음으로 들릴 듯 말 듯 중얼거렸다.

"슈치우."

11

허 영감의 조리돌림은 따분하고 재미없어진 지 오래였다. 화제 사람들은 별 관심 없이 한번 힐끗 쳐다보고 그만이었다. 그런데 오늘은 달랐다. 한 번, 두 번, 세 번, 보고 또 봤다. 삼삼오오 모여들어 겹겹이 행렬을 에워쌌다. 허 영감이 모자를 쓰고 거리에 나선 모습이 굉장히 이상하고 신기했다. 평소 허 영감의 모자는 화제 사람들에게 정의롭고 장엄한 지식과 문화의 상징이었다. 모자를 보는 순간 절로 숙연해지고 존경심이 일었다. 그런데 지금은 모자 앞뒤로 불순한 말이 적힌 백지판이 걸려 있다. 모자와 백지판이 한데 뒤섞여 있으니 뭔가 이상했다. 뭐가 이상한지 딱 잘라 말하긴 힘든데, 크게 잘못된 느낌이었다. 그래서 한번 힐끔거리다 발길을 멈추고 계속 쳐다봤다.

북과 징을 두드리는 두 사람은 이 시선에 힘입어 사력을 다했다. 류반야의 두 아들도 지난 두 번의 조리돌림 때처럼 무성의한 모습이 아니라 허리를 곧게 펴고 각 잡힌 군인처럼 힘차게 걸었다. 백지판 문장을 합창하는 꼬마 셋은 새로 데려왔는데 경쾌한 리듬에 맞춰 낭랑한 목소리를 뽐냈다. 어느 모로 보나 이번 조리돌림은 매우 성공적이었다. 최소한 겉보기에는 그랬다. 나는 조리돌림 행렬을 계속 지켜보며 허 영감 말대로 모자를 가져오지 않은 것을 후회했다. 그러나 한편으로는 이 구경거리를 놓치고 싶지 않았다. 허 영감이 모자를 쓰니 확실히 뭔가 재미있었다.

정오 무렵, 조리돌림 행렬이 대대부 정문 앞에 도착했다. 이때 어디선가 느닷없이 나타난 주차이가 류반야의 두 아들에게 달려들어 차례로 힘껏 걷어찼다. 전혀 예상치 못한 공격에 당황한 두 사람은 빠르게 손을 뻗어 주차이를 밀어냈다. 주차이가 울며불며 소리를 지르고 상대방 부모 류반야 부부에게 욕설을 퍼부었다. 류반야의 두 아들은 조급한 마음에 주차이의 머리채를 틀어쥐고 멱살을 잡아당기며 꺼지라고 으름장을 놓았다. 주차이는 뭐든 잡히는 대로 할퀴고 물어뜯었다. 허 영감이 그만두라고 해도 듣지 않았다. 주차이에게 팔을 물린 류반야의 첫째 아들 얼굴이 고통으로 일그러졌다. 주차이가 입을 떼자 류반야의 첫째 아들 팔에서 시뻘건 피가 배어나왔다.

"우리 아빠 왜 잡아가! 우리 아빠 왜 잡아가!"

류반야의 둘째 아들이 주차이를 걷어찼는데, 다행히 겹겹이 모인 사람에게 부딪혀 넘어지지 않았다. 징 소리 북소리가 멈췄다. 징채와 북채를 든 두 사람은 멀찍이 몸을 피했고 합창하던 꼬마 녀석 셋 중 둘이 울음을 터트렸다. 몇몇 사람이 고함을 지르며 소란을 피우자 다급해진 류반야의 두 아들이 씩씩거리며 주차이를 쫓아가 때리려고 자세를 취하는 순간, 대대부 정문에서 우톈야가 걸어나왔다. 그는 류반야의 두 아들에게 손을 멈추라고 소리쳤다. 이날 조리돌림은 이렇게 대충 마무리됐다. 주차이가 허 영감의 손을 잡고 집으로 돌아가려다 누군가에게 떠밀리자 또 한 번 펄쩍펄쩍 뛰며 욕설을 내뱉었다.

슈치우와 새끼 강아지가 모두 사라지고 조리돌림도 끝나고 나니 갑자기 할 일이 없어졌다. 낮잠을 자려 해도 잠이 오지 않아 넋 나간 사람처럼 혼자 거리를 쏘다녔다. 쏘다니는 것도 금방 재미없어졌다. 다들 바쁘게 제 할 일을 하는데 나만 할 일 없는 사람 같았다. 오후 내내 거리를 쏘다니다가 부둣가에 가서 천허가 물건 건지는 것도 구경했다. 천허는 물건 건지는 데 재미가 들어 뭐든 닥치는 대로 건졌다. 좋은 물건을 건지면 암암리에 내다 팔기도 했다. 사람들은 '천허가 부자는 못 돼도 틀림없이 예쁜 색시를 낚을 거야'라고 우스갯소리를 하곤 했다. 천허가 대나무 의자를 건져올리는 순간, 만쥐가 달려와 나를 찾는 중이라고 했다. 그는 날 조용한 곳으로 끌고 가 음흉한 표정을 지었다.

"여기저기 한참 찾아다녔어. 드디어 잡았네."

"왜?"

"다미가 좀 보재."

"조금 있다 할 일이 있어."

만쥐가 음흉하게 웃으며 대꾸했다.

"그래도 가는 게 좋을걸? 우린 누가 도둑놈인지 알거든."

"뭔 도둑놈?"

"다미 집에서 모자를 훔쳐간 도둑놈 말이야."

"다미가 무슨 일로 날 찾는 건데?"

난 더 이상 모른 척할 수가 없었다.

"가보면 알아."

만쥐가 앞장서서 걷고 난 그 뒤를 쫓아갔다. 계속 남쪽으로 걸었다. 저 멀리 언뜻 무덤가가 보였다. 왠지 불길한 느낌이 들어 발걸음을 늦추며 뭉그적거렸다.

"빨리 와."

"도대체 무슨 일인데?"

만쥐는 또 한 번 음흉한 웃음을 흘렸다.

"걱정 마. 완전 좋은 일이니까. 다미가 너랑 진짜 친구가 되고 싶어 해."

"친구가 되는 건 화제에서 해도 되는데 왜 이렇게 멀리까지 가는 거야?"

"화제에서는 좀 불편하지. 빨리 가자."

무덤 사이에 들어서자 만쥐가 엄지와 검지를 붙여 입술에 대고 휘파람을 불었다. 동남쪽 방향에서 휘파람 답이 들려왔다.

"저쪽이야."

난 앞장선 만쥐를 따라 그쪽으로 갔다. 다미와 싼완이 각기 다른 무덤 위에 올라앉아 있고 놀랍게도 허 영감 모자가 싼완의 손가락에 걸려 있었다. 다미가 나를 발견하고 히죽 웃더니 무쇠 같은 목소리로 말했다.

"왔어?"

난 말없이 살짝 고개를 끄덕였다. 싼완이 나를 보며 모자를 빙글빙글 돌렸다.

"이거, 알지? 이게 다시 우리 손에 들어왔네?"

난 얼굴이 화끈거릴 뿐 아무 말도 할 수 없었다.

"모자 내놔!"

느닷없이 튀어나온 주차이 목소리. 고개를 돌리자 삐딱이 다넨이 그녀 팔을 붙잡고 있었다. 상의 위 단추 두 개가 풀려 있고 바지는 없고 속옷 바람이었다. 통통하고 새하얀 두 다리가 고스란히 드러나 있었다.

"네가 말을 잘 들으면 당연히 줄 거야."

"너희, 뭘 하려는 거야?"

"너희가 아니라 우리라고 해야지. 우린 함께 기쁨을 나눌 거야. 너도 왔으니, 당연히 네 몫도 있어야겠지?"

"나랑 상관없는 일이야."

난 홱 돌아서서 뛰었다.

"저 자식 잡아!"

싼완이 다급하게 소리쳤지만 다미는 느긋했다.

"내버려둬. 내일이면 화제에 도둑놈 하나가 늘어나겠지."

난 두 걸음 뗐다가 바로 멈췄다. 만쥐가 다가와 내 팔을 끌어당겼다.

"일단 여기에서 얌전히 기다리는 게 좋을 거야."

난 만줘가 이끄는 대로 순순히 다미 앞으로 걸어갔다. 주차이가 나를 발견하고 소리쳤다.

"무위, 빨리 내 모자 찾아줘."

"계속 시끄럽게 하면 모자, 확 태워버릴 거야!"

다미가 으름장을 놓자 주차이가 다미를 노려보며 입을 다물었다. 다미가 다넨에게 눈짓을 보내자 다넨이 머쓱한 표정을 지으며 나를 돌아봤다.

"아무래도 무위가 낫지 않겠어?"

"아니, 옷 말이야."

다넨이 손바닥을 비비며 한참을 망설인 끝에 주차이 앞으로 다가갔다.

"절대 소리 지르면 안 돼. 소리 지르는 순간 모자는 없는 거야."

주차이가 고개를 끄덕였다. 다넨이 다시 두어 번 손바닥을 비비고 주차이 상의 단추를 풀기 시작했다. 다넨은 쉴 새 없이 손가락을 부들부들 떨고 얼굴이 새빨개졌다. 단추를 다 풀고 보니 그 안에 내의 하나를 더 입고 있었다. 그는 무거운 짐을 내려놓은 표정으로 주차이에게 겉옷을 벗으라고 명령했다.

"난 다 했어. 이제 싼완 차례야."

다넨이 물러선 후 싼완이 쭈뼛거리며 다미에게 말했다.

"저건 벗기지 말자. 다 벗고 누우면 풀이 맨살을 찌를 텐데, 그러다 쟤가 아프다고 소리라도 지르면 어떡해? 안 그래?"

"음, 그래. 만줘, 네 차례야."

"나? 왜 나야?"

"이미 얘기했잖아. 팬티."

만줘는 목까지 터질 것처럼 새빨개졌다.

"내, 내가? 진짜 벗겨?"

다넨이 거칠게 욕을 내뱉었다.

"좆같이! 그럼, 넌 뭘 하려고? 아무도 빠질 생각하지 마!"

만줘가 침을 한 번 뱉고 센 척하며 받아쳤다.

"좆같이! 벗기면 되잖아! 누가 무섭대?"

만줘가 주차이 앞에 다가가 방금 벗은 웃옷을 두 무덤 사이 풀밭에 깔고 주차이에게 명령했다.

"누워!"

싼완이 딱 맞춰 주차이를 향해 모자를 흔들었고 주차이는 얌전히 바닥에 누웠다. 만줘가 쪼그려 앉으면서 방귀를 뀌자 주차이가 까르르 웃었다.

"방귀! 얘가 방귀 뀌었어! 하하하!"

만줘의 얼굴이 잘 익은 새우처럼 새빨개지면서 억지웃음을 지었다.

"많이 먹어서, 많이 먹어서 그래."

만줘는 주차이의 골반에 손이 닿는 순간 불에 덴 것처럼 깜짝 놀라며 짧은 비명을 질렀다. 그리고 재빨리 팬티를 잡고 아래로 잡아당겼다. 사방이 쥐죽은 듯 고요해졌다. 아이들 목이 고무줄처럼 길게 늘어났다. 주차이는 남의 손이 닿자 간지러워 죽겠다는 듯이 웃음을 참지 못했다. 다음 순간 우리는 주차이의 새하얀 넓적다리 사이를 뒤덮은 검은 숲에 시선을 고정시켰다. 다미 패거리들은 무덤 위에서 벌떡 일어서며 일제히 탄성을 질렀다.

"우와!"

주차이의 두 손이 본능적으로 두 다리 사이를 가리자 싼완이 무섭게 소리쳤다.

"손 치워!"

주차이가 손을 떼며 작게 중얼거렸다.

"추워."

"금방 안 추울 거야."

다미가 음흉하게 대꾸하고 손가락으로 나를 가리켰다.

"이제 네 차례야."

"나?"

"그래, 너."

이때 삐딱이 다넨이 끼어들었다.

"대장, 첫 판 기회를 진짜 저 애송이 녀석한테 준다고? 너무 과분한 거 아니야?"

"그럼 네가 할래?"

"아냐. 뭐, 그럼 무위부터 하라 그래."

"바지 벗어!"

싼완이 나를 보며 소리쳤다. 난 본능적으로 허리띠를 움켜쥐었다. 이제야 녀석들이 뭘 하려는지 알았다. 녀석들은 나한테 주차이랑 그, 그 짓을 하라는 것이었다.

"시, 싫어. 난 안 해."

"그럼, 넌 있는 그대로 도둑놈이 되는 거지. 알아서 해."

싼완의 협박에 이어 만춰와 삐딱이 다넨이 내게 다가와 내 팔을 비틀어 잡았다.

"고고한 척하지 마. 시간 없다고. 네 뒤에 두 번째, 세 번째, 우리 다 기다리고 있잖아."

녀석들이 강제로 내 허리띠를 풀고 바지를 벗기고 팬티까지 벗겨버렸다. 난 소리를 지르며 펄쩍펄쩍 뛰었지만 결국 녀석들을 당해낼 수 없었다. 난 홀딱 벗겨진 아랫도리를 손으로 가릴 뿐, 도망가지도 못했다. 두 녀석이 내 옷을 싼완에게 던졌다.

"빨리 해!"

싼완은 얼굴이 잘 익은 게마냥 빨개지고 두 눈에서 불꽃이 타올랐다.

"난 안 해!"

다미가 내게 달려들어 따귀를 날리며 소리쳤다.

"네 마음대로 하고 말고 할 일이 아니야!"

그러고는 나를 주차이 앞으로 밀쳤다. 다미의 눈빛도 불타오르기 시작했고 불룩 튀어나온 아랫도리를 만지작거렸다. 나머지 녀석들은 주차이의 다리를 벌려놓고 강제로 나를 그 사이에 꿇어앉히고 내 손을 억지로 끌어당겼다. 동시에 다미가 다시 소리쳤다.

"똑바로 봐!"

나는 다미의 손가락을 따라 고개를 돌리다 주차이의 그 부위를 보고 말았다. 이때 갑자기 강렬한 소변 욕구가 밀려오고 동시에 머릿속에 번개가 번쩍했다. 강렬한 전기가 흐르듯 찌르르 쾌감이 느껴졌다. 나는 녀석들에게서 필사적으로 벗어난 후 다시 가랑이 사이를 가렸다. 그 순간 결국 오줌이 나와버렸다. 그리고 바닥에 쓰러져 뱃속에 든 것을 다 토해냈다. 주차이의 그 부위가 내 속을 뒤집어놓았다. 오장육부가 뒤틀리는 느낌이었다. 난 새끼 강아지의 잘린 머리를 봤을 때보다 더 격렬하게 토했다. 나는 아랫도리를 벌거벗은 채 풀밭에 쓰러졌다. 내 안에 있는 모든 것을 토해냈다. 다 토하고 나니 온 세상이 텅 빈 느낌이었다. 주차이는 내가 토하는 것을 보고 일어서려다가 만줘의 힘에 눌려 다시 풀밭에 누웠다. 싼완이 내 엉덩이를 걷어차며 욕을 퍼부었다.

"좆같은 놈! 제기랄, 아무짝에도 쓸모없는 놈!"

"어쩔까?"

삐딱이 다넨이 주먹을 만지작거리며 묻자, 다미가 거칠게 대꾸했다.

"제기랄! 내버려둬! 그냥 우리끼리 해!"

"어떻게?"

싼완이 머뭇거리며 묻자 갑자기 욕정에 휩싸인 삐딱이 다넨이 나머지 아이들을 보며 말했다.

"가위바위보. 이기는 사람이 먼저 하는 거야. 아무도 빼면 안 돼!"

12

첫 주자는 삐딱이였다. 다넨은 쭈뼛거리다 다미한테 걷어차였다.

"아무도 빼면 안 된다며!"

난 삐딱이 다넨이 바지를 벗고 주차이의 몸 위에 엎드리는 것을 보고 번개처럼 달려들어 이를 악물고 녀석을 끌어내리며 소리쳤다.

"주차이, 빨리 도망쳐! 이 녀석들 다 나쁜 놈들이야!"

"싫어. 난 아빠 모자 가져갈 거야."

너무 힘을 주는 바람에 내 손톱이 다넨의 엉덩이를 파고 들어가자 다넨이 비명을 질렀다. 싼완과 만줘가 달려들어 내 팔을 잡고 죽을힘을 다해 날 끌어내 옆으로 내동댕이쳤다.

“너희는 저 자식 지켜.”

다미가 싼완과 만쥐에게 말한 뒤 다시 삐딱이 다넨을 돌아보며 외쳤다.

“계속해!”

잠시 후 삐딱이 다넨이 헉헉 거친 숨을 몰아쉬자 주차이가 소리를 지르기 시작했다.

“아파! 아파! 내려와!”

“안 돼! 못 내려가! 어떻게 들어왔는데? 금방 끝나. 다 됐어.”

주차이가 계속 소리를 지르다가 갑자기 조용해지더니 갑자기 깔깔 웃기 시작했다.

“재밌어! 재밌어!”

곧이어 삐딱이 다넨이 소리를 지른 후 죽은 사람처럼 풀밭에 쓰러졌다.

다음 가위바위보에서 이긴 사람은 만쥐였다. 삐딱이 다넨이 바지를 추켜올리고 만쥐 대신 내 손발을 붙잡았다. 만쥐의 숨소리는 더 크고 거칠어서 마치 황소 같았다. 그는 다넨보다 조금 더 오래 걸렸고 역시 크게 소리를 지르며 일을 끝냈다. 풀밭에 쓰러진 나는 욕을 할 때마다 한 번씩 고개를 들었다. 순간 다미의 발이 내 관자놀이를 강타했고 난 윙 소리를 들으며 정신을 잃었다.

어렴풋이 정신이 들었을 때, 주차이가 아프다고 쉴 새 없이 소리를 질렀고 삐딱이 다넨이 미친 듯이 포효하고 있었다. 녀석은 또 주차이에게 올라타고 있었다. 고개를 돌리자 다미가 만족스런 표정으로 무덤 위에 올라앉아 있었다. 바지를 올리다 만 채로 풀잎으로 이를 쑤시는 중이었다. 싼완과 만쥐는 여전히 내 손발을 찍어 누르고 있었다.

잠시 후 다넨이 길게 부르짖더니 주차이 옆에 벌러덩 누웠다. 꼭 돼지새끼 같았다. 주차이가 울고 있었다. 보아하니 힘이 없어 꼼짝도 할 수 없는 것 같았다. 그녀는 울먹이면서 온 힘을 다해 소리쳤다.

"너희 전부 다 나쁜 놈들이야! 모자 돌려줘! 우리 아빠한테 너희 죽도록 때려주라고 할 거야. 때려죽일 거야!"

"모자 줄게."

다미가 벌떡 일어나 허리띠를 조인 후 모자를 주차이에게 던지고 만줘와 싼완을 돌아봤다.

"이제 내버려둬. 저 바보 계집, 옷 입혀서 먼저 보내."

두 녀석이 놓아줬지만 손발이 모두 마비돼서 한동안 손가락 하나 까딱할 수 없고 아랫배가 찌릿찌릿했다. 두 녀석은 주차이의 몸을 여기저기 만지작거리면서 옷을 입히고 모자를 주면서 화제로 돌아가라며 쫓아버렸다. 싼완이 마지막 경고를 남겼다.

"아무한테도 말하면 안 돼. 안 그러면 모자 다시 뺏고 허 영감도 가만 안 둬!"

주차이가 겁먹은 표정으로 고개를 끄덕이고 비틀거리며 걸어갔다. 그녀는 떠나기 전 나를 돌아보며 말했다.

"나 먼저 간다. 아빠한테 모자 갖다줄 거야."

"이 자식은 어쩌지?"

싼완이 묻고 다미가 대답했다.

"여기 내버려둬."

그는 내 등을 냅다 걷어찼다.

"만약 다른 사람한테 말하면, 좋은 꼴 못 볼 줄 알아."

그리고 나머지 녀석들에게 손짓을 하고 다함께 무덤가를 떠났다.

해는 벌써 졌고 소나무에 가려진 무덤가에 짙은 어둠이 내려앉았다. 나는 다미 패거리가 멀어진 후 천천히 일어섰다. 옷을 찾아 입으면서 나도 모르게 눈물이 났다. 갑자기 소름끼치는 새 울음소리가 들렸다. 난 정신없이 무덤가 밖으로 뛰어나갔다.

큰길에 들어선 후에야 발걸음을 늦췄다. 머릿속이 새하얗고 몸은 너무 힘들어 쓰러질 것 같았다. 몇 걸음 떼다가 도저히 못 걸을 것 같아 길가에 주저앉아 길 옆에 흐르는 도랑을 멍하니 바라봤다. 눈앞이 아득해지더니 어둠 속에서 무언가 희미하게 떠올랐다. 고개를 흔들고 자세히 보니 말라붙은 강아지 머리였다. 순간 속이 확 뒤집히면서 또 한 번 토악질을 시작했다. 이미 여러 번 게워내 뱃속이 텅 빈 상태라 구역질 소리만 나고 침에 피가 섞여 나올 뿐이었다. 구역질 소리가 점점 커지면서 목이 쉬어 갈라졌다. 토하다 지쳐 길 옆에 쓰러져 잠들었다. 얼마나 지났을까? 추워서 잠이 깼다. 온몸에 하얗게 서리가 내렸다. 달은 높고 주위는 온통 짙푸른 흙빛 어둠뿐이었다. 푸른빛도 검은빛도 적막하고 쓸쓸했다. 천천히 일어나 화제로 걸어갔다.

화제로 들어서는 마지막 모퉁이를 돌기 직전 어느 집 담벼락에서 돌멩이 하나를 주워들고 버섯장으로 향했다. 문에 자물쇠가 채워져 있고 사방이 쥐죽은 듯 고요했다. 나는 돌멩이로 자물쇠를 부수기 시작했다. 돌과 쇠가 부딪쳐 불꽃이 튀었다. 안에서 허 영감 목소리가 들렸다.

"누구시오? 지금 뭐 하는 거요?"

나는 말없이 자물쇠를 부수고 안으로 들어갔다. 워낙 캄캄해서 한참 지난 후에야 어느 정도 적응이 됐다. 나는 곧장 허 영감에게 달려가 어슴푸레 보이는 밧줄을 찾아냈다. 큰 바윗덩어리에 묶인 밧줄을 일단 돌멩이로 짓이겨 끊었다. 그리고 손과 이빨을 동원해 허 영감 손발에 묶인 밧줄을 끊어냈다.

"무위냐? 이게 뭐 하는 짓이야?"

나는 아무 말도 하지 않았다.

"밧줄을 풀지 마!"

그래도 멈추지 않았다. 밧줄을 다 풀고 나니 이마에 땀이 맺혔다.

"가세요!"

"빨리 가란 말이에요!"

나는 이렇게 고함을 지르고 밖으로 나갔다. 집에 돌아오니 아빠 엄마가 잠도 못 자고 초조해하며 마당을 서성거리고 있었다. 두 분이 나를 보자마자 어디를 쏘다니다 이제 오느냐고 다그쳤지만 난 대꾸도 하지 않고 내 방으로 직행했다. 신발만 벗고 침대에 올라가 옷을 입은 채 잠들었다. 다음 날 아침 정신없이 자고 있는데 엄마가 밖에서 나를 불렀다.

"무위, 무위! 허 교장이 없어졌대!"

나는 안간힘을 쓰며 자리에서 일어났다. 온몸이 쑤셨지만 일단 밖으로 나갔다. 햇살이 좋았다.

"허 교장이 없어졌대. 부듯가 낚시쟁이 천허가 그러는데 운하에서 허 교장 모자를 건졌대. 사람은 안 보이고. 다들 허 교장이 물에 빠져 죽은 거 아니냐고 하는데."

"뭐라고요?"

엄마가 깜짝 놀라 나를 빤히 쳐다봤다.

"너 방금 뭐라고 했어?"

"허 교장이 진짜 물에 빠져 죽은 거예요?"

엄마의 표정이 점점 더 이상해졌다.

"네 목소리!"

"내 목소리가 뭐?"

"네 목소리가 변했어."

엄마가 작살을 메고 집에 돌아온 아빠를 향해 소리쳤다.

"이것 봐요. 무위 목소리가 굵어졌어요."

"굵어졌다고?"

나도 모르게 중얼거렸다. 아빠가 고개를 돌리며 내게 말했다.

"음, 그런 것 같네. 이제 굵어졌어."

나는 아, 아, 소리를 내봤다. 확실히 전과 달랐다. 반짝이는 쇠처럼 묵직하고 단단한 목소리다.

– 2006년 8월 3일, 베이징 푸룽리芙蓉里—장쑤江蘇 쉬이盱眙

귀향 이야기

1

남쪽에서 불어오는 바람결에 아주 먼 곳에서 실려온 희미한 풍악 소리가 간간이 들렸다. 나는 바타오루를 걸으며 모자를 벗어 가방에 넣었다. 바타오루는 '여덟 개의 길'이란 뜻이지만 실제로는 마을 밖 허우허後河까지 굽이굽이 이어지는 하나의 길이다. 우룽허烏龍河 강변 모랫길에서 하차해 걷는 게 집까지 가는 가장 가까운 길이다. 이 길 양편으로 띠풀과 뭍갈대가 빽빽이 자라 있다.

집안의 셋째 할머니가 돌아가신 후 작은아버지 연락을 받고 장례를 치르러 내려왔다. 사실 나랑 셋째 할머니는 오복•에 포함되지 않는 조금 먼 관계이기 때문에 꼭 참석할 필요는 없었다. 더구나 나처럼 오랫동안 외지생활을 하고 있는 자손들은 없어도 그만이었다. 그런데 작은아버지가 와야 한다고, 꼭 와야 한다고 성화를 부렸다. 아버지

• 五服, 중국 전통 장례의 다섯 가지 상복喪服. 망자와의 관계에 따라 상복 종류와 입는 기간이 달랐다.

는 전화 통화에서 '그럼 오너라. 어떻든 집에 다녀간 지도 오래됐으니' 라고만 하셨다. 지난 2년, 도저히 시간을 낼 수 없었다. 평소에는 엉덩이 붙일 새 없이 바쁘고 휴일에는 골치 아픈 일이 더 많았다. 장군 연설문 초고, 총결산 보고서, 각종 기획서 등 할 일이 너무 많아서 잠잘 시간도 없었다. 솔직히 장례 소식은 휴가를 신청할 훌륭한 핑곗거리였다. 전화 통화 중 작은아버지가 수화기를 뺏어 이렇게 신신당부했다.

"꼭 군복을 입고 오너라. 작은애비가 보고 싶어서 그래. 내가 차로 마중 나가마."

나도 모르게 피식 웃음이 나왔다. 작은아버지가 얼마 전 이장이 됐다고 들었는데 벌써 차가 생겼다고? 이장한테 업무 차량을 지급한다는 말은 들어본 적이 없다. 나는 우룽허 강변 모랫길을 걸어가면서 자전거 한 대 보지 못했다.

그런데 길을 걸을수록 뭔가 이상했다. 바탸오루가 이상했다. 내가 기억하는 2년 전 바탸오루와 어딘지 모르게 분명히 달랐다. 전혀 다른 길 같았다. 내 기억 속의 바탸오루는 도대체 어디 있는 거지? 아무리 둘러봐도 찾을 수 없었다. 의혹의 눈빛으로 두리번거리던 중 주변 들판에 잡초, 갈대, 농작물이 보이는데 뭔가 휑한 느낌이 들었다. 그 많던 백양나무, 버드나무, 홰나무, 오동나무가 하나도 보이지 않았다. 이 나무들은 내 기억 속에서 20년 동안 늘 그 자리에서 조금씩 자랐다. 2년 전 이 들판을 지날 때까지만 해도 당당하고 든든하게 그 자리를 지키고 있었다. 그 많은 나무가 다 어디로 사라졌지?

풍악 소리가 점점 또렷해졌다. 쉴 새 없이 불고 두드리는 가운데 날카로운 태평소 소리가 허공을 가르며 퍼져나갔다. 잠시 귀 기울여 들어봤는데 샤오터우가 부는 게 아닌 것 같았다. 나는 샤오터우의 태평소 소리를 잘 안다. 아버지와 통화할 때, 이번 장례에 두 악단을 불렀다고 했다. 샤오터우 악단과 샹루 악단, 모두 이 부근에서 소문난 실력 있는 악단이었다. 악단 단장인 샤오터우는 못 다루는 악기가 없었다. 그중 최고는 단연 태평소였는데, 샤오터우의 태평소 소리를 들으면 뭇 새들에게 둘러싸인 봉황의 모습이 떠올랐다. 다른 악기들은 그저 이 태평소 소리를 위해 존재하는 것 같았다. 그런데 지금 들리는 태평소 소리는 샤오터우보다 한참 부족했다. 조금 더 걸어가니 풍악 소리 외에 두두두두 시끄러운 기계음이 들렸다. 모퉁이를 돌자 허우허 강변에서 바쁘게 일하는 집채만 한 불도저 세 대와 많은 사람이 보였다.

갑자기 허우허 다리가 출렁거렸다. 불도저가 크게 몸을 들썩이고 다시 우직하게 온 힘을 다해 밀어붙이자 다리가 와르르 무너졌다. 땅이 몇 차례 울리고 뿌연 흙먼지가 피어올랐다. 사람들이 흙먼지 속에서 함성을 질렀다. 흙먼지가 가라앉은 후 인부들 사이에서 걸어나온 작은아버지가 불도저를 향해 고함을 지르며 팔을 높이 들어 휘휘 흔들었다. 누군가 작은아버지 앞으로 달려가고 작은아버지가 한참 뭐라고 얘기한 후 팔을 휘젓자 불도저가 다시 몸을 들썩이며 움직였다.

나는 조금 더 가까이 다가섰다. 사람들이 모여 있는 곳은 완전히 말라붙어 드러난 허우허 강바닥이었다. 작은아버지가 나를 발견하고 가까이 오라며 크게 소리치자 사람들의 시선이 집중됐다. 대부분 아는 사람들이었다. 일부는 낯은 익은데 이름이 생각나지 않아 눈을 마주치며 그냥 웃기만 했다. 나는 중학교 때부터 외지생활을 시작해 방학 때만 집에서 지냈다. 집에 돌아와서도 밖에 잘 나가지 않고 방학 내내 책을 보거나 낮잠을 자면서 시간을 보냈다. 그렇게 오랜 시간이 흐르다보니 잘 알던 사람도 낯선 사람이 되고, 원래 친하지 않던 사람은 아예 모르는 사람이 됐다. 작은아버지가 먼지를 떨듯 내 군복을 톡톡 두드렸다.

"훌륭해. 군인이 되니 확실히 다르구나. 아주 당당하고 늠름해!"

그는 자랑하듯 주변 사람들을 돌아봤다.

"대위였나? 소령인가?"

나는 그냥 웃을 수밖에 없었다. 사실 나는 대학원을 마친 후, 뒤늦게 진로를 바꿔 군인이 됐다. 간부급 비서 역할을 하는 행정병이라 아직까지 계급 체계도 잘 몰랐다.

"모자는?"

작은아버지는 질문과 동시에 내 가방으로 손을 뻗쳤다. 내 가방은 작은아버지 손을 거쳐 다른 사람 손에 들어갔다. 그는 모자를 꺼내 다짜고짜 내 머리에 눌러 씌웠다. 작은아버지가 사람들을 보며 자랑을 시작했다.

"자, 보라고. 이게 제복 모자야. 시내 현 공안국장보다 더 크지? 아 참, 차는?"

누군가가 가리킨 방향 먼 곳에서 삼륜차가 굴러왔다. 작은아버지가 보자마자 욕을 했다.

"젠장, 사람 마중도 못 하겠네."

이 삼륜차가 작은아버지가 말한 바로 그 '차'였다. 우리는 따로 갈 수밖에 없었다. 작은아버지가 나에게 삼륜차를 타고 집에 가라 했고, 작은아버지 아랫사람이 나를 데려다주겠다고 했지만 모두 거절했다. 마을 입구만 들어서면 바로 집인데 뭣 하러 그런 허세를 부리겠는가? 허우허는 이미 절반 이상 메워졌다. 어렸을 때 멱을 감고 물고기를 잡던 그곳, 사람들이 쌀을 씻고 야채를 씻던 그곳이 모두 사라졌다. 허우허의 절반이 평지로 변해버렸다. 흙먼지가 날려 재채기가 나오려 했다. 아마 나머지 절반도 곧 평지로 변할 것이다.

"강을 메워 농지를 만드는 거야. 그냥 둬도 어차피 다 말라붙을 텐데. 메워놓으니 이렇게 넓은 농지가 생겼잖아."

작은아버지는 두 팔을 좌우로 활짝 벌리며 말했다. 나는 그 두 팔 사이 공간을 지나 작은아버지 신발로 시선을 옮겼다. 위에 뽀얀 흙먼지가 내려앉았지만 한눈에 새 신발임을 알 수 있었다.

"농지가 생겼으니 뭐든 다 생길 거야."

하지만 허우허는 사라졌다. 나는 많은 사람과 어울리는 게 익숙지 않아 가방을 메고 먼저 집으로 갔다. 이웃과 마주치면 잘 아는 사람과는 인사를 하고 안면만 있는 사람은 그냥 웃으며 지나갔다. 다들 내게 '왔는가?' 물었고, 나는 '왔습니다' 하고 대답했다. 나는 집에 돌아오자마자 아버지에게 물었다.

"작은아버지는 왜 허우허를 메우는 거예요?"

"불을 지피는 거지. 신임 관리들은 원래 기세등등하게 일을 벌이잖니. 길을 내고, 강을 메우고."

길을 내는 것은 좋은 일이다. 발전을 하려면 먼저 길을 닦아야 한다. 작은아버지는 예전부터 이장이 되면 가장 먼저 상부에 자금을 요청해 마을 중심 대로를 시멘트 길로 만들 것이라고 했다. 하지만 강을 없애버린 것은 조금 과했다. 너무 큰일을 벌였다. 허우허가 수백 년 역사를 담고 있어서가 아니라 우리 마을의 유일한 하천이기 때문이다. 이 유일한 젖줄은 지난 몇 년 동안 거의 말라버렸고 여름철 조금 고인 물에 오래 들어가 있으면 썩은 내가 나기도 했다. 하지만 이 강이 사라지면 왠지 마을 전체가 굳어버리고 촉촉하고 아련한 내 과거의 추억이 말라비틀어져 뿌리를 찾지 못하게 될 것만 같았다. 어린 시절, 여름 내내 친구들과 발가벗고 허우허에 몸을 담갔다. 인문학 전공자 특유의 진부한 감성 타령인 줄 알지만 너무 안타까웠다. 역시나 이 때문에 한바탕 욕을 먹었다. 내가 집에 도착해 엉덩이를 붙이자마자 작은아버지가 삼륜차를 타고 오셨다. 작은아버지는 내가 강을 메우는 것에 반대하자 세상 물정 모르는 소리를 한다고 질타했다.

"반대 의견을 듣자고 널 오라고 한 게 아니야."

작은아버지는 현실을 지적하며 이치를 따졌다.

"썩은 강물이 무슨 도움이 돼? 난 그걸 농지로 만들어 곡식을 심을 거야. 양식이 얼마나 많아지겠어? 곡식이 안 되면 채소를 심으면 돼. 저 넓은 땅에 무, 배추를 심으면 우리 마을 전체가 일 년 내내 먹어도 다 못 먹을 거야."

"강물과 양식은 별개 문제예요."

"내가 볼 땐 같은 일이야."

작은아버지는 내가 건넨 담배에 불을 붙이며 말을 이었다.

"이장이란 위치는 모든 문제에서 양식 문제를 생각하지 않으면 안 돼. 우리 마을 사람들에게 필요한 건 그 썩은 강물이 아니라 손에 쥘 수 있는 물건이야. 실질적인 이익 말이다!"

그 말은 맞다. 곳간을 채우는 일은 아주 중요하다.

"사실 반대하는 사람도 많아. 네가 말하는 이유와는 다르지만. 그 사람들은 조상들이 힘들게 강을 파낸 것만 생각해. 지금 썩은 내가 나지만 어느 날 갑자기 홍수가 나면 큰 도움이 된다는 거지. 강이 없어진 후 홍수가 나면 어떻게 하느냐고."

하지만 이것은 극히 일부 사람의 생각이다. 물론 정말 홍수 문제를 걱정하는 사람도 있지만 반대파의 대부분을 차지하는 노인들은 평생 집을 떠난 적이 없으니 지리적인 문제는 잘 알지도 못하고 관심도 없다. 그들이 관심을 갖는 것은 오로지 전설이다. 허우허는 200년 전에 큰 홍수를 겪었다. 그때 마을과 강물 사이에 둑이 있긴 했지만 워낙 큰 홍수라 허우허가 다 담아내지 못했다. 강물이 발이 달린 것처럼 강둑을 기어오르기 시작했다. 흙과 찹쌀풀을 섞어 다진 강둑은 많은 물이 스며들자 금방 흐물흐물해졌고, 거센 물살을 견디지 못해 여기저기 조금씩 무너져 내리기 시작했다. 이때 지금 우리가 존경해 마지않는 우라오쭈五老祖 할아버지가 담장 위에 올라앉아 태연하게 낚시를 하고 있었다. 긴 수염, 흰 머리카락, 짙은 눈썹이 전체적으로 무서운 인상이고 입에 큰 담뱃대를 물었다. 강물이 발아래까지 차오를 즈음 할아버지가 낚싯대를 휙 들어올렸다. 눈부신 광선이 번쩍해서 보니 할아버지 낚싯대에 작은 백룡白龍이 매달려 있었다. 할아버지가 낚싯대를 힘껏 뿌리치자 백룡이 동쪽 하늘로 날아가버렸다. 낚싯줄이 한없이 늘어나고 백룡 꼬리 뒤에 물줄기가 이어지면서 강물도 동쪽으로 날아갔다. 당시 사람들은 출렁이던 강물이 하늘로 솟구쳐 황해로 날아가는 장관을 똑똑히 지켜봤다. 허우허 수위가 내려가고 흐물거리던 강둑이 드러났다. 위태로웠지만 다행히 끝까지 견뎌냈다. 할아버지는 낚싯대를 거두고 하늘로 표연히 사라졌다. 담뱃대를 문 채 흰 구름을 타고 날아가 우산羽山의 신선이 됐다는 전설이 전해온다. 전설이지만 꽤 그럴듯해서 강물 간척을 반대하는 마을 노인들은 '우라오쭈를 없애고 홍수가 나면 어쩌려고?'라고 말했다. 전설은 전설일 뿐, 작은아버지도 나도 믿지 않았다. 우리 마을은 바다가 멀지 않아 서고동저

지형이기 때문에 홍수가 나도 황해로 흘러들 것이니 전혀 걱정할 필요 없다.

"알겠어?"

작은아버지는 이렇게 물었지만 이건 알고 모르고의 문제가 아니다. 하지만 난 그냥 웃어넘겼다. 어차피 나와는 상관없는 일이고 무엇보다 언쟁을 벌이고 싶지 않았다. 더구나 이미 절반이나 메웠지 않은가? 어차피 이미 채워넣은 흙을 우라오쭈처럼 날려버릴 수도 없는 일 아닌가? 논쟁을 이어간 사람은 의외로 아버지였다.

"넌 허구한 날 여기저기 땅을 메우느라 바쁜데, 경작은 누가 해? 주위를 돌아봐라. 이 마을에 쓸 만한 노동력이 몇이나 돼? 장사를 하든, 일자리를 찾든 다들 대도시로 나가는데."

"형님, 걱정 마세요. 돼지머리 들고 절 할 데 못 찾을까봐요? 소작료를 내리면 사방에서 떼로 몰려와서 농사짓겠다는 사람이 저기 읍내까지 줄을 설 겁니다. 두고 보면 압니다."

작은아버지는 옳고 그름을 막론하고 고집이 세서 논쟁에서 이기는 쪽은 언제나 작은아버지였다. 사실 작은아버지가 늘 이기는 것처럼 보이는 것은 아버지가 길게 말하는 것을 싫어하기 때문이기도 하다. 두 분은 이 문제로 이미 여러 번 논쟁을 벌였다. 오늘 내가 작은아버지 일에 참견하지 않았다면 아버지도 아무 말 안 했을 것이다. 나랑 아버지는 순식간에 작은아버지에게 제압당했다. 작은아버지는 단숨에 물 한 컵을 들이켜고 벌떡 일어섰다.

"난 현장에 나가봐야 해요."

그리고 나를 보며 히죽 웃었다.

"가서 사람들한테 우리 조카도 강물 간척 사업에 찬성한다고 말해줘야지. 네 말이라면 다들 믿을 거야."

"그 사람들이 나를요?"

"네가 베이징에 사는 줄 아니까. 큰 세상을 본 사람 말을 믿는 거지."

어이가 없었다. 외지 스님의 불경 소리가 더 신묘하다더니, 내가 그 외지 스님이 아닌가? 작은아버지는 대문을 나서면서 내게 '특별한 일이 있든 없든 꼭 군복을 입으라'고 당부했다. 곧이어 대문 밖에서 삼륜차 엔진 소리가 들렸다.

"저 녀석이 네 군복으로 남들 앞에서 우쭐대고 싶은 게야."

애초에 군복을 입고 내려오라고 했던 것도 같은 이유일 것이다.

차가운 11월 가을바람이 불어오고 골목 안에 악단 연주 소리가 퍼져나갔다. 귀를 쫑긋 세웠는데 태평소 소리가 뚝 그쳤다. 갑자기 정적에 휩싸이자 마을 전체가 텅 비어버린 것 같았다. 잠시 후 다시 요란한 연주가 시작됐다. 반듯한 의장대 대열이 등장해 온갖 서양 악기가 어우러진 음악을 연주했다. 나도 모르게 넋을 잃었다.

"바뀌었네. 전부 서양 악기야."

"준비해라. 빈소에 가야지."

2

빈소는 대문 맞은편 마당에 차려졌다. 이곳은 꽤 넓은 평평한 공터다. 좌우 양쪽에 바샨줘八仙桌•를 하나씩 놓고 두 악단이 따로 모여 앉을

• 네모반듯한 탁자. 한쪽 면에 두 사람씩 8명이 앉을 만한 크기.

수 있도록 했다. 사람 수가 많아 특별히 세 사람이 앉을 만한 긴 의자를 준비했다.

지금은 대문을 기준으로 동편 바샨쥐에 앉은 서양 악단이 연주를 하고 있다. 클라리넷, 트럼펫, 전자기타, 트롬본 등이 있고 반짝이는 은빛 조끼를 입은 단원이 연주하는 번쩍이는 은빛 베이스가 가장 눈에 띄었다. 단원 절반이 일어서서 연주하는데, 음악에 취해 머리카락을 휘날리며 머리와 온몸을 흔들었다. 그 옆에 그릇과 술잔이 어지럽게 널린 바샨쥐와 짚더미만 아니면 어느 언더밴드의 거리 공연 같았다.

서편 바샨쥐에 앉은 악단은 잠시 쉬는 중이다. 남자들은 그냥 멍하니 앉아 있고 여자들은 화장도구를 꺼내 고개를 쭉 내밀고 거울을 보며 화장을 고쳤다. 나는 그 열댓 명 중에 머리가 유난히 작은 노인을 찾아냈다. 그는 엉덩이를 쭉 내밀고 앉아 동전 두 개로 수염을 집어 바깥쪽으로 쓸어내렸다. 그 동작이 언뜻 보면 무심한 것도 같고 진지한 것 같기도 했다. 온 얼굴이 주름투성이고 윗입술 양끝에 얇고 긴 수염이 삐쳐 있다. 이 노인은 몸집은 큰데 머리가 기형적으로 작아 샤오터우小頭라는 별명으로 불렸다. 나는 기억이 존재하는 아주 어린 시절부터 샤오터우의 태평소, 얼후二胡, 피리 소리를 쫓아다녔다. 그는 많이 늙었지만 여전히 악단을 이끌며 동분서주하고 있다. 서편 바샨쥐 위에는 태평소, 피리, 얼후, 생황, 퉁소 등이 놓여 있다. 맞은편 샹루 악단과 마찬가지로 은빛, 금빛이 번쩍거렸다.

나는 아버지를 따라 운구 장막 안으로 들어갔다. 이때 연주 소리가 멈추고 새로운 곡이 시작됐다. 서양 악기들이 어우러져 만들어낸 음악은 모두가 아는 「셴푸더아이纖夫的愛」다. 서양 악기로 연주하니 훨씬 흥겨웠다. 운구 장막 안까지 들썩였다. 돌아가신 셋째 할머니의 손자인 사촌동생이 의자에 올라가 위패 위에 할머니 사진을 걸고 있었다. 그는 직접 시내 사진관에서 사진을 복제해왔다. 그런데 당숙이 반대했다. 이 마을에서 조상 대대로 수많은 장례를 치러왔지만 운구 위에 사진을 거는 경우는 없었다며, 장례를 치르는 데 무슨 잘난 척이냐며 비웃음거리가 될 거라고 했다. 사촌동생은 요즘 도시 사람들은 다 이렇게 한다며, 드라마에서도 맨날 나오는데 텔레비전도 안 보냐며 기어코 걸려 했다.

“이건 그냥 사진이 아니라 영정이에요.”

“안 된다니까! 네놈이 도시에 나간 지 얼마나 됐다고 말끝마다 도시 타령이야? 네놈 다리에 아직 이 마을 흙이 떨어지지도 않았어!”

사촌동생은 최근 2년간 도시에 나가 있었다. 닝보寧波에서 직장을 다니는데 중간 간부로 승진해 아랫사람들 앞에서 뒷짐을 지고 왔다 갔다 하며 허세를 부릴 정도가 됐단다.

“할머니는 평생 어두운 방구석에 숨어 지내셨어요. 왜 할머니는 바깥세상으로 나올 수 없어요? 왜 다른 사람들 눈에 띄면 안 돼요?”

그의 억울하지만 당당하게 말했다. 그러다가 갑자기 나를 물고 늘어졌다.

“형, 마침 잘 왔어요. 형은 진정한 도시 사람이니까, 형이 말해봐요. 할머니 영정을 거는 게 잘못된 거예요?”

나는 너무 당황스러웠다. 내가 왜 진정한 도시 사람이지? 도시 사람과 영정이 무슨 상관이지?

“맞는 말이야.”

나는 무의식중에 본심을 내뱉었다. 셋째 할머니에게 바깥세상을 보여드리는 것은 옳은 일이다. 경건하게 고인의 영정을 참배하는 것도 옳은 일이다. 이외에 개인적인 이유도 있다. 나는 셋째 할머니 얼굴이 잘 기억나지 않았다. 사촌동생 몸에 가려진 영정 사진을 보고 싶었다. 나는 당숙에게 그의 말이 맞으니 한발 물러서라고 권했다.

"봐요! 형도 내 말이 맞다잖아요!"

사촌동생 목소리에서 승리의 기쁨이 느껴졌다. 그는 당당하게 셋째 할머니 영정을 영구 위에 걸었다. 당숙이 뭐라 말하려는데 아버지가 당숙의 어깨를 두드리며 말렸다.

"그만하게. 걸게 놔둬. 저 애 마음도 효심이야."

당숙이 한참 입을 다물고 있다가 고개를 끄덕였다.

"그럼 걸어라. 네 형이 그렇다고 하니."

셋째 할머니가 저 위에서 우울한 표정으로 나를 내려다보는 것 같았다. 사진의 명암이 어둡고 워낙 오래된 흑백 사진인 데다 크게 확대 복사하다보니 셋째 할머니의 원래 모습과 많이 달랐다. 사실 나는 셋째 할머니가 어떻게 생겼는지 잘 기억나지 않는다. 기억나는 것이라고는 늘 어두운 방에 앉아 계시던 할머니의 우울한 눈빛뿐이다. 오래전, 아직 고향 집에서 초등학교, 중학교를 다니던 그 시절에는 설이 되면 어른들에게 세배를 하러 돌아다녔다. 설날 아침 일찍, 힘겹게 따뜻한 이불을 박차고 나와 어른들에게 세배를 하려고 오들오들 떨며 골목을 돌아다녔다. 셋째 할머니는 몸이 좋지 않아, 나이가 많지 않을 때에도 이미 아주 늙어 보였다. 설날이지만 아끼느라 불도 켜지 않은 채 침대 위에 앉아 아이들을 기다렸다. 할머니는 어두운 방안 침대 위에 꼼짝 않고 앉아 음침한 목소리로 한두 마디 할 뿐이었다. 할머니가 내 이름을 불렀을 뿐인데, 목소리가 너무 차가워 왠지 무서웠다. 그리고 영정 사진처럼 우울하고 음침한 눈빛은 목소리보다 더 차갑게 느껴졌다. 나는 할머니 방에 들어서는 순간부터 등골이 서늘했다. 할머니가 사탕을 내놓으셨지만 무서워서 거의 집지 않았다. 한번은 사탕을 받고 돌아섰는데 한쪽 벽 아래 놓인 시커먼 관이 눈에 들어왔다. 그 후로 할머니가 아무리 맛있는 간식을 줘도 절대 받지 않았다. 할머니 얼굴은 보지도 않고—그전에도 제대로 본 적이 없었지만—얼른 세배만 하고 후다닥 밖으로 나오곤 했다.

지금, 얼굴도 기억나지 않는 셋째 할머니가 저 위에서 나를 내려다보고 있다. 어쩌면 할머니는 나를 보는 게 아닐 것이다. 그 우울한 눈빛은 다른 사람을 향하거나 혹은 아무도 아닐 수 있다. 왠지 모르게 등골이 서늘했다. 영정 앞에서 절을 하고 지전紙錢을 태운 후 당숙, 사촌동생에게 너무 상심하지 말라고 간단히 위로의 말을 건넸다. 그 후 곧바로 영구 행렬이 대문을 나섰다.

햇살 좋은 날, 풍악이 울리니 태평성세가 따로 없었다. 지금은 샹루 악단이 트롬본, 클라리넷, 전자기타 등을 연주하고 있다. 남녀노소 할 것 없이 온 동네 사람들이 모여들어 시끌벅적했다. 나는 북적이는 곳에서 멀리 떨어져 짚더미 옆에 서서 샤오터우의 연주를 기다렸다. 오랫동안 그의 연주를 듣지 못했다. 예전에는 집에 있을 때 샤오터우 악단이 오면 마을 절반을 지나가서라도 꼭 들어야 했다. 그때는 키가 작아서 항상 작은 의자를 메고 나가 위에 올라서서 봤다. 사오터우는 태평소 두 개를 동시에 불고 콧구멍에 담배 두 개를 꽂기도 했다. 태평소 두 개로 동시에 다른 곡을 연주했다. 심지어 동시에 악기 다섯 개를 연주할 수 있다는 소문도 있었다. 한 사람이 동시에 다섯 개 악기를 연주한다니, 1인 악단인 셈이다. 안타깝게도 그는 이런 재주를 쉽게 보여주지 않았기에, 내 눈으로 직접 본 적은 없다. 같은 업계 사람들 말로는 이런 연주법은 수명을 단축시킨다고 한다.

번갈아가며 서양 악기를 연주하는 두 악단의 공연이 끝나기를 기다렸다. 긴 기다림 끝에 드디어 샤오터우가 태평소를 손에 들고 입에 피리를 물었다. 팔을 뻗고 목을 길게 늘이며 연주를 시작하려는데 누군가 크게 소리쳤다.

"악기 연주 지겨워! 노래나 해!"

곧이어 다른 사람이 같이 소란을 피우며 샤오터우 옆에 앉아 거울을 보고 있던 여자에게 노래를 하라고 떠들었다. 이 여자는 이름이 샤오윈인데 짙은 화장, 섬뜩할 만큼 새빨간 입술에 가늘고 길게 그린 눈썹이 이마 위로 치켜올라갔다. 얼굴은 평범한데 몸은 굴러갈 것처럼 뚱뚱했다. 자리에서 일어날 때 윗옷 아래로 새하얀 뱃살이 출렁거렸다. 날씨가 춥지는 않지만 그리 더운 것도 아닌데 그녀는 특별히 짧게 잘라 만든 재킷을 입어 일부러 새하얀 피부를 노출시켰다. 샤오터우는 힘없이 웃으며 태평소를 내려놓고 샤오윈에게 손짓을 했다. 나는 너무 아쉬웠다. 샤오터우가 이렇게 쉽게 연주를 포기하고 악기를 내려놓다니. 그는 무대에서 밀려난 게 전혀 아무렇지 않은 것 같았다.

"뭐가 듣고 싶은데요?"

샤오윈이 마이크를 들고 먼저 이상한 소리를 내며 테스트했다. 한쪽에서 스피커를 조정하고 돌돌 말려 있던 전선을 바닥에 펼쳐놓았다. 가라오케 장비가 모두 준비됐다.

"「어린 과부의 성묘」!"•

목소리를 따라 고개를 돌리니 낯익은 얼굴, 구샤오텐이다. 꿈에서

• 중국 전통극 제목.

도 잊을 수 없는 이름이다. 우리는 초등학교 때 등하교를 함께 하며 온종일 붙어다녔다. 같이 어울려 놀던 친구가 두 명 더 있다. 다녠과 산샹. 이 친구들은 여러 이유로 뜻을 이루지 못했다. 다녠은 우리보다 세 살 많았다. 5학년 중추절까지 우리 모두 별일 없이 학교에 다녔는데 다녠이 갑자기 장인어른에게 선물을 전해야 한다며 며칠 학교를 빠졌다. 선물을 전하고 돌아와 다시 학교에 나왔다. 다녠 부모가 일찌감치 다녠의 혼처를 정해둔 것이었다. 우리 어머니는 요즘 내게 결혼을 재촉하며 매번 '다녠 좀 봐라. 그 집 애는 벌써 초등학교도 졸업했단다'라고 말씀하셨다. 산샹은 중학교에 올라가자 소위 불량 청소년이 됐다. 허구한 날 싸움질을 하고 별일 없을 때는 나무 뒤에 숨어 있다가 여학생들을 놀래키곤 했다. 중학교 3학년 때, 여자 때문에 옆 마을 불량배랑 크게 패싸움을 일으켰는데, 상대방을 칼로 찌르기까지 해서 퇴학당했다. 그 당시 나는 이미 도시에서 학교를 다니고 있어서 친구들을 볼 기회가 거의 없었다. 나중에 들으니 산샹은 몇 년 집에서 놀면서 정신을 차렸다고 한다. 특히 결혼한 후에는 아주 겸손하고 진중하게 변해 집안을 잘 돌보는 착실한 가장이 됐단다. 산샹은 상허上河 건설팀을 따라 톈진天津, 칭다오青島 등지에서 일하며 열심히 돈을 벌었다. 처음에는 그냥 막노동꾼이었는데 지금은 숙련공이 되어 제자까지 거느리고 있다. 그는 농번기와 설 명절에만 집에 돌아왔고 착실하게 돈을 모아 작년에 크게 집을 지었다.

그러나 구샤오톈의 삶은 너무 안타까웠다. 그는 어릴 때 수줍음이 심해 무슨 말만 하면 금방 계집애처럼 얼굴이 빨개지고 선생님 질문에도 제대로 대답하지 못했다. 대신 그림을 아주 잘 그렸다. 그는 사람을 그릴 때 늘 코부터 그렸다. 나는 한동안 사람 그리는 법을 가르쳐달라고 그를 졸라댔다. 그러자 『홍루몽紅樓夢』 그림책을 던져주며 처음부터 끝까지 따라 그리라고 했다. 구샤오텐은 이런 그림책을 수십 권 이상 따라 그렸단다. 하지만 내 인내심은 금방 바닥나서 사람 하나도 다 그리지 못하고 포기했다. 그래서 지금까지도 사람 같은 사람 그림을 그리지 못한다. 나는 구샤오텐이 그림으로 크게 성공하리라 생각했는데 오히려 그림 때문에 인생이 망가졌다. 그림에 푹 빠져 공부를 등한시한 탓에 일반 고등학교도 가지 못했다.

구샤오텐 아버지는 우리 마을에서 가장 뛰어난 목수였다. 구샤오텐은 억지로 아버지를 따라다니며 목수 일을 배웠지만 마음은 늘 콩밭에 가 있었다. 눈을 감으면 오색찬란한 세상이 펼쳐졌고 머릿속은 온통 물감과 그림 생각뿐이었다. 어느 날 새로 만든 서랍장 위에 올려둔 도끼가 먹줄을 당기고 있는 그의 엄지손가락 위로 떨어졌다. 싹둑, 순식간에 엄지손가락 절반이 사라졌다. 붓을 쥘 수 없게 된 그는 하얗게 질린 얼굴로 아프다 소리도 하지 않고 며칠 동안 꿀 먹은 벙어리처럼 지냈다. 그 후 완전히 변했다. 일부러 삐딱한 짓만 골라 했고 다시는 그림을 그리지 않았다. 그가 그림을 그리기 전에는 아무도 그에게 관심이 없었다. 온종일 그림만 그릴 때는 가끔 잔소리하는 사람이 있었다. 그리고 비뚤어지기 시작하니 여기저기서 욕설과 험담이 끊이지 않았다. 그러나 그는 전혀 신경 쓰지 않고 더 뻔뻔하게 온갖 개망나니 짓을 해댔다. 집에서 빈둥거리며 허구한 날 술을 마시고 도박을 했다. 다행히 겁이 많아서 불을 지르거나 사람을 죽이는 짓까지는 못 했다.

얼마 뒤 구샤오텐 아버지가 가구를 팔러 나갔는데 길에 서서 돈을 세다가 갑자기 달려든 트럭에 치여 그 자리에서 세상을 떠났다. 구샤오텐 어머니는 다 큰 아들을 어쩌지 못했다. 그는 충분히 일을 할 수 있었지만 농번기 때마다 어디론가 사라졌다. 어머니 혼자 죽을 둥 살 둥 일을 마치면 귀신같이 알고 조용히 집으로 돌아왔다. 그가 삐뚤어진 후 집안은 점점 궁핍해졌다. 그의 어머니는 농한기에 두부 장사를 해서 살림을 꾸릴 생각이었는데, 돈을 버는 족족 아들에게 뺏겼다. 돈을 주지 않으면 때리기 때문에 어쩔 수 없었다. 우리 어머니에게 들으니 어느 해에는 설 다음 날, 구샤오텐 어머니가 혼비백산해서 우리 집으로 뛰어와 아들이 도끼를 휘두른다고 소란을 피웠단다. 그는 도박 때문에 돈이 필요했는데 어머니가 돈을 주지 않자 왼손으로 도끼를 쥐고 휘두른 것이다. 우리 어머니가 대문 밖에 나가보니 정말 구샤오텐이 도끼를 들고 골목 한가운데 서 있었단다.

구샤오텐도 곧 서른인데 아직 혼자였다. 지금 샤오터우 악단 옆에서 샤오원에게 「어린 과부의 성묘」를 부르라고 소리친 사람이 바로 그였다. 그는 히죽거리며 고개를 돌리다가 나와 눈이 마주쳤다. 우리는 아주 오랫동안 얼굴 한번 보지 못했다. 다들 자기 사느라 바쁘다보니 구샤오텐뿐 아니라 다넨, 산상도 몇 년 동안 보지 못했다. 나는 대학생이 된 후 방학 때도 학교에 있을 때가 많았고 고향에 내려와도 거의 집안에 틀어박혀 있었다. 가끔 친구들이 생각나 찾아간 적이 있는데 만나지 못했다. 오랫동안 만나지 못하니 거리감이 생기고 낯선 두려움까지 느껴졌다. 왠지 생판 모르는 사람보다 더 꺼려졌다. 최근 몇 년 사이 고향에 오면 왠지 모르게 부끄러워 한없이 위축됐고, 오랫동안 소원했던 사람을 대하기가 점점 어려웠다. 구샤오텐과 친구들도 예외가 아니었다. 구샤오텐은 나를 보고 잠시 멈칫했다가 이내 고개를 돌렸다. 나도 왠지 모르게 긴장하며 머뭇거렸다. 나는 그가 다시 고개를 돌리면 가서 인사를 해야겠다고 생각하며 계속 주시했다.

"정말 「어린 과부의 성묘」가 듣고 싶어요?"

샤오윈의 물음에 사람들이 목소리를 높이며 제각각 떠들었다. 구샤오톈은 팔짱을 낀 채 아무 말 없이 꼿꼿이 서 있었다. 유심히 살폈지만 잘렸다는 오른손 엄지손가락은 보이지 않았다. 이때 샤오윈이 노래를 시작했다. 솔직히 말해 그냥 평범했다. 애처롭고 슬픈 게 아니라 방정맞고 경망스럽기만 했다. 노래가 끝났을 때, 나는 구샤오톈에게 다가가 어깨를 치며 인사하기로 마음먹었다. 그런데 이때 웬 물줄기가 내 목을 향해 날아왔다. 반사적으로 옆으로 피하며 고개를 돌려보니 다섯 살쯤 돼 보이는 남자아이가 짚더미 위에 서서 작은 고추를 흔들며 오줌을 누고 있었다. 아이는 오줌 줄기가 정확히 내 옷 안으로 들어가자 아주 즐겁게 킬킬거렸다. 사람들의 시선이 모두 내게 쏠렸다.

"너 이 녀석!"

나는 창피하기도 하고 화도 났다. 너무 어이없어 웃기기도 했다. 녀석에게 호통을 치려는데 옆에서 젊은 애기 엄마가 뛰어와 아이를 혼내며 내게 미안하다며 어쩔 줄 몰라 했다. 자세히 보니 산샹의 아내였다. 몇 년 전 설 명절 때 밀가루 반죽에 필요한 효모를 빌리러 우리 집에 왔었다. 남자아이는 그녀의 아들, 즉 산샹의 아들이다.

"이를 어째, 삼촌, 이 녀석이 워낙 장난꾸러기라. 옷 벗어주시면 제가 빨아드릴게요."

"괜찮아요, 괜찮아요."

나는 아무렇지 않은 척 옷을 툭툭 털어냈다.

"애들은 다 그러면서 크는 거죠. 아무리 장난이 심해도 그 옛날 산샹 형만 하겠어요? 하하. 산샹 형 집에 있어요?"

산샹의 아내는 쿡쿡 웃으며 대답했다.

"그이는 밖에서 열심히 일하고 있죠. 지금 옌타이煙台에 있어요."

이때 산샹의 어머니가 다가와 아는 척했다.

"방금 왔나보네?"

산샹의 어머니는 내가 대답하기도 전에 애먼 며느리에게 호통을 쳤다.

"할 일 없이 맨날 어딜 그렇게 돌아다녀? 애를 데리고 나와서는, 왜 더 높은 데 올라가지그랬어?"

산샹의 아내가 뭐라고 투덜거렸는데, 잘 안 들렸다. 그녀는 아들 귀를 잡아당겨 질질 끌고 갔다. 아이는 종종걸음으로 끌려가며 한 손으로 고추를 바지 속에 넣었다. 두 사람이 사람들 틈으로 사라진 후, 나는 산샹의 어머니와 몇 마디 더 주고받았다. 오줌에 젖은 옷을 입고 있자니 찝찝해 대충 핑계를 대고 집으로 가려고 돌아섰다. 고개를 돌렸는데 구샤오텐은 이미 가고 없었다.

3

어머니가 내 제복을 빨아 마당에 널어주셨다. 나는 의자에 벌렁 누워 예전에 보던 책을 뒤적였다. 예전에도 집에 오면 이런 자세로 책을 읽곤 했다. 갑자기 작은아버지가 나를 찾아왔다.

"오늘 저녁에 마을 지부위원들이랑 식사하기로 했는데 너도 같이 가자. 그런데 제복은?"

내가 손가락으로 가리키자 작은아버지는 빨랫줄에 널린 물이 뚝뚝 떨어지는 제복을 발견하고 곧장 달려가 만져보더니 화가 난 듯 손을 뿌리쳤다.

"왜 하필 지금 빨았어?"

그러고는 한동안 망설이다가 계획을 바꿨다.

"그럼, 시간을 바꿔보지."

"마음대로 하세요."

그런 밥은 전혀 먹고 싶지 않았다. 작은아버지는 서둘러 돌아갔다.

"작은아버지는 정신 나간 사람처럼 왜 저래요?"

"누가 알겠니? 이장 되더니 완전히 다른 사람이 됐어."

금방 해가 져 옷이 잘 마르지 않았다. 점점 기온이 떨어지고 바람도 불지 않아 제복은 한밤중까지 축축했다. 나는 빈소에 갔다가 밤늦게 돌아왔다. 세수하고 양치하고 자려고 막 누웠는데 작은아버지가 손수 삼륜차를 몰고 와 대문을 두드렸다. 작은아버지는 내게 빨리 셋째 할머니 집에 가야 한다며 얼른 제복을 입으라고 했다.

"아직 안 말랐어요."

작은아버지는 삼륜차에 올라타며 소리쳤다.

"안 말랐어도 입어. 이장이 늦으면 안 되니 나 먼저 간다."

서둘러 셋째 할머니 집으로 뛰어갔을 때는 이미 새벽녘이었다. 마을 사람이 절반 가까이 모여 있었다. 악단 연주 소리가 뚝 끊겼고 단원들 모두 멍한 표정으로 우두커니 서 있었다. 사람들 틈을 뚫고 지나가보니 샤오윈과 여자 단원 몇 명이 남의 외투를 걸친 채 대문 옆에 쪼그려 앉아 고개를 푹 숙이고 있었다. 그 바로 옆에 경찰 두 명이 있었다. 집안에서 나오던 작은아버지가 발끝을 들고 나를 향해 가까이 오라고 손짓을 했다. 그리고 귓속말로 상황을 설명했다.

"파출소에서 나왔어. 장례식에서 옷을 벗고 춤을 춘다고 누가 신고 했대."

"췄죠."

샤오윈과 여자 단원들이 확실히 그런 춤을 췄었다. 여기저기 여자 옷이 널려 있는데 보아하니 다 벗지는 않은 모양이다. 여자들이 춤을 출 때 나도 여기 있었다. 나는 이날 밤샘 차례가 아니라 저녁을 먹은 후 밖에 나가 들판을 한 바퀴 돌고 왔다. 마당에서 풍악이 울리고 있었다. 나는 샤오터우의 태평소 소리를 기대하며 들어갔다. 전체 장례 과정에서 악단 연주가 가장 요란해지는 순간이었다. 문상객들이 돈을 뿌리며 노래와 연주를 청하는데, 우리 고향 마을에 오래전부터 내려오는 전통 아닌 전통이다. 망자의 친척과 친구들이 노래나 연주를 청하는 횟수가 많고, 그들이 내놓는 돈이 많아야 망자의 체면을 세울 수 있다. 예전에는 사람에게 노래를 청하는 것이 아니라 태평소 등 악기 연주를 청했다. 노래나 연주를 청하고 치르는 돈은 액수가 정해진 것이 아니라 연주가 훌륭한지와 관객의 반응에 따라 달랐다. 샤오터우는 늘 신청이 쇄도하고 한 번에 받는 액수도 컸기 때문에 항상 가장 많은 돈을 벌었다. 그는 태평소 하나를 가지고 남자, 여자, 노인, 아이 등 다양한 목소리를 흉내 냈는데 너무 똑같아서 헷갈리고 정말 신기했다. 시간이 흐르면서 악기보다 노래를 청하는 경우가 많아졌는데 유행가, 민요, 전통 곡조에서부터 간혹 재주꾼이 있으면 경극京劇, 회해희淮海戲, 황매희黃梅戲와 같은 전통극을 선보이기도 했다. 주문 공연은 현금을 내야 하고 분위기상 점점 액수가 올라간다. 특히 악단이 두 개 이상이면 경쟁이 더욱 치열해진다. 서로 주문을 받으려고 온갖 재주를 뽐냈다.

주문 공연은 이 과정을 거쳐 불꽃 튀는 전쟁으로 바뀐다. 그날 밤은 다들 독기를 품었는지 첫 라운드부터 광풍이 몰아쳤다. 시작은 샤오터우였다. 어떤 사람이 그에게 황매희 중 「소사점小辭店」을 신청했다. 샤오터우가 큰 손을 흔들자 나이 지긋한 단원 몇 명이 피리, 얼후, 생황을 들고 들어왔다. 이 정도 나이는 돼야 손님들이 주문하는 곡을 모두 소화할 수 있다. 샤오터우가 태평소 나팔 부분을 떼어내고 도자기 그릇을 한 손에 하나씩 들고 맞붙여 옌펑잉• 목소리를 흉내 냈다. 태평소를 불며 손과 도자기 그릇을 자유자재로 움직였다. 연주가 끝난 후 쥐죽은 듯 고요했으나, 잠시 후 약속이나 한 듯 박수와 환호성이 터져나왔다. 나는 거의 8년 만에 드디어 샤오터우의 연주를 들었다. 그 후에 다른 사람이 샹루 악단을 지목했고 한 뚱뚱한 남자 단원이 가수 류환劉歡의 「호한가」를 불렀다. 그 특유의 산둥 발음이 원곡과 꽤 비슷했다. 나는 두어 번 노래 신청 후에 다시 악기 연주를 들을 수 있을 줄 알았는데, 악기 연주 신청은 더 이상 없었다. 두 악단은 돌아가며 노래를 부르고, 만담을 하고, 춤을 추고, 마술쇼까지 선보였다. 보여줄 수 있는 것은 뭐든 다 보여줬다. 나중에는 양쪽 악단이 동시에 주문을 받았다. 동시에 공연을 펼치다보니 관객의 호응을 얻으려고 별의별 자극적인 방법이 다 동원됐다. 몇 년 못 본 사이, 주문 공연이 마치 잘 짜인 연말 콘서트처럼 변했다. 방법이나 내용이 점점 이상하고 저급해졌다.

먼저 남녀 합창과 만담이 원래 가사를 고쳐 온갖 자극적인 음담패설을 쏟아냈다. 공연 동작도 점점 이상해져서 남녀가 한데 뒤엉켜 마치 침대 위 은밀한 행위를 연상시켰다. 그리고 단원들의 복장이 점점

• 嚴鳳英, 1930~1968년. 중국 전통극 여배우. 황매희의 일인자로 불림. 특별한 창법과 목소리로 유명함.

가벼워졌다. 특히 여자 단원들의 옷이 점점 얇고 짧아진 데다 동작은 더욱 과감하고 자유분방했다. 그럴수록 관객의 호응이 높아져 목이 쉬도록 '좋다'를 연발했다. 낮에는 태평소도 불지 않고 얼후도 켜지 않고 시종일관 거울을 보며 화장만 하던 여자 단원들이, 지금은 전부 다 뛰쳐나와 팔을 걷어붙이고 허연 살을 드러냈다. 진한 눈썹과 아이섀도에 시뻘건 입술을 쩍 벌리고 소리를 질렀다. 여자들의 유연한 몸은 생동감이 넘쳤다. 풍만하고 탱탱한 엉덩이를 흔들며 분위기가 달아오르자 머리카락을 풀어헤치고 마구 흔들었다. 양쪽 공연은 우열을 가리기 힘들었다. 그저 마구 몸을 흔들어대는 수준이니 거기서 거기였다. 나는 썰물과 밀물처럼 쉴 새 없이 양쪽을 오가는 군중을 따라가며 내 발걸음이 강렬한 북소리와 내 심장박동에 맞춰 움직이고 있다는 생각이 들었다. 갑자기 누군가 크게 외쳤다.

"벗어라!"

그리고 수많은 호응이 이어졌다.

"벗어라!"

"벗어!"

샤오윈이 우뚝 멈췄을 때, 나는 샹루 악단 뒤로 빠져나가 비틀거리며 돌아섰다. 그 순간 샤오윈이 두 팔을 크게 벌려 큰 외투를 새 날개처럼 펼쳤다. 그녀의 외투, 긴 머리카락, 소맷자락이 바람에 휘날리며 위로 붕 떠올랐다. 그녀의 비상이 멈춘 후, 그녀가 키 큰 남자의 어깨 위에 앉아 있음을 알았다. 누군가 샤오윈에게 담배 두 대를 건넸다. 그녀는 사람들을 내려다보며 담뱃불을 붙이고 커다란 고리 모양 연기를 내뿜었다. 연기 고리가 밤하늘에 걸린 조명등을 향해 두둥실 떠올라갔다. 이번에는 태평소를 건넸다. 샤오윈이 담배 두 대를 콧구멍에 끼우고 태평소를 불기 시작했다. 생각보다 소리가 괜찮았다. 꽤 불 줄 아는 모양이다. 하지만 사람들 반응은 한결같았다.

"벗어라!"

"벗어!"

"벗어!"

샤오윈이 한 손으로 태평소를 연주하면서 다른 팔 외투 소매를 벗고, 다시 손을 바꿔 나머지 팔도 외투에서 빼냈다. 그녀는 한 손으로 옷을 벗으며 콧구멍에 끼운 담배를 신경 쓰면서 입으로 태평소까지 불어야 했기 때문에, 옷을 벗는 동작이 영화 속 슬로 모션처럼 아주 느렸다. 덕분에 관중은 더욱 애가 탔다. 목을 길게 빼고 우와, 우와를 연발했다. 그녀는 외투 안에 재킷을 입고 있었는데, 단추가 목까지 단단히 채워져 있었다. 보아하니 사전에 철저히 준비한 것이 분명했다. 벗어야 할 옷을 미리 입고 있었다. 재킷을 벗는 속도는 더 느렸다. 재킷을 벗으니 붉은 블라우스가 나왔다. 이즈음 담뱃불이 꺼지자 태평소 연주도 멈췄다. 이제 그녀는 옷을 벗는 데만 집중했다. 천천히 옷을 벗으며 몸을 끊임없이 흐느적거렸다. 가장 단순한 무용 동작을 계속 반복했다.

샤오윈의 새하얀 한쪽 팔이 드러나는 순간, 샹루 악단 쪽에서 한 여자가 불쑥 위로 솟구쳤다. 그녀는 담뱃불도 안 붙이고, 태평소도 불지 않고, 올라오자마자 바로 옷을 벗기 시작했다. 그녀의 동작은 샤오윈과 달리 아주 빨랐다. 이때부터 두 사람의 대결 구도가 펼쳐졌다. 이쪽이 팔을 드러내면 저쪽도 팔을 드러내고, 저쪽이 하나 벗으면 이쪽도 하나 벗었다. 둘이 아니라 한 명이 반응이 조금 느린 거울 앞에서 있는 것 같았다. 경쟁 구도가 아니었다면 두 여자 몸에 아직 옷이 남아 있었겠지만, 두 사람은 이미 다 벗어버렸고 관객들은 열렬히 환호했다. 상반신에 남은 거라곤 브래지어뿐이었다. 더 이상 벗을 게 없다고 생각할 즈음, 샤오원이 먼저 신발 끈을 풀었다.

관객들이 광분하기 시작했다. 목마를 탄 상태에서 바지를 벗는 것은 고도의 평형감각이 요구되는 매우 힘든 동작이지만 두 여자는 훌륭하게 해냈다. 약 30분 후, 두 여자 모두 브래지어와 팬티만 입은 채 목마를 타고 있었다. 밤바람이 불어왔지만 이곳은 밝은 조명과 열기로 가득했다.

잠시 후 두 사람의 경쟁이 네 사람의 경쟁으로 바뀌었다. 양쪽 악단에서 또 다른 두 여자가 각각 자기네 악단 남자의 목에 올라탄 채 등장했다. 두 여자는 누가 더 빨리 벗는지 경쟁하듯 옷을 벗었다. 계속해서 두 여자가 더 등장해 총 여섯 여자의 경쟁이 됐다.

장례식장 주문 공연이 절정으로 치달았고 한번 달아오른 분위기는 좀처럼 식을 줄 몰랐다. 오늘 밤 샤오터우 연주는 더 이상 들을 수 없을 것 같았다. 이렇게 벗어젖히는 공연이 특별히 신기하지도 않았다. 베이징 대로 곳곳에서 매일같이 란제리쇼가 벌어지니까. 갑자기 장거리 버스 탑승의 피로감이 밀려와 온몸이 나른해져 바로 집에 돌아갔다. 몇 년 만인데 이렇게 끝나 너무 아쉽다고 생각하며 발걸음을 돌렸다.

"분명히 쳤죠."

나는 작은아버지를 향해 축축한 옷자락을 털어냈다.

"좀 참아봐."

작은아버지가 내 옷을 쓰다듬으며 말했다.

"내 지위는 보잘것없는데 일이 너무 커졌어. 여러 사람 입막음하고 뒷일까지 해결하려면 어쩔 수 없어."

작은아버지가 내게 부탁하는 일은 정확히 말하자면, 내 제복에게 부탁하는 것이었다. 이 제복이 정말 그런 효과가 있을까? 경찰 두 명이 조용한 방에서 기다리고 있었다. 아마도 이번 일의 책임자일 것이다. 두 경찰은 별 생각 없이 고개를 돌렸다가 나를 보고는 자세를 고쳐 앉았다. 그러나 당당함은 잃지 않았다. 조금 통통한 경찰이 자리에서 일어나며 물었다.

"뉘신지……"

"망자가 제 할머니십니다."

"랑 대장, 이런 일로 귀찮게 해서 면목없습니다."

작은아버지가 끼어들어 나를 소개했다.

"이쪽은 제 조카예요. 베이징에서 사령관 비서로 일하고 있죠. 두 분이 오셨다기에 같이 왔습니다. 군인과 경찰은 원래 한집안이니 말이 잘 통할 것 같아서요."

내가 담배를 권하자 두 사람은 고개를 끄덕이며 고맙다고 말했다.

"사실 이게 꼭 이장님 집안 탓은 아니죠. 다들 이렇게 하니까. 더구나 저들이 화를 자초한 거죠. 헌데 저희도 정말 난감합니다. 누굴 잡아가야 할지, 이 야밤에 더구나 장례식장에서."

"역시 랑 대장은 도리를 잘 아시는군요. 장례는 인륜지대사인데 잘못 손대면 불길하지요."

"그러니까 말입니다. 다만 공무 집행이라 더 난감한 거죠."

"랑 대장 말씀이 맞습니다. 쉽지 않은 일이죠."

이때 작은아버지가 눈짓을 보내자 당숙이 미리 준비한 담배 다섯 보루를 내놓았다. 작은아버지가 담배를 랑 대장 손에 쥐여주며 말했다.

"형제분들 심심치 않게 나눠주세요. 밤바람도 찬데."

량 대장이 받지 않으려 하자 내가 그의 손을 꼭 잡고 말했다.

"좀 늦긴 했지만 같이 한잔 하시겠습니까?"

"그럼 염치없지만 받겠습니다."

량 대장이 담배 보루를 옆에 있는 동료에게 넘기고 나를 보며 말했다.

"오늘은 너무 늦었고 나중에 한잔 하시지요. 외람되지만 이것도 인연이니 형제가 되면 좋지요. 사실 누구를 잡아가도 이상하긴 한데 어떻든 저희는 형식적으로나마 뭐라도 해야 하는 상황이니까요. 저도 어쩔 수가 없습니다. 신고자한테 포상금도 줘야 하고요. 그러니까……"

"물론이죠. 량 대장, 편하게 금액을 말씀해주세요."

작은아버지가 눈치 빠르게 받아치자 량 대장이 오른손 손가락 네 개를 펴고 흔들었다. 400위안.

마침 바지 주머니에 지갑이 있어 100위안짜리 다섯 장을 꺼내 줬다. 량 대장이 그중 한 장을 내 주머니에 쑤셔넣었다.

"형제 아닙니까? 이렇게 남처럼 대하시면 안 되죠. 시간 나실 때 꼭 파출소에 한번 들러주세요. 한집안 사람들끼리 한잔 해야죠."

량 대장은 부하들을 데리고 돌아가면서 마지막으로 두 가지를 신신당부했다. 하나는 악단 공연이 도를 넘지 않도록 주의할 것, 다른 하나는 나에게 꼭 파출소에 와서 자기랑 술 한잔 하자는 것이었다. 우리는 친근하게 악수를 하며 다시 이것저것 말을 섞다가 한참 후에야 헤어졌다.

상황이 정리된 후 샤오윈과 여자들은 자기 자리로 돌아가 외투를 걸치고 거울을 보며 화장을 고쳤다. 마치 아무 일도 없었다는 듯이. 이때 작은아버지가 악단을 향해 소리쳤다.

"왜 멍청히 서 있는 거야? 어서 연주해!"

연주가 시작됐다. 나는 굳이 돌아보지 않아도 샤오터우의 태평소 소리임을 알아차렸다. 하지만 너무 피곤해서 연달아 하품이 나왔다. 그저 빨리 집에 돌아가 자고 싶은 생각뿐이었다. 작은아버지가 제복 견장을 툭툭 치며 말했다.

"내 말이 맞지? 역시 이게 효과가 있다니까!"

그러고는 갑자기 목소리 톤이 바뀌었다.

"어떤 개자식이 입을 함부로 놀린 거야? 아주 돈에 환장한 놈이야!"

4

작은아버지는 온종일 공사 현장을 뛰어다녔다. 점심을 먹고 나가봤는데 허우허 주변이 어제보다 많이 조용했다. 한 대뿐인 불도저가 등이 굽은 노년의 천식 환자처럼 안쓰러워 보였다. 사람도 크게 줄었다. 구경꾼은 반으로 줄었고 작은아버지를 좇아다니는 사람은 몇 명 안 됐다. 이들은 삽을 들고 여기저기 돌아다니며 설렁설렁 삽질을 했다. 불도저와 비교하면 이들의 삽질은 아무 의미가 없었다. 작은아버지는 땀을 뻘뻘 흘리며 여기저기 뛰어다니다가 나를 발견하고서야 목을 축였다. 그는 허리를 펴고 땀을 닦으며 욕을 내뱉었다.

"제기랄! 돈 없으면 아무것도 못 하는 세상이야! 이 불도저만 해도, 약속한 건 분명히 세 대였는데 오늘 갑자기 딴소리야."

"돈을 안 줬어요?"

"돈이 어디 있어? 애초에 토지 임대를 하면 돈을 주기로 합의한 거야."

나는 운전석에 앉아 느릿느릿 운전대를 조종하는 기사를 보면서 되물었다.

"합의를 했으면 계약이 된 건데, 왜 약속을 안 지켜요?"

"목소리 낮춰."

작은아버지가 나를 한쪽으로 끌어당겼다.

"농촌에서 일하는 방식은 도시와 달라. 도시 사람들은 사사건건 소송을 걸고 법정 다툼을 하는 모양인데 시골에서는 위아래 법도도 없어진 지 오래야. 물건 가진 놈이 할애비고 돈 없는 놈은 그 밑에 손주가 돼서 기어야 해. 저 사람 심기 건드리면 내일은 한 대도 없어."

작은아버지는 절대 이 일을 멈출 수 없었다. 쇠뿔도 단김에 빼랬다고 빨리 공사를 끝내야 다음으로 넘어갈 수 있다. 이 일은 작은아버지가 책임져야 할 일이기 때문에 반드시 제대로 끝내야 했다. 여기에서 중단하면 아주 곤란해진다.

"인력을 동원할 생각은 안 해보셨어요?"

"그건 생각할 필요도 없어. 지금이 어떤 시대인데? 옛날처럼 온 마을이 나서서 묵묵히 시키는 대로 임무를 완수하는, 산을 뚫으라면 뚫고 바다를 메우라면 메우는 그런 시대인 줄 알아? 수십만 명이 달려들어 맨손으로 스안 운하• 같은 대공사를 완수하던 시대가 아니라고. 그런 일은 감히 상상조차 할 수 없지. 무엇보다 사람이 없어. 봐

• 스자좡石家莊과 안양安陽을 잇는 운하.

라. 죄다 노약자뿐이지 젊은이가 남아 있는 집이 몇이나 돼? 다 도시로 돈 벌러 나갔지."

나는 공사 현장을 휙 둘러봤다. 확실히 젊은 사람이 없다. 이때 누군가 우리 쪽으로 달려왔다.

"이장님, 길을 내야죠?"

"내야지."

아직 강을 다 메우지 못했지만 먼저 맞은편 강 언덕으로 이어지는 길을 내야 했다. 내일 셋째 할머니 상여가 우룽허 강변으로 가려면 이 길을 지나야 한다. 작은아버지의 분부를 받은 사람이 불도저에 뛰어올라 기사에게 손짓을 하며 한참 설명했다. 기사가 공사 내용을 접수한 후 위이잉 소리를 내며 불도저 앞머리를 돌렸다.

나는 할 일도 없고 멍하니 서 있자니 방해만 되는 것 같아 강을 지나 북쪽 들판으로 걸어갔다. 하늘이 높고 마음이 시리도록 새파랬다. 나는 생각 없이 그저 걸었다. 길 양편으로 여러 농작물, 농작물을 거둬들인 빈 밭, 채소밭, 먼 하늘까지 이어진 드넓은 잡초 벌판이 눈에 들어왔다. 그런데 사람은 하나도 보이지 않았다. 다들 어디로 숨어버렸을까? 많은 채소밭이 채소보다 잡초가 더 많아 잡초밭 같았다. 누구네 밭인지 모르지만 빨간 무 하나를 뽑았다. 주위를 둘러봤지만 씻을 물이 없어 주머니에 있던 휴지를 꺼내 슥슥 닦고 한입 베어 물었다. 어머니가 벌써 한 달 넘게 비가 내리지 않는다고 올해 가뭄이 심하다고 했는데 무를 먹어보니 정말 그랬다. 무는 수분이 바짝 말라 매운맛만 남았다. 눈물이 날 만큼 매워 반도 못 먹었다.

가까운 곳에서 소 한 마리가 길 한가운데 누워 고개를 돌린 채 무심한 표정으로 누렇게 마른 잔디를 뜯어 먹고 있었다. 멀리서 보면 무너져내린 집 같았다. 소는 따뜻한 햇볕을 쪼이며 쉬지 않고 되새김질을 하느라 허연 거품이 턱까지 흘러내렸다. 오래전 우리 집에도 이놈과 비슷하게 생긴 물소 한 마리가 있었다. 나는 학교 수업이 끝나고 들판에 소를 끌고 나가 풀을 먹인 후 녀석을 타고 집에 돌아왔다. 그렇게 몇 년 동안 열심히 목동 일을 했다. 내가 워 하고 불렀지만 녀석은 계속 눈을 감고 있었다. 한 번 더 워하고 부르자 천천히 일어나 바닥에 늘어진 밧줄을 질질 끌며 걷기 시작했다. 녀석이 농작물이 자라고 있는 밭에 들어가려고 하기에 얼른 고삐를 잡고 밖으로 끌어냈다. 아무리 둘러봐도 소 주인이 보이지 않았다. 사방이 뻥 뚫린 광활한 들판에 바람이 불어왔다. 바람이 제법 세서 농작물과 풀들이 허리를 깊이 꺾거나 바닥에 드러누웠다. 나는 주인 대신 소를 끌고 돌아가기로 했다. 요즘 마을 전체를 통틀어 소를 키우는 집이 몇 집 없었다. 대부분 트랙터, 탈곡기, 콤바인과 같은 기계를 이용하기 때문에 가축을 이용하는 경우는 거의 없었다. 나이 많은 어르신들이 고집스럽게 소를 키우곤 하는데 필요해서가 아니라 그저 평생의 습관일 뿐이었다. 소가 없으면 왠지 쓸쓸할 것 같기 때문이다.

나는 허우허 부근으로 소를 끌고 가 작은아버지에게 맡겼다. 작은아버지는 주인이 알아서 찾으러 올 것이라며 사람을 시켜 한쪽 나무 밑동에 묶어두라고 했다. 둘러보니 강을 가로지르는 길은 이미 대략 모양을 갖춘 상태였다. 갑자기 날씨가 바뀌면서 구름이 몰려와 낮게 가라앉기 시작했다. 먼 곳에서부터 천천히 짓누르듯 밀려왔다. 잠시 후 주변 사람들이 크게 소리를 질렀다.

"서둘러! 꼭 오늘 안에 길을 완성해야 해!"

5

이날은 내가 빈소에서 밤샘할 차례였다. 당숙 두 분, 사촌형 한 명이 함께했다. 우리 넷은 두 명씩 좌우에 떨어져 밀짚으로 속을 채운 방석을 깔고 앉았다. 앞에 장명등長明燈을 피우고 매 시간 종이를 태우는 화로를 가운데 뒀다. 종이 태우는 일은 사촌형이 맡았다. 나는 종이 태우는 일이 너무 무서웠다. 초등학교 때 큰아버지가 돌아가셨는데, 법도에 따라 화장하기 전에 망자를 위해 종이를 태웠다. 아빠 엄마가 나를 빈소로 끌고 가 종이를 쥐여줬는데 나는 결국 종이를 태우지 않았다. 하기 싫어서가 아니라 너무 무서워서였다. 큰아버지는 나를 특히 예뻐하셨다. 맛있는 게 있으면 며칠 동안 몰래 숨겨뒀다가 내게만 주셨다. 그런데 나는 큰아버지를 위한 종이를 태울 수 없었다. 왜 그런 두려움이 생겼는지, 지금까지도 잘 모르겠다. 어렴풋한 기억을 더듬어보면, 당시 어둡고 음침한 빈소에 끌려갔을 때 온통 검은 옷을 입고 자리에 누운 큰아버지 얼굴에 종이 한 장이 덮여 있었다. 그때도 가을이었는데, 그 순간 나는 몸서리치게 추웠다. 지금 다시 그때를 생각하니 몸이 부들부들 떨렸다. 이때 생긴 두려움은 이후 습관으로 굳어졌다.

지금 사촌형이 종이를 태우고, 당숙 한 분이 화로와 마주 앉아 중얼중얼 경문을 읊조렸다. 밖에서 요란한 풍악 소리가 들리고 강한 바람에 눈발이 정신없이 휘날렸다. 온갖 악기 소리가 천막을 뚫고 들어와 화로 불꽃을 흔들었다. 이제 탈의춤은 추지 못했지만 그래도 경쟁은 여전했다. 관객들이 고함을 지르며 수시로 들썩였다. 어느 순간 「십면매복十面埋伏」 곡조가 내 귀에 꽂혔다. 샤오터우의 독주였다. 그러나 곧이어 서양 악기와 전통 악기가 뒤섞인 반주에 맞춰 시끄러운 노래가 시작되면서 샤오터우의 연주 소리가 묻혀버렸다.

우리 넷은 마주 보며 이런저런 얘기를 나눴다. 처음에는 나이가 지긋한 당숙 두 분이 최근에 돌아가신 마을 어른들을 차례차례 열거하다가 점점 귀신 얘기로 빠졌다. 누가 저녁때 모내기를 하다가 귀신을 봤다는 둥, 누가 친척 집에 다녀오다가 귀신에 씌어 밤새도록 같은 자리를 맴돌았다는 둥, 또 누가 거울을 봤는데 시뻘건 핏물이 뚝뚝 떨어지고 있었다는 둥, 또 어떤 아낙이 한밤중에 깨어 보니 옆에 자고 있던 남편이 없어졌는데 그 후로 종적이 묘연해졌다는 둥, 어떤 사람은 누가 밖에서 자기 이름을 불러 나가봤는데 아무도 없고 뒤늦게 자신이 차디찬 강물에 발을 담그고 있다는 걸 알았다는 둥, 이 작은 시골 마을에 이렇게 많은 기괴한 일이 벌어졌을 줄은 상상도 못 했다. 귀신 얘기를 무서워하는 사촌형이 다른 얘기를 하자며 베이징을 언급했다. 세 사람은 내게 베이징 얘기를 해보라고 했다. 사실 나는 베이징이 여전히 낯설다. 낮에도 종종 길을 헤매곤 했다. 당숙 한 분이 국가 지도자에 대해 물었다.

"넌 자주 볼 것 아니냐? 우리는 네 말이라면 다 믿지."

당숙은 내가 국가 지도자들과 삼시세끼를 같이 먹기라도 하는 줄 아는 모양이다. 나는 정말 솔직하게 대답했다.

"국가 지도자는 정말 한 분도 직접 본 적이 없어요. 뭐라 할 말이 없네요."

"그럼 중난하이中南海, 고궁, 만리장성, 하다못해 카오야烤鴨 얘기라도 해봐."

카오야는 솔직히 말해 너무 기름져서 싫어하는 음식 중 하나다. 나는 난징南京 옌수이야鹽水鴨를 더 좋아했다.

"그럼 다음에 올 때 몇 마리 사올게요. 직접 맛들 보세요."

다른 것은 언급하지 않았다. 무엇보다 이 자리가 이런 얘기를 하기에 불편하게 느껴졌다. 빈소 밤샘이 처음인 나는 이곳이 엄숙해야 할 자리이기 때문에 말을 삼가야 한다고 생각했다. 그러나 당숙과 사촌형은 조상님을 쓸쓸하게 눕혀둘 일이 아니라 우리가 그들을 잊지 않았음을 느끼게 해줘야 한다고, 새롭고 흥겹고 재미있는 모든 것을 함께 나눠야 한다고 했다. 나는 확실히 이런 법도를 잘 모른다. 이때 사촌형이 불쑥 한마디 던졌다.

"우리 더우디주 해요."

그리고 상복 밑에서 카드 두 패를 꺼내 손바닥에 올려놓고 나머지 사람이 볼 수 있도록 휙 한 번 돌렸다.

"이거, 남방에서 유행하는 카드예요."

낱장 카드마다 속옷과 구두만 걸친 금발 미녀 사진이 인쇄돼 있었다. 요즘 성형 수술, 염색 기술이 워낙 발달해서 이 요염한 여자들이 수입인지, 국산인지 구분이 안 됐다. 당숙 한 분이 카드 몇 장을 뽑아 자세히 들여다보며 고개를 갸웃했다.

"늙었어. 이런 걸 봐도 전혀 동하지 않아."

그보다 조금 젊은 당숙이 대꾸했다.

"어차피 보기만 하는 건데 동하면 안 되죠."

두 당숙은 껄껄 웃었다.

"그냥 노는 게 싫으면 돈 내기 할까요?"

당숙이 헛기침을 하며 허리를 폈다.

"그럼 어디 한번 해볼까?"

당숙이 내 의견을 구하는 눈빛을 보낼 때 사촌형은 이미 패를 섞고 빈 방석 위에 카드를 가지런히 올려놓았다.

"셋째 숙모가 젊었을 때 카드놀이를 좋아해서 어느 날은 하룻밤 사이에 양 50마리를 벌어들였다는군."

당숙이 말하는 이는 바로 관 속에 누워 있는 셋째 할머니다.

"그때는 더우디주 놀이가 없던 시절이야."

다른 당숙이 말을 이어받았다.

"그렇죠. 모두 검은 종이를 붙여서 패를 만들어 마작처럼 갖고 놀았죠."

"셋째 할머니가 한때 지주 마누라였다는 소문이 있던데요?"

"목소리 낮춰."

당숙이 사촌형 머리에 손가락을 튕겼다.

"셋째 숙모가 들으실라. 셋째 숙모는 사람들이 그 말 하는 걸 제일 싫어하셨어. 누가 그렇게 말하면 크게 화를 내셨지. 병이 나기 전에는 남의 밥상머리까지 뛰어가 욕을 퍼부었대."

내가 지금 가진 돈이 없다고 하니 사촌형이 상관없다며 적어두면 된다고 했다. 이기면 가져가는 것이고 지면 베이징 카오야 두 마리를 사오면 된다면서 내 앞에도 카드를 나눠줬다. 우리 넷은 셋째 할머니 빈소 앞에서 도박을 시작했다. 장명등이 깜빡거리고 화로는 점점 식어갔다. 풍악 소리도 점점 잦아들었다. 나는 오랫동안 카드놀이를 하지 않았는데 신기하게 계속 이겼다. 셋째 할머니는 하룻밤에 양 50마리를 벌었다는데, 나는 순식간에 50위안을 땄다. 이때는 이미 깊은 밤이었다. 처음에는 몇 푼 안 돼 괜찮았는데 50위안은 전혀 괜찮지 않은 액수였다. 당숙과 사촌형은 모두 조금씩 돈을 잃어 기분이 안 좋아 보였다. 도박은 늘 이렇다. 계속 이겨도 꺼림칙하고 계속 지면 화가 난다. 내가 화장실에 다녀오겠다고 하자 사촌형이 안 된다고, 다 끝나면 가라고 했다. 당숙들도 맞장구치며 끝나고 가라고 했다. 한 판이 최소 한 시간인데, 내 방광은 이미 한계치에 이르렀다. 세 사람은 정신이 아주 또렷해 보였다. 집에서 나설 때 아버지가 빈소 밤샘은 잠을 쫓기가 가장 힘드니 눈꺼풀 간수를 하라고 당부했었다. 아버지는 쓸데없는 걱정을 하셨다.

"그럼, 이제 그만할까요?"

"카드놀이 안 하면 뭐 하게? 아직 동 틀려면 멀었는데."

나는 딴 돈을 셋으로 나눠 세 사람 앞으로 밀어냈다. 애초에 누구 돈을 딸 생각이 아니라 세 사람 의견에 맞추려고 어쩔 수 없이 동참했던 것뿐이다. 그런데 당숙과 사촌형은 기분이 더 상한 것 같았다. 당숙이 돈을 내 앞으로 던졌다.

"딴 돈을 그냥 돌려주는 법이 어디 있어? 우린 이런 거 인정 못 해!"

"둘째 숙부 말씀이 맞아. 뭐라도 해야 시간을 때우지. 이깟 돈 몇 푼 잃은 게 뭐 별거라고!"

"알겠어요."

시계를 보니 새벽 2시였다.

"계속하려면 저는 지금 당장 화장실에 가야 해요."

세 사람은 조금 멍한 표정을 지었다. 결국 문제의 근원은 돈인 것이다. 나는 딴 돈을 방석 위에 올려두고 벌떡 일어섰다. 관절에서 두두둑 소리가 나고 엉덩이가 쑤시고 다리가 저렸다. 밖에서는 아직도 연주가 이어지고 간혹 노랫소리도 들렸다. 귀에 익은 유행가가 들렸는데 노래를 곧잘 했다. 소변 줄기가 하도 길게 이어져 선 채로 깜빡 잠들 뻔했는데 누군가 화장실 밖에서 내 이름을 부르는 소리에 퍼뜩 정신이 들었다. 강한 바람이 나무 꼭대기를 스치며 펄럭펄럭, 윙윙 요란한 소리가 이어졌다. 밖으로 나오니 산샹의 아들 샤오샹이 기다리고 있었다.

"우리 할머니가 아저씨 데려오래요. 급한 일이래요."

"무슨 일인데?"

"가보면 알아요."

샤오샹이 잡아끄는 바람에 빈소로 돌아가지 못한 것은 물론 상복도 벗지 못하고 영문도 모른 채 달려야 했다. 악단 옆을 지날 때 샤오터우가 태평소를 집어드는 모습을 봤다. 기회를 또 놓쳤다. 우리가 바람 속을 달릴 때 비가 내리기 시작했다. 샤오샹은 집에 도착할 무렵에야 다시 입을 열었다.

"구샤오톈이 큰엄마랑 자다가 잡혔대요."

6

구샤오톈은 바지에 한쪽 다리만 끼운 채 러닝셔츠 바람으로 피가 줄줄 흐르는 왼쪽 다리를 부여잡고 바닥에 주저앉아 있었다. 샤오샹 집에서 키우는 개가 구샤오톈을 향해 계속 짖어댔다. 구샤오톈은 개가 짖을 때마다 흠칫 떨었다. 온몸에 닭살이 돋고 식은땀이 줄줄 흘렀다. 산샹의 부모님이 의자에 앉아 담뱃대를 물고 있었다. 산샹의 형수가 무표정한 얼굴로 침대 가장자리에 앉아 있고 침대 발치 작은 의자에 머리가 산발인 산샹의 아내가 앉아 있었다. 내가 집안에 들어서자 그녀가 힐끗 쳐다보고 바로 고개를 숙였다. 그녀의 오른손이 잘못 채운 세 번째 윗옷 단추를 하염없이 만지작거렸다. 그녀가 단추를 풀어 다시 채우려 했지만 그때마다 산샹의 어머니가 걸걸한 헛기침 소리를 내는 바람에 저도 모르게 손이 움츠러들었다. 결국 그녀의 윗옷은 계속 비뚤어져 있었다.

"왔구나."

구샤오텐과 산샹의 아내를 가리키는 산샹의 아버지 손이 부들부들 떨렸다.

"저 짐승 같은 두 것들! 산샹이 집에 없다고 저 두 것들이 짐승 같은 짓을 저질렀어! 우리 집안 얼굴에 먹칠을 했어!"

왼쪽 다리를 감싼 채 식은 땀을 흘리는 구샤오텐이 힐끗 나를 노려보며 잘려나간 손가락을 꿈틀거렸다. 나는 상복을 벗은 후, 외투를 벗어 구샤오텐 어깨에 걸쳐줬다. 그는 다시 나를 노려봤다.

"이게 뭐 하는……"

산샹의 어머니가 발끈했다.

"이 일은 저희 작은아버지를 부르는 게 좋겠습니다."

"이장이 하는 게 뭐가 있어? 허구한 날 돈타령이나 하고 그냥 좋은 게 좋은 거다 대충 넘어가고. 정작 큰일이 생기면 제일 먼저 오줌을 지릴걸. 차라리 공안국을 찾아가는 게 낫지."

작은아버지를 안 찾아도 그만이고 다른 사람을 찾아도 상관없는데 왜 날 찾는 것일까? 구샤오텐에게 고개를 돌리자 그 역시 나를 보고 있었다. 확고부동한, 악의적인 조롱이 담긴 그 눈빛을 보니 마치 그가 아니라 내 자신이 강간범이 된 기분이었다. 10여 초 후 나는 먼저 시선을 피했다. 왠지 모르게 당황스럽고 아주 난감했다. 구사오톈이 입을 삐쭉거렸다. 이 상황에서 입을 삐쭉거리는 것은 무슨 의미일까? 이때 산샹의 어머니가 다시 입을 열었다.

"이 개가 아니었으면 저 개만도 못한 놈을 놓칠 뻔했어! 산샹이 외지에 나가면서 도둑이 들지도 모르니 개를 키우라고 했는데, 저 뻔뻔한 계집이 뭐라 한 줄 아니? 개가 더럽고 시끄러워서 싫대. 그게 도둑놈이 안 올까봐 그랬던 건 줄 누가 알았겠어?"

산샹의 아내가 훌쩍이며 항변했다.

"어머니, 아니에요, 그런 게 아니에요."

"형수, 말은 바로 합시다. 내가 여기 발걸음 한 게 오늘까지 스무 번쯤 되는 거 같은데."

산샹의 어머니가 무릎을 치며 탄식했다.

"세상에! 들었지? 이런 더러운 짓을 하고 뻔뻔하기도 하지!"

산샹의 아버지는 부들부들 떨다가 담배꽁초를 무릎에 떨어뜨리자 벌떡 일어나 다리를 털었다. 그리고 산샹네 개를 향해 소리쳤다.

"물어, 물어, 저 개 같은 놈을 물어뜯으라고!"

다행히 개를 묶어놓아 펄쩍펄쩍 뛰며 사납게 짖을 뿐이었다.

산샹의 아버지는 며느리한테 문제가 생긴 것을 눈치 챈 지 이미 오래라고 했다. 원래 산샹 아내는 아들이 없으면 잠을 못 잔다며 밤마다 아들을 꼭 안고 잤다. 그런데 최근 들어 자주 시부모에게 아이를 맡기고 밤에도 데려가지 않았다. 어느 날 밤, 산샹의 어머니가 마을 서쪽 끝에 사는 친척집에 다녀오다가 산샹 집 뒤편을 지나갔다. 10시쯤이었는데 집안은 이미 깜깜했다. 그런데 창문 앞을 지나가는데 말소리가 들렸다. 그날 밤 손자는 산샹 부모 집에서 자고 있었다. 그녀는 며느리가 라디오를 듣나보다 하고 별 생각 없이 집에 돌아왔다. 며칠 후 밥상머리에서 문득 이 일이 생각나 말했는데 손자가 비슷한 얘기를 했다. 밤중에 누군가 말하는 소리를 들은 것 같아서 아침에 일어나 제 엄마한테 물었더니 '누가 말을 했다고 그래? 꿈꾼 거야'라며 꿀밤을 때렸다고. 손자는 자기도 확실하지 않아 그냥 꿈인가보다 했단다. 하지만 산샹의 어머니는 뭔가 이상한 느낌이 들어 손자에게 다시 물었다.

"그런 꿈을 몇 번이나 꿨니?"

"두 번이요."

산샹의 어머니는 너무 놀라 입을 다물지 못했다. 그녀는 조용히 남편에게 이 사실을 알렸다. 산샹의 아버지는 아무 말 하지 않았지만 역시 불안했다. 아들은 집에 없고 며느리가 젊고 예쁘니 뭐라 말하기 힘들었다. 그래서 그는 나흘 동안 한밤중에 산샹 집 앞 짚더미 안에 숨어 며느리 말고 다른 사람이 대문을 드나드는지 지켜봤다. 닷새째 되는 날 그는 짚더미 안에서 까무룩 잠들었다. 닭 울음소리에 깨보니 하늘이 뿌옇게 밝아오고 있었다. 옷에 묻은 지푸라기를 털고 집으로 돌아가려는데, 몇 걸음 가지 않아 옷자락을 흔들며 산샹 집 담장 앞으로 걸어가는 구샤오톈을 발견했다. 그는 뭔가 짚이는 것이 있어 날이 밝은 후 손자를 데려다주는 길에 산샹 집 담장 주변을 자세히 살폈다. 담벼락 아래가 반들반들하게 다져졌고 진흙 위에 발자국이 찍힌 곳이 있었다. 누군가 대문이 아닌 이곳으로 산샹 집에 드나든 것이 분명했다.

그들은 오늘 밤을 위해 철저히 준비했다. 어제 그제 연속으로 산샹의 아내가 장례식 주문 공연을 보러 갈 건데 너무 늦으면 아이가 잘

때를 놓칠 것 같다면서 시부모에게 아이를 맡겼다. 산샹의 부모는 손자에게 제 엄마가 언제 집에 돌아가는지 지켜보게 했다. 어제는 탈의춤을 구경하느라 아주 늦게 돌아갔으니 아무 일도 없었을 것이다. 오늘은 탈의춤도 없고 별 볼거리가 없으니 어쩌면 일이 벌어질지도 모른다고 생각했다. 역시나 산샹의 아내는 악단 연주를 구경하다가 11시도 안 됐는데 하품을 하기 시작했다. 샤오샹이 화장실에 다녀오니 엄마가 보이지 않았다. 샤오샹이 한참 제 엄마를 찾다가 집에 갔는데 그때 불이 꺼졌단다. 샤오샹이 할아버지 할머니에게 이 말을 전하자 온 가족이 서둘러 출동했다.

산샹의 어머니는 창가에 다가가 안에서 얘기하는 소리가 들리는 것을 확인하고 대문으로 돌아가 문을 두드렸다. 산샹의 아버지는 개를 끌고 담장 밖에 숨어 있었다. 구샤오톈은 어둠 속에서 재빨리 일어나 옷을 들고 러닝셔츠 바람으로 다급하게 담장을 넘었다. 바닥에 착지하는 순간 산샹네 개가 달려들어 야무지게 물어뜯었다. 구샤오톈의 다리에서 커다란 살점이 떨어져나갔다. 지금 구샤오톈은 살점이 떨어져나간 다리를 부여잡고 후후 차가운 입김을 내뱉고 있었다. 아마도 꽤 아플 것이다. 산샹의 아내는 여전히 흐느끼며 용서를 빌었다.

"아버님, 어머님, 다시는 안 그럴게요. 한 번만 용서해주세요."

산샹의 어머니는 코웃음을 쳤다.

"개 버릇 남 못 준다고 했다! 산샹이 돌아오면 무슨 낯으로 볼 거야?"

"형수는 용서해주세요. 앞으로 여긴 안 찾아올 테니까. 다른 데 가죠, 뭐."

구샤오톈이 별일 아니라는 듯이 덤덤하게 말했다. 그러자 산샹의 형수도 도저히 못 참겠다는 듯이 한마디 쏘아붙였다.

"사람이 어떻게 그렇게 뻔뻔할 수 있어?"

그리고 산샹 아내에게도 한마디 했다.

"세상에 어디 남자가 없어서 저런 놈이랑 붙어먹어?"

산샹의 어머니가 눈을 흘기자 산샹의 형수는 뒤늦게 말실수를 깨닫고 입을 닫았다. 나 역시 구샤오텐이 이렇게 말하는 것은 좀 뻔뻔하다고 느꼈다.

"샤오텐, 헛소리 지껄이지 마."

"헛소리?"

구샤오텐이 내가 덮어준 외투를 집어던졌다.

"여기 안 오면 다른 데 찾아가는 게 당연하지. 니들보다 손가락 한 마디는 부족해도 거시기는 멀쩡하거든! 남자가, 여자를 안 찾으면 뭘 찾아?"

난 순간적으로 할 말을 잃었다. 난 늘 그의 말 상대가 되지 못했다. '샤오텐, 너 이러는 거 정말 옳지 않아'라고 생각하며 산샹의 아버지를 쳐다봤다.

"조카, 우리 산샹과 어려서부터 형제처럼 자라지 않았나? 저 녀석이 자네 말은 들을 거야. 이를 어쩌면 좋겠나?"

"일단 헝겊을 찾아 상처를 싸매고 옷을 입히지요. 혹시 상처가 잘못될지도 모릅니다."

"잘못되면 잘못되라지. 지금 당장 뒈져도 부족해!"

산샹의 어머니가 심한 말을 퍼붓자 산샹의 아버지가 아내를 쏘아봤다.

"조카 말 들어. 헝겊 찾아와."

그리고 큰며느리에게 일렀다.

"둘째 데리고 집에 돌아가거라."

산샹의 형수가 침대에서 일어나 산샹의 아내를 데리고 밖으로 나갔다. 대문을 나서면서 작게 속삭였다.

"자네, 아휴, 자넬 어쩌면 좋아."

샤오샹과 산샹의 어머니도 뒤따라갔다. 마지막으로 산샹의 아버지가 개를 끌고 돌아가려 할 때 내가 다급하게 대문으로 뛰어갔다. 아직 비가 내렸다. 굵고 성긴 빗방울이 차갑게 얼굴을 적셨다.

"아저씨, 그래도 고발하는 건 아닌 것 같습니다. 크게 떠들 일이 아니니까요. 일이 시끄러워지면 모두에게 좋지 않을 겁니다."

"내가 무슨 할 말이 있겠어? 이 늙은이도 죄인이지."

산샹의 아버지는 제 손으로 본인 오른뺨을 그리고 왼뺨을 때렸다.

"자네는 군인이고 큰 세상에서 보고 들은 것이 많을 테니 알아서 잘 처리해주게. 난 이대로 못 참겠어. 이 집을 보게나. 산샹이 외지에서 돈을 버느라 얼마나 고생했는데. 어떻게든 저 녀석에게 대가를 치르게 할 거야."

아저씨가 눈물을 보이려 하자 어떻게든 잘 얘기해보겠다며 서둘러 위로했다. 집안으로 들어와 엉덩이를 붙이고 앉자마자 샤오샹이 대문 밖에서 구샤오톈 옷과 거무스름한 헝겊을 집어던지고 밖에서 문을 잠그고 자물쇠를 걸었다. 나는 그의 상처를 헝겊으로 싸매고 옷을 입혀줬다. 그러나 두 사람은 한마디도 하지 않았다. 나는 다시 자리에 앉았다. 그는 침대보에 인쇄된 커다란 꽃을 한참 동안 뚫어지게 쳐다봤다. 나는 깊은 한숨을 쉬며 먼저 입을 열었다.

"샤오톈, 우리 몇 년 동안 못 봤지?"

"그런가? 난 네가 돌아올 때마다 봤는데."

그는 침대보 꽃 프린트를 보며 말하다가 시선을 돌리며 말을 바로잡았다.

"우연히 봤다고."

"너, 계속 이렇게 살 거야?"

"나쁠 거 있어?"

"내 말은, 그러니까…… 일도 하고 가정도 이뤄야지. 우리 엄마가 그러더라. 너희 엄마가 늘 네 걱정이 많다고."

"걱정할 게 뭐 있어? 난 지금이 아주 좋아."

"너, 이럴 필요까진 없잖아."

난 차마 다음 말을 하지 못했다. 구샤오텐의 손가락이 심하게 떨렸다.

"너, 그깟 손가락 하나 없는 거, 라고 말하고 싶은 거야?"

그는 나를 똑바로 쳐다보며 눈에 힘을 줬다.

"맞아. 다른 덴 다 멀쩡해. 하지만 넌 알아야지. 이 손가락이 나한테 어떤 의미인지 몰라? 다른 사람들은 열 손가락, 열 발가락이 그냥 멋으로 달린 건지 몰라도 나는 달라! 이거!"

그는 잘려나간 손가락을 내 눈앞에 흔들어 보였다.

"이 손가락을 정상으로 되돌릴 수 있다면 한쪽 다리를 잘라내도 아깝지 않아!"

나는 고개를 끄덕이며 그가 계속 말하도록 내버려뒀다. 그는 이렇게 속마음을 성토할 상대가 필요했을 것이다. 그는 산샹의 아버지가 왜 나를 불러왔는지 알 것이다. 우리는 소위 불알친구다. 구샤오텐도, 산샹도 내게는 형제 같은 존재이고, 두 사람 역시 형제나 다름없다. 그런 구샤오텐이 산샹 집 담장을 넘어 그의 마누라를 건드렸다.

"날 욕해. 뻔뻔한 놈, 짐승 같은 놈, 다 좋아. 산샹에게 큰 죄를 지은 것도 인정해. 하지만 내가 겪은 고통, 그 깊은 괴로움을 넌 절대 몰라. 넌, 그런 고통을 죽을 때까지 경험하지 못할 거야. 밤마다 절반이 사라진 손가락을 더듬으면 내 남은 인생이 송두리째 날아가버린 것 같아. 이 손으로는 잡을 수 없어, 아무것도 잡을 수 없다고!"

"그림을 그릴 수 없는 거지."

나는 아주 조심스럽게 그림이란 단어를 꺼냈다.

"그때 우리는 미술만으로 시험을 볼 수 있다는 사실을 몰랐어. 이런 시골 마을에서 누가 알았겠어? 성적이 좋지 않은 아이들이 대학에 가려고 일부러 미대, 음대, 체대 시험을 치르는 요즘과는 완전히 다른 세상이었지."

"난 대학에 갈 생각 같은 건 해본 적도 없어. 단지 난, 그림을 그릴 수만 있으면 돼. 내가 원하는 건 집에서라도 펜을 들고 그리는 거야. 누가 보든 말든 상관없어. 이게 과해? 난 이렇게 작은 것도 바랄 수 없어!"

구샤오톈이 울음을 터트렸다. 그의 얼굴은 순식간에 눈물범벅이 됐다. 그는 조금 진정되자 다시 혼자 중얼거렸다.

"이렇게 작은 것도 바랄 수 없어. 난 아무것도 못 해. 넌 몰라. 연필 한 자루 쥘 수 없다는 게 어떤 느낌인지. 바로 눈앞에 있는데, 손에 닿았는데, 잡을 수 없어. 온 힘을 다해도 쥘 수 없어. 그저 손가락 한 마디 없을 뿐인데 반신불수가 된 것 같아. 되돌릴 수 없어. 영원히 되돌릴 수 없다고!"

그날 밤 우리는 그렇게 앉은 채 밤을 지새웠다. 주로 그가 말하고 나는 들었다. 나는 그를 위로할 수 없었다. 내 손가락은 모두 정상이기 때문에, 내 몸은 완벽하게 멀쩡하기 때문에. 밖에서 들리는 빗소리가 점점 커졌다. 악단 연주 소리는 사라졌고 기와에, 이끼 위에 빗방울 떨어지는 소리만 들렸다. 온 마을이 큰 비에 뒤덮여 보이는 것이라곤 이 집과 마주앉은 두 사람뿐이다. 한쪽은 오랫동안 마음에 담아둔 말을 쏟아냈고 한쪽은 이제는 아무 의미 없는 푸념을 열심히 경청했다. 닭 울음소리가 빗소리를 뚫고 퍼져나갔다. 곧이어 닭 두 마리가 동시에 울었다. 나중에는 여기저기서 여러 마리가 울었다. 창밖이 훤히 밝아왔다. 구샤오텐이 푸념을 끝내고 내게 물었다.

"어떻게 했으면 좋겠어?"

"산상과 풀어야 할 문제는 산상과 직접 해결해. 그리고 산상 부모님은…… 너 수중에 가진 돈이 얼마나 돼?"

"사백. 아직 수중에 들어온 건 아니야. 파출소에서 이틀 안에 준다고 했어."

난 멍하니 그를 바라보며 생각했지만, 역시 돈 말고는 다른 방법이 없었다.

"알았어. 방법을 좀더 생각해볼게. 돌아가서 일단 광견병 예방주사부터 맞고 상처 깨끗이 소독해."

대문 앞에 서서 문을 두드리려는데 손을 대자마자 스르르 열렸다. 언제인지 모르지만 자물쇠를 풀어놓았다.

7

마을 사람들이 깨어나기도 전에 거리마다 골목마다 빗물이 넘쳐흘렀다. 나는 큰비를 맞으며 셋째 할머니 집으로 달렸다. 빈소에 들어섰을 때 양쪽 신발에 물이 가득 차 철퍽철퍽 소리가 났다. 당숙과 사촌형은 벽에 기댄 채 쓰러져 잠들었고 방석 위에 카드가 널려 있었다. 내가 두고 간 돈은 보이지 않았다. 먼저 깬 사촌형이 눈을 비비며 내게 물었다.

"몇 시야?"

"곧 날이 밝을 거야."

그는 쩝쩝 마른입을 다신 후 다시 고개를 숙이고 자려다가 갑자기 벌떡 일어나 목을 꼿꼿이 세우고는 나를 봤다.

"소변 보러 간다더니, 어디 갔었어? 밤새도록 기다렸잖아. 판 아직 안 끝났어."

"일이 좀 있었는데, 생각보다 늦어졌어."

"해가 떴나?"

당숙이 일어나 입을 문지르며 물었다.

"조카, 몸이 홀딱 젖었구먼. 어서 돌아가 옷 갈아입게."

그리고 옆의 다른 당숙을 깨우며 물었다.

"오늘 우리 넷은 상여 나갈 때 안 와도 되겠죠?"

"원래 그렇지. 상여 멜 힘이나 있나?"

빈소 밤샘이 곧 끝나기 때문에 다들 나에게 먼저 집에 돌아가 옷을 갈아입으라고 했다. 돌아올 필요 없이 그냥 씻고 자라고 해서 바로 집에 왔다. 이날은 정말, 밤새도록 너무 힘들었다. 집에 돌아와 뜨거운 물로 씻고 바로 침대에 기어들어갔는데 쉽게 잠들지 못했다. 몸은 힘든데 머릿속은 청량한 새벽처럼 맑았다. 구샤오텐, 산샹, 셋째 할머니, 작은아버지, 당숙 등 마을 사람이 하나하나 머릿속을 스쳐 지나갔다.

그들이 지나가는 뒤로 오래전 골목과 옛집이 보이고, 그 뒤로 황량하고 메마른 들판이 펼쳐졌다. 발가벗은 어린아이가 흙먼지를 날리며 밭두렁 흙길을 맨발로 뛰어간다. 땀, 콧물, 눈물, 흙먼지가 뒤범벅된 얼굴이 꼭 화롄花臉•처럼 얼룩덜룩했다. 아이는 계속 뛰어가며 조금씩 커지더니 옷을 입고 신발을 신었다. 머리카락이 휘날리고 입술 위에 거뭇한 수염이 났다. 그 사람은 바로 나다. 그는 계속 나를 향해 달렸지만 점점 멀어지며 작아졌다. 마치 영화 장면이 바뀔 때처럼 점점 초점이 흐려지고 작아졌다. 그는 앞으로 달리고 있지만 계속 멀어졌다. 그리고 하나의 점으로 변해 흙먼지와 뒤섞여 드넓은 벌판 어딘가로 사라졌다. 그리고 나는 잠들었다.

오전 9시 반, 누군가 나를 깨웠다. 상여 행렬이 허우허 다리 앞에서 멈췄는데 손이 부족하니 나와서 힘을 보태라고 했다. 그리고 어머니가 또 다른 소식을 전했다. 8시쯤 나를 찾는 전화가 왔는데, 베이징 직장이라며 일어나는 대로 전화를 달라고 했단다. 나는 말을 전하러 온 사람에게 바로 가겠다고 대답한 후 옷을 입으면서 베이징으로 전화를 걸었다. 사무실에서 전화를 받지 않아 상사와 동료 휴대전화로 연락했지만 전화기가 꺼져 있었다. 아마도 회의 중인 모양이다. 어쩔 수 없지, 나중에 다시 해야지. 어머니는 내게 혹시 또 전화가 올 수 있으니 휴대전화를 가져가라고 했다.

비는 여전히 퍼부었다. 나는 긴 장화에 우의를 입고 허우허 다리로 달려갔다. 다리가 이미 없어졌으니 다리가 있던 곳으로 달려갔다고 해야겠다. 골목을 나오자 저 멀리 모여 있는 사람들이 보였다. 태

• 중국 전통극에서 얼굴을 울긋불긋 색칠하는 배우.

평소 소리가 빗소리에 막혀 멀리 퍼져나가지 못했다. 희미하게 들리는 그 소리는 제대로 된 곡조가 아니었다. 현장에 도착해보니 관이 바닥에 놓여 있었다. 정확히 말하면 어제 작은아버지가 불도저를 동원해 만들어놓은 그 길 위였다. 길을 만들기는 했으나 부드러운 흙을 쌓아 올렸을 뿐 제대로 다지지 않아 비가 내리자 여기저기 웅덩이가 파였고 발을 옮길 때마다 푹푹 들어가 발목까지 물이 차올랐다. 이 새 길은 어젯밤부터 지금까지 내린 빗물을 잔뜩 머금고 있었다.

관은 물에 젖지 않도록 커다란 비닐로 씌우고 아래에 둥그런 통나무를 끼워넣었다. 상여를 메는 젊은이들은 두 발 다 진흙에 박혀 걸음을 옮길 때마다 힘들게 발을 빼내야 했다. 도저히 무거운 관을 메고 앞으로 이동할 수가 없었다. 이들은 상여에 연결된 굵은 멜대를 쥐고 있지만 그 끝부분은 이미 흙탕물에 잠겨버렸다. 샤오터우와 샹루 악단은 이미 맞은편 강 언덕에 올라가 있었다. 악기를 들고 이쪽을 쳐다보며 상여 행렬이 도착하기를 기다렸다. 숫자를 세어보니 여덟 사람, 상여를 메는 사람이 확실히 적었다. 예전에는 맑은 날 멀쩡한 길인데도 최소 열두 명, 많을 때는 열여섯 명까지 상여를 멨다. 나는 옆에 있는 사촌동생에게 왜 이렇게 사람이 적으냐고 물었다. 그는 빗물을 닦아내며 어쩔 수 없다고 했다. 우리 집안은 원래 자손이 적지 않은데 최근 몇 년 사이 모두 돈을 벌려고 외지에 나갔다고. 남은 사람 중 상여를 멜 사람은 지금 이 사람들뿐이라고.

"젠장, 길이 이렇게 엉망이지만 않았어도 우리 여덟 명이 들어도 충분했어요. 밥 먹고 할 지랄이 없나! 왜 멀쩡한 강을 메운다고 난리야!"

허우허는 이미 절반이 흙으로 덮였다. 그 절반 곳곳에 웅덩이가 파여 온통 진흙탕 물바다, 그야말로 엉망진창이었다. 하필 상여 행렬과 차디찬 큰비가 만나는 바람에, 처절하기 이를 데 없는 광경이 연출됐다.

투둑, 투둑, 빗방울이 끊임없이 관 뚜껑을 때렸다. 상여 메는 사람들은 발밑으로 길을 확인하려고 우비 모자를 벗어야 했다. 머리카락과 얼굴이 빗물에 홀딱 젖었다. 다들 난감했지만 누구보다 초조하고 난감한 이들은 상복을 입은 직계 가족들이었다. 길바닥에 망자를 내려놓고 오도 가도 못하니, 세상에 이런 경우가 있나! 셋째 할머니 아들과 손자들은 상장喪杖을 내려놓고 상복 차림으로 달려가 상여를 메려 했다. 주변 사람들이 이런 법도는 없다며 겨우 뜯어말렸다. 가족들은 그저 비를 맞으며 구슬프게 울 수밖에 없었다.

힘들게 수소문한 끝에 사촌형과 사촌동생, 두 사람이 더 합류해 멜대를 잡았다. 여기에 나까지 합류해도 아직 최소 인원에서 한 사람이 부족했다. 마침 작은아버지가 우산을 받치고 달려오자 누군가 크게 외쳤다.

"이장이 왔다. 이장이 강을 메우고 이 길을 만들었으니, 이장한테 메라고 해!"

"이장이 메야 해!"

"당연하지!"

여러 사람이 맞장구를 쳤다. 작은아버지는 보통 체격에 키도 크지 않아 장정壯丁과는 거리가 멀었다. 하지만 어떤 이유로도 이 상황을 피할 수 없었다. 그는 우산을 내던지고 스스로 멜대를 잡았다.

"셋째 숙모의 상여이니, 당연히 메야지."

빗방울이 듬성듬성한 그의 머리카락을 타고 흘러내렸다. 내가 우의를 벗어드리려 했지만 그냥 입고 있으라며 끝까지 거절했다. 나는 누군가에게 큰 삿갓을 건네받았다. 워낙 정신없는 상황이라 누가 건네줬는지도 모르겠다. 멜대를 어깨에 올리고 각자 자리에 섰다. 누군가 크게 구령을 외쳤다.

"하나, 둘, 셋, 시작!"

우리 열두 명은 낮고 힘차게 고함을 지르며 굽혔던 허리를 천천히 세웠다.

하나, 둘, 셋.

하나, 둘, 셋.

구령이 너무 느렸다. 열두 명 모두 먼저 진흙에서 발을 빼낸 후 함께 보조를 맞춰 앞으로 걸음을 옮겨야 했기 때문에 어쩔 수 없었다. 오랫동안 멜대를 메지 않은 나는 시뻘겋게 달군 쇠붙이로 어깨를 지지는 것처럼 고통스러웠다. 빗물이 옷 안으로 스며들 때 치이익 쇠붙이 담금질 소리가 들리는 것 같았다. 내 앞에 선 작은아버지는 몇 걸음 옮기기도 전에 장화 한 짝이 사라졌다. 아마도 장화는 진흙에 박혔고 발만 빠졌을 것이다. 하지만 장화를 찾으러 갈 상황이 아니었다. 우리는 계속 숫자 구령에 맞춰 전진해야 했다. 아무도 멈출 수 없었다. 작은아버지는 양말 바람으로 계속 걸었다. 잠시 후 나머지 한쪽 장화도 사라지고 양말도 벗겨져, 결국 맨발로 진흙탕을 들락거렸다. 작은아버지의 몸은 한 걸음 옮길 때마다 크게 휘청거렸다. 그래도 멈출 수 없었다.

곧 맞은편 강 언덕에 닿을 무렵, 어디선가 귀에 익은 희미한 현악기 연주가 들려왔다. 자세히 들어보니 가곡 「부부가오步步高」, 내 휴대전화 수신음이다. 젠장, 타이밍 정말 기가 막히네. 나는 오른손을 한참 더듬은 끝에 바지 주머니에서 휴대전화를 꺼냈다. 상사의 전화다. 전화를 받자마자 상사가 버럭 소리를 질렀다.

"당장 돌아와! 긴급 상황이야! 반드시 지금 당장!"

미처 대답을 하기 전에 맨 앞에 선 두 사람이 강 언덕에 올라섰다. 통나무를 들고 뒤따르던 사람들이 내 옆으로 뛰어와 우리가 쉴 수 있도록 관 바닥에 통나무를 끼워 넣었다. 이때 누군가 팔꿈치로 내 손을 건드리면서 휴대전화가 진흙탕에 빠졌다. 곧이어 누군가의 발이 그 위를 밟고 지나갔다. 휴대전화는 이미 보이지 않았고, 나는 한 걸음 더 앞으로 움직여야 했다. 내 노키아 휴대전화가 작은아버지가 새로 만들어놓은 진흙길 어딘가에서 나를 기다리고 있을 텐데. 진흙탕에 빠지자마자 여러 사람이 밟고 지나간 터라 깊숙이 박혀버렸을 것이다.

셋째 할머니의 유골은 작은 단지에 담겼고, 작은 단지는 다시 큰 관에 담겼다. 열두 사람이 관을 들어 맞은편 강 언덕으로 옮긴 후 어깨를 주무르며 거친 숨을 몰아쉬었다. 다들 똑같은 생각을 하고 있을 것이다.

'힘들어 죽겠네! 거참, 더럽게 무겁네!'

그러나 내 머릿속은 달랐다. 바로 집에 돌아가 짐을 챙겨 반드시 오늘 밤 베이징행 열차를 타야 한다. 저녁 5시 36분에 출발해 내일 아침 8시 23분에 베이징에 도착해야 한다.

– 2006년 10월 22일, 푸룽리芙蓉里

우리의 바다, 라오하이

후샤오위가 닷새 후에 자기 집으로 오라 했고, 그녀 말대로 닷새 후에 그녀 집에 갔다. 사위전鯊魚鎭은 한여름에 가기 좋은 곳이다. 버스가 시내에 들어서기 전부터 청량한 바람에 실려오는 짠내가 느껴졌다. 버스 안에 광활한 바다 내음이 가득했다. 가까이 앉은 밀짚모자를 쓴 어민들의 대화가 들렸다.

"이번에 돌아온 어선들 말이야, 이번에도 아주 꽉꽉 채워왔다더군. 큰돈 벌었을 거야."

이 말을 들으니 어린 시절 부르던 혁명가요가 생각났다.

"이른 아침 배들이 떠나 그물을 치고, 저녁이면 물고기를 가득 싣고 돌아오네."

물론 상황은 전혀 다르다. 어민들이 말하는 배는 먼 바다에 나가 최소 열흘에서 보름 동안 조업하며 배를 가득 채워야 돌아오는 원양어선이다. 이곳은 바닷가 어촌 마을이라 대부분 고기잡이로 먹고사는 사람들이다. 샤오위에게 들으니 대담한 사람들은 한국이나 일본 해역까지 가서 은밀히 불법 거래를 하기도 한단다. 어떻든 고기를 잡아 팔기만 하면 돈을 벌 수 있으니 이곳 사람들은 형편이 나쁘지 않았다. 나는 시내 중심가에서 하차해 대형 스테인리스 상어 조형물에 기대 샤오위에게 전화를 걸었다. 전화를 받은 남자가 씩씩거리며 거친 사투리로 '누구야?'라고 소리쳤다.

"후샤오위 부탁합니다."

휴대전화를 주고받는 듯하더니 샤오위의 목소리가 들렸다. 나는 상어 조형물 그늘에서 햇볕을 피하며 말했다.

"나, 왔어."

"조금만 기다려. 데리러 갈게."

전화를 끊고 담배를 꺼내 물었다. 이곳에서 대로 두 개가 수직으로 교차하며 시내 전체를 정확히 사등분했다. 대로가 웬만한 대도시 못지않게 널찍했다. 문득 도로 표면 곳곳이 은가루를 뿌려놓은 것처럼 반짝반짝 빛나는 것 같았다. 한 곳을 뚫어져라 쳐다보다가 가까이 가보니 생선 비늘이었다. 길 양편에 늘어선 분홍색, 파란색 건물도 근사해 보였다. 담배 한 대를 다 피웠을 때, 검붉은 얼굴의 젊은 남자가 탄 오토바이가 다가왔다. 남자는 선글라스를 벗으며 내게 샤오위 친구가 맞냐고 물었다. 내가 고개를 끄덕이자 남자가 활짝 웃으며 내 손을 잡고 힘껏 흔들었다.

"하이성입니다. 샤오위 남편이에요."

그는 내 여행 가방을 오토바이에 실으며 뒤에 타라고 했다.

"아, 나는 지방에서 사회조사 일을 하는데, 지나는 길에 놀러 왔어요. 실례가 아닌지 모르겠습니다."

내가 왜 그랬을까? 사회조사 일을 끝내고 돌아가는 길에 들른 것이라는 말을 왜 굳이 만나자마자 했을까? 사실 샤오위가 그렇게 말하라고 했다. 남편을 만나면 사회조사 일이 끝난 후 지나는 길에 들른 것이라고. 그녀가 나를 자기 집에 초대하겠다고 해서 응한 것이다. 사실 나는 이곳의 바다를 보고 싶었다. 샤오위 말처럼 하이성은 과묵한 사람이었다. 방금 전의 자기소개가 전부였다. 오토바이가 출발한 후, 그는 한마디도 하지 않았다. 오토바이 속도가 꽤 빨라 난폭한 느낌이었다. 태양이 머리 위에서 내리쬐고, 우리 두 사람의 그림자는 하나로 뭉쳐 빠르게 도로 위를 달렸다. 나는 뭔가 할 말을 찾기 시작했다.

"오늘은 바다에 안 나가요? 샤오위가 당신이 이곳에서 제일 젊은 선장이라고 하던데."

"하하, 그냥 어부죠. 돌아온 지 얼마 안 됐어요. 며칠 후에 다시 나갑니다."

그는 아주 크게 대답했다. 뜨거운 바람이 요란한 소리를 내며 귀 옆을 스치기 때문에 소리가 작으면 들리지 않는다.

"아, 고기잡이 할 만해요?"

"그냥 잡는 거죠, 뭐. 바다에 나가서, 그물을 던지고, 다시 거둬 들어오고."

"아, 네."

더 이상 물어볼 말이 생각나지 않았다. 그는 상대방이 계속 말하고 싶게 만드는 재주가 없었다. 한동안 조용히 달리기만 했다. 어느 순간 하이성이 먼저 입을 뗐다. 낮은 목소리였지만 내 귀에 똑똑히 들렸다.

"샤오위랑 싸웠어요. 이혼하자는 말까지 했어요."

그는 잠시 머뭇거리다 말을 이었다.

"그쪽은 샤오위 친구니까, 대신 말 좀 잘 해줘요."

"그쪽은 헤어지고 싶지 않아요?"

"당연하죠."

"아, 네."

태양이 너무 강렬했다. 목덜미를 문지르자 땀이 주르르 흘렀다. 집에 도착했다. 파란색 6층 아파트, 두 사람 집은 2층이었다. 보아하니 이곳 어민들은 확실히 살 만한 것 같았다. 그는 오토바이 자물쇠를 채운 후 고집스럽게 내 여행 가방을 들었다. 몇 번이나 괜찮다고 했지만 소용없었다. 계단을 오르기 전, 그는 다소 상기된 얼굴로 꼭 샤오위에게 잘 말해달라고 부탁했다. 나는 고개를 끄덕이며 말해보겠다고 대답했다.

샤오위는 방금 화장한 것이 분명했다. 하이성도 느꼈을 것이다. 방범문 창살 사이로 그녀의 화장품과 향수 냄새가 코를 찔렀다. 나는 샤오위가 너무 티 나게 구는 것 같아 염려스러웠다. 너무 과했다.

"어서 와."

그녀는 자기 집에 있는데 왠지 어색하고 부끄러워하는 것처럼 보였다. 문을 열고 바로 손을 뒤로 숨기는 모습이 도시 아가씨 같았다.

"사회조사 일은 잘 마쳤어?"

"어, 조사는 괜찮았어. 정리하는 게 문제지. 골치 좀 아플 것 같아. 대충 받아 적은 것도 많고, 녹음한 것도 많고, 아마 보름쯤 정신없을 거야."

나는 여행 가방을 툭툭 치며 대답했다.

화장실에 들어가 세수를 하고 선풍기 앞에 서서 바람을 쐬였더니 조금 살 것 같았다.

"잠깐만, 수박 잘라줄게."

하이성이 냉장고 문을 열며 말했다.

"수박 다 먹었는데."

그는 나를 보며 미안해했다.

"수박을 다 먹어버렸네요. 잠시만 기다려요. 가서 사올게요."

"번거롭게 사러 갈 필요 없어요. 그냥 물 마시면 돼요."

하이성은 그래도 사러 나갔다.

"사오게 놔둬."

하이성이 계단을 내려가는 발소리가 점점 멀어졌다. 샤오위는 귀를 쫑긋 세우고 있다가 갑자기 내게 달려들었다. 선풍기 바람에 휘날리는 그녀의 머리카락이 내 얼굴을 휘감았다. 나도 잠시 문밖 소리에 귀를 기울였다. 그리고 우리는 서로의 입술을 찾았다. 그녀의 집에서 키스라니, 왠지 시간이 멈춘 듯 길게 느껴졌다. 내가 먼저 그녀를 밀어내고 긴 숨을 내쉬었다.

"돌아오자마자 계속 싸웠어."

그녀가 머리카락을 정리하며 말했다. 나는 말없이 거울 앞으로 걸어가 입술에 립스틱이 묻었는지 살폈다. 문득 얼굴에서 향수 냄새가 나는 것 같아 화장실에 들어가 세수를 다시 했다.

"자기, 내가 그이랑 싸우는 거 바라지 않아?"

"그건 너희 부부 일이고, 싸우든 말든 네 자유지."

나는 선풍기 방향을 돌린 후 아무 일도 없었던 것처럼 소파에 앉았다. 소파가 푹신하니 좋았다. 고급 홍목으로 만든 것 같았다. 샤오위는 내가 제일 좋아했던 원피스를 입었다. 특별히 챙겨온 모양이다. 치맛자락이 선풍기 바람에 날렸다. 그녀가 뜨거운 눈빛으로 나를 바라보고 있다. 그녀를 안고 싶다, 그녀의 아랫배에 이마를 맞대고 싶다. 이때 그녀의 남편이 돌아왔다. 커다란 수박 두 개를 안고 힘차게 계단을 뛰어올라왔다. 내가 등장하면서 두 사람의 싸움은 적어도 표면적으로는 중단됐다. 나는 샤오위에게 두 사람이 싸우는 모습을 보러 온 것이 아니라고 말했다.

"그럼, 왜 왔는데?"

"바다 보러."

"정말?"

"정말."

나는 어느 때보다 진지했다. 진심으로 바다가 보고 싶었다. 살면서 지금까지 바다를 본 것은 딱 한 번뿐이었다. 아주 어렸을 때, 아버지 손에 이끌려 해변도시 어느 병원에 진료를 받으러 갔다가 잠시 해변에 들렀다. 그때는 바다와 강도 구분하지 못할 만큼 어렸다. 끝이 보이지 않는 온통 물뿐인 세상에 끊임없이 출렁이는 물결, 저 멀리 작은 배가 떠 있고 흰색과 회색 새들이 물 위를 날아다녔다. 귓가에 맴돌던 파도 소리와 온몸에서 느껴지던 은은한 통증이 떠올랐다. 그때 본 바다는 잠시 스쳐간 것뿐이라 바닷물을 만져보지도 못했다.

샤오위는 자기 집 바로 옆이 바다라 어렸을 때부터 해변에서 뛰놀며 자랐다고 했다. 아버지는 마을에서 가장 존경받는 선장이었는데 지금은 나이가 들어 그녀 남편에게 선장 자리를 물려줬단다. 그렇게 해서 하이성은 이곳에서 가장 젊은 선장이 됐다. 그녀가 30년 가까이 이곳에 살면서 가장 많이 본 것이 바로 바다다. 그녀는 다양한 바다를 모두 경험했다. 자연 그대로의 바다가 인공미를 더해가는 과정을 빠짐없이 지켜봤다. 몇 년 전 해변 개발 사업으로 유원지를 조성해 관광객과 인근 주민들이 해수욕을 즐기며 여름을 만끽할 수 있게 됐다. 유원지의 이름은 위풍당당한 샤오베이다이허小北戴河•다.

"내가 우리 마을 라오하이를 보여줄게."

나는 이 말에 솔깃했다. 샤오위는 이 말을 스무 번도 넘게 했다. 그녀는 집 근처 바다를 '라오하이老海'라고 불렀다. 그녀뿐 아니라 해변 마을 사람들은 모두 그랬다. 라오하이, 경외심과 친근함이 묻어나는 말이다. 먹거리는 물론 그들의 모든 삶이 라오하이와 함께 존재한다.

"라오하이에 볼만한 게 뭐 있어?"

하이성이 화장실에 들어가자마자 샤오위가 바짝 옆으로 다가와 내 머리를 감싸 안아 내 이마를 제 아랫배에 올려놓았다. 그녀는 이것이 내가 가장 좋아하는 애정 행위라는 것을 잘 알았다.

"아무렴, 사람보다 바다가 더 좋겠어?"

나는 고개를 돌려 굳게 닫힌 화장실 문을 확인했다. 그리고 화장실 물탱크 소리가 들리기 전에 샤오위를 밀어냈다. 나는 이 자리가 너무 불편했다. 그녀의 집에서 그녀와 붙어 앉아 있자니 계속 불안했다. 이곳은 단순한 집이 아니라 그녀의 가정이다. 그녀의 남편이 언제 불쑥 나타날지 알 수 없다. 난 이 모든 것이 낯설고 어색했다. 그녀도 너무 낯설었다. 얼마 전 내 인생에 불쑥 뛰어들었던 그 후샤오위가 아니라 여느 어촌 마을의 선장 남편을 둔 평범한 젊은 아낙처럼 보였다.

저녁 메뉴는 당연히 해산물이다. 처음에 하이성이 해산물 전문가라며 자신이 요리를 하겠다고 나섰다. 하지만 샤오위가 자기 친구이니 자신이 직접 요리를 하겠다고 했다. 나는 뭐든 좋다고 했다. 어떻든 제대로 된 해산물 요리를 맛볼 기회는 많지 않으니까. 샤오위가 주방에 들어간 후, 나는 하이성과 차를 마시며 이야기를 나눴다.

• 중국 북부의 유명 여름 휴양지. 청나라 황실의 피서지였고, 국가 주석의 피서지로도 유명하다.

"냉장고에 재료가 많지 않아요. 며칠 일찍 왔으면 좋았을 텐데. 바다에서 돌아온 직후라 별별 게 다 있었거든요."

"저야, 그냥 지나가는 식객인데 맛볼 수 있다는 것 자체가 감사하죠."

"그렇지 않아요. 샤오위 친구이니 특별히 잘 대접해야죠. 여긴 가난한 도시라 없는 게 많지만 해산물만큼은 풍족하죠. 내일이나 모레 돌아오는 배가 있을 테니, 그때 다시 신선한 해산물 요리를 해드리지요."

나는 어색한 웃음으로 답했다. 차를 마시면서 그의 팔뚝에 붙은 구릿빛 근육에 시선이 갔다. 오랜 시간 바닷바람에 그을린 남자다움의 상징이다. 그는 계속 내게 차를 권했다. 그것 말고는 달리 무슨 말을 해야 할지 모르는 것 같았다. 그 우직한 침묵이 왠지 불안했다.

"뱃사람 생활이 좋아요?"

"뭐랄까, 그런대로 괜찮아요. 라오하이는 사람과 똑같아요. 어떤 사람을 한마디로 좋다 나쁘다 말할 수 있겠어요? 고기를 잡아야 하니까, 바다에 나가야 하니까, 나가는 거죠."

그는 매번 날 할 말 없게 만들었다. 우리는 차를 마시며 말없이 텔레비전에 시선을 고정시켰다. 여럿이 방방 뛰어다니며 노래하는 프로그램이었다. 시간이 정말 느렸다. 샤오위가 요리를 마칠 때까지 그저 묵묵히 기다릴 수밖에 없었다. 우리는 이 여백의 시간을 가만히 흘려보냈다. 나는 연달아 세 번 차를 마시고, 다시 얘깃거리를 찾았다.

"라오하이에 재밌는 곳이 있다지요?"

"허허, 샤오베이다이허 말이죠?"

"이름 좋네요."

"아, 샤오위에게 들었어요. 바다를 보러 왔다지요?"

"맞아요. 난 바다를 아주 좋아해요."

"라오하이 보러 가는 거야 일도 아니죠. 밥 먹고 같이 갑시다. 원하면 수영도 하고."

"좋죠."

세 번째 찻잔을 비웠을 때 샤오위가 주방에서 나와 손에 든 뒤집개를 흔들며 말했다.

"저녁 식사 준비 다 됐어요."

나는 술을 조금 마셨다. 하이성은 꽤 많이 마셨다. 그는 주량이 셌다. 뱃사람들은 대부분 술을 잘 마신다. 뱃사람 주머니에는 늘 라오샤오老燒나 이과두주가 들어 있다고 한다. 그는 내게 술이나 음식을 많이 권하지 않았다. 먼 바다에서 잡히는 생선 중에는 깊은 바다에서 자란 것이 많은데, 이런 심해 생선은 찬 성질이 강해서 안 먹던 사람이 갑자기 먹으면 속이 불편하고 많이 먹으면 탈이 나기 십상이라고 했다. 샤오위도 처음에는 많이 먹길 바랐지만 억지로 권하진 않았다. 훌륭한 식사였지만 나는 애써 자제했다.

저녁 식사를 마치고 나니 7시가 조금 넘었다. 우리는 바로 해변에 가기로 했다. 걸어가면 20분쯤 걸리고 오토바이를 타면 5분도 안 걸리는 거리였다. 나는 걸어가자고 했지만 샤오위는 걷기에는 너무 멀고 오늘 차를 타고 여기까지 오느라 힘들었을 테니 더 힘들면 안 된다며 반대했다. 하이성이 먼저 뛰어 내려가 차고에서 오토바이를 꺼내왔다. 하이성 바로 뒤에 내가 앉고, 샤오위가 내 뒤에 앉아 내 옷자락을 잡았다. 저녁 무렵 해변 도시는 확실히 시원했다. 광활한 대해에서 불어오는 바람이 기분 좋게 상쾌했다. 혀를 내밀기만 해도 공기 중의 소금기가 느껴졌다. 오토바이가 해변대로를 신나게 달렸다. 샤오위는 주변에 보이는 것들을 내게 설명해줬다. 어떤 상점이 좋은지, 거기에서 뭘 샀는지, 저기 옷 가게가 괜찮은데 거기에 점찍어둔 옷이 있다고. 조금 더 달리니 옆으로 해도海道가 이어졌다. 이번에는 하이성이 해도에 떠 있는 큰 배를 가리키며 말했다.

"저게 우리 배예요."

그를 위풍당당한 선장으로 만들어준 바로 그 배다.

"이건 인공 해도예요. 땅을 파서 라오하이 물을 끌어들였어요. 어선이 돌아오면 모두 여기에 정박하죠."

해도에 크고 작은 수많은 어선이 떠 있었다. 이곳은 물이 깊지 않아 밀물일 때만 출항할 수 있다고 했다. 바닷물이 천천히 들어와 해도 수면이 높아져야만 배가 움직일 수 있다. 하이성이 오토바이 속도를 늦추고 본인 배를 가리키며 이런저런 말을 늘어놓았다. 그의 배는 확실히 주변 다른 배를 압도할 만큼 멋지고 웅장했다. 이때 오토바이가 갑자기 급정거했다. 오토바이가 크게 휘청거리며 길바닥에 쓰러질 뻔했다. 나는 본능적으로 샤오위 손을 덥석 잡았다. 그리고 그녀는 언제부터인가 내 옷자락이 아니라 내 허리를 꽉 껴안고 있었다. 덕분에 내 등에 찰싹 달라붙은 그녀의 가슴과 내 목덜미에 스치는 그녀의 숨결이 고스란히 느껴졌다. 문득 백미러를 쳐다봤는데 하이성과 눈이 마주쳤다. 그는 백미러를 통해 샤오위가 내 허리를 껴안은 것을 똑똑히 봤을 것이다. 나는 샤오위를 팔꿈치로 쿡쿡 지르며 팔을 풀라고 신호를 보냈다.

이제 바다 얘기를 해보자.

나는 드디어 드넓은 바다와 다시 만났다. 많이 보지 못해 호들갑을 떠는 게 아니라 하늘 끝까지 일렁이는 파도를 보니 정말 가슴이 벅찼다. 많은 사람이 해변에서 바람을 쐬고, 아직까지 바닷물에서 수영하는 사람도 있었다. 해변 리조트 정문을 나와 해변으로 향하는 사람들 행렬이 끊임없이 이어졌다. 이 리조트 부지에는 호텔, 레스토랑 외에 작은 기념품 노점이 아주 많았다. 형형색색 파라솔 아래 붉은 실로 엮은 조개와 소라가 줄줄이 걸려 있었다.

지금 라오하이는 천천히 물이 빠져나가는 중이었다. 썰물이지만 파도는 여전히 세차게 밀려왔다. 끊임없이 일렁이는 파도는 위로 솟구쳤다가 강하게 바닥을 내리치며 눈꽃처럼 새하얀 물보라를 일으켰다. 온 세상이 파도에 뒤덮인 것 같았다. 사람들이 왁자지껄 떠드는 소리도 파도에 묻혀 희미해졌다. 라오하이는 내 발밑에서 시작해 끝을 알 수 없는 저 먼 하늘까지 이어졌다. 문득 웃통을 벗어젖힌 하이성이 갑판 위에서 바람을 맞으며 큰 어선을 조종하는 모습이 그려졌다. 끝없이 펼쳐진 푸른 하늘과 망망대해, 거친 파도를 헤쳐나가는 그 뒷모습만으로 강렬한 남자다움이 느껴졌다. 이런 상상을 하다보니 왠지 하이성에게 호감이 생겼다. 나는 그에게 어선에서 펼쳐지는 이야기를 듣고 싶었지만 그는 당최 말이 없었다. 그는 모래밭에 멀찍이 떨어져 앉아 고개를 숙인 채 손가락으로 모래를 휘휘 저었다.

나와 샤오위는 바닷물에 들어가지 않고 천천히 모래밭을 걸었다. 샤오위가 지금은 바닷물이 차서 감기에 걸릴 수도 있다고 했다. 나는 하이성을 불러 같이 걷자고 했지만 그는 싫다고 했다. 매일 보는 바다이니, 그냥 모래밭에 누워 쉬겠단다. 날이 완전히 저물기 직전 마지막 기회를 잡은 사진사가 희미한 석양빛을 배경으로 나와 샤오위의 사진을 찍어줬다. 난 찍고 싶지 않았는데 샤오위가 찍자고 고집을 부렸다. 찰칵. 카메라가 천천히 사진을 토해냈다. 우리 두 사람은 어둑한 라오하이를 배경으로 다정한 연인처럼 서로를 꼭 껴안으며 활짝 웃고 있었다. 나는 사진을 주머니에 넣었다가 집에 돌아가 여행 가방에 쑤셔넣었다. 사진을 찍고 나서 그만 돌아갈까 했는데, 샤오위가 더 걷자고 했다.

"아직 일러. 저기 봐, 다른 사람들도 다 그대로잖아. 우리 좀더 걷자."

우리는 계속 걸었다. 어느새 제방을 넘어 야생 해변•까지 왔다. 이곳도 사람이 많긴 한데 모두 두 명씩이었다. 함께 걷거나 꼭 껴안은 모습이 누가 봐도 연인들이었다. 바닷바람이 조금 차게 느껴졌다. 샤오위가 내 팔에 매달려 내 품을 파고들었다. 우리는 맨발로 조개껍질을 밟으며 걸었다. 조금 걷다보니 바닷물이 찰랑거리는 곳에 네모반듯한 돌집이 보였다. 돌벽 아랫부분이 30센티미터쯤 바닷물에 잠겼다. 조금 더 걸어가 돌벽 안을 들여다봤다. 파도가 돌벽에 부딪히는 묵직한 울림만 들릴 뿐, 깜깜해서 아무것도 안 보였다.

"여긴 뭐 하는 곳이야?"

"내가 태어나기 전부터 있었어. 해안 방어를 위한 돌보루였어. 옛날에 일본 놈들이 쳐들어오는 걸 막으려고 저 안에서 24시간 경비를 섰대."

"그런데 왜 이렇게 됐어?"

"나중에 버려졌어. 일본 놈들이 진짜 쳐들어왔잖아. 막지 못했으니

• 해수욕을 위한 편의 시설이 없는 자연 그대로의 바다.

무용지물이 된 거지. 이게 처음에는 해안 위에 있었는데 바닷물에 깎여서 점점 아래로 가라앉았대. 그렇게 수십 년이 지나 지금은 물에 잠긴 거야. 나도 어렸을 때 이 안에 많이 들어와 놀았어. 그때까지만 해도 바닷물이 들어오진 않았는데."

풍경은 여전한데 사람만 변했구나라는 말이 있는데, 바다도 변하는구나.

"들어가볼래?"

"됐어."

시계를 보니 8시가 넘었고 하늘도 완전히 깜깜해졌다.

"네 남편이 기다리겠다."

샤오위가 투덜거리며 화난 듯 내 손을 뿌리치고 혼자 저만치 앞서 걸었다. 하이성은 그 자리에 누워 자고 있었다. 최소한 내 눈에는 자는 것처럼 보였다. 우리가 소리쳐 부르자 그는 꿈을 꾸다 일어난 사람처럼 멍한 표정으로, 자기도 모르게 깜빡 잠이 들었다며 몇 시냐고 물었다.

집에 돌아온 후 다들 말없이 차례로 화장실에 들어가 샤워를 했다. 나는 샤워를 마치고 샤오위가 마련해준 방에 들어가 텔레비전을 켰다. 한동안 재미없는 화면을 응시하다가 11시쯤 자려고 누웠다. 그때 두 사람 방에서 뭐라고 떠드는 소리가 들렸다. 내용은 알 수 없지만 왠지 싸우는 것 같았다. 잠시 후 샤오위가 내 방으로 들어왔다. 헐렁한 잠옷 위로 가슴이 도드라져 보였다. 그녀는 달콤한 살냄새를 풍기며 침대에 걸터앉았다.

"또 싸웠어? 그래도 이렇게 나한테 달려오는 건 아니지."

"싸운 거 아니야. 당신이 어렵게 찾아온 손님이라고 그이가 우리 배를 타고 바다에 나가면 어떻겠냐고 해서, 내가 당신이 배를 타기 힘들 거라고 했어. 해변에서 눈으로 보고 수영하는 걸로도 충분하다고. 저 사람은 계속 아니래. 당신은 멀리서 온 손님이니까."

"설마…… 다 알았다면, 당장 죽이겠다고 달려들지 않는 게 이상한 건데."

"저 사람, 엄청 고지식해. 당신이 그냥 친구인 줄 알아."

나도 그러길 바란다. 내가 너무 예민했나보다. 나도 모르게 손이 그녀의 잠옷 안으로 들어갔다. 눈을 감고 살짝 땀이 배어나온 그녀의 살결을 느꼈다. 순간 이건 내 여자의 몸이라는 생각이 솟구쳤다. 밖에서 하이성의 기침 소리가 들리자 깜짝 놀라 손을 거뒀다.

"어서 가봐."

다음 날 아침, 셋 다 늦게 일어나 대충 뱃속을 채우고 나니 금방 12시였다. 샤오위가 점심을 준비했다. 점심을 먹으면서 하이성이 술을 권했다. 마시다보니 취했고, 취하니 잠이 왔다. 낮잠을 자고 일어나니 3시 반이었다. 아직 햇살이 강했다. 하이성이 지금 바닷물 온도가 딱 적당할 때라며 수영하러 나가자고 했다. 나는 당연히 좋았다. 지금까지 바다 수영은 한 번도 해본 적이 없었다. 수영복을 입고 계단을 내려갔는데, 오토바이 뒷바퀴가 살짝 내려앉았다. 세 사람 무게를 견디기 힘들었나보다. 내가 자전거를 타고 가겠다고 하자, 샤오위가 날이 너무 덥다며 반대했다. 자전거는 너무 느려서 돼지통구이가 될 거라고. 그녀는 하이성에게 수리점에 가서 바람을 넣고 오라고 했다. 우리는 그늘에 앉아 기다렸다. 잠시 후 하이성이 돌아왔는데 뒷바퀴가 그대로였다.

"수리점 세 군데를 돌았는데, 다 문을 닫았어."

"됐어요. 내가 자전거를 타고 갈게요."

"내가 자전거를 타지요."

"아니요. 나는 오토바이를 타본 적이 없어서, 자전거가 좋아요."

강렬한 태양 아래 자전거 타기는 확실히 할 짓이 아니다. 길이 멀지 않아 정말 다행이었다. 해변에 수영하는 사람이 많았다. 아직 만조가 끝나지 않아 어제 걸었던 모래밭이 대부분 바닷물에 잠긴 상태였다. 바닷물이 넘칠 듯이 밀려와 해안가에 물거품이 가득했다. 수영복을 갈아입고 막 물에 들어가려는데 하이성이 갑자기 일이 있어 가봐야 한다고 했다. 이틀 후에 출항하는데 이것저것 준비할 게 많다고. 선원들에게 음식과 얼음 등 필요한 물품을 사놓으라고 지시하고 도구도 손봐야 했다. 고칠 것은 고치고, 바꿀 것은 바꾸고, 부족한 것은 더 채워놓아야 한다.

"정말 미안해요. 수영은 같이 못 하겠네요."

"내가 미안하죠. 그쪽 일에 방해가 됐네요. 어서 가서 일 보세요."

"가서 일 봐. 수영 좀 하고 친구랑 자전거 타고 돌아갈게."

"그럼, 샤오위 부탁해요."

하이성이 꽤 강하게 내 어깨를 두드리며 인사를 했다. 샤오위와 단둘이 남다니, 우리 두 사람이 바라 마지않던 일이다. 하이성이 오토바이를 타고 떠난 후, 우리는 그가 보이지 않을 때까지 기다렸다가 바닷물에 들어갔다. 우리는 해안가 주변에서만 놀았다. 감히 깊은 물에 들어갈 수 없었다. 끊임없이 밀려오는 파도를 보고 있자니 왠지 무서웠다. 우리는 약속이나 한 듯이 조금씩 사람이 적은 곳으로 이동했다. 머리를 제외한 나머지 몸은 모두 바닷물에 잠겨 있다. 우리 손은 조금씩 서로의 수영복 안을 더듬었다.

"이게 바다구나."

나는 사람들과 멀리 떨어졌다 싶어 샤오위를 꼭 안았다.

"우리가 같이 바다 속에 있다니!"

샤오위가 눈을 감고 아련하게 중얼거렸다.

"우리의 라오하이."

한참 수영을 하고 해안가로 올라왔다. 이제 모래밭에 누워 일광욕을 했다. 라오하이를 떠나고 들어오는 발길이 끊임없이 이어졌지만, 시간이 갈수록 전체적으로 사람이 줄었다. 해가 거의 저물 무렵 우리는 제방을 넘어 유원지와 해수욕장을 벗어났다. 이곳 바닷가는 손가락에 꼽을 정도로 사람이 적었다. 연인 한두 쌍과 파도가 떨어뜨리고 간 조개껍질을 줍는 아이 두셋뿐이었다. 우리는 둘 다 바닷물에 불어 손바닥이 쭈글쭈글했다. 돌집을 살펴보니 절반쯤 물이 차 있었다.

드디어 태양이 완전히 사라졌다. 서쪽 하늘을 수놓았던 꽃구름이 빠르게 바다 속으로 가라앉았다. 세상의 절반은 짙은 바다, 나머지 절반은 붉은 하늘이다. 우리는 말없이 조개껍질을 줍는 척하며 가운데 돌집 앞으로 다가가 고개를 숙이고 재빨리 안으로 들어갔다. 돌집 안에 무릎 높이쯤 바닷물이 차 있었다. 우리는 오랫동안 굶주린 짐승처럼 서로를 탐하기 시작했다. 돌집 안은 어둑어둑했다. 우리는 서로의 몸을 더듬으며 옷을 벗기고 서로의 이름을 애타게 불렀다. 바닷물이 끝없이 밀려들어오고 파도가 돌벽에 부딪히는 소리가 크게 울렸다. 대형 시계탑 안에 들어와 있는 것 같았다. 끊임없이 울리는 바다의 포효가 마치 돌집을 집어삼킬 듯 사나웠다. 어느 순간 내 귓가를 맴도는 샤오위 목소리가 점점 커지더니 바다의 포효를 뒤덮었다.

돌집에서 나왔을 때 하늘은 이미 깜깜했다. 이쪽 바닷가에는 아무도 없었다. 제방 너머에서 사람들 고함소리와 웃음소리가 들렸다. 아직 많은 사람이 더위를 식히고 있으리라. 제방을 넘어 가니 샤오베이다허가 사람들로 북적였다. 우리가 어디에서 왔는지 신경 쓰는 사람은 아무도 없었다. 집에 돌아오니 하이성이 저녁 준비를 하고 있었다. 그는 문 소리를 듣고 땀을 뻘뻘 흘리며 주방에서 나왔다.

"왜 이렇게 늦었어?"

"오다가 친구를 만났는데 계속 붙잡고 놓아주질 않아서. 한참 떠들다 오는 길이야."

"빨리 씻고 와. 저녁 준비 거의 다 됐어."

눈 하나 깜빡 안 하고 거짓말을 하는 여자, 너무나 친절한 하이성, 두 사람 모두 나를 부끄럽게 만들었다. 이날 저녁은 아주 풍성한 해산물 파티였다. 하이성이 오늘 바다에서 돌아온 친구에게 생선을 구해왔다. 정말 신선하고 종류도 다양했다.

"내 요리 솜씨로 대접하고 싶었어요. 오늘은 많이 드세요. 이제 이렇게 요리할 시간이 없을 거예요. 출항 준비 때문에 며칠 동안 계속 바쁠 것 같거든요. 선원들한테만 맡기면 마음이 안 놓여요."

이날 저녁은 내 생애 가장 푸짐한 해산물 식사였다. 이렇게 술을 많이 마신 것도 처음이었다. 이날 하이성은 나를 더할 나위 없이 친근하고 열정적으로 대해줬다. 그는 내가 어렵게 찾아온 손님인데 같이 좋은 시간을 보내지 못해 미안하다며 많이 먹고, 많이 마시라며 끊임없이 권했다. 그가 계속 술을 따라주고 음식을 덜어주니 나도 계속 받아먹을 수밖에 없었다. 원래 남자들은 이렇게 마음을 표현한다. 나는 술을 많이 마시지는 못하지만 술자리를 좋아했다. 그리고 해산물을 정말 많이 먹었다. 확실히 신선했고 하이성의 요리 솜씨는 매우 훌륭했다. 솔직히 샤오위의 요리보다 훨씬 맛있었다.

"그만 권해. 이 친구는 해산물 많이 먹으면 탈날지도 몰라."

"이틀 동안 계속 먹었으니 이제 적응됐을 거야. 그리고 해산물을 안 먹고 어떻게 술만 마시나? 안 그래요?"

"그럼요, 먹어야죠."

하이성과 나는 화기애애하게 술잔을 기울이며 계속 먹고 마셨다. 너무 많이 먹어 배가 터질 지경이었다. 아주 완벽한 식사였다. 술과 해산물이 목구멍까지 차 있는 상태로 잠자리에 누웠다. 밤새도록 별일 없이 잘 잤다. 그런데 새벽 5시쯤 갑자기 배가 더부룩해 화장실에 갔다. 볼일을 보고 나니 바로 편안해졌다. 소화가 잘 안 되는 모양이라고 생각했다. 방에 돌아와 조금 더 자다가 다시 일어나 화장실에 갔다. 이때는 7시 반이었고 샤오위와 하이성은 집에 없었다. 샤오위가 거실 탁자 위에 메모를 남겨뒀다. 하이성은 시내에 어구漁具를 사러갔고 그녀는 장을 보러 간다는 내용이었다. 금방 돌아올 테니 그사이에 일어나면 조금만 기다리라고 했다.

이때부터 본격적인 설사가 시작돼 한 번, 또 한 번 화장실로 뛰어갔다. 샤오위가 9시쯤 돌아왔는데 그때가 이미 일곱 번째였다. 매번 화장실에 뛰어들자마자 변기로 직행했다. 한바탕 쏟아내고 나면 시원했다. 그런데 바지를 올린 지 3분도 지나지 않아 또 신호가 왔다. 뱃속이 파도가 휘몰아치듯 부글부글거리고 통증이 시작됐다. 이번에는 여기, 다음에는 저기가 아팠다. 화장실을 나서는 순간, 집에 돌아온 샤오위와 마주쳤다. 나는 그때 이미 제정신이 아니었다. 온몸에 힘이 쫙 빠져 다리가 후들거리고 식은땀까지 났다. 샤오위는 다 죽어가는 내 모습을 보고 깜짝 놀라 달려왔다. 그녀는 나를 부축해 소파에 앉혔다.

"무슨 일이야? 어디 아파?"

나는 쓴웃음을 지으며 대답했다.

"배탈 났나봐. 휴지를 두 통이나 써버렸어."

그녀는 피식 웃고는 안타까운 표정을 지었다.

"억지 쓰더라니, 그럴 줄 알았어."

그녀는 나를 소파에 눕히고 서랍에서 약을 꺼내왔다. 알약 두 알을 꺼내 먹으라고 했다.

"이 약, 효과가 끝내줘. 먹으면 바로 괜찮아질 거야."

나는 약을 먹고 누웠다. 꼼짝도 할 수 없었다. 샤오위가 내 머리를 안는 순간, 왜 하필 이때 배탈이 났는지 하늘이 원망스러웠다. 어렵게 찾아온 단둘만의 시간인데 다 죽어가는 환자 꼴이라니.

"밥하러 가야겠다."

"됐어."

지금은 그 어떤 산해진미도 다 소용없다. 나는 그녀를 안을 힘도 없었다. 하지만 화장실에 가기 위해 억지로 몸을 일으켜야 했다. 반드시 가야 했다. 방금 먹은 알약은 효과가 전혀 없었다. 오히려 증상이 더 심해졌다. 나는 3분, 5분에 한 번씩 화장실을 들락거렸다. 10시쯤 되니, 바지를 올릴 힘도 없었다. 차라리 변기통에 앉아 있는 편이 낫겠다 싶었다. 샤오위는 화가 나서 펄펄 뛰었다. 그녀는 이 약의 효과를 누구보다 잘 안다고 했다. 친척들이 놀러 와 해산물을 먹고 배탈이 났을 때 모두 이 약을 먹고 바로 멈췄는데 왜 하필 나만 효과가 없는지 모르겠다고 했다. 그리고 그냥 이대로 집에 있으면 안 된다며 바로 병원에 갔다. 다행히 병원이 멀지 않아 참고 갈 만했다.

의사가 약과 수액을 처방해줬다. 화장실을 그렇게 들락거렸으니, 이미 탈진 상태였다. 나 대신 약을 받아든 샤오위가 날카롭게 외쳤다.

"이 약은 안 돼요. 집에서 이 약을 먹었는데 효과가 없는 정도가 아니라 더 심해졌어요."

"그럴 리가요. 해산물 과식으로 인한 설사에 특효약인데, 효과가 없을 리가 없는데."

샤오위가 약봉지를 뜯어 자세히 살펴봤다. 집에서 먹은 약과 같은 것이 아니었다. 확실히 모양이 달랐다. 내가 약을 먹고 수액을 맞는 동안 샤오위가 집에서 약병을 가져와 의사에게 물어봤다.

"이건 설사를 멎게 하는 약이 아니라 열을 가라앉히고 장을 청소하는, 그러니까 설사 증상을 일으키는 약이에요."

이 말을 듣는 순간, 나는 머리카락이 쭈뼛 섰다. 약을 두 번 더 먹고, 수액 두 병을 맞고 나니 조금 살 것 같았다. 설사도 거의 멈췄다. 저녁 때 집에 돌아온 하이성이 힘없이 침대에 누워 있는 나를 보고 무슨 일인지 물었다.

"그걸 말이라고 해? 당신 때문에 내 친구가 죽을 뻔했잖아! 해산물을 그렇게 많이 먹였으니 배탈이 안 날 수 있어? 그리고 저 설사약은 언제 장 청소하는 약으로 변한 거야?"

하이성이 어리둥절한 표정을 지었다.

"무슨 약? 난 모르는 일이야. 내가 언제 약을 먹은 적이 있나? 난 거기 있는 약병들, 반년 넘도록 만진 적도 없어."

"웃겨. 만지지도 않았는데 약이 저 혼자 변했단 말이야?"

"샤오위, 그만해. 어떻든 나도 이제 괜찮아졌잖아. 하이성이 나한테 얼마나 잘해줬는데. 그나저나 이삼 일 놀고 돌아갈 생각이었는데, 아무래도 안 되겠네요. 기운이 없어서 꼼짝도 못할 것 같아요."

"괜찮아요, 괜찮아요. 당연히 몸을 추스르고 가야죠."

그는 냉장고로 달려가 살짝 얼린 맥주를 병째로 들이켰다. 단숨에 맥주병을 비우고 혼잣말을 중얼거렸다.

"목말라 죽는 줄 알았네."

그 후 이틀, 나는 아무것도 안 하고 집에서 쉬기만 했다. 먹고, 자고, 텔레비전 보고, 샤오위와 수다 떨고. 하고 싶은 것이 있어도 할 수 없었다. 팔다리를 움직이기 힘들 만큼 온몸이 무기력했다. 하이성은 계속 바빴다. 곧 출항이라 이것저것 준비한다며 계속 밖에 나가 있었다. 그런데 그가 달라졌다. 중간에 집에 돌아오는 횟수가 많아졌다. 나간 지 얼마 안 돼 돌아오곤 했다. 특별한 규칙 없이 시도 때도 없이 들락거렸다. 계단을 내려가자마자 다시 올라와 깜빡 잊은 게 있다고 하거나, 놓고 간 물건이 있다고 했다. 어떤 때는 갑자기 뭔가를 사들고 왔고 급히 연락해야 할 사람이 있어 전화번호를 찾으러 왔다고 했다. 처음에는 샤오위가 하이성이 나가자마자 문을 잠갔는데, 나중에는 내가 잠그지 말라고 했다. 매번 문 열어주기 귀찮기도 하고 자꾸 문을 잠그면 그가 더 자주 들락거릴 테니까. 샤오위가 짜증스럽게 말했다.

"이러니, 내가 그 인간이랑 어떻게 안 싸우겠어?"

"네가 이러는데, 네 남편이 어떻게 안 들락거리겠어?"

"내가 뭘 어쨌는데? 자기 때문이 아니고?"

"난 아무 상관없어. 난 바다 보러 온 것뿐이라고."

샤오위가 화난 표정을 내게 달려들어 목을 조르는 시늉을 했다.

"또 그 소리! 바다는 다른 데 가도 볼 수 있잖아."

"그건 아니지. 여기 바다는 후샤오위 고향의 바다잖아."

그녀는 금방 환하게 웃으며 볼을 비벼댔다. 나는 현관문을 가리키며 그녀를 밀어냈다.

"하루 종일 화장실을 들락거렸더니 거의 폐인이 된 것 같아."

나는 하이성이 또 언제 들이닥칠지 몰라 불안했다. 그가 의심하기 시작했다. 아마도 눈치 챘을 것이다. 어젯밤 면도기를 찾으려고 여행가방을 열었다가 물건 위치가 바뀐 것을 발견했다. 나는 면도기를 가방 맨 아래에 둔 적이 한 번도 없다. 혹시나 해서 가방 안쪽 속주머니를 확인해봤는데 지갑, 카드, 노트는 모두 그대로 있었다. 그런데 노트 사이에 끼워둔 사진이 보이지 않았다. 해변에서 샤오위랑 같이 찍은 바로 그 사진. 가방을 뒤집어가며 샅샅이 뒤졌지만 결국 찾지 못했다. 이 일은 샤오위에게 말할 수도, 하이성에게 물어볼 수도 없었다. 말하면 결국 두 사람이 싸울 텐데, 그러면 나는 몸을 추스를 새도 없이 떠나야 한다.

사흘째 되는 날 어느 정도 기력을 회복했다. 그제야 내 팔다리가 내 것 같았다. 그리고 슬슬 다시 바다가 보고 싶었다. 마지막으로 바다를 보고 와서 떠나야겠다고 생각했다. 나는 아침 식사를 하면서 두 사람에게 내 생각을 말했다.

"그래요. 그럼 점심 먹고 다 같이 갑시다. 그 시간이 만조가 시작될 때니까. 오늘은 꼭 같이 수영합시다. 내일 출항하거든요."

점심 식사 후 잠깐 낮잠을 자고 다함께 바다로 나갔다. 오토바이 바퀴가 여전히 그 모양이라 나는 자전거를 타고 갔다. 해변에는 여전히 사람이 많았다. 수영하러 온 사람도 많았지만 대부분 만조에 맞춰 바다 구경하러 온 사람들이었다. 만조가 되자 파도가 점점 가까워지는가 싶더니 서서히 수위가 높아졌다. 바다 전체가 서서히 솟아오르는 쪽빛 융지 같았다. 발가벗은 아이들이 밀려오는 파도와 부서지는 물보라 사이를 뛰어다니며 신나게 소리를 질렀다. 만조가 시작되니 온 세상이 꿈틀거리는 것 같았다. 수영복을 갈아입고 막 바다에 들어가려는데 샤오위가 내게 물었다.

"튜브 필요하지 않아?"

"튜브를 끼면 사내대장부 체면이 서나! 혹시 수영 못 하세요?"

"그럭저럭 합니다. 그냥 해안가에서 놀 정도는 되니 튜브는 필요 없어."

샤오위가 본인 튜브 하나만 빌렸다. 우리는 천천히 바다로 나갔다. 너무 낮으면 수영을 할 수 없으니 좀더 나갔다. 만조 바다에 들어와 보니 해안가로 밀려오는 파도가 하나씩 하나씩 떨어져 오는 것이 아니라 줄줄이 이어져 있어 앞으로 밀어내는 것이 보였다. 앞줄이 지나가자마자 바로 뒷줄이 따라오면서 파두波頭와 파곡波谷이 끊임없이 내 눈앞을 스쳐갔다. 우리는 수영도 하고 걷기도 하면서 계속 앞으로 나갔다. 익숙지 않은 힘찬 파도를 마주하려니 나도 모르게 두려움이 엄습했다. 그래도 아직 발이 바닥에 닿고 옆에 샤오위가 있고 앞에 하이성이 있기 때문에 계속 나갈 수 있었다. 하이성은 물 만난 고기마냥 여유롭게 헤엄치며 저만치 앞서나갔다. 샤오위는 파도에 밀려나가지 않도록 튜브를 머리 위로 높이 들었다. 그녀는 바닷물이 목까지 차오르자 걸음을 멈췄다.

"그만 나가."

그녀는 손가락을 구부려 휘파람을 불고 하이성에게 돌아오라고 소리쳤다. 하이성은 먼 바다에 유유히 떠 있었다. 그곳은 분명히 바닥에 발이 닿지 않을 것이다. 하이성이 우리 곁으로 와 샤오위 주위를 돌며 여러 영법을 선보였다. 그리 멋진 자세는 아니지만 대단한 실력이 느껴졌다. 누가 봐도 바다가 제 집처럼 익숙한 뱃사람이었다. 그는 말없이 여기에서 저기로, 저기에서 여기로 여유롭게 이동했다. 파도 위에 떠 있지만 전혀 밀리지 않았다. 샤오위는 다른 여자들처럼 조금 큰 파도가 치면 꽥꽥 소리를 지르며 재미있어 했다. 가끔 바닷물 속에서 그녀와 나의 발이 뒤엉켰다. 그녀는 이런저런 옛날 얘기를 들려줬다. 게잡이, 조개껍질 줍기, 직접 노를 저었던 일, 바다 수영 등등. 바다 수영을 많이 하다보니 위험했던 순간도 여러 번 있었는데, 정말 물에 빠져 죽을 뻔한 일도 두어 번 있었단다. 어느 순간 구름이 태양을 가려버렸다. 동북 방향에 거대한 먹구름이 보였다. 해가 들어가니 머리가 시원해 좋았다. 사람들은 조금 더 신나게 바다를 즐겼다.

"조금 더 나가는 게 어때요? 발이 닿지 않아야 온몸이 바다에 떠 있는 편안함을 느낄 수 있는데."

하이성이 조금 더 멀리 나가자고 제안했지만 샤오위가 반대했다.

"됐어. 여기서도 충분히 재미있어."

하이성이 나를 보며 물었다.

"무서워요?"

나는 잠시 망설이다 대답했다.

"갑시다."

두 남자가 의기투합하자 샤오위도 더 이상 말릴 수 없었다. 나와 하이성은 튜브에 들어가 있는 샤오위의 손을 한쪽씩 잡고 조금 더 깊은 바다로 나갔다. 이제 나도 바닥에 발이 닿지 않았다. 보이는 것이라고는 온통 바닷물뿐이다. 하이성이 앞서 나가며 끌어당기니, 그가 멈추지 않는 한 나도 멈출 수 없었다. 우리는 파도에 밀려 올라갔다 밀려

떨어지기를 수없이 반복했다. 천천히 출렁이는 바닷물에 떠 있으니 꿈을 꾸는 것처럼 몽롱했다. 어느덧 다른 사람들과 꽤 멀어졌다. 이렇게 깊은 바다까지 나온 사람은 우리 셋뿐이었다. 샤오위는 혼자 놀겠다며 우리 손을 뿌리쳤다. 나와 하이성도 자유롭게 수영을 즐겼다.

잠시 후 갑자기 날씨가 돌변했다. 조금 전 그냥 구름이 태양을 가렸다고만 생각했는데 지금 보니 구름이 겹겹이 쌓인 데다 시커먼 먹구름이 화선지에 떨어진 먹물처럼 빠르게 퍼져나갔다. 머리 위까지 먹구름이 번졌고 만조 속도가 아주 빨라진 느낌이었다. 파도가 크고 높아졌다. 가만히 있다간 그대로 잡아먹힐 것 같았다. 나는 덜컥 겁이 나서 하이성에게 돌아가자고 말했다.

"이제 좀 재미있어졌는데. 만조 때는 원래 파도가 좀 세요."

나는 이제 슬슬 팔다리에 힘이 빠지기 시작했다. 그러나 하이성은 바다가 육지인 것처럼 여유로워서 돌아갈 생각이 전혀 없어 보였다. 샤오위는 튜브 때문에 해안가 가까이 밀려가 있었다. 그녀는 파도에 출렁이면서 우리를 향해 손을 흔들었다. 그녀도 아무렇지 않아 보였다. 두 사람 다 라오하이에 익숙하기 때문일까? 나는 파도에 맞아 물을 먹고 한참 캑캑거리다 겨우 다시 입을 열었다.

"하이성, 사실 난 그쪽이 정말 좋아요. 그쪽 성격이랑 삶이 정말 좋아 보여요."

하이성이 얼굴에 흐르는 바닷물을 쓸어내며 대답했다.

"솔직히 난 그쪽이 싫소."

나는 어색하게 웃을 수밖에 없었다. 아마도 그는 내가 웃는 모습을 보지 못했을 것이다. 갑자기 큰 파도가 덮쳐왔다. 나는 너무 힘들었지만 계속 허우적거렸다. 팔다리를 멈추는 순간 가라앉거나 어디론가 떠내려갈 테니. 갑자기 오줌이 마려웠다. 해안가가 너무 멀어 그냥 라오하이에 실례할 수밖에 없었다. 혹시 이 오줌이 라오하이를 화나게 했을까? 그냥 내 자격지심이었을까? 어떻든 오줌을 싸자마자 뭔가 심상치 않은 변화가 느껴졌다. 하늘에서 천둥이 치고 멀리서 벼락이 번쩍거렸다. 강렬한 빛과 전기가 그리 멀지 않은 하늘에서 나를 위협했다. 파도는 더 크고 거세졌다. 먼 바다에서 천군만마가 몰려오듯 거대한 파도가 크게 울부짖으며 끊임없이 몰려왔다. 극심한 공포가 목구멍까지 차오르고 심장이 두방망이질 쳤다. 이렇게 강렬한 공포는 난생처음이었다. 발붙일 곳 없는 두려움, 온 세상이 뒤집히는 것 같은 두려움, 거대한 물살이 코밑까지 차올라 숨을 쉴 수 없고 거대한 파도가 나를 집어삼켜 아무것도 보이지 않을 것이라는 공포.

그래, 나는 졌다. 하이성과 경쟁하느라, 얘기하느라 더 이상 시간을 낭비하지 않고 해안가를 향해 헤엄치기 시작했다. 그때 샤오위가 목이 터져라 나와 하이성을 부르는 소리가 희미하게 들렸다. 빗방울과 파도가 동시에 나를 휘감았다. 나는 출렁이는 바닷물에 갇혀버렸다. 물살을 뚫고 나가려는 순간, 뭔가가 내 한쪽 발을 잡고 물속으로 끌어당기는 것 같았다. 나는 깜짝 놀라 고개를 돌렸다. 보이는 것은 온통 바닷물뿐이다. 하이성은 어디 있을까? 나는 다른 쪽 발을 박차며 솟아오르려 했는데 그 발마저 무겁게 가라앉았다. 결국 온몸이 가라앉기 시작했다. 머릿속이 윙 울리며 이제 죽겠구나 생각했다. 나는 무언가에 이끌려 계속 가라앉았다. 입을 벌려 소리치고 싶은데 바닷물이 입안으로 밀려들어왔다. 그리고 식도와 위를 지나 온몸을 채워나갔다. 두 발이 꽉 붙들려 아무리 발버둥치려 해도 소용없었다. 뜨거운 바닷물이 코와 입으로 끊임없이 흘러들어왔다. 눈앞의 세상이 점점 흐릿해졌다. 나는 어느 순간 심장 박동이 멈추고 눈앞이 완전히 암흑으로 변하는 것을 느꼈다.

빗소리, 파도 소리, 울음소리, 고함소리. 희미하게 들리던 소리들이 점점 가까워졌다. 그리고 나는 퍼뜩 정신을 차렸다. 격렬한 기침과 함께 깨어나 보니 모래밭에 누워 있었다. 머리 위의 파란색 파라솔이 비를 가려줬다. 내가 눈을 뜨자 샤오위는 내 상체를 껴안고 흔들어대며 대성통곡했다. 온 얼굴이 눈물범벅이었다.

"깨어났어? 깨어난 거지? 하이성이 사라졌어! 하이성이 없어졌어!"

나는 멍하니 그녀를 바라봤다. 내 주위에 많은 사람이 모여 있었다. 의사로 보이는 사람이 내 몸에 청진기를 들이댔다. 순간 내 발을 꽉 붙잡고 당기던 두 손이 떠올라 나도 모르게 몸을 부르르 떨었다. 방금 전 일인데, 아주 먼 옛날 일처럼 느껴졌다.

'그가 사라졌다고?'

나는 힘겹게 바다로 시선을 돌렸다. 바다는 여전히 만조였고 어수선했다. 경비정과 구명보트가 수면 위를 분주히 오갔고 사람들이 쉴 새 없이 고함을 질렀다.

"그 사람이 당신을 튜브로 밀어내자마자 파도가 그를 덮쳤어."

샤오위가 아주 서럽게 울었다. 내 상체와 머리가 그녀의 품속에서 덜덜 떨렸다. 나는 급히 고개를 돌리고 바닷물을 토해냈다.

"당신들, 왜 빨리 돌아오지 않았어? 왜 자꾸 바다로 나갔어?"

"하이성? 하이성 말하는 거야?"

"그 사람 없어졌어! 못 찾았다고!"

그녀는 하이성이 없어졌다고 했다. 하이성이 어떻게 없어질 수 있어? 그는 평생 라오하이에서 살았는데, 바다를 육지처럼 여유롭게 떠다녔는데, 라오하이는 그의 집이나 다름없는데, 그의 집에서 그가 사라졌다는 게 말이 돼? 뱃속에서 바닷물이 솟구쳤다. 나는 몸을 돌려 또 한 번 바닷물을 게웠다. 뱃속에 든 바닷물이 끊임없이 흘러나왔다. 토해도, 토해도 끝이 없었다. 온 얼굴이 눈물범벅이 되도록 토가 멈추지 않았다.

– 2004년 7월 8일, 베이징 대학 완류萬柳

우리비

1

평반야가 누군가에게 아궁이 불을 더 지피라고 소리쳤다. 장작이 불 속에 들어가자 타탁, 타닥 타들어가고 물이 펄펄 끓어 홰나무를 얹은 솥뚜껑이 덜컹덜컹 들썩거렸다. 평반야가 소매를 걷어붙이고 서커스 배우처럼 마당을 한 바퀴 돌며 크게 소리쳤다.

"개를 가져와!"

하지만 아무도 반응을 보이지 않아 직접 나섰다. 그는 담장 모서리 구석 홰나무에 묶인 누렁개 밧줄을 풀어 솥단지 쪽으로 끌고 갔다. 누렁개는 본능적으로 좋은 일이 아님을 느끼고 끌려가지 않으려고 뒷걸음질치다가 바닥에 주저앉았다. 평반야가 몽둥이를 들었지만 때리지 않고 위협적으로 휘두르기만 했다. 온 힘을 다해 누렁개를 겨우 솥단지 옆으로 끌고 갔다.

"똥오줌도 못 가리는 축생 놈! 뜨끈한 국물 먹으라는 거잖아."

그는 마당에 모인 사람들을 돌아보며 헤헤거렸다. 솥뚜껑을 열자 뜨거운 물거품이 부글부글 끓어올랐다.

"어디 보자. 좋아, 됐어."

평반야가 헛기침을 하며 한 발을 구르자, 누렁개가 그를 향해 고개를 쳐들었다. 누렁개는 눈물을 흘리며 필사적으로 뒷걸음질치려 했다. 평반야가 솥뚜껑을 들고 쪼그려 앉아 한 손으로 누렁개의 털을 쓰다듬었다. 그리고 갑자기 괴성을 지르며 누렁개의 뒷목을 잡고 번쩍 들어올려 펄펄 끓는 솥단지에 던져넣었다. 손톱으로 유리창을 긁는 것 같은 소름 끼치는 개 울음소리에 이어 풍덩 물소리가 들리고 곧바로 솥뚜껑이 닫혔다. 평반야는 솥뚜껑 위에 가부좌 자세로 앉아 주머니에서 쭈글쭈글한 담배를 꺼내 불을 붙였다. 엉덩이 아래가 10초쯤 거세게 들썩이다가 갑자기 조용해졌다.

마당 전체가 조용해지면서 다들 하늘을 올려봤다. 홰나무 몇 그루가 낮은 하늘을 떠받치고 있었다. 서남쪽 하늘에 화제花街 방향으로 몰려오는 거대한 먹구름이 보였다. 바람도 없는데 마치 거대한 쇠사슬을 묶어 끌어당기듯 빠르게 다가왔다.

"또 오네."

군침을 흘리는 사람이 평반야와 인사를 하며 고기 한 덩어리를 주문했다. 개고기가 다 익기도 전에 분배가 끝났다. 평반야의 머릿속에 문득 영화에서 본 공룡 뼈대가 떠올랐다. 그는 특이한 모양의 담배 연기를 내뿜었다. 모였다 흩어지기를 반복하던 담배 연기가 한데 뒤엉혀 개 뼈대 모양을 만들었다. 살을 모두 발라낸 개 뼈대는 분명 이런 모양이리라. 잠시 후 사람들이 하나둘 집으로 돌아갔다. 조금 전 햇볕에 말리려고 널어둔 젖은 옷들을 빨리 거둬들여야 했다. 적막한 마당에 남은 단 한 사람, 단평이 홰나무 아래 서서 그를 향해 은근한 미소를 지었다. 평반야도 그녀를 보고 싱글벙글하며 말했다.

"단평 동생, 먹고 싶어?"

"지랄하네! 누가 너 보려고 여기 서 있는 줄 알아?"

평반야는 살짝 실망했지만 여전히 헤헤거렸다.

"집으로 가져다줄 테니, 문이나 열어둬. 제일 맛있는 부위로 가져가지."

단평은 이미 소맷자락을 흔들며 대문을 나섰다. 평반야는 낮은 진흙 담장 너머로 길게 목을 빼고 좌우로 살랑살랑 흔들리는 단평의 엉덩이를 넋 놓고 쳐다봤다. 번갈아 들썩이던 커다란 고무공 두 개가 순식간에 시야에서 사라졌다. 그는 다시 자리에 앉아 이미 불씨가 사라진 담배꽁초를 손가락에 끼운 채 제 바짓가랑이를 내려보며 헤헤거렸다.

평반야는 아궁이에 장작을 더 넣고 다시 솥뚜껑에 앉아 물이 끓어 고기 냄새가 퍼지길 기다렸다. 이 솥단지는 쇠로 만든 큰 독이다. 어른 허리 높이라 개 여러 마리를 한꺼번에 삶을 수 있다. 그는 솥뚜껑 위에 앉아 줄담배를 피우며 발가락을 주물럭거렸다. 그 손을 코에 대고 수시로 냄새를 맡고 또 주물럭거리기를 반복했다. 그것도 지겨워질 즈음 하늘을 올려봤다. 큰비가 내리기 전에 고기가 다 익을 수 있을지 걱정스러웠다.

아궁이 주위에 싸구려 담배꽁초가 어지럽게 널릴 무렵 고기가 다 익었다. 바람이 불자 향긋한 고기 냄새가 십 리 밖 허딩鶴頂까지 퍼져 나갔다. 언젠가 허딩 사람이 찾아와 평반야 개고기가 최고라며 개고기를 삶아달라고 했다. 그는 허딩 사람들이 화제에서 풍겨오는 향긋한 개고기 냄새를 맡는다고 했다.

'제기랄! 전부 개 코, 고양이 코야? 고개를 쳐들고 걸신들린 개, 고양이처럼 코를 벌름거리겠지.'

빗방울이 떨어지는가 싶더니 금방 앞이 보이지 않을 정도로 세차게 퍼붓기 시작했다. 평반야는 삿갓을 찾아 쓰고 솥에 빗물이 들어가지 않도록 온몸으로 솥을 감쌌다. 향긋한 고기 냄새에 취해 눈앞이 어질했다. 개고기를 수없이 많이 삶았지만 이 향기는 여전히 당해낼 수가 없다. 물 위에 떠 있는 누런 개털. 누렁개가 펄펄 끓는 물에 삶아지는 동안 털이 후드드 다 빠져버린다. 그는 개털을 깨끗이 걷어내고 발가벗은 여자처럼 매끈해진 개고기를 건져냈다.

2

큰비가 내리느라 어두워진 하늘은 날이 저물어 더 깜깜해졌다. 저녁이 됐다. 이 시간을 기다려온 평반야는 마지막 남은 고깃덩어리를 투명 비닐봉지에 담고 다시 작은 비닐봉지에 직접 만든 양념을 덜었다. 그는 자신의 개고기 비법의 핵심은 어느 누구도 흉내 낼 수 없는 이 양념이라고 생각했다. 그가 두 비닐봉지를 품에 넣는 순간, 문밖에서 인기척이 들렸다. 고개를 돌리자 처음 보는 남자가 마당으로 들어왔다. 뺨까지 덥수룩한 수염이 자라 있었다.

"당신이 평반야인가요?"

"그렇소. 무슨 일이오?"

"개고기를 사고 싶은데."

"없소. 다 팔렸소."

남자가 평반야에게 다가서며 그가 품고 있는 비닐봉지를 가리켰다.

"그건 개고기가 아니오?"

"이건 팔지 않소."

"파시오. 고기 값은 충분히 드리겠소. 20위안? 30위안? 35위안이면 되겠소?"

"50!"

"좋소. 50! 50으로 합시다!"

남자가 바로 돈을 꺼냈다.

"비싸긴 하지만, 평반야의 개고기에 대해 익히 들었소."

평반야는 초조하게 손가락을 더듬거리다가 갑자기 마음을 바꿨다.

"안 팔아요."

"이 사람이, 지금 돈 꺼내고 있는 거 안 보여요?"

"내 고기이니, 팔든 말든 내 마음이지."

남자가 비닐봉지를 향해 손을 내밀자 평반야가 품속으로 깊이 밀어넣었다. 결국 남자는 씩씩거리며 돈을 주머니에 쑤셔넣고 투덜거리며 돌아갔다. 평반야도 콧방귀를 뀌며 욕을 했다.

"젠장, 내 고기라고!"

비온 후 촉촉이 젖은 어두운 화제 거리의 돌길이 까맣게 빛났다. 평반야는 담장에 바짝 붙어 걸었다. 지금 그는 기분이 아주 좋았다. 가슴에 개고기를 품고 돌길을 뒤덮은 푸른 이끼를 힘껏 밟았다. 밥 짓는 냄새가 풍기지만 이미 집집마다 대문을 닫아걸었다. 화제의 밤이 시작된 것이다. 길가 문루門樓에 걸어놓은 작은 등롱이 여기저기 반짝거렸다. 등롱 안 촛불 불꽃이 쉴 새 없이 흔들렸다. 평반야는 설레는 마음을 감추지 못해 연신 싱글벙글하며 헤헤거렸다. 등롱 하나, 등롱

둘…… 그는 모든 등롱이 제 갈비뼈인 양 친근하고 익숙했다.

그는 아홉 번째 등롱 앞에서 걸음을 멈췄다. 그 앞에서 잠시 머뭇거리며 좌우를 살핀 후 재빨리 등롱을 떼어내 촛불을 끄고 팔꿈치로 대문을 밀었다. 잠기지 않아 스르르 열렸다. 그는 등롱을 들고 집안으로 들어갔다. 단평이 방바닥에 엎드려 부처상에 절을 하며 불경을 읊조리고 있었다. 부처상 앞에 향 3개가 타오르고 있다. 펑반야는 이 냄새가 좀처럼 익숙해지지 않아 계속 재채기를 해댔다.

"뭘 그렇게 빌어?"

그는 콧물을 닦아 은근슬쩍 옷장에 문질렀다.

"빌지 않고 어떻게 부자가 되겠어?"

절이 끝나고 고개를 들자 단평 이마에 빨간 자국이 나 있었다.

"2년을 빌어도 부자가 안 되는데?"

"그러니까 더 열심히 빌어야지. 앞으로 2년은 더 빌어야지."

"그래, 열심히 빌어."

펑반야가 건들거리며 단평의 침대에 앉아 머리맡 탁자에 개고기와 양념 비닐봉지를 올려놓았다.

"등롱은 왜 또 걸어놨어? 내가 온다고 말했잖아."

"등롱을 안 걸어놓으면, 내 방에 손님이 없는지 어떻게 알아? 가, 가서 손발 좀 씻어."

펑반야가 밖에 나가 씻고 돌아오니 단평이 고양이처럼 게슴츠레한 눈으로 게걸스럽게 개고기를 먹고 있었다. 도대체 이 여자는 왜 이렇게 개고기를 좋아하는 것일까? 특히 펑반야의 개고기. 펑반야는 실실 웃으며 두 팔을 벌려 단평을 안고 침대에 눕혔다.

"뭐가 그렇게 급해! 아직 먹는 중이잖아!"

"제기랄! 급해, 급해 죽겠다!"

침대 위에 달린 모기장이 흔들거리고 펑반야 혼자 괴성을 질렀다. 단평은 손에 쥔 개고기를 계속 입에 넣으며 쉴 새 없이 우물거렸다. 그녀는 펑반야가 일을 끝낼 때까지 계속 먹었다. 그녀는 몸을 비틀어 죽은 개처럼 축 늘어진 그를 한 옆으로 밀어냈다.

"저리 꺼져!"

지금 그녀는 기분이 안 좋았다. 개고기가 바닥을 드러냈지만 아직 좀 부족했다. 손가락으로 비닐봉지를 헤집으며 계속 고기 찌꺼기를 찾았다.

"제길, 실컷 다 이용해먹고 끝이야? 이게 다야?"

"고기가 얼마나 많았는지 못 봤어? 이 정도면, 이용해먹은 대가로 충분하지! 다른 데 가서 이 정도 개고기 먹으려면, 망할 놈의 돈을 200위안은 줘야 한다고. 물론 내 개고기는 훨씬 더 많이 줘야지."

싱글벙글 웃으며 욕을 내뱉는 펑반야는 내심 아주 만족스러웠다. 그 낯선 남자에게 안 팔기를 잘 했지. 겨우 50위안? 단평의 가치는 그 이상이야. 100위안을 준대도 안 팔아.

"다음번에 더 좋은 고기 갖다줄게."

단평이 구시렁구시렁 욕을 하며 옷을 입었다.

"도대체 고기에 뭘 넣는 거야? 궁금해 죽겠잖아!"

펑반야가 기운을 차리고 일어나 다시 단평의 몸 위로 기어오르려다 그녀에게 떠밀렸다.

"그만해!"

"내가 개고기에 뭘 넣는지 알고 싶다고 하지 않았어?"

그가 그녀에게 다시 엉기려다 또 떠밀렸다.

"어차피 고기도 없는데 양념만 있으면 무슨 소용이야? 당장 꺼져! 앞으로 우리 집 대문 앞에서 개새끼처럼 어슬렁거리지 마!"

3

펑반야는 어깨를 축 늘어뜨린 채 대문을 나서며 단펑이 시킨 대로 문루에 등롱을 걸었다. 그는 화가 치밀어 등롱에 침을 뱉었다. 가난이 한스러웠다.

'제길, 돈이 있었으면 당당하게 몇 번이고 할 수 있을 텐데, 지금 이런 꼴은 안 당했을 텐데.'

그는 저도 모르게 입을 삐죽였다. 젠장, 하필 배까지 고프다. 그는 집으로 돌아오면서 다시 삶아 먹을 개를 찾아봐야겠다고 생각했다.

한밤에 또 비가 내렸다. 펑반야는 비 때문에 잠이 깼다. 처음에는 별 느낌이 없었는데 떨어지던 소리가 갑자기 들리지 않으니 이상해서 벌떡 일어났다. 빗물이 새는 것이 분명했다. 불을 켜고 한참 살핀 후에야 비가 새는 곳을 찾았다. 얼굴 바로 윗부분이었다. 그는 밀가루 반죽 그릇을 가져와 침대 머리맡에 놓고 베개를 침대 발치에 옮겨 놓고는 거꾸로 누워 잤다. 똑, 똑, 똑, 물소리를 들으니 오히려 금방 잠이 들었다. 다음 날 아침에 일어나니 그릇에 물이 가득 차 넘치기 일보 직전이었다. 그는 때맞춰 일어난 자신이 대견스러웠다. 침대가 물바다로 변하는 것을 막았으니까. 아침은 간단히 찐빵과 물로 때웠다. 이틀 동안 먹다 남은 찐빵이라 푸른곰팡이가 폈지만 물로 깨끗이 씻어내니 멀쩡해 보였다. 한입 씹어보니 맛도 크게 다르지 않았다. 찐빵을 먹다가 갑자기 어젯밤 꿈에 나타난 단평이 생각났다. 그녀는 정말 최고였다. 돈도, 개고기도 받지 않고 부드럽고 따뜻한 요이불처럼 밤새도록 그의 몸을 받쳐줬다.

평반야는 배를 채우자마자 개를 찾으러 나섰다. 화제에는 잡아먹을 만한 개가 사라진 지 이미 오래라 둥다제東大街로 갔다. 그는 둥다제에 들어서자마자 이렇게 외쳤다.

"개 잡으실 분! 평반야가 공짜로 개 잡아줘요!"

꼬마 녀석들이 우르르 몰려와 쫓아다닐 뿐, 개는 보이지 않았다. 그는 포기하지 않고 둥다제를 한 바퀴 더 돌았지만, 그래도 찾지 못했다. 실망이 컸다. 그래서 시다제西大街에 가보려고 하는데 어제 개고기를 사러 왔던 낯선 남자와 마주쳤다.

"개고기 있어요?"

"개가 없는데, 개고기가 어디 있겠소! 귀는 폼으로 달고 다니나?"

"개를 잡으면 꼭 내 몫을 남겨두시오. 꼭 맛보고 싶으니."

남자가 허허 웃으며 대꾸하고 지나갔다.

평반야는 시다제에서도 계속 큰소리로 외치며 돌아다녔다. 목이 다 쉬어갈 때 답하는 사람이 나타났다. 그는 개를 잡고 싶기는 한데 아내와 상의해보고 결정해야 한다고 했다. 평반야는 공짜로 삶아줄 테니, 잡으라고 부추겼다. 남자는 평반야의 솜씨가 좋다는 것은 익히 알지만 아내가 워낙 사나워 어쩔 수 없다고 했다. 평반야는 아내가 동의하면 개를 데리고 오라고 말할 수밖에 없었다. 제기랄, 개새끼가 공룡처럼 멸종했나? 예전에는 대문 밖에만 나오면 졸졸 쫓아다니며 엉덩이를 무는 놈이 한둘이 아니었는데 지금은 사방을 돌아다니며 목이 쉬도록 어미개 소리를 흉내 내도 답하는 놈이 거의 없다. 에잇, 좆같은 세상.

그는 시다제를 크게 돌며 계속 걷다가 부둣가까지 갔다. 부두 앞에 사람들이 모여 운하를 들여다보고 있었다. 일주일 내내 비가 내려 운하의 물이 발효된 밀가루처럼 갑자기 불어났다. 상류 물이 하류를 향해 세차게 흘러내리며 거대한 물거품을 일으켰다. 나뭇가지, 진흙, 죽은 쥐와 고양이 등이 같이 떠내려왔다. 천허가 운하 언덕에서 낚싯대로 나무토막을 건지고 있었다. 천허는 이 짓을 오래전부터 해왔다. 운하에서 건진 물건을 햇볕에 말려 부둣가 상점에 팔았다. 꼬마 녀석들이 죽은 쥐와 고양이를 던지며 놀고 있었다. 펑반야는 슬쩍 가까이 가서 또 뭐가 있나 살펴봤다. 혹시 죽은 개가 떠내려올지 모를 일이다. 죽은 돼지는 있는데 죽은 개는 없었다.

펑반야의 뱃속에서 아우성을 치기 시작했다. 그는 허리띠를 졸라매고 뱃속을 달래러 집으로 향했다. 정오가 지났지만 영원히 맑은 날이 오지 않을 것처럼 하늘에 구름이 잔뜩 끼어 음침했다. 무위네 식당 앞을 지나가다 문득 고개를 들자 누군가 손짓을 하기에 별 생각 없이 가게로 들어갔는데, 그 낯선 남자였다.

"이리 와서 한잔 하세요."

낯선 남자가 점원을 불러 음식 하나를 더 주문했다.

"누구신데 나한테 술을 사겠다는 거요?"

말은 퉁명스럽게 하면서 엉덩이는 이미 의자에 붙였다. 말투로 보아 이 낯선 남자는 최소 200리 이상 떨어진 곳에서 온 것 같았다.

"당신의 개고기를 먹어보고 싶어요."

남자가 미소를 짓자 뺨에 난 수염이 꽃봉오리 터지듯 한 올 한 올 제각각 펼쳐졌다. 펑반야는 술이 두어 잔 들어가자 갑자기 입이 가벼워져 낯선 남자와 주거니 받거니 말이 많아졌다. 점원이 새로 주문한 음식을 가져다주며 낯선 남자에게 말했다.

"평반야가 삶은 개 껍데기는 정말 맛있으니 꼭 먹어보세요."

"물론이죠. 그러잖아도 지금 말하고 있죠."

평반야는 어젯밤 얼굴에 빗방울이 떨어졌을 때처럼 퍼뜩 놀라 입을 다물었다. 다행히 양념 비법 얘기는 나오지 않았다. 이 낯선 남자는 도무지 정체를 알 수 없는 데다 시종일관 자신을 주시하며 개고기 얘기만 하니, 아무래도 이상했다. 왠지 술을 얻어먹은 것이 꺼림칙했다. 평반야의 아버지는 개 껍데기 조리법이 평씨 집안에 대대로 내려오는 비법이라고 했다. 예전부터 많은 사람이 이 비법을 배우려고 치열하게 다투곤 했다. 아버지는 평반야에게 반드시 지켜야 한다고, 조상의 비법을 절대 팔아먹으면 안 된다고 당부했다. 그는 아버지 앞에서 절대 팔아먹지 않겠다고 맹세했다. 이제는 아버지의 당부가 아니라도 절대 팔 수 없다. 지금 그 어느 때보다 이 비법이 중요하기 때문이다. 정신을 차린 평반야는 어느 정도 배가 찼다 싶었다.

"아이고, 뭐가 잘못됐나? 배가 살살 아프네. 뒷간에 가야겠어요."

"술이 아직 남았지 않소?"

평반야는 한 손으로 배를 움켜쥔 채 대꾸했다.

"그럼 마셔야지요. 감사하는 의미로."

그는 연속 네 잔을 털어넣고 입속에 안주를 한 가득 쑤셔넣었다. 입안이 가득 차 말도 제대로 못 하고 웅얼웅얼하며 손을 흔들고 자리를 떠났다.

4

해질녘까지 낮잠을 자다 시끄러운 소리에 깼다. 개 짖는 소리. 평반야는 잠결에 귀를 쫑긋 세웠다. 또 개 짖는 소리. 그는 벌떡 일어나 침대에서 뛰어내려 바지를 입고 밖으로 뛰어나갔다. 역시 개가 맞다. 시다제에서 만난 사람이 결국 아내를 설득해 개를 데리고 온 것이다.

"이런, 솥을 올려야겠군!"

평반야는 허리를 굽혀 개 등을 쓰다듬었다. 온몸이 윤기 나는 검은 털로 뒤덮인 크고 검은 개는 평반야의 손길이 다가오자 본능적으로 물러섰다.

"이놈아, 잡아먹을까봐 겁나냐?"

서둘러 일을 마치고 나니 밤 10시가 넘었다. 평반야가 한 덩어리만 갖고 나머지는 개 주인이 가져갔다. 그는 허기진 배를 조금만 채운 후 개고기와 양념을 가지고 단평을 찾아갔다. 너무 늦어서 문을 잠갔으면 어쩌나 걱정스러웠다. 막 대문을 나섰는데 그 낯선 남자와 또 마주쳤다.

"평반야?"

"맞소."

"개고기 냄새가 나는구려. 또 한 마리 잡은 거요?"

"그게 아니라, 다른 사람 거 대신 잡아준 거라 다 가져갔소."

"아직 개고기 냄새가 나는데?"

낯선 남자가 코를 벌름거리며 가까이 다가섰다.

"없다면 없는 줄 아쇼!"

평반야가 획 몸을 돌려 낯선 남자를 지나친 후 뒤도 돌아보지 않고 빠르게 걸었다.

"거참."

낯선 남자가 어이없다는 듯 한마디 내뱉고 돌아갔다.

'제길, 네놈이 먹어버리면 난 어쩌라고?'

화제 거리에서 고개를 푹 숙이고 지나가는 남자들과 마주쳤다. 여자를 찾아 온 것이 분명했다. 화제 거리에 등롱을 걸고 장사하는 여자가 많다는 것은 모두가 아는 사실이니까. 평반야는 너무 설레어서 절로 발걸음이 빨라졌다. 그는 단숨에 단평의 침대까지 날아가고 싶었다. 도착하니 마침 단평이 문을 닫아걸고 있었다.

"벌써 자려고?"

"장사도 안 되는데 안 자고 뭐 하게?"

나른한 목소리로 대꾸하던 단평은 코가 벌름거리는 순간 정신이 번쩍 들었다.

"개고기!"

평반야가 히죽거렸다.

"들어가지. 침대에 앉아 먹자고."

이번 고깃덩어리는 정말 컸다. 단평은 너무 좋아 입을 다물지 못했다. 평반야가 일을 끝낸 후에도 계속 먹었다. 꺽꺽 트림을 하면서 계속 먹는 것을 보니 아직 평반야를 쫓아낼 것 같지 않았다. 그는 조심스럽게 침대를 내려와 부처상 앞에 향 세 개를 피웠다.

"자, 내가 당신 대신 부처님한테 향을 올렸으니 돈을 많이 벌면 나한테 좀 나눠줘야 해."

"벌긴 개뿔! 다들 어떤 헤픈 년한테 갔는지 장사도 안 되는구먼!"

단평이 트림을 하며 일어나 앉았다.

"돈을 버는 건, 이렇게 실컷 개고기를 먹는 것처럼 통쾌한 일이지."

"어떻든 나보다 낫지 뭘 그래? 난 아직 저녁도 제대로 못 먹었어. 젠장, 개새끼는 다 어디로 가버렸는지 하나도 안 보이고, 내 밥그릇 노리는 놈까지 있으니!"

"개 잡는 걸 배운다고? 안 되지. 남들이 할 줄 알면 당신은 딱 굶어 죽을 텐데."

평반야가 히죽 웃으며 가까이 다가가 그녀의 허벅지를 쓰다듬었다.

"아무한테도 가르쳐줄 수 없지. 그거 알아? 난 온종일 딱 두 가지 일만 생각해. 당신, 그리고 돈 벌 생각. 이 재주가 없어지면, 아무것도 생각할 수 없지."

"내가 그렇게 정이 없었나?"

"아니."

평반야가 단평에게 좀더 다가갔다. 잠시 후 단평이 차분한 말투로 물었다.

"정말 돈 벌고 싶어?"

"정말 소원이지."

"담이 큰가?"

"제기랄, 내가 담이 작아 보여? 내가 죽인 개새끼가 저 화궈산花果山만큼이야. 원숭이 수만 마리도 문제없어."

단평이 잠시 말을 끊고 침대를 내려가 화장실에 갔다. 그리고 방에 돌아온 후에도 한동안 말이 없었다. 평반야는 왠지 불안하고 초조했다.

"왜 그래? 용기 있다니까! 칼 두 번이면 사람도 죽이지!"

"그거야. 사람 죽이는 일."

평반야는 순간 등골이 서늘해졌다. 너무 놀라 입을 다물지 못했다.

"이것 봐. 이런 사람이 무슨 사람을 죽여? 당신은 그냥 개나 잡을 운명이야. 젠장, 꺼져!"

당황한 평반야가 한참 만에 입을 열었다.

"그럼, 여기서 하룻밤 있게 해줘. 큰돈을 벌면, 매일 여기서 살 거야."

"됐어. 집에 가서 편히 주무셔."

5

결국 평반야는 단평의 방에서 하룻밤을 보냈다. 이튿날 아침 일찍 집으로 돌아가는데 다리가 바람 든 무처럼 힘없이 후들거려 휘청거리며 걸었다. 이번에는 정말 원 없이 실컷 했다. 배가 터질 정도로 포식한 기분이었다. 젠장, 너무 좋아. 그는 단평이란 여자가 정말 좋았다. 아내로 만들 수 있으면 얼마나 좋을까. 그녀는 자신을 흐물흐물 솜뭉치로, 졸졸 흐르는 물줄기처럼 만들 수 있는 여자다. 제길, 그 좆같은 돈! 그녀는 돈만 있으면 어떤 삶이든 살 수 있다고 말했다. 다시 말해, 평반야와 함께 살 수도 있다는 뜻이다. 얼마나 좋을까!

단평에게 걸린 얼간이 호구는 돈을 벌기 위해서라면 어떤 힘든 일도 마다하지 않는 나이든 뱃사람이다. 그는 일 년 내내 운하를 오가면서 이곳에 들렀고 화제에 등롱이 내걸린 집은 거의 다 가봤다고 했다. 그중 단평이 가장 마음에 들어 단골이 됐다. 이곳 부둣가를 지날 때마다 꼭 단평을 찾아왔다. 이자는 늘 주머니가 불룩할 만큼 돈이 많았다. 그는 이 돈주머니를 옷에 꿰매 붙여 항상 휴대하는데 여자 몸에 올라갈 때도 벗지 않았다. 단평 말로는 옷에 붙은 무거운 돈주머니가 그녀 가슴에 계속 부딪혀 아프기도 하고 정말 이상한 기분이라고 했다. 평반야는 문득 궁금했다.

"돈이 얼마나 많은데?"

"당신을 팔아도 그만큼 안 될걸?"

제길, 정말 많군. 그는 아버지가 집안 대대로 내려오는 비법이 한두 푼에 사고팔 수 있는 것이 아니라고 한 말이 떠올랐다. 그 순간 또 한 가지 궁금증이 생겼다.

"혹시, 빰까지 수염이 덥수룩한 털보 아니야?"

"뱃사람 중에 털보 아닌 사람 있어? 무슨 호구 조사해? 자세히 다 알면 죽일 수 있겠어?"

평반야는 입을 다물고 수염 덥수룩한 털보를 애써 머릿속에서 지웠다. 이번에는 개고기 발골 칼이 떠올라 간담이 서늘했다.

그날 평반야는 하루 종일 잠을 청하며 힘을 비축했다. 단평은 살인이 가축 도살과 달리 큰 힘을 필요로 하는 일이라고 했다. 그는 대수롭지 않게 생각했다. 그래봤자 두어 번 칼로 찌르는 거잖아. 그가 잠을 청해 힘을 비축하는 이유는 다시 분발해 단평의 침대에 올라가기 위해서였다. 온 침대에 돈을 깔고 누우리라. 저녁을 먹고 나니 날이 금방 어두워지고 비가 내리기 시작했다. 그는 비를 맞으며 칼을 갈았다. 칼갈이가 끝나자마자 단평이 왔다.

"내 방에 준비 다 됐어. 바로 오면 돼."

그리고 그녀는 바로 사라졌다. 평반야는 담배 한 대를 피우고 칼을 허리춤에 감춘 채 문을 나섰다. 발걸음을 옮기는 내내 낯선 남자가 술을 사던 때가 생각났다. 지난 반년 동안 그렇게 잘 먹은 적이 없었다. 그는 낯선 남자가 도대체 무슨 생각인지 알 수가 없었다. 낯선 남자가 돈주머니 붙은 웃옷만 걸친 모습은 상상이 안 됐다. 곧 단평의 집 앞에 도착했다. 갑자기 담배 생각이 나 불을 붙였다. 두 모금 빨아들이니 가슴이 뚫리는 기분이었다. 다시 급하게 몇 모금 빨고 반도 더 남은 꽁초를 빗물에 던져버렸다. 앞으로 꽁초는 필요 없을 테니.

잠기지 않은 대문을 밀자 끼이익 작은 소리가 났다. 평반야는 신발을 벗고 맨발로 단평의 방으로 향하며 허리춤에서 칼을 뽑았다. 방문이 살짝 열려 있어 두 사람의 숨소리가 밖에까지 들렸다. 단평의 목소리는 들쭉날쭉해서 단박에 거짓임을 알 수 있었다. 평반야는 까치발을 들고 방으로 들어갔다. 단평이 한쪽으로 고개를 돌리다가 그를 발견했다. 그는 부처상 앞에 피워놓은 향냄새를 맡자마자 재채기가 나오려 했지만, 단평과 눈이 마주치자 죽을힘을 다해 참았다. 뱃사람 등은 아주 넓었고 확실히 웃옷을 입고 있었다. 불뚝불뚝 솟은 엉덩이와 허벅지 근육이 땀에 젖어 은은하게 빛났다.

단평이 갑자기 뱃사람을 위로 확 밀어냈고 평반야가 그의 등에 칼을 꽂았다. 뱃사람이 비명을 지르며 고개를 돌렸다. 평반야가 칼을 뽑아내자 피가 분수처럼 솟구쳐 그의 온몸을 적셨다. 그는 두 번째 칼을 꽂았다. 세 번, 네 번, 다섯 번, 여섯 번. 남자는 더 이상 소리를 지르지 못했고 등판에 난 상처에서 분수처럼 끊임없이 피가 솟구쳤다. 단평이 작게 비명을 질렀다. 그녀도 진짜 피를 보고 크게 놀라 부들부들 떨었다. 그러나 곧 정신을 차리고 서둘러 돈주머니를 찾았다. 종이돈이 피에 물들기 전에 찾아야 했다. 그녀는 서둘러 돈 뭉치를 구해내고 벌거벗은 채 달려가 문을 잠갔다.

평반야가 얼굴에 묻은 피를 닦으며 돌아보니 방안이 온통 시뻘겋게 물들었다. 그는 뱃사람 얼굴을 돌아봤다. 덥수룩한 털을 보는 순간 저도 모르게 힘이 빠져 칼을 떨어뜨리고 바닥에 주저앉았다. 그에게 개고기를 팔라던 낯선 남자가 아니었다. 평반야는 갑자기 재채기를 시작했다. 재채기가 끝도 없이 나왔다. 단평이 돈을 세 번이나 셀 동안 재채기가 멈추지 않았다.

"아직도 해?"

단평이 그의 뺨을 때리고 그의 눈앞에서 돈다발을 흔들었다.

"우린 이제 부자야. 재채기나 할 때가 아니야."

평반야는 헤헤 웃으며 힘없이 중얼거렸다.

"우린 이제 부자야. 그런데 난 재채기를 해."

이 순간 재채기가 멈췄다.

6

빗줄기가 점점 거세졌다. 화제 전체가 요란한 빗소리에 갇힌 것 같았다.

"아주 좋아. 온 세상 사람이 사라진 것 같으니, 아무도 모르게 할 수 있어."

두 사람은 뱃사람을 큰 천으로 둘둘 말아놓고 평반야의 몸과 방안에 튄 핏자국을 깨끗이 닦아냈다. 이미 한밤중이었다. 큰비가 내려 화제 전체가 쥐죽은 듯 고요했다. 단평이 평반야에게 큰 우비를 입히고 뱃사람의 시체를 짊어지게 했다. 그녀도 우비를 입고 함께 어둠을 헤치고 운하 쪽으로 걸어갔다.

한밤의 운하는 새까맸다. 어렴풋이 일렁이는 큰 물결이 보였다. 큰 바람이 끝없이 넓은 보리밭을 훑고 지나가는 것 같은 소리가 났다. 사람도 없고, 불빛도 없었다. 동북, 서북 방향에서 번갈아가며 번개가 번쩍거렸다. 밤하늘이 흰색, 은색, 파란색, 붉은색, 노란색, 초록색 등 온갖 색을 뿜어내며 쫙쫙 갈라졌다. 초록색 번개는 펑반야 인생에 처음이었다. 번개불이 번쩍일 때마다 거대한 빗자루 같은 세찬 빗줄기가 보였다. 바람이 불자 거대한 빗자루가 저절로 움직였다. 번개가 번쩍인 후에는 천둥이 쳤다. 먼 곳이든 가까운 곳이든, 모두 바로 머리 위에서 떨어지는 것 같았다.

두 사람은 운하를 따라 하류로 내려갔다. 비틀비틀 걷던 펑반야는 이 정도면 대략 허딩일 거라고 생각했다. 단펑도 이제 여기서 던져 버리자고 했다. 뱃사람은 거센 물살을 따라 우리가 생각한 것보다 훨씬 멀리 떠내려갈 것이다. 펑반야가 시체를 던지려는데 시체 손이 그의 어깨에 딱 달라붙어 아무리 흔들어도 떨어지지 않았다. 그는 시체와 함께 진흙탕에 뒹굴었다. 결국 그는 시체 손을 잘라내고 웃옷 어깨 부분을 찢어버렸다. 그는 씩씩거리며 잘린 시체 손을 걷어차 운하에 빠뜨렸다.

돌아오는 길에 펑반야는 갑자기 열이 올랐다. 너무 더워 견딜 수가 없었다. 옷에 튄 끈적한 피가 그의 살갗에 달라붙는 것 같았다. 시체 손이 달라붙었던 양쪽 어깨도 불에 덴 것처럼 화끈거려 고통스러웠다. 단펑이 방금 전 그의 옷을 빨아놓지 않은 것이 생각났다. 그는 우비를 벗고 빗물에 몸을 씻어냈다. 단펑의 집에 도착했는데 집 전체가 꽁꽁 얼어붙어 입술까지 파르르 떨렸다.

"많이 추워? 어서 침대에 올라가."

단평이 이불을 펼치며 그에게 들어가라고 했다.

"추운 게 아니라, 온몸이 가려워. 좀 긁어줘."

단평이 여기저기 긁어줬는데, 그는 계속 가렵다고 했다. 긁고, 또 긁고, 더 세게 긁었다. 가슴과 등판에 손톱자국이 가득하고 피도 났다.

"아직도 가려워?"

"아니, 안 가려워."

사실 아직도 가려웠다. 다만 어디가 가려운지 자신조차 알 수 없었다. 평반야는 이불 속에서 단평을 안았다.

"반야, 이제 우리는 부자야."

"응."

그는 한쪽 팔을 뻗치고 몸을 돌려 그녀 몸 위로 올라갔다. 더 이상 참을 수 없었다. 단평이 그의 몸에 찰싹 달라붙으며 계속 '이제 우리 부자야'라고 중얼거렸다.

"반야, 이제 당신도 부자야. 앞으로 개는 잡고 싶을 때만 잡아. 잡기 싫으면 안 잡으면 그만이고."

"그래."

"반야, 당신 돈 지금 가져갈 거야?"

"그래, 그래."

"반야, 그냥 내 방에 둬."

"그래, 그래, 그래."

결국 하지 못했다. 평반야는 자신이 누군지 잊은 사람처럼 갑자기 온몸이 굳었다. 그는 한참 방안을 둘러보다가 침대에서 내려가 젖은 옷을 주워 입었다. 옷을 입고 자기 몫의 돈 절반을 챙겨들고 단평 앞으로 걸어갔다.

"이 돈, 내 옷에 꿰매줘. 지금 당장."

"쪼잔한 놈!"

단평이 욕을 하면서 바늘을 찾아 주머니를 꿰맸다.

"이거 꿰매고 나면 다시는 찾아오지 마!"

"알았어. 꺼질게."

주머니를 꿰맨 후 평반야가 나가려는데 단평이 그를 붙잡았다.

"반야, 비가 너무 많이 오는데, 지금 가지 마."

평반야가 계속 가겠다고 고집을 피우자 단평이 불쌍한 목소리로 애원했다.

"반야, 제발 부탁이야. 안 가면 안 돼? 오늘 밤 나랑 같이 있으면 안 될까?"

그는 고개를 흔들었다.

"돌아가야 해. 집에 비가 새거든."

그는 단평이 입었던 우비를 입고 문을 나섰다. 단평이 대문 앞까지 쫓아 나왔지만 결국 돌아갔다.

7

침대가 이미 흠뻑 젖어 있었다. 평반야는 반죽 그릇을 침대에 올려놓고 옷을 입은 채 잠들었다. 돈이 젖지 않도록 똑바로 누웠다. 하지만 잠이 오지 않아 일어나 불을 켰다. 그는 비가 새는 천정을 뚫어져라 쳐다봤다. 그는 시력이 아주 좋았다. 물방울이 천정에 스며들어 한 곳에 모이고 물방울이 커져 아래로 떨어지고, 마지막에 퐁 하고 그릇에 떨어지는 과정을 지켜봤다. 그릇이 깊어 물방울이 떨어지는 그 순간은 볼 수 없었지만 그보다 작은 물방울이 튀어오르는 것은 보였다. 이 모든 과정이 휘황찬란하게 빛나기 시작했다. 물방울이 마치 칼날처럼 날카롭게 그릇에 꽂히는 것 같았다. 개 껍데기 삶는 비법을 배우기 전까지만 해도 그는 개를 죽일 때 칼을 썼다. 칼로 푹 찌르는 느낌, 바로 그랬다. 그는 가슴팍 돈주머니를 손으로 가리고 물방울이 떨어지는 것을 지켜보다 스르르 잠들었다.

얼마나 잤을까? 천둥소리에 놀라 잠이 깼다. 바로 옆에서 대포를 쏘는 것 같았다. 그가 눈을 뜨는 바로 그 순간 등불이 꺼졌다. 그는 벌떡 일어났다. 강력한 천둥이 집의 지붕을 때린 것 같았다. 밖은 암흑 상태고 여전히 비가 내렸다. 번개가 칠 때마다 온 세상이 잠깐 밝아졌다. 어디서인가 희미하게 삐거덕 소리가 들렸다. 귀를 쫑긋 세우고 주변을 둘러보는데 벽이 움직이고 집이 서서히 한쪽으로 기울었다. 곧 무너질 것 같았다. 그는 재빨리 침대에서 내려와 맨발로 뛰어나갔다. 비를 피할 곳을 찾지 못해 한참 헤매는데 번쩍 번개가 치면서 세상이 밝아졌다. 그 순간 개고기 삶는 솥단지가 보이자 얼른 뚜껑을 열고 들어갔다. 머리 위에 빗방울 떨어지는 소리를 들으면서 다시 잠이 들었다.

꿈에서 집이 무너졌다. 그리고 단평이 보였다. 그녀가 돈 뭉치를 몽땅 가져다 향처럼 돌돌 말아 부처상 앞에 놓인 작은 화로에 꽂고 불을 붙였다. 연기도 향도 아주 특이했다. 그다음에는 누군가 그의 등에 엎여 '반야, 당신이 삶은 개고기를 먹고 싶어'라고 중얼거렸다. 마지막에는 그에게 개 잡는 법을 배우라고 다그치는 아버지가 나타났다. 그는 배우기 싫어 솥단지에 숨어 있었는데 결국 아버지에게 들켰다. 아버지가 솥뚜껑을 여는 순간 눈부신 빛이 쏟아져 눈을 뜰 수 없었다. 비몽사몽간에 아버지 말소리가 들렸다.

"왜 여기 있는 거요?"

펑반야가 억지로 눈을 떴지만 눈앞이 흐릿해 잘 보이지 않았다.

"왜 여기 있어요?"

펑반야 머리 위에 불쑥 들어온 얼굴이 점점 또렷해졌다. 그에게 개고기를 팔라던 낯선 남자였다. 펑반야는 힘겹게 몸을 일으켜 솥단지 밖으로 나왔다. 눈부신 태양 아래 그의 집이 멀쩡히 서 있었다. 빗물이 거의 말라 비가 언제 왔나 싶었다.

"도대체 어디 갔었어요? 한참 찾았는데."

이때 개 짖는 소리가 들렸다. 낯선 남자가 펑반야에게 밧줄을 내밀었다. 그 밧줄 반대편 끝에 황금색 큰 개가 묶여 있었다.

"매일 날 쫓아다는 거야? 당신, 도대체 누구야?"

– 2005년 6월 27일, 베이징 대학 완류萬柳

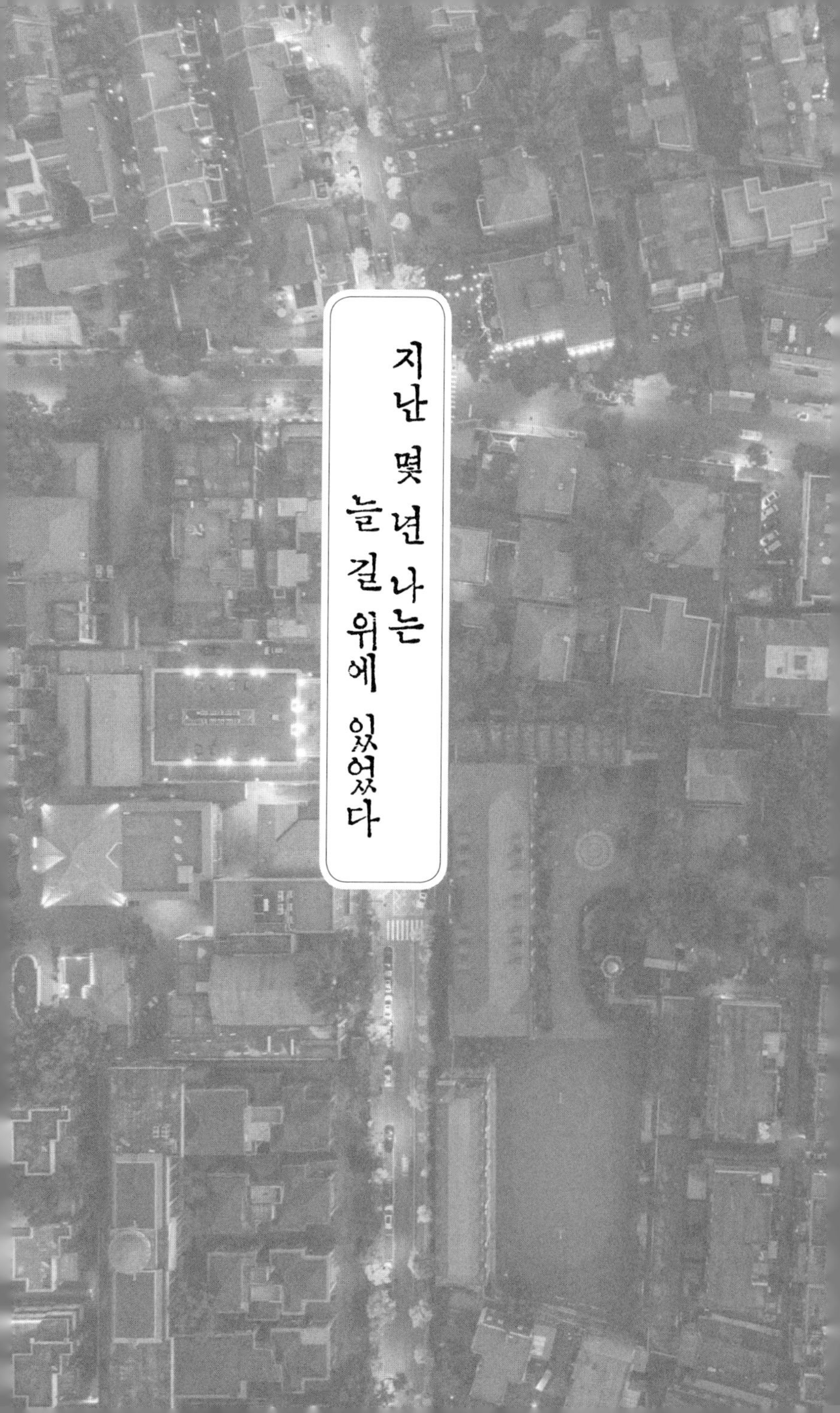
지난 몇 년 나는
늘 길 위에 있었다

1

기차가 난징에 도착할 무렵, 결국 격렬한 기침 발작이 시작됐다. 목구멍에 닭털 두어 개가 걸린 것 같아 도저히 참을 수가 없었다. 그는 이삼 분 간격으로 침대칸의 이불 속에 기어들어가 닭털을 뱉어내려 온 힘을 다해 기침을 해댔다. 하지만 개운함은 오래가지 못했다. 몇 초 지나지 않아 닭털이 또 생겨 다시 이불을 뒤집어써야 했다.

이때 시간은 12시 10분쯤, 기차가 느려지면서 객차에 쏟아져 들어오는 난징역 조명 불빛이 점점 밝아졌다. 나머지 침대칸 승객 다섯 명은 모두 잠들어 있다. 좌측 중포•에 누워 있던 그는 조용히 일어나 앉아 조심스럽게 팔을 뻗어 보온 컵을 잡았다. 따뜻한 물로 목을 축이니 좀 낫다. 만성기관지염 환자들이 일상적으로 사용하는 방법이다. 중포 공간이 워낙 낮고 비좁아 상체를 한껏 구부리느라 목구

• 중국 침대 열차 객실은 좌우 상포, 중포, 하포, 총 6개의 침대로 구성돼 있다.

멍 속 닭털이 꺾이고 꺾여 세 개, 네 개로 늘어났다. 그는 목구멍의 간지러움을 도저히 참을 수 없어 강한 기침과 함께 침대보를 향해 물을 뿜었다. 좌측 하포와 우측 상포 승객이 동시에 몸을 뒤척이며 각기 다른 사투리로 짧게 투덜거렸다. 제대로 알아듣지 못했지만 두 사람이 한 말은 같은 의미이리라. 그는 너무 부끄러웠다. 아마도 지금은 잠든 사람이 아무도 없을 것이다. 그는 쉬지 않고 기침을 하며 목을 풀고 콧물도 닦았다. 젠장할 놈의 감기! 그는 목을 움켜쥐고 천천히 이불 속으로 기어들어가며 마음속으로 이렇게 외쳤다.

'참아! 빌어먹을! 참아야 해!'

몸을 곧게 펴고 누우니 신기하게 기침이 잦아들었다. 이를 악물고 참느라 온몸이 땀범벅이었다. 그러나 잠시 후 그는 다시 자라나는 닭털의 존재를 느끼며 절망했다. 민들레 홀씨가 퍼져나가듯, 열대우림 반얀트리가 틈만 있으면 파고들어 뿌리를 내리듯, 망할 놈의 닭털이 기관지에서 폐까지 마구 뻗어나가 사정없이 간질였다. 할 수만 있다면 가슴 한가운데 문을 활짝 열어젖혀 맑은 공기를 마음껏 들이마시고 싶었다. 상반신 전체가 용광로에서 불타는 시뻘건 쇳덩이처럼 화끈거리고 무거웠다. 그는 집을 나설 때 상비약을 챙기지 않은 것을, 어젯밤 온도가 요동치는 물로 샤워한 일을 후회했다. 왜 싸구려 여관 온수기는 다 그렇게 개떡 같은 거지? 그는 정말 울고 싶었다.

기차가 한 번 꿈틀하더니 천천히 움직이기 시작했다. 창밖의 난징역에 한밤의 소란이 가라앉고 있었다. 이때 참고 또 참아도 새어나오던 기침이 대폭발을 일으켰다. 그 충격으로 머리와 발이 동시에 위로 튀어 오르고 온몸이 침대 위에서 들썩였다. 이번 기침은 목구멍이 찢어질 것처럼 강력했다. 대각선 하포의 남자 승객이 정확한 표준어로 욕을 내뱉었다. 그는 걸걸한 목소리로 미안하다고 말했다. 그사이에도 연달아 두 번 콜록거렸다. 갑자기 상포 승객이 발뒤꿈치로 침대 바닥을 쾅 내리쳤다. 교양 있는 50대 여교사로 보이는 이 승객은 짜증을 표현하는 방법도 남달랐다.

그는 가슴을 움켜쥐고 옆으로 누워 창밖을 바라봤다. 난징역 조명 불빛이 점점 흐릿해졌다. 그는 맞은편 중포에서 검은 점 두 개가 반짝이는 것을 발견했다. 맞은편 중포 승객의 눈빛이다. 하루 종일 한마디도 하지 않던 그녀가 오른 팔꿈치로 바닥을 짚으며 상체를 일으켰다. 휴대전화 불빛을 비추며 머리맡에 놓인 가방을 뒤적여 작은 약병을 꺼내 살짝 흔들었다. 짤랑짤랑 소리와 함께 들린 그녀의 한마디.

"약이요."

기침감기 약이다. 오랫동안 말을 안 한 탓인지 그녀의 목소리는 한숨처럼 붕 떴다. 그가 알약 세 알을 삼키고 약병을 돌려주며 겸연쩍게 한마디 했다.

"길이 머네요."

길이 멀든 가깝든 무슨 상관이랴. 더 먼 길이라도 갈 텐데. 누워서 시커먼 상포 침대 바닥을 보고 있자니 괜히 멋쩍은 웃음이 났다. 그는 이런 상황에서 고맙다는 말 외에 낯선 젊은 여자와 어떻게 말을 섞어야 하는지, 어디에서도 배우지 못했다. 서른쯤 돼 보이는 그녀는 눈매가 예쁘고 옅은 갈색 파마머리가 어깨에 찰랑거렸다. 낮에는 창가에 앉아 턱을 괴고 하염없이 창밖만 바라봤는데 그 옆모습이 이름 모를 영화배우를 닮았다. 그녀는 창가에 앉아 있는 동안 줄곧 오른다리를 위로 올려 다리를 꼬고 있었다. 그냥 멍하니 시간을 보내는 것이리라. 그녀에 대한 인상은 이것이 전부였다. 그녀도, 그도 말이 없는 사람이라, 혼잡하고 시끄러운 기차에서 있는지 없는지 모를 만큼 존재감이 없었다.

10분 후, 약효가 나타나기 시작했다. 온몸을 가득 채웠던 짙은 연기가 흩어지듯 목구멍부터 가슴까지 조금씩 가벼워졌다. 여기에 기차 흔들림이 더해져 마치 물 위에 둥실 떠 있는 느낌이었다. 눈을 감으니 끝없는 어둠 속을 달리는 기차가 보였다. 이 어둠은 물이 아니다. 만약 침대의 존재만 지울 수 있다면 공중부양에 더 가까운 느낌이다. 공중에 떠올라 어둠을 질주하는 기분, 정말 최고다. 그는 객차 사이 벽 쪽으로 고개를 돌려 누웠다. 잠들기 직전 문득 떠오른 생각.

지난 몇 년 나는 늘 길 위에 있었다.

2

지난 몇 년 늘 길 위에 있었지만, 그 전 몇 년은 거의 정지 상태였다. 정지는 좋은 습관이 아니며 주변인의 화를 유발한다. 정지한 삶이 무슨 재미가 있을까? 전처는 포스트모더니즘 시대의 대도시에서 움직이지 않는 것은 죄악이라고 말했다. 그는 늘 전처의 논리를 이해하기 힘들었다. 그럼, 베이징이나 상하이에 사는 사람은 허구한 날 정신없이 뛰어다녀야 한단 말이야?

그는 매일 침대를 내려올 때 빠르게 두 발을 모아 뛰어내렸다. 후다닥 아침밥을 먹고 지하철 10호선을 타고 출근했다. 열네 정거장 가서 내리면 지하철 입구 바로 옆이 직장 건물이다. 그래서 그는 많은 사람에게 감사한다. 지하철을 설계한 사람, 지하철을 만든 사람, 사무실을 이곳으로 정한 전임 간부들, 사무실 건물을 설계하고 시공한 수많은 사람에게 감사했다. 덕분에 그는 길 한 번 건널 필요가 없었다. 길 건너기가 얼마나 번거로운 일인지 모두 잘 알겠지. 모른다고? 수많은 인파와 차량 행렬이 빨간불에 멈추고 초록불에 움직이기를 무한 반복하는데, 세상에는 늘 초록불보다 빨간불이 많다.

점심 식사를 해결하는 구내식당은 아래층으로 내려가 50미터만 걸어가면 된다. 배식원이 알아서 쟁반에 담아준 음식을 먹은 후 다시 일을 시작한다. 두 발은 온종일 책상 아래 내려놓는다. 가끔 좀더 편한 것 같아 한쪽 다리를 올려 다리를 꼬기도 한다. 하지만 다리를 꼬는 자세가 몸에 안 좋다는 사실이 의학적으로 명확히 증명됐음을 떠올리며 다시 다리를 내려놓는다. 화장실이나 회의실에 가거나 다른 부서에 볼 일이 있을 때가 아니면 직장 안에서 걸을 일은 거의 없다. 퇴근 후 다시 10호선을 타고 집으로 돌아가는 길에 신문이나 잡지 혹은 서첩書帖을 본다. 그의 취미는 서예다. 어렸을 때부터 사숙私塾• 출신인 할아버지에게 붓글씨를 배웠고, 어른이 된 후에도 붓을 놓지 않았다. 그는 붓을 잡는 순간 마음이 편안하고 풍요로워지면서 삶의 모든 것에 감사함을 느꼈다. 하지만 아내는 달랐다.

"사는 게 너무 지루하잖아. 당신, 좀 움직일 수 없겠어?"

이때는 아직 전처가 아니었다. 그러나 민정국民政局 문을 나서며 '전처'가 되는 순간 이렇게 말했다.

"움직이든 말든 맘대로 해."

활동적인 전처는 시간이 나면 쇼핑을 갈지, 맛집에 갈지, 미용실에

• 청나라 말기까지 성행했던 교육 기관. 우리나라의 서당과 비슷하나 규모가 훨씬 크고 기숙사 형태가 많으며 대체로 서당보다 교육 수준이 높았다.

갈지, 공연을 보러 갈지 고민에 빠진다. 어떤 것이든 집에 있는 것만 아니면 다 좋았다. 처음에 그녀는 그와 함께 나가려 했고 그도 순순히 따라나섰다. 하지만 그가 점점 억지로 끌려나온 티를 명확히 드러내자 그녀도 함께 외출할 마음이 사라졌다.

"당신은 그냥 집에서 쉬셔."

그녀는 그렇게 혼자 외출했다. 여기저기 정신없이 돌아다니느라 아주 바빴다. 인터넷에서 수집한 정보가 있으면 꼭 직접 가봐야 했다. 조금 더 발전해 여행 전문가 친구와 배낭에 등산화, 등산 스틱, 텐트까지 짊어지고 온 세상을 다 돌아다녔다. 그는 아내가 미친 듯이 밖으로 나도는 것에 반대하지 않았다. 그녀가 즐겁다면야, 과잉행동장애에 버금가는 그녀의 자유를 기꺼이 존중할 수 있다. 그녀가 달에 가고 싶다고 해도 그는 진심으로 지지할 것이다. 그러나 그녀는 그가 집 밖에 나가기 싫어하는 것을 도무지 이해하지 못하고 이런 말들을 쏟아냈다.

"당신, 그거 병이야. 내일 나랑 병원에 가보는 게 어때?"

"집에 들어오면 왜 아빠가 기다리고 있는 거 같을까? 아니지, 우리 아빠가 당신보다 훨씬 활기차고 젊어 보여. 할아버지, 그래 우리 할아버지 같아!"

같이 나가느냐, 집에 있느냐. 두 사람은 이 문제로 수없이 싸웠고 이혼 직전 어느 여름날 밤, 가장 격렬한 전쟁을 치렀다. 텔레비전을 켜놓고 저녁을 먹는데, 난잡하고 유치한 드라마에서 젊은 부부가 캠핑 도구를 챙겨 티베트로 여행을 떠나는 장면이 나왔다. 부부는 아주 즐거워 보였고 세 살쯤 된 아들이 카메라를 향해 힘차게 달려나오며 앙증맞게 외쳤다.

"야크다, 야!"

아내가 입을 삐쭉이며 텔레비전을 향해 턱짓을 했다.

"저것 좀 봐. 애들은 저렇게 크는 거야."

아내의 말은 '세 살짜리 아이도 저 먼 티베트까지 가는데'라는 뜻이다. 물론 이게 전부가 아니다. 최고의 모범 사례는 팔순이 넘은 노부부가 세계여행을 가기로 약속했다는 이야기인데, 두 사람은 이제 결혼 3년차였다.

그가 사는 집은 대로변이라 24시간 내내 시끌벅적했다. 그래서 소음 방지를 위해 베란다에 이중유리창을 설치했다. 그는 밖에 나가기를 싫어했다. 북적이는 인파를 보기만 해도 짜증이 났고 고생스럽게 먼 길을 오가는 것은 더더욱 싫었다. 하지만 아내와 싸우고 싶지 않아 그냥 쓴웃음을 지으며 밥그릇을 밀어놓고 글씨를 쓰러 서재로 들어갔다. 아내는 식사 후 30분 동안 앉으면 안 된다는 규칙을 정해놓았다. 소화와 다이어트에 도움이 되기 때문이란다. 그래서 이 시간에는 서서 글씨 연습을 하기 딱 좋았다. 막 종이를 펼쳤는데 아내가 뒤따라 들어왔다.

"깜빡 잊고 말 안 했네. 두 사람 간다고 신청했어."

"난 안 가기로 하지 않았어? 휴가 내기도 힘들어."

아내 회사에서 하이라얼海拉爾•로 단체 여행을 가는데, 가족 동반이었다. 동료들이 '어차피 네 남편은 안 갈 거잖아? 그럼 그 자리 나한테 좀 넘겨'라고 졸라대는 통에 아내는 무척 화가 났다.

"휴가 냈어. 당신 회사 부사장이 괜찮댔어."

• 중국 북부 내륙 네이멍구자치구의 도시.

그가 고개를 홱 돌렸다. 정말 대단하군. 내 직장 상사까지 제멋대로 조종하다니.

"그래도 난 가고 싶지 않아."

"이번만큼은 당신 시체라도 꼭 끌고 가야겠어."

그는 의자에 털썩 주저앉았다.

"일어나! 식후 30분 동안은 앉지 말라고!"

"제발, 날 꼭 당신 계획대로 조종해야겠어?"

"한 번도 안 돼?"

"정말 가고 싶지 않아. 밖에 나갈 생각만 해도 머리가 어지럽고 토할 것 같아."

아내는 울컥 화가 치밀어 서예 깔판을 확 잡아당겼다. 깔판 위에 놓인 벼루가 들썩이면서 그의 얼굴과 흰색 라운드 티셔츠에 먹물이 잔뜩 튀었다. 이 티셔츠는 아내가 작년 싼야三亚• 여행 기념으로 사온 것인데, 등판에 파란색 손글씨가 프린트돼 있었다.

'아무래 생각해봐도 내년 여름에도 역시 싼야에 가야겠네.'

그는 먹물이 뚝뚝 떨어지는 티셔츠를 털다가 갑자기 피가 거꾸로 솟았다.

"왜 내 말을 못 알아들어? 난 나가는 게 괴롭다고!"

"그러니까, 그게 병이라고! 집 밖에 나가면 귀신이 잡아가기라도 할까봐 무서워?"

"무슨 헛소리야? 당신이야말로 병이야! 잠자고 밥 먹을 때 빼고 당신이 집에 있는 시간이 몇 분이나 돼? 주말 이틀 집에서 편히 쉬면 죽

• 중국 남부 하이난다오海南島의 관광 도시.

기라도 한대?"

"편히 쉬어? 웃기고 있네! 허구한 날 겁쟁이마냥 집안에 웅크리고 앉아 삼류 작가 코스프레나 하면서!"

두 사람은 아무리 얘기해도 서로를 이해하지 못했다. 그는 집에서 조용히 쉬는 것이 뭐가 문제인지 도저히 이해할 수 없었다. 제대로 따져보고 싶었지만, 결혼 이후 366번 따졌는데도 결국 367번째 싸움이 벌어졌다. 더 이상 할 말이 없어 휙 돌아선 그는 화장실에서 세수를 하고 물을 뚝뚝 떨어뜨리며 밖으로 나갔다. 매번 같은 문제로, 왜 이렇게 수도 없이 싸워야 하는 것일까? 그가 집을 나설 때 등 뒤에서 아내가 이렇게 외쳤다.

"온종일 집안에 처박혀 있는 그놈의 머릿속에 무슨 꿍꿍이가 있는지 알게 뭐야!"

간단해 보이는 일일수록 해결하기 쉽지 않은 법이라, 두 사람은 이 문제로 싸우고, 싸우고 또 싸웠다. 아내가 회사 단체 여행 얘기를 꺼낸 그날부터 반년 가까이 거의 매일 이 문제로 논쟁을 벌였다. 논쟁이 길어질수록 점점 쓸데없는 말이 늘어났고 급기야 정신병, 인생관, 가치관까지 언급하기에 이르렀다. 그가 논쟁을 피하려는 이유는 아내가 정신 상태나 가치관을 비난하는 것이 두려워서가 아니라 다툼 자체가 두렵기 때문이다. 부부싸움을 할 때마다 결혼과 인생에 대한 공허함과 환멸을 느끼면서 겨우 샘솟기 시작한 삶에 대한 열정이 한순간에 사라져버렸다.

도대체 무엇이 평생을 함께하겠노라 맹세한 두 사람을 얼굴만 맞대면 다투는 사이로 만들었을까? 단순히 움직이느냐, 마느냐의 문제일까? 아니면 북적거림을 좋아하느냐, 조용한 것을 좋아하느냐의 문제일까? 과연 이것이 평생을 상대방에게 바치겠노라 맹세한 결혼과 가정을 깨뜨려야 할 만큼 중요한 문제일까? 그는 정말 이해할 수 없었다. 싸움을 할 때마다 부부가 남보다 못하다는 생각이 들었다. 그는 평화롭게 서로 다름을 인정하길 바랐다. 이렇게 싸우고, 싸우고, 싸우고, 또 싸우는 것이 아니라.

예상은 했지만 저녁 7시의 거리는 아주 북적거렸다. 수많은 차가 빨간 신호등 불빛 아래서 끊임없이 빵빵거렸다. 오토바이와 자전거는 빨간불인데도 아무렇지 않게 횡단보도를 지나가고 보행자는 이에 질세라 이미 속도를 줄인 차를 향해 멈추라고 소리를 지르며 삿대질을 해댄다. 화가 난 운전자는 클랙슨을 울리며 욕을 내뱉는다. 술 취한 두 남자가 끊임없이 욕지거리를 해대며 지나갔다. 말 안 듣는 아들을 때리는 엄마, 페트병을 주우려고 녹차 음료를 마시며 걸어가는 젊은이 뒤를 좇아가는 넝마주이 할머니, 미용실에서 틀어놓은 엄청 큰 음악 소리, 길거리를 어슬렁거리다 빨간 하이힐을 신은 여자를 보고 사납게 짖어대는 쥐새끼처럼 생긴 들개……

어디 이뿐이랴? 도시의 소음은 어둠이 내려앉으면 한곳에 모여 오늘이 마지막인 것처럼 남은 에너지를 모두 쏟아낸다. 뒤죽박죽 정신없는 거리는 그가 가장 혐오하는 존재다. 집에 들어가 이중 유리창을 꼭 닫고 있어야 비로소 세상이 평온해진다.

아파트 단지를 나와 오른쪽으로 가다가 다시 오른쪽으로 꺾었다. 어딘가에서 사람들이 무더기로 쏟아져 나왔다. 알고 보니 습관적으로 지하철역 방향으로 걸었던 것이다. 마치 세상에 이 길 하나뿐인 것처럼. 길가에 멍하니 서 있는데 머리 위 가로등에서 날벌레가 윙윙거렸다. 아무 생각 없이 그대로 주저앉았다. 보도블록 가장자리 돌이 아직도 뜨거웠다. 담배를 피우다가 문득 근처 아파트 단지 옆 작은 공원이 생각났다. 그곳은 좀 덜 시끄러우리라. 그는 검게 물든 티셔츠 밑자락을 털며 걸었는데, 그 모습이 마치 먹물로 사의寫意•를 표현해 날아가는 새를 형상화한 행위예술가 같았다.

공원에도 사람이 적지 않았다. 그래도 나무가 많고 회랑이나 구불구불한 길이 많아 가만히 앉아 있기 좋았다. 바닥 분수가 가동 중이라 가까이 다가가 봤다. 주변 화단 턱에 부모들이 앉아 있고 여러 아이가 시시각각 물줄기 모양이 바뀌는 분수 사이를 뛰어다녔다. 물기둥이 아이들을 흠뻑 적셨고, 아이들은 아주 신나 보였다. 대도시에서 물 구경할 곳은 수영장 그리고 내 집 화장실 수도꼭지뿐이다. 그는 어렸을 때 농촌에서 자랐다. 집 바로 뒤에 강이 흘러 여름이면 언제든 멱을 감곤 했다. 그는 맨발로 강물이 찰랑거리는 돌 징검다리를 밟으며 강 건너기를 좋아했다. 멱이 뭔지도 모를 요즘 아이들은 분수 하나로도 너무 즐거워 부모가 호통을 쳐도 상관 않고 서로 쫓고 쫓기며 물기둥 사이를 뛰어다녔다. 날이 덥고 물은 시원해 흠뻑 젖으면 샤워한 것처럼 상쾌할 테니 신나게 소리 지를 수밖에. 그는 슬리퍼를 끌고 나온 배불뚝이 아저씨 옆에 앉았다. 아저씨가 씩 웃으며 말했다.

"그 옷, 빨아야겠는데요?"

또 다른 남자가 한마디 보탰다.

"나라면 당장 빨겠는데."

단발머리 아줌마도 끼어들었다.

"그냥 있으면 찝찝할 텐데."

• 동양화에서 화가의 생각이나 의중을 그림에 표현하는 하는 것.

또 다른 아줌마가 맞장구를 쳤다.

도시에서는 필요 이상 예의를 차려야 한다. 성인이 흠뻑 젖은 채 거리를 활보하는 일은 품위와 격식에 맞지 않는다. 남을 의식하지 않는 행동은 오기를 부리거나 반항하는 것처럼 보였다. 평소에는 낯선 사람이 냄새나는 발가락을 만지작거리거나 해변에서 반바지 안에 팬티를 안 입는다고 하면 이상하게 생각했지만 지금 이 순간만큼은 누군가 대신 분수 물기둥에 뛰어들기를 기대했다. 만약 평소의 비웃음이 없었다면 사람들은 그의 희생에 큰 감동을 받았을 것이다. 어떻든 물놀이는 즐거운 법이니까, 더구나 이렇게 무더운 여름밤이라면 더더욱. 만약 그를 지켜보는 사람의 절반 이상이 난감하고 부끄러웠다면 그는 당연히 바보 취급을 받았겠지. 아이들과 분수 물줄기 사이에 뒤섞인 서른 살 넘은 바보의 가슴에서 먹물이 흘러내렸다.

투명한 물줄기가 티셔츠를 타고 흘러내리면서 검은색으로 변했다. 그는 먹구름을 밟으며 분수 안으로 들어갔다. 멀리서 천둥소리가 들려왔다. 일기예보에서 오늘밤부터 내일 사이 서북부 지역에 소나기가 내릴 것이라고 했다. 그가 분수에 들어간 이유는 주변의 기대 때문이 아니라 고향 마을 강이 생각났기 때문이다. 그는 구걸하는 거지마냥 티셔츠 자락을 치켜들었다. 티셔츠가 다시 하얗게 변해갔다. 조소공曹素功• 먹물이 강한 물줄기 공격을 견디지 못하고 힘없이 흘러내렸다. 그는 물에 젖는 느낌이 너무 좋아서 물기둥 안으로 머리를 쑥 집어넣었다. 사람들이 수군거리는 소리가 들렸지만 욕인지 응원인지는 분명치 않았다. 물소리가 갑자기 커져서 마치 강물에 뛰어든 기분이었다.

• 1615~1689. 먹 제조 전문가. 현재까지 전해지는 명품 먹 브랜드.

3

아침에 눈을 떠 가장 먼저 한 '일'은 '기침'이었다. 밤새 약기운이 사라졌다. 그녀는 창가에 앉아 밖을 내다보고 있었다. 수많은 백양나무와 버드나무가 빠르게 뒷걸음질치는 동안 그녀의 자세는 변함없었다. 그녀는 기침 소리를 듣자마자 벌떡 일어나 침대 머리맡에 놓아둔 가방을 열어 어젯밤 그 작은 약병을 그에게 건넸다. 낯선 이가 베푼 친절한 약병, 그는 그녀에게 아침을 사겠노라 고집했다. 두 사람은 식당칸 테이블에 마주 앉았다.

"이럴 필요 없는데, 그냥 문밖에서 잠깐 얘기나 하면 될 걸요."

"얘기하는 걸 싫어하는 줄 알았는데……"

"말하는 걸 좋아하지 않아요."

그녀는 우유 컵에 꽂힌 스푼을 저으며 한마디 덧붙였다.

"그런데 지금은 하고 싶은 말이 많아요."

"들어줄 테니 말해보세요."

그는 갑자기 기침이 나와 고개를 돌렸다.

"먼저 말하세요."

"감기만 걸리면 기관지염이 도져서, 말하면서 기침을 많이 할 텐데 괜찮겠어요?"

그녀가 숟가락으로 컵 가장자리를 세 번 두드렸다. 뭐든 상관없다는 뜻이다. 그는 그날 밤 이야기를 꺼내놓았다. 공원에서 돌아와 아파트 앞 벤치에 누웠다가 잠이 들었다. 티셔츠는 공원 분수에서 먹물을 깨끗이 씻어낸 덕분에 막 싼야에서 사왔을 때처럼 하얬다. 온몸을 흠뻑 적시니 어렸을 때 생각이 났다. 아버지가 이발을 해줬는데 이발이 끝나면 옷을 입은 채 잽싸게 여름 강물에 뛰어들었다. 물 밖으로 머리를 내밀 때 머리끝에서부터 물방울이 흘러내리던 느낌이 떠올랐다.

그녀가 다시 스푼을 세 번 두드렸다. 계속 얘기하란 뜻이다. 방금 부부싸움을 한 탓인지 지나가는 사람들 표정을 유심히 보게 됐다. 늦은 밤 귀가를 재촉하는 발걸음, 자전거 속도가 빨라지고 가볍게 뛰는 사람도 있다. 방법은 조금씩 다르지만 하나같이 빨리 집에 돌아가고 싶은 표정이었다. 모두들 집에 돌아가려 안달인데 그는 돌아가고 싶지 않았다. 젖은 옷에 바람이 스치고 갑자기 피로가 밀려왔다. 아파트 앞에 대나무 의자가 일렬로 늘어서 있는데 밝은 쪽에는 할머니 할아버지들이, 나무 아래 어두운 쪽에는 젊은 남녀가 앉아 있다. 자고로 연인들은 똑바로 앉을 수 없는 법이다. 한 명이 다른 한 명의 품에 안겨 눕거나 딱 달라붙어 귀엣말을 속삭였다. 그가 벌렁 누워 있는 의자 옆으로 10미터 떨어진 대로에서 들어오는 차량 행렬이 끊임없이 이어졌다.

"그 사람들은 화목한 가정에서 행복하게 살겠지요."

그는 그녀가 그랬던 것처럼 스푼을 세 번 두드리고 말을 이어갔다.

"그때 난 행복한 삶이란 결코 쉽게 얻을 수 없다는 걸 깨달았죠. 그래서 만약 아내가 날 찾으러 내려오면, 의자 앞에 서서 아무 말 하지 않더라도 같이 집에 들어가야겠다고 생각했어요. 예전처럼, 결혼 3년 동안 한 번도 얼굴을 붉힌 적 없는 사람들처럼 말이에요. 예전에는 부부싸움을 하고 내가 밖에 나가면 한 시간쯤 지나 아내가 전화를 했어요. 전화벨 세 번이 신호였죠. 하지만 오해가 깊어지면 일이 어떻게 전개될지 알 수 없는 법이죠. 그날은 내가 흠뻑 젖은 상태라 휴대전화를 챙기지 못했어요."

"아내가 찾으러 나왔나요?"

그가 고개를 흔들었다.

"난 그 의자에서 잠들었어요."

평소에는 잠들기가 그렇게 힘들더니, 그날 대나무 의자에서는 금방 잠이 들었다. 그것도 아주 깊이 잠들었다. 천둥이 치고 사람들이 모두 집에 돌아갈 때까지 그는 세상모르고 잤다. 깊은 꿈속에서 그는 물 만난 고기처럼 강물을 헤엄쳐다녔다. 시뻘건 공 모양의 벼락이 번쩍하자 갑자기 강물이 크게 출렁거려 물을 먹었다. 그는 캑캑거리며 계속 기침을 해댔다. 정신없이 기침을 하다 눈을 뜨니 대나무 의자였다. 큰비가 퍼붓는 줄도 모르고 계속 자고 있었던 것이다.

"정말 신기했어요. 믿어져요? 그 벼락이 진짜였던 거죠. 이튿날 지하철을 타러 갔는데, 역 입구에 서 있던 아름드리 홰나무가 반으로 갈라져 쓰러졌더군요. 오래된 나무라 썩었는지 속이 텅 비었는데 꼭 뱃가죽이 갈라진 사람이 쓰러져 있는 것 같았어요. 맞아요. 그때도 난 기침을 하고 있었죠. 그 큰비를 맞고 감기에 안 걸릴 수 있나요. 기관지염까지 도져서 지하철에서 계속 기침을 해댔죠."

"집에 들어갔을 때 아내는 뭐하고 있었어요?"

"텔레비전을 켜놓고 자고 있었어요."

그가 두어 번 기침을 했다.

"난 따뜻한 물로 샤워를 하고 서재 소파에서 잤어요. 바로 약을 먹었으면 좋았을걸. 석 달 넘게 기침이 멈추질 않아요. 이혼 수속이 끝나도록 나을 기미가 안 보였죠."

"하이라얼은요?"

"안 갔죠. 여기요, 저희 조금 더 앉아 있어도 되나요?"

직원이 상관없다는 의미로 손을 휘휘 흔들었다.

"담배 좀 피우고 올게요. 이제 당신 차례예요."

그가 식당 끄트머리에서 담배를 피우고 돌아오자 그녀가 입을 열었다.

"어디서부터 말해야 할지 정말 모르겠네요."

기차는 작은 마을을 지나는 중이었다.

"일단 내가 왜 이 기차를 타게 됐는지부터 말하지요."

한 달에 한 번, 이번이 일곱 번째였다. 그녀는 낯선 도시의 구치소에 갇혀 있는 남편을 보러 가는 길이다. 교외에 위치한 구치소는 높은 담장 위에 철망이 쳐져 있고 군인들이 총을 들고 감시했다. 군인들은 그녀를 들여보내주지 않았다. 재판을 받지 않은 피의자는 면회할 수 없기 때문이다. 그러나 형법 규정을 모르는 그녀는 계속 고집을 부렸다.

"난 남편 얼굴을 보러 온 것뿐이에요. 남편이 좋아하는 족발을 가져왔어요. 특별히 아주 좋은 고기를 골랐어요. 그리고 담배요. 그이는 꼭 바이사白沙만 피우거든요."

"안 됩니다."

그녀는 눈물을 흘리며 애원했지만 경비병들은 안 된다는 말만 반복했다. 나중에 한 경비병이 이렇게 말했다.

"아주머니, 제발 돌아가세요. 여기서 이러시면 저희가 곤란해요. 저희도 정말 도울 방법이 없어요. 아주머니가 계속 울면 저도 울 수밖에 없어요."

갓 스물에 집 떠나온 지 얼마 안 됐다는 이 경비병은 햇빛에 그을려 얼굴이 새카맸다. 그녀는 애먼 사람을 울게 할 수 없어 족발과 담배를 구치소 정문 앞에 두고 떠났다. 경비병이 물건을 가져가라고 소리쳤지만 그녀는 뒤도 돌아보지 않고 하염없이 걸었다. 꽤 먼 황량한 들판에 도착해 털썩 주저앉아 큰소리로 엉엉 울었다. 너른 들판 한가운데라 누구도 뭐라 하지 않았다.

한참 울고 났더니 몸속이 텅 빈 것 같았다. 그녀는 교외의 작은 여관에서 이틀 밤을 잤다. 그 이상 휴가를 낼 수는 없기 때문이다. 그녀는 아침마다 구치소 정문으로 달려갔지만 들어가지 못했다. 대신 염탐꾼처럼 구치소 담장을 따라 어슬렁거렸다. 어느 순간 담장 안쪽에서 여러 사람이 구호를 외치는 소리가 들렸다. 그 안에서 남편 목소리를 찾으려 귀를 기울였다. 남편 목소리는 성량이 풍부한 바리톤이지만, 지금은 저 안에서 자유를 갈구하느라 목이 쉬었으리라. 그녀는 여러 사람의 함성 속에서 남편 목소리의 변화를 느꼈다. 목이 쉬긴 했지만 가장 또렷한 그 목소리가 번쩍이는 번개처럼 그녀의 귀에 꽂혔다. 처음 세 번은 매몰차게 쫓겨났다. 얼굴이 새까맣게 그을린 앳된 군인이 한사코 안 된다고 했다. 눈물과 간청은 아무 소용 없었다.

"아주머니, 좀더 기다렸다가 판결이 난 후에 오세요."

판결과 상관없이 그녀는 가만히 앉아 기다릴 수 없었다.

"남편은 억울한 누명을 쓴 거예요."

경비병들은 굳은 표정으로 아무 말도 하지 않았다. 이곳에서 억울하다는 말은 가장 의미 없는 말이다. 그녀가 할 수 있는 일은 기다림뿐이었다.

"이렇게 매달 찾아올 필요 없어요. 판결이 나면 바로 전화 통지가 갈 거예요."

하지만 그녀는 계속 찾아갔다. 네 번째부터는 울지 않았다. 구치소 담장을 따라 한 바퀴 돈 후, 낯선 시내로 들어갔다. 관광객처럼 도시 곳곳을 돌아볼 생각이었다. 다섯 번째, 여섯 번째, 일곱 번째 똑같은 일을 반복했다. 당연히 이곳은 관광하기 좋은 곳이 아니다.

"그 도시가 이제 내 집처럼 익숙해졌어요. 바이사 있는데, 피울래요? 깊이 빨아들이지만 않으면 기침이 안 날 거예요."

두 사람은 식당칸 끄트머리로 가서 벽에 기댄 채 마주서서 같이 담배를 피웠다. 일정한 박자로 들려오는 덜컹덜컹 소리를 듣고 있자니 기차가 영원히 멈추지 않을 것 같았다.

"만나지도 못하는데, 거기까지 가는 게 무슨 의미가 있어요?"

"그 앞에 가면 남편이 잘 있다는 걸 느낄 수 있으니까요. 그래야 마음이 놓여요."

담배를 쥔 그녀의 손가락과 입술 움직임이 부자연스러운 것으로 보아 초짜가 분명했다.

"부부는 텔레파시가 통해요. 못 믿어요? 안에 있는 그이도 분명히 내가 기다리고 있다는 것을 느낄 거예요. 정말 못 믿겠어요?"

그가 연달아 두 모금 강하게 담배를 빨아들이자, 담배가 빠르게 타들어가면서 손가락을 델 뻔했다. 그는 살짝 비웃는 말투로 되물었다.

"어떻게 느끼죠?"

"당신이 아내를 사랑한다면 느낄 수 있어요. 아, 미안해요. 내 말은, 난 그렇다고요."

"괜찮아요. 뭐, 나 자신을 느껴보죠. 난 평생 나를 의지하며 살아야 하니까."

그가 씩 웃으며 담배를 비벼 껐다.

"남편이 빨리 돌아오길 빌어요."

"남편은 누명을 쓴 거라고요! 말했잖아요! 그이는 그냥 운전기사예요. 분명히 말해두는데, 우리 남편은 결백해요. 그 사람은 단순히 운전기사일 뿐이에요. 매일매일 열심히 운전한 게 다예요. 백미러를 틀어봐서 국장이 뒷자리에서 뭘 하는지 전혀 볼 수도 없대요. 남편은 운전할 때 속으로 노래를 흥얼거려요. 그이 꿈이 중창단 바리토너였거든요. 아무튼 그이는 국장이 휴대전화로 통화할 때도 무슨 말을 하는지 전혀 듣지 못했대요. 우린 아주 행복했어요. 우리 둘 월급으로 다섯 살 딸아이를 키우는 데 전혀 부족함이 없었어요. 좋은 유치원에 보내고 일주일에 한 번 성악과 교수님한테 레슨도 받을 수 있어요. 조만간 좋은 피아노를 살 계획이었죠. 우린 절대 부정한 방법을 써본 적이 없어요. 남편은 국장 사건과 전혀 상관이 없다고요. 미안해요. 내가 너무 흥분했네요. 지난 다섯 달, 누군가와 이렇게 많은 얘기를 해본 적이 없어요. 남은 물론이고 부모님과도요. 부모님은 죄 없는 사람이 감옥에 갈 리 없다고 생각하는 분들이에요. 애초에 그 사람과 결혼하는 걸 반대하기도 했고요."

"부부 사이가 정말 좋군요. 저, 바이사 한 대 더 줄 수 있어요?"

"그럼요."

그녀가 자기 담배를 새로 하나 꺼낸 후 담뱃갑을 그에게 건넸다.

"스물셋에, 사회생활 시작한 첫해에 그이와 결혼했어요. 부모님 반대가 심해서 집안에 갇혀 있다가 야밤에 창문을 넘어 도망쳤어요. 갈아입을 옷 세 벌만 챙겨서 곧바로 그이 숙소로 달려갔죠. '나 왔어요. 평생 내 곁을 떠나면 안 돼.' 그이가 '그래. 하늘이 무너져도 당신을 꼭 안고 죽을 때까지 함께할게'라고 했어요."

그녀가 눈물을 흘리기 시작했다. 지금까지는 굉장히 힘들고 슬퍼 보였는데 눈물을 흘리기 시작하면서 오히려 행복해 보였다.

"난 그이를 잘 알아요. 나 자신보다 더 잘 알아요. 그이는 결백해요."

"어쩌면 다음 달에 나올지도 몰라요. 결백하니까, 그전처럼 주말이면 아이를 데리고 음악 레슨을 받으러 갈 수 있을 거예요."

한동안 눈물을 흘리다가 휴지로 눈물자국을 닦아내고 화장을 고쳤다. 남들에게 슬픔을 들키고 싶지 않았다.

"곧 내려요. 내 하소연을 들어줘서 고마워요."

갑자기 시작된 그의 기침이 한동안 이어졌다. 그녀는 가방에서 작은 약병을 꺼냈다.

"당신은 더 가야 하니, 이거 갖고 가요."

"고마워요. 휴대전화 번호 알려줄래요? 나중에 들를게요."

"아니에요. 그냥 기차에서 우연히 마주친 걸로 충분해요."

"오해하지 말아요. 난 단지…… 전화로 얘길 나눌 수도 있잖아요. 남편 일은 다 잘될 거예요."

그녀는 냅킨에 이름과 휴대전화 번호를 적어줬다.

4

그 산간 도시는 이름이 예뻤다. 산중턱을 에워싼 도시의 발밑에 창장강이 유유히 흘렀다. 기차가 다시 움직이기 시작했다. 그는 그녀가 줄곧 앉았던 창가 자리에 앉아 그녀와 같은 눈빛으로 천천히 멀어지는 도시를 지켜봤다. 그는 이 낯선 도시가 마음에 들었다. 높은 산 아래 낮은 건물들이 계단처럼 층층이 줄지어 있어 어느 건물에서나 푸른 하늘과 햇살을 만끽할 수 있다. 그는 그녀가 큰 가방을 들고 집 앞에 도착해 문을 열고 들어가는 모습을 상상해봤다. 딸아이는 집에 있을 수도, 없을 수도 있겠다. 그녀는 잠시 혼자이겠지만 그곳은 행복한 보금자리임이 분명하다. 나머지 두 사람이 그녀의 마음속에 있으니.

그때가 벌써 재작년 10월이다. 그는 여전히 길 위에 있다. 기침 증상은 완전히 사라졌지만 그는 습관적으로 기침약을 가지고 다녔다. 모르는 사람이 약을 필요로 할 때 도울 수 있도록 언제든 준비해뒀다. 그는 여행 전문가가 됐다. 무리 짓지 않고 늘 혼자였다. 혼자 기차 침대에 누워 있다보면 가끔 어이없다는 생각이 들었다. 이혼 전에는 누가 나가자고 하면 죽기보다 싫었는데 지금은 이틀 이상 쉬는 날이면 스스로 낯선 곳을 찾아 나섰다. 심지어 장거리 출장을 자주 가려고 사장에게 부탁해 담당 업무까지 바꿨다. 예전에는 집에 틀어박혀야만 시끄러운 세상을 피할 수 있다고 생각했다. 그러나 지금은 원래의 일상 공간으로부터 멀어질수록 마음이 편안해지는 자신을 발견했다. 도시, 인파, 소음, 복잡한 감정싸움, 유리 반사광과 대기오염 등 도시인을 둘러싼 갑옷처럼 거추장스러운 것들이 기차에 몸을 싣고 길을 지나는 동안 하나하나 떨어져나갔다. 멀리 가면 갈수록 몸과 마음이 더 가벼워졌다. 한 친구가 이렇게 말했다.

"먼 곳이라면, 화성에 가야겠네. 그곳이라면 네 소원대로 먼지처럼 가벼운 존재가 될 거야."

"가벼운 건 공기가 최고지."

처음에는 전처가 어떻게 그렇게 지치지도 않고 열정적으로 온 세상을 돌아다니는지 궁금했다. 그래서 이혼 후 혼자 하이라얼에 갔다. 그는 자신을 다그쳐가며 억지로 하이라얼 곳곳을 돌아다녔다. 긴 하이라얼 여행을 마치고 집으로 돌아가는 기차를 탔다. 드넓은 초원을 지나던 그날 밤, 객차에는 그 혼자였다. 창문을 열자마자 거침없이 휘몰아친 강한 바람이 온몸을 때렸다. 창문을 닫고 자리에 앉아 찬 공기를 조금씩 내뱉었다. 몸과 마음이 투명해지면서 완전히 다른 사람이 된 느낌이었다. 모든 스트레스와 걱정이 한순간에 사라지고 켜켜이 쌓여 있던 일상의 의무도 전혀 느껴지지 않았다. 길을 떠나는 것이 이렇게 아름답고 멋진 일이었구나. 그는 전처를 오해하고 원망한 것이 미안해 바로 그녀에게 전화를 걸었다.

"혹시 아직도 하이라얼에 가고 싶으면 내가 같이 가줄게."

"당신처럼 재미없는 사람이랑?"

그녀는 기차 소리를 전혀 듣지 못했다.

"됐어. 차라리 클럽에 가는 게 낫지."

그랬다. 그녀는 떠들썩한 분위기, 쿵짝쿵짝 시끌벅적하고 화려하게 번쩍이는 곳을 좋아했고 그는 그런 곳에서 벗어나고 싶었다. 둘은 애초에 전혀 다른 사람들이었다. 하지만 누구도 자신의 앞날을 알 수 없는 법이다. 초반에는 서로의 다른 점, 까다로운 성격, 이해할 수 없는 것들을 긍정적으로 받아들였다. 당연히 거쳐야 할 결혼생활의 일부라고 생각했다. 겪어보니 이 다른 점들은 상호 이해와 보완을 얻지 못하면 날카로운 비수가 되어 서로의 목을 겨눈다.

2년 후, 이 산간 도시를 다시 지나게 됐다. 그는 2년 전 기침약을 줬던 그녀를 만나고 싶었다. 사실 작년에도 한 번 이곳을 지나친 적이 있었다. 한 시간 반 후에 그 역에 도착한다는 방송이 나왔다. 이 한 시간 반 동안, 그는 그녀에게 다섯 번 전화했다. 기차가 역에 도착하기 직전 그녀가 전화를 받았다. 딸아이를 어디에 데려다주고 이제 막

집에 돌아왔다고 했다.

"좀 바빠서요. 만나는 건 됐어요."

"차 마실 시간 정도는 있잖아요?"

"정말 바빠요. 집안이 난장판이에요."

"무슨 일 있어요? 남편은요?"

"아니요. 남편도 잘 있고요. 그냥, 집안이 엉망진창이라고요."

그녀는 '난장판'이란 말을 '엉망진창'이라고 바꿨다. 그녀는 지난 두 번의 통화만큼 호의적이지 않았다. 2년 동안 두 번, 길지 않은 통화였다. 그는 몸이 안 좋을 때면 기차에서 기침약을 줬던 그녀가 생각났다. 그는 분위기를 띄우는 말주변이 없고 그녀도 그런 입에 발린 말에 관심이 없기 때문에, 그저 서로 인사말을 건네고 그가 그녀에게 고마웠다고 말하면 끝이었다. 두 번의 통화에서 그녀의 남편이 여덟 달 만에 무고함이 밝혀져 구치소에서 나왔다는 소식을 들었다. 그녀의 남편은 옷을 걷어올리며 아내, 친척, 친구들에게 이렇게 하소연했다.

"이 몸은 아무 죄가 없는데, 온몸이 상처투성이가 됐어. 제기랄! 세상에 이런 법이 어디 있어?"

그는 이 상처 덕분에 기사에서 부주임으로 승진했다. 당시 그녀는 기분이 좋아 보였다. 수화기 너머에서 남편이 그랬던 것처럼 자랑스럽게 남편의 상처를 떠벌렸다.

"30분도 안 돼요? 지나가는 길이에요."

"오후에 바빠요. 곧 남편이 돌아올 시간이에요. 그럼, 이만."

"다른 뜻은 없어요, 난……"

그녀가 전화를 끊는 순간 기차가 역에 도착했다. 그는 내리지 말까, 하고 망설였다.

이번에는 일단 내리기로 결심했다. 오래된 건물과 돌길이 깔린 기차역은 크지 않았다. 자연 그대로의 진짜 돌을 느끼며 천천히 걷다보니 절로 마음이 편안해졌다. 대각선 아래쪽에 거울처럼 반짝이는 강이 굽이쳐 흐르고, 푸른 산과 푸른 물에 둘러싸인, 그야말로 한 폭의 그림 같은 풍경이 펼쳐졌다. 다시 전화를 걸었지만, 그녀의 전화기는 이미 꺼져 있었다. 그는 잠시 우두커니 서 있었다. 머릿속으로 수없이 그려왔던 이 산간 도시가 갑자기 인연의 끈을 잘라버리고 그를 '낯선 이방인'으로 만들었다. 지난 몇 년 동안 발길 닿는 대로 마음 편히 세상을 돌아다녔지만, 이 도시만큼은 예외였다. 어쩔 줄 몰라 당황스러웠다. 그는 기차역 광장 돌계단에 앉아 담배 두 대를 피우며 생각을 정리한 후, 여행 가방을 끌고 여관을 찾아 나섰다. 여관에서 30분 깜빡 조는 동안 그녀가 예전에 했던 말이 떠올랐다. 요즘에 책을 읽는 사람이 많지 않아서 일이 한가하다고 했었다. 그는 벌떡 일어나 신화서점으로 달려갔다. 이 산간 도시에는 그럴듯한 서점이 세 곳뿐이었다. 두 번째 찾아간 서점에서 그녀가 일 년 전까지 경리로 근무했다는 사실을 알아냈다.

"아, 그 여자?"

재무과 직원 중 50대 아주머니가 싸늘하게 대꾸했다.

"벌써 옮겨갔지. 항운처로. 하긴, 누가 이런 별 볼일 없는 데 있고 싶겠어?"

이 아주머니는 책을 읽는 사람이 거의 없다며 서점의 미래에 대해 몹시 비관적이었다. 교재나 참고서를 사가는 학생들이 있어 다행이지, 그렇지 않으면 창장강 물을 길어 먹어야 했을 거라나. 아주머니는 그녀의 부서 이동이 부러워 죽겠는지, 아주 쌀쌀맞게 비아냥거렸다.

"항운처라, 아주 좋지. 그러게 여자는 좋은 남자 만나 시집을 잘 가야 하는 거야."

그렇지, 그녀는 좋은 남자와 결혼했지. 그 남편이 운전기사에서 간부급 부주임으로 승진했다. 부주임은 끗발이 대단한 자리이니 바로 부서 이동을 시킨 것이다.

5

항운처는 길을 두 번 건너 맞은편에 보이는 작은 건물에 있었다. 경리 업무를 담당하는 그녀는 사무실에 없었다. 항운처 재무과는 외부인 출입을 엄격히 통제했다. 그는 복도에서 기다리다가 담배를 피우러 화장실에 갔다. 변기 뚜껑에 앉아 2년 동안 그녀가 어떻게 변했을지 상상했다. 담배를 쥔 손가락이 살짝 떨렸다. 좀더 일찍 왔어야 했는지 모른다. 산간 도시의 시간은 더디게 흘렀다. 왠지 도시에서처럼 초조했다. 자기도 모르게 호흡이 빨라져 평소보다 담배를 빨리 태운 것 같았다. 화장실에서 나오는데 복도 모퉁이에서 작은 핸드백과 큰 쇼핑백을 든 스타일이 멋진 젊은 여자가 다가오고 있었다. 반질반질한 대리석 바닥에 하이힐 굽 부딪히는 소리가 복도 전체에 울렸다. 머리카락을 말아 올린 그녀의 스타일은 아주 요염했다. 수척해진 데다 진한 화장 때문에 그녀인지 못 알아봤다. 그는 그녀가 자신을 보고도 그냥 사무실로 들어가버린 것인지 아닌지 확신할 수 없었다. 그녀는 금방 다시 나와 문 앞에 서서 쇼핑백을 든 오른손으로 그를 가리켰다.

"설마…… 당신?"

한참 상대방을 뚫어져라 쳐다보던 그는 눈빛을 통해 2년 전 그녀임을 확인했다.

"그래요. 나예요."

그는 왠지 모르게 슬펐다.

"지나는 길에 한번 보고 싶었어요."

그녀는 아직 30분 더 남은 근무 시간을 채우지 않고 나왔다. 그를 데리고 사거리 안개 찻집에 들어가 창가 자리에 앉아 명전작설차를 주문했다.

"왜 그렇게 계속 노려봐요?"

향수, 파운데이션, 립스틱, 화려한 네일 아트. 나중에 동료 여직원에게 물어봤는데, 그 네일 아트 도안 이름이 답설심매踏雪尋梅•란다.

"조금 달라진 것 같아요."

그는 최대한 편안한 말투로 대답했다.

"어떻게 다른데요?"

"차림새를 보니 아주 잘 지내는 것 같네요."

"사람은요?"

"글쎄요."

"말 못할 게 뭐 있어요?"

그녀가 피식 웃으며 가방에서 뭔가를 찾았다. 그가 재빨리 바이사를 건넸다.

"난 이거 피워요."

그녀가 꺼낸 것은 5밀리그램 중난하이 여성용 담배였다.

• 눈을 밟으며 매화를 찾다. 당나라 시인 맹호연孟浩然 시의 한 구절.

"남편이 담배를 바꿨어요?"

"그게 나랑 무슨 상관이에요? 각자 좋아하는 거 피우는 거지."

"당신들은…… 아니에요. 쓸데없는 말 해서 미안해요."

"뭐."

그녀의 표정이 고독해 보였다. 문득 그녀의 눈빛에 2년 전 그날의 쓸쓸함이 스쳤다.

"요즘 그이랑 사이가 안 좋아요."

그는 어떻게 된 일이냐고 묻고 싶었지만, 입 밖으로 꺼내지 않았다.

"뭐, 가끔 다툴 때도 있죠. 신경 쓰지 말아요."

그녀가 창밖을 보며 담배 연기를 내뿜었다. 능숙하고 우아했다.

"아직도 기침 심해요?"

"가끔요. 약은 항상 가지고 다니죠."

그리고 30초쯤 침묵이 흘렀다. 그는 당연히 남자가 분위기를 주도해야 한다고 생각했다. 그래서 그녀에게 딸의 안부를 물으려는 순간, 그녀의 휴대전화가 울렸다.

"접대? 알았어. 나도 약속 있어."

아주 짧은 통화였다.

"남편인가요?"

"이번 주 내내 저녁 먹으러 들어오지 않았어요."

"간부들은 원래 접대가 많죠. 남자들도 힘들어요."

"힘들긴 개뿔. 대충 갖다 붙인 핑계지. 아, 미안해요."

그녀가 거친 말투에 대해 사과하고 입을 삐죽이며 살짝 고개를 들어 허공을 바라봤다. 이것은 여자들이 울음을 터트리기 전에 하는 행동이다. 그러나 그녀는 눈물을 흘리는 대신 억지로 웃어 보였다.

"나 좀 늙은 것 같지 않아요?"

그녀의 웃음은 가볍지만 슬프고 처량했다. 그는 질문이 아니라 위로가 필요하다고 생각했다.

"2년 전보다 더 젊어 보여요."

"작년에 스물, 올해는 열여덟, 그게 무슨 소용이에요? 언제나 남자들이 더 빨리 변하죠."

그녀의 감정이 북받치기 시작했다. 곧 하소연이 시작되리라 생각했다. 역시나 문제가 있었다. 그녀가 꿈에도 생각지 못했던 일이 벌어졌다. 구치소에서 나온 남편이 완전히 다른 사람이 됐다. 승진해서 부주임이 된 것까지는 좋았다. 말이 많아진 것도 큰 문제는 아니었다. 기껏해야 구치소 고생담을 조금 많이 떠벌리고 다른 사람들 앞에서 옷소매를 걷어 올려 상처를 보여주는 일이 잦아졌을 뿐이다. 가장 심각한 문제는 그가 늘 이런 생각에 사로잡혀 있다는 것이었다.

'제기랄! 왜 나야? 난 돈 한 푼 챙긴 적 없고 다른 여자와 잔 것도 아닌데?'

국장이 접대를 받는 동안 그는 작은 옆방에서 음식을 얻어먹은 게 다였다. 죄 없이 억울하게 갇혀 있는 여덟 달 동안 하루가 멀다 하고 고문에 시달렸다. 그곳에서는 기분이 좋으면 손으로 때렸고 기분이 나쁘면 발로 걷어찼다.

"제기랄! 왜 나야? 이 몸은 남의 눈치나 보면서 맞고 살려고 태어난 게 아니야. 왜? 도대체 왜!"

그는 자신을 위로하는 사람들에게 이렇게 말했다.

"만약 네가 아무 이유 없이 눈, 코, 입이 퉁퉁 붓도록 온종일 맞는다면, 넌 그 상황을 받아들일 수 있을 것 같아? 이제라도 나와서 다행이지만, 만약 끝까지 억울함을 풀지 못했으면 평생 그렇게 살았겠지."

국장이 사형, 부국장이 사형 집행유예•를 선고받았으니, 만약 의도치 않게 빼도 박도 못할 증거가 나왔다면 그 역시 곱게 풀려나지 못했을 것이다. 그래서 구치소 문을 나서면서 이렇게 다짐했다.

'온힘을 다해 즐겨야지. 다들 인생은 즐기는 거라잖아? 나라고 왜 호사를 누리면 안 돼? 이 짧은 인생, 저승 문턱까지 갔다 왔는데 못할 게 뭐 있어?'

그는 여덟 달 고생에 대한 보상 차원에서 부주임으로 승진했다. 부주임은 높은 자리가 아니지만 부서를 관리하는 실무직이고 정주임이 열 달째 병가 중이라 부주임이 실권을 쥐고 뭐든 마음대로 할 수 있었다. 가장 먼저 서점에서 근무하는 아내를 항운처로 이동시켰다. 그녀는 매우 기뻐했다. 기쁜 표정을 감추지 못했다. 그는 부주임이 된 후 밖에서 술자리가 많아졌지만 진짜 문제는 허리띠가 헐거워졌다는 것이다. 밖에서 여자들과 어울리기 시작했는데, 그녀보다 훨씬 어리고 예쁜 아가씨들이었다. 그녀에게 들켰지만 남편은 오히려 더 당당하게 즐겼다. 그는 어차피 진지한 관계가 아니라며 아내에게도 진지하게 생각하지 말라고 했다. 심지어 그냥 남편 아랫도리를 잠시 다른 사람에게 빌려줬다 생각하라고도 했다. 그는 변했다. 그녀는 남편의 이상한 논리를 이해할 수 없었다. 그에게 있어 부주임은 일자리인 동시에 여덟 달 고생한 것의 보상이다. 그는 매순간 죽음의 공포에 시달렸던 구치소를 생각하며 내일 당장 지구가 멸망할 것처럼 미친 듯이 즐겼다.

• 사형 선고 뒤 2년간 수형자의 반성 여부 및 태도 등을 고려해 징역형으로 감형해주는 중국 사법제도.

어쩌다 그 여덟 달 얘기가 나오면 고래고래 소리를 지르고 눈물을 흘리며 컵을 집어던졌다.

"당신은 내가 얼마나 힘들게 버텼는지 몰라. 하루가 백 년 같았어. 당신은 영원히 이해 못 해."

하지만 며칠 지나면 다시 똑같아졌다. 몇 번 더 들켰지만 남편은 그 어느 때보다 당당했다.

"그냥 즐기는 거잖아. 그 여자들이랑 결혼하고 애를 나을 것도 아닌데 왜 그렇게 안달이야?"

"그리고요?"

"남편이 그러더군요. 내가 어린 여자들을 질투하는 거라고. 당신이 보기에는 어때요? 나 많이 늙었어요?"

그녀는 늙지 않았다. 하지만 화장을 지우면 공허한 표정이 드러날 것이다. 그녀는 이미 넋이 나간 것 같았다. 그는 부주임의 인생관 변화가 어느 정도 이해됐다. 사실 이 일은 지극히 통속적이다. 더 심한 경우도 적지 않다. 깊은 환멸은 어쩔 수 없이 사람을 흉악하게 만드는 법이다. 하지만 그는 부주임이 과도한 자기애에 빠진 것을 이해할 수 없었다. 매달 구치소에 찾아가 담장 밖을 맴돌던 아내가 아닌가?

"그때 남편은 당신 마음을 느끼지 못했던 걸까요?"

그녀가 쓴웃음을 지었다.

"그래봤자 뭐가 다르겠어요? 그때는 그때고 지금은 지금이죠."

"남편이 아직 당신을 마음에 두고 있긴 해요?"

"아마도요. 자기 입으로 그러더군요. 마음에 두고 있다고. 자기는 단지 그 여덟 달의 공포를 지우고 싶은 것뿐이래요."

그는 그녀의 이해심이 매우 놀라웠다. 2년 전 식당칸에서 그녀가 했던 말이 떠올랐다. 그녀는 스물셋에 그 남자와 결혼했고, 두 사람은 하늘이 무너져도 꼭 안고 함께 죽으리라 다짐했었다. 그녀는 스물셋의 신념을 여전히 지키고 있다. 지금 하늘이 무너질 일은 없지만 남편은 내일 당장 지구가 멸망할 것처럼 미친 듯이 먹고 마시는 새로운 신념에 빠졌다. 그는 그녀의 담배에 불을 붙여주며 말했다.

"어떻게 해야 좋을지 나도 모르겠네요."

안개 찻집에서 창밖을 바라보면 사람도, 차도 많지 않아 거리가 더 넓어 보이고 나무와 풀이 무성했다. 조용하고 평안해 아주 살기 좋은 곳이다. 잠시 후 두 사람은 찻집 옆 식당에서 저녁을 먹었다. 주요리는 현지식 생선 요리인데, 그에겐 고향에서 먹었던 추억 속의 요리가 떠오를 만큼 너무 맛있었다. 함께 마신 현지 바이주는 비싼 브랜드가 아니지만 입에 잘 맞았다. 처음에는 살짝 맛만 볼 생각이었는데 계속 손이 갔다. 그녀도 마셨다. 2년 전 담배를 피울 때처럼 서툰 모습으로, 술과 원수라도 진 것처럼 폭주했다. 술을 마시다보니 땀이 흘러 화장이 번졌다. 하지만 술기운이 올라 얼굴이 살짝 붉어져 오히려 더 예뻐 보였다. 살이 조금 빠진 것 빼고는 식당칸에 마주 앉았던 모습 그대로였다. 하지만 그녀 자신은 모르는 듯했다. 그녀는 자신이 늙었다고 생각해 온갖 화려한 옷과 장신구, 비싼 화장품, 고혹적인 분위기로 세월의 흔적을 지우려 했다. 그래야 사랑이 가득한 행복한 삶으로 돌아갈 수 있다고 믿는 것 같았다. 생선과 바이주는 결국 그를 괴롭게 만들었다. 그의 마음은 닿을 수 없는 이상을 꿈꾸는 것보다 더 공허했다. 온 마음이 텅 빈 것 같았다. 그저 먹고 마실 수밖에 없었다.

그녀가 그를 바래다주겠다고 했다. 밤 10시 산간 도시의 거리는 적막해진 지 이미 오래였다. 그는 혼자 가겠다고 했지만 그녀가 끝까지 고집을 피웠다. 자신을 기억하고 걱정해준 것이 고맙고 딸아이는 외갓집에 가 있어 집에 돌아가도 어차피 혼자이니 늦어도 상관없다고 했다. 그녀가 그를 부축하고 동시에 비틀거리며 길 왼편에 바짝 붙어 걸었다. 그녀가 노래를 불러주겠다고 했다. 그는 모르는 노래였다.

"옛날에 남편과 저녁 산책을 할 때 자주 부르던 노래예요. 남녀 듀엣곡이죠."

"정말 멋진 노래네요. 혼자 불러서 좀 아쉽군요."

곧이어 희미하게 그녀의 울음소리가 들렸다.

그녀는 그에게 술을 많이 마셨으니 누워 쉬라고 권했다. 하지만 그는 끝까지 앉아 있었다.

"얼굴 한번 보기가 얼마나 힘든데, 좀더 많이 봐둘 거예요."

"많이 취했어요. 내가 정말 예뻐요?"

"안 취했어요. 당신은 어떤 미인보다 더 예뻐요."

그녀가 슬픈 표정으로 맞은편 침대 끝에 걸터앉았다. 그리고 쇼핑백에서 고급스러운 종이상자를 꺼냈다.

"이게 뭔지 알아요?"

"모르죠."

"샹텔• 란제리예요. 당신 앞에서 입어볼까요?"

그녀가 일어서서 상자를 열고 위아래 속옷을 꺼내 침대 위에 펼쳐 놓았다. 속옷만 입은 여자가 누워 있는 것 같았다. 그녀는 먼저 머리를 풀어 밝은 갈색 머리를 어깨까지 늘어뜨렸다. 그는 그녀가 몸을 돌

• Chantelle, 프랑스 란제리 브랜드.

릴 때 얼굴 옆선을 눈여겨봤다. 광대뼈 높이가 살짝 달라졌다. 문득 눈앞에 서 있는 그녀가 전혀 낯선 여자처럼 느껴졌다.

"남자들은 여자가 섹시한 속옷을 입는 걸 좋아하지 않나요?"

그녀가 겉옷을 벗으려 하자 그가 그녀의 팔을 붙잡으며 말렸다.

"당신 취했어요."

"안 취했어요."

"취했어요."

그녀가 그의 손을 뿌리치며 되물었다.

"당신, 날 찾아온 이유가 이거 아니에요?"

그는 말없이 일어나 샹텔 란제리를 상자에 넣고, 상자를 쇼핑백에 넣었다.

'젠장, 난 성인聖人이 아니라고. 그래도 이건 너무 처량하잖아.'

샹텔 란제리는 그를 슬프고 처량하게 만들었다. 모든 상황이 그의 상상과 달랐다. 그녀의 삶이 이렇게 복잡할 줄 몰랐다. 그는 다시 한 번 강조했다.

"당신, 정말 취했어요."

그녀는 정말 취한 사람처럼 침대에 털썩 주저앉았다.

"당신, 나한테 취했다는 말, 그 말 하려고 여기까지 온 거예요?"

"난 지나는 길에 당신을 보러 온 것뿐이에요. 내일 아침 일찍 떠날 겁니다. 지난 몇 년, 난 늘 길 위에 있었으니까. 이제 습관이 됐죠."

_ 2009년 8월 26일, 즈춘리知春里

아, 베이징

초판 인쇄 2019년 6월 10일
초판 발행 2019년 6월 17일

지은이 쉬쩌천
옮긴이 양성희
펴낸이 강성민
편집장 이은혜
마케팅 정민호 정현민 김도윤
홍보 김희숙 김상만 이천희

펴낸곳 (주)글항아리 | **출판등록** 2009년 1월 19일 제406-2009-000002호
주소 10881 경기도 파주시 회동길 210
전자우편 bookpot@hanmail.net
전화번호 031-955-8891(마케팅) 031-955-1936(편집부)
팩스 031-955-2557

ISBN 978-89-6735-643-9 03820

이 도서의 국립중앙도서관 출판시도서목록(CIP)은 서지정보유통지원시스템 홈페이지(http://seoji.nl.go.kr)와 국가자료공동목록시스템(http://www.nl.go.kr/kolisnet)에서 이용하실 수 있습니다. (CIP제어번호 : CIP2019022292)